GRAND HAVRE

VALE

La Greve

VALE

S^T.Sampson's

Saint
Sampson's
Harbor

S^T. SAMPSON'S

CASTEL

S^T. PETER
PORT

S^T. Peter
Port

Castle Cornet

S^T. ANDREW'S

R

S^T. Andrew's

Underground
Hospital

Airport

S^T. MARTIN's

FERMAIN
BAY

FOREST

건지 아일랜드
감자껍질파이
클럽

나의 어머니 에드나 피어리 모건,
그리고 사랑스런 벗 줄리아 포피에게
마음을 담아 이 책을 바칩니다.

— 메리 앤 셰퍼 —

그리고 나의 어머니 신시아 피어리 배로우즈에게도
이 책을 바칩니다.

— 애니 배로우즈 —

전지 아일랜드
감자껍질파이 클럽

초판인쇄 | 2008년 12월 15일
초판발행 | 2008년 12월 20일

지 은 이 | 메리 앤 셰퍼 & 애니 배로우즈
옮 긴 이 | 김안나
펴 낸 이 | 백승대
펴 낸 곳 | 매직하우스
출판등록 | 2007년 9월 27일 제 313-2007-000193

부 대 표 | 강 연
기   획 | 이송원
편   집 | 이연희, 장수현
디 자 인 | 최수연
표   지 | Virginia Norey
마 케 팅 | 강 연

주   소 | 서울시 마포구 서교동 379-15번지 세종빌딩 4층
전   화 | 02-3143-6695
팩   스 | 02-3143-6696
e-mail | magichouse01@naver.com
homepage | www.magichouse.or.kr

ISBN 978-89-93342-11-6(03840)
값 12,800원

건지 아일랜드
감자껍질파이 클럽

메리 앤 셰퍼 & 애니 배로우즈 지음
김안나 옮김

Magic House
Opon Your Thinking

제1부

런던에서

The Guernsey
Literary and
Potato Peel Pie
Society

1 첫 번째 편지

발행인 미스터 시드니 스타크 귀하
스티븐스 & 스타크 출판사
세인트제임스 플레이스 21번지
런던, S.W.1
잉글랜드

1946년 1월 8일

시드니 오빠,

수잔 스코트는 환상이에요. 우리는 현장에서 책을 40권 이
상이나 팔았죠. 그것도 즐거운 일이지만, 내가 더 열광했던 것
은 그녀가 준비한 다과였어요. 어떻게 구했는지 설탕과 달걀 구
입권으로 머랭*을 준비했더라고요. 수잔이 준비하는 문학 오찬
이 모두 이 정도 수준이라면, 그녀를 따라서 전국일주를 한다
해도 마다하지 않겠어요. 만일 오빠가 수잔에게 보너스를 듬뿍
준다면 버터도 구할 것 같지 않아요? 한번 그렇게 해 봐요— 돈
은 내가 받을 인세에서 제해도 돼요.

---

* 설탕과 달걀 흰자위 거품을 섞은 것.

이제부터는 으스스한 소식을 전해드리죠. 새로 쓰는 책이 어떻게 진행되어 가느냐고요? 어쩌죠? 진행이랄 게 전혀 없어요.

처음에는 「기이한 영국식 취미」라는 책이 상당히 가능성 있는 것처럼 보였죠. 그런데 결국은 '영국 토끼의 우상화에 반대하는 모임'에 대해서 장문의 글을 써야만 하는 거예요. 나는 '해충 구제업자 노동조합'이 "베아트릭스 포터*를 타도하라!"라는 플래카드를 들고 옥스퍼드 가에서 시위하는 사진을 찾아냈어요. 하지만 그 사진 아래 설명 한 줄 붙인 다음에 무슨 말을 더 쓸 수 있겠어요? 아무것도 없죠. 그게 바로 문제예요.

더 이상은 그 책을 쓰고 싶은 마음이 들지 않아요. 머리로나 마음으로나 그 책이 끌리지 않아요. 아무리 '이지 비커스태프'라는 이름이 소중했고, 지금도 여전히 소중하지만, 다시는 그런 필명으로 글을 쓰고 싶지 않아요. 더 이상은 근심 없고 쾌활한 저널리스트로 평가받고 싶지 않다고요. 물론 전쟁 중에 독자들로 하여금 웃도록— 아니면 최소한 낄낄거리도록— 만들었던 것이 하찮은 것은 아니지만, 더 이상은 그런 일을 하고 싶지 않은 거예요. 요즘 나는 균형 감각을 잃은 것 같아요. 균형 감각이 없으면 해학적인 글은 쓰지 못한다는 걸 혹시 아세요?

하지만 「이지 비커스태프 전장에 가다」로 스티븐스 & 스타크 출판사가 수입을 올린다니 정말 기쁜 일이에요. 전에 썼던

---

* 베아트릭스 포터Beatrix Potter(1866-1943) : 토끼를 주인공으로 한 작품 「피터 래빗 이야기」로 유명한 영국의 동화작가.

책, 앤 브론테*전기의 대실패로 출판사에 타격을 입혔다는 양심의 가책으로부터 조금은 벗어나는 기분이에요.

이 모든 것에 대해 고마움과 사랑을 전하며, 줄리엣

*추신. 요즘 몬터규 부인**의 서간집을 읽고 있어요. 이 우울한 여자가 제인 칼라일***에게 뭐라고 썼는지 아세요? "나의 사랑하는 제인, 사람은 누구나 천직을 갖고 태어나는 법이죠. 당신의 천직은 재미있는 글을 쓰는 거랍니다." 제인이 몬터규 부인에게 침이라도 뱉았다면 좋았을 텐데.*

---

* 앤 브론테Anne Bronte(1820-1849) : 영국의 여성소설가 브론테 자매의 막내. 작품에 「애그니스 그레이」가 있다.

** 몬터규 부인Elizabeth Montagu(1718-1800) : 18세기 영국의 여성시인이며 서간문 작가.

*** 제인 칼라일Jane Carlyle : 토머스 칼라일의 아내. 편지를 잘 쓰는 것으로 유명했다.

2 시드니가 줄리엣에게 보낸 편지

1946년 1월 10일

미스 줄리엣 애쉬튼 귀하
글레브 플레이스 23번지
첼시
런던, S.W.3

사랑스런 줄리엣,

축하한다! 수잔 스코트에 의하면, 네가 오찬모임의 관객을
럼주에 취한 술주정뱅이들처럼 기분 좋게 만들었고, 관객은 너
를 그렇게 만들었다면서? 그러니 다음 주에 시작될 순회강연에
대해서는 걱정할 필요가 없단다. 네가 성공할 것에 대해서 나는
추호의 의심이 없다. 이미 18년 전에 네가 '양치기 소년이 굴욕
의 골짜기에서 노래하노니'*를 공연하는 것을 봤기 때문에, 나
는 네가 강연을 시작하면 몇 분 안에 사람들을 휘어잡을 것임을
알고 있어. 하지만 조언 한마디 할까? 이번에는 강연이 끝난 다
음에 관객을 향해서 책을 던지는 일은 삼가야 할 거야.

---

* 17세기 영국 문학가 존 번연(John Bunyan)이 쓴 시.

수잔은 너와 함께 바스에서부터 요크까지 서점을 순회하는 여행을 생각하고 있단다. 물론 소피는 그 순회강연이 스코틀랜드까지 연장되게 해 달라고 선동하고 있지. 그래서 나는 엄격한 말투로, 그것은 추후에 결정될 사항이라고 말했다. 소피가 엄청나게 너를 보고파 한다는 건 알고 있지만, 스티븐스 & 스타크 출판사는 그런 개인적인 사정에 휘둘려서는 안 되거든.

런던과 런던 근교로부터 「이지 비커스태프」 판매부수 보고를 받았다. 정말 많이 팔렸어. 다시 한 번 축하한다!

「기이한 영국식 취미」에 대해서는 초조해 할 것 없다. 어차피 관심이 사라질 거였다면 6개월 동안 토끼에 대해서 쓴 다음에 그렇게 되는 것보다는 지금 그러는 편이 낫지 않니. 그 제목이 가진 상업적 가능성은 매력 있지만, 그런 주제는 얼마 지나지 않아 완벽하게 잊혀진다는 데에는 나도 동의한다. 네 마음에 들 만한 다른 주제가 떠오를 거야.

순회강연 떠나기 전에 저녁식사 같이 할까? 날짜 정해서 알려 줘.

사랑을 담아, 시드니

추신. *너도 재미있는 글을 쓰잖아.*

3 줄리엣이 시드니에게 보낸 편지

미스터 시드니 스타크 귀하
스티븐스 & 스타크 출판사
세인트제임스 플레이스 21번지
런던, S.W.1
잉글랜드

1946년 1월 11일

시드니 오빠,

그래요, 좋은 생각이에요. 템스 강 근처에서 먹을까요? 굴 요리와 샴페인과 로스트비프를 먹고 싶어요, 물론 그런 음식을 찾을 수 있다면 말이죠. 그럴 수 없다면 닭요리도 괜찮아요. 「이지 비커스태프」가 잘 팔린다니 정말 기쁘군요. 그 인세를 받으면 이제 런던을 떠나지 않아도 될 만큼 충분할까요?

스티븐스 & 스타크 출판사 덕택에 나도 꽤 잘 나가는 저자가 되었으니, 저녁은 당연히 내가 사겠어요.

사랑을 담아, 줄리엣

추신. '양치기 소년이 굴욕의 골짜기에서 노래하노니'는 관객을 향
　　 해서 던진 게 아니에요. 발성법을 가르치던 교사를 향해서
　　 던진 거였어요. 그녀의 발을 향해서 던졌는데 그만 빗나갔
　　 던 거라고요.

알렉산더 스트라칸 부인 귀하
피오칸 팜
바이 오반
아가일

1946년 1월 12일

사랑하는 소피,

물론 나도 정말 네가 보고 싶어. 하지만 나는 영혼도 없고
의지도 없는 로봇이란다. 시드니의 명령에 따라 바스, 콜체스
터, 리즈, 그리고 기억도 할 수 없는 장소에 불려 다니고 있는데
거기서 빠져나와서 스코틀랜드로 갈 수는 없단다. 그랬다가는
시드니의 눈살이 찌푸려지고, 눈은 가늘어질 것이며, 으스대는
태도로 걷기 시작할 거야. 시드니가 그렇게 걷기 시작하면 그게
얼마나 신경을 건드리는지 너도 알잖아.

아무도 모르게 도망쳐서 너희 농장으로 숨어들 수 있었으
면 좋겠어. 그러면 네가 나의 응석을 받아주겠지. 내가 소파 위
에 발 올려놓는 것도 허락할 거야. 그럴 거지? 그런 다음에 너

는 나에게 담요를 둘러주고 따뜻한 차를 가져다주겠지. 네 남편 알렉산더가 혹시 너희 집 소파에서 내가 영구거주한다면 싫어할까? 네 남편이 참을성이 많다고 하긴 했지만, 그래도 그렇게 하면 귀찮아하겠지?

내가 왜 이렇게 침울한 걸까? 열광하는 관중 앞에서 「이지 비커스태프」를 읽어줄 것을 생각하면 즐거워야 할 텐데 말이야. 내가 책에 대해서 얘기하는 걸 얼마나 좋아하는지, 그리고 칭찬 듣는 걸 얼마나 동경하는지 너도 알잖아. 그러니까 즐거워야 한다고. 하지만 진실을 말하자면 나는 우울해. 전쟁 중일 때보다 더 우울해. 소피, 모든 것이 너무나 망가져버렸어. 도로는 파괴되었고, 건물은 무너졌고, 사람들은 상처를 입었고. 특히 사람들이 피폐해졌지.

내가 이러는 건 아마도 어젯밤에 있었던 불쾌한 디너파티의 후유증 때문일 거야. 음식은 끔찍했지만 그 정도는 예상했던 거니까. 나를 낙담하게 만든 건 그곳에 온 손님들이었어— 지금까지 내가 만난 사람들 중에서 가장 기운을 빼는 사람들만 모인 것 같았어. 대화라고는 폭탄과 굶주림에 관한 것뿐이었지. 사라 모어크로프트 기억나지? 그 여자도 거기에 있었는데 뼈만 남아서 소름끼치는 모습에 입술만 새빨갛게 칠하고 있었어. 그 여자 옛날엔 예쁘지 않았었니? 캠브리지로 간 승마선수에게 홀딱 빠져 있었잖아. 그 남자는 온데간데없고, 피부는 회색인 데다가 말하기 전에 입을 쩝쩝 다시는 의사의 아내가 되어 있더라고. 그런데 이 끔찍한 의사조차 내 파트너에 비하면 멋진 상대인 셈이었어. 내 파트너는 어쩌다 보니 미혼 남자였는데, 아마도 이 세상 최후의 미혼 남자였겠지— 오, 하느님, 내 말이 왜 이렇게 옹졸하게 들리는지!

맹세하건대, 소피, 나한테 뭔가 문제가 있는 모양이야. 만나는 남자마다 견딜 수가 없거든. 아마도 눈높이를 조금 낮춰야 할까 봐. 입을 쩝쩝 다시는 의사보다 조금 더 낮춰야겠지. 이 상황을 전쟁 탓으로만 돌릴 수도 없단다. 나는 원래 남자 운이 없는 편이었잖니?

세인트스위딘 학교에 다닐 때 만났던 남자가 나에게 유일한 진실한 사랑이었을까? 그 남자와는 말해본 적도 없으니 진실한 사랑일 것 같지는 않지만, 그래도 최소한 실망 때문에 열정에 상처를 입지는 않았어. 게다가 그 남자는 아름다운 검은 머릿결을 가지고 있었지. 그 다음에는, 너도 기억하겠지만, '시인들의 시대'가 왔어. 시드니 오빠는 그 시인들에 대해서 꽤 무뚝뚝하게 대했지. 시드니 오빠 자신이 그 남자들을 나에게 소개해 놓고는 왜 그랬는지 이유를 모르겠어. 그 다음이 불쌍한 에이드리언이었지. 오, 이 비참한 인명부를 너에게 다시 낭독해 줄 필요는 없지. 하지만 소피, 대체 나는 뭐가 문제인 걸까? 내가 너무 까다롭니? 나는 그저 결혼하기 위한 결혼은 싫어. 대화를 나눌 수 없는 사람, 혹은 더 나쁜 경우에는 침묵을 나눌 수 없는 사람과 함께 남은 인생을 보내는 것보다 더 외로운 일은 없다고 생각해.

신세한탄에 불평만 늘어놨구나. 이제 알겠지, 내가 스코틀랜드에 들르지 않게 된 것이 너에게 얼마나 다행스러운 일인지? 하지만 혹시 갈지도 몰라. 시드니 오빠가 가라고 하면 가야 하니까.

나를 대신해서 도미닉에게 뽀뽀해 주면서, 얼마 전에 내가 테리어만큼 큰 쥐를 봤다고 얘기해 줄래?

알렉산더에게 애정을, 그리고 너에게는 더 큰 애정을 보내며,

줄리엣

1946년 1월 12일

미스 줄리엣 애쉬튼 귀하
오클리 가 81번지
첼시
런던 S.W.3

친애하는 미스 애쉬튼,

저는 건지 섬 세인트마틴 교구에 있는 농장에 사는 도시 애덤스라는 사람입니다. 당신에 대해서 알게 된 것은 한때 당신의 책이었던, 찰스 램*이라는 작가의 「엘리아 수필선집」이 지금 제 손에 있기 때문입니다. 앞표지 안쪽에 당신의 이름과 주소가 적혀 있었습니다.

단도직입적으로 말씀드리겠습니다. 제가 가지고 있는 책 제목이 '선집(選集)'인 걸 보면, 같은 저자가 쓴 다른 글도 있다는 뜻인 것 같다는 생각이 들었습니다. 그런 작품이 있다면 읽고

---

* 찰스 램Charles Lamb(1775-1834) : '엘리아'라는 필명으로 활동한 영국의 수필가. 대표작 「엘리아 수필선집」은 뛰어난 문장과 영국식 위트의 걸작으로 평가된다.

싶습니다. 그런데 독일군은 사라졌지만 여전히 건지 섬에는 서점 하나 없습니다.

그래서 부탁 좀 드리고자 합니다. 런던에 있는 서점의 이름과 주소를 알려주실 수 있는지요? 그러면 찰스 램의 책을 우편으로 주문할 수 있을 테니까요. 또한 전기(傳記)가 있다면 그것도 한 권 구할 수 있을까요? 물론 찰스 램의 글은 현란한 위트를 자랑하고 있지만, 어쩐지 한 인간으로서 그는 인생의 큰 슬픔을 경험했을 것 같다는 생각이 들기 때문입니다.

우리 섬이 독일군에게 점령당했던 시절, 찰스 램의 글은 저에게 웃음을 선사해 주었습니다. 특히 돼지구이에 관해서 쓴 글을 읽으면 웃음이 나왔습니다. 우리의 문학회 '건지 아일랜드 감자껍질파이 클럽'은 독일군에게 비밀로 해야만 했던 돼지구이 때문에 태어나게 되었는데, 그 때문인지 저는 찰스 램에게 친밀감을 느낍니다.

성가시게 해서 죄송합니다. 하지만 찰스 램에 대해서 알지 못한다면 더욱 유감스러울 겁니다. 글을 읽다 보니 이미 찰스 램이 친구처럼 느껴지기 때문입니다.

폐가 되지 않기를 희망하면서, 도시 애덤스 드림

추신. 제 친구인 모저리 부인이 소책자를 한 권 구입했는데 그
　　것도 한때 당신의 것이었답니다. 「불타는 떨기나무는 과
　　연 존재했는가? 모세와 십계명을 위한 변론」이란 제목의
　　책자입니다. 여백에 당신이 '하나님의 말씀인가, 아니면
　　군중통치의 수단인가?'라고 질문을 달아 놓았는데 모저
　　리 부인은 그게 마음에 든다고 합니다. 당신은 어느 쪽으
　　로 결론을 내렸습니까?

6 줄리엣이 도시에게 보낸 편지

미스터 도시 애덤스 귀하
레 불레랑스
라 부베
세인트마틴 교구, 건지

1946년 1월 15일

친애하는 미스터 애덤스,

저는 지금 오클리 가에 살고 있지 않지만, 여하튼 당신의 편지는 제 손에 들어왔고 저의 책은 이미 당신의 손에 있다고 하니 무척 기쁩니다. 사실, 「엘리아 수필선집」과 헤어지는 것은 고통스러운 일이었습니다. 물론 저는 같은 책을 두 권 가지고 있었고 책꽂이에 자리가 없었기 때문에 한 권을 처분해야만 했지만, 그래도 그 책을 팔 때는 마치 배반자가 된 기분이었습니다. 하지만 당신의 편지가 제 양심에 위로가 되는군요.

그 책이 어떻게 건지 섬까지 가게 되었을까요? 아마도, 책에는 귀소본능이란 것이 있어서 자기에게 어울리는 독자를 찾아가는 게 아닐까요? 그것이 사실이라면 얼마나 즐거운 일인지요.

    당신의 편지를 받고서 제가 할 일은 서점을 뒤지는 것이라
고 생각하고는 헤이스팅즈 서점으로 곧장 갔습니다. 몇 년째 단
골로 다니는 서점인데, 언제나 원하는 책은 물론이고, 생각지
도 못했지만 사실은 원하고 있었던 책도 서너 권 덤으로 찾을
수 있는 곳입니다. 저는 헤이스팅즈 씨에게 당신 이야기를 하면
서, 상태 좋고 깨끗한 (그러나 희귀본은 아닌) 「엘리아 수필집 후
편」 한 권을 구해 달라고 말했습니다. 헤이스팅즈 씨는 당신에
게 책과 청구서를 우편으로 보낼 것입니다. 뿐만 아니라 그는
당신이 찰스 램을 좋아한다는 것을 알고는 매우 기뻐했습니다.
그의 설명에 따르면 찰스 램 전기 중에서는 E. V. 루카스가 쓴
것이 최고라는 군요. 시간은 좀 걸리겠지만 그 책도 한 권 구해
서 보내겠답니다.
    책이 도착하는 것을 기다리는 동안, 제가 보내는 작은 선
물을 받아주시기 바랍니다. 찰스 램의 「서간집」입니다. 제 생
각으로는 이 책이야말로 어떤 전기보다 찰스 램에 대해서 더 많
은 것을 알게 해 줄 것입니다. E. V. 루카스의 저작은 너무나 품
위 있기 때문에 찰스 램의 글 중에서 제가 특히 좋아하는 구절을
인용하지는 않았을 것 같습니다. 바로 이런 구절이지요. "술, 술,
술, 벌컥, 벌컥, 벌컥, 주절, 주절, 주절, 어질, 어질, 어질, 쾅! 나는 결
국 구제불능이 되고야 말 것이다. 이틀 내내 너무 많이 마시고 있는 중
이다. 내 도덕관념은 바닥을 드러내고 있으며, 신앙심은 희미해지고
있다." 이 구절은 「서간집」 244페이지에 있습니다. 저는 「서간

집」을 통해서 찰스 램을 알게 되었습니다. 이런 말을 하기는 부끄럽지만, 그 책을 산 것은 리 헌트*가 황태자를 비판한 불경죄로 감옥에 갇혀 있을 때, 찰스 램이라는 이름을 가진 친구가 찾아갔다는 것을 어딘가에서 읽었기 때문이었습니다.

그곳에서 찰스 램은 친구 리 헌트와 함께 감옥 천정에 푸른 하늘과 흰 구름을 그려 넣었답니다. 그 다음엔 감옥 벽에 장미 넝쿨을 그려 넣었다죠. 나중에 밝혀낸 바에 의하면, 감옥 밖에 있던 리 헌트의 가족에게 돈을 주기도 했답니다. 찰스 램 자신도 지독하게 가난했으면서 말이죠. 뿐만 아니라 리 헌트의 막내딸에게 주기도문을 거꾸로 읊는 법을 가르쳐 주기도 했다고 합니다. 찰스 램이 이런 사람이라는 것을 알면, 당연히 그에 대해서 모든 것을 알고 싶은 법입니다.

바로 그 점이 제가 독서를 좋아하는 이유입니다. 작은 관심 하나로 책 한 권을 읽게 되고, 그 책 안에서 발견한 작은 흥미 때문에 그 다음 책을 읽게 되고, 거기서 찾아낸 것 때문에 또 다시 다음 책을 읽게 되는 거죠. 그렇게 해서 독서는 기하급수적으로 진행됩니다. 거기에는 가시적인 한계도 없으며, 순수한 즐거움 외에는 다른 이유도 없습니다.

책 표지에 핏자국처럼 보이는 붉은 얼룩은— 바로 핏자국입니다. 종이칼을 다루다가 방심했어요. 동봉한 엽서에 있는

---

* 리 헌트Leigh Hunt(1784~1859) : 영국의 평론가이며 시인. 문예지 '이그재미너'를 창간하여 문학사에 큰 영향을 끼쳤다.

그림은 친구인 윌리엄 해즐릿*이 그렸다는 찰스 램 초상화입니다.

답장을 해 주실 거라면, 몇 가지 질문을 해도 될까요? 정확하게 말하자면 세 가지 질문입니다. 왜 돼지구이 만찬을 비밀로 지켜야 했었는지요? 어떻게 해서 돼지로부터 문학회가 시작되었는지요? 그리고, 가장 궁금한 것인데, 대체 감자껍질파이가 무엇인가요? 그리고 그게 왜 문학회 명칭에 들어가게 된 것인지요.

저는 런던 첼시의 글레브 플레이스 23번지에 세들어 살고 있습니다. 오클리 가에 있던 집은 1945년 폭격으로 사라졌는데, 아직도 그 집이 그립습니다. 오클리 가는 훌륭한 위치에 있었습니다. 제가 살던 방에는 창문이 세 개 있었는데 어느 창문으로도 템스 강이 보였거든요. 물론 지금 런던에서는 어디에든 집이 있다는 것만으로도 행운이라는 걸 알고 있긴 하지만, 지금으로서는 제가 받은 축복을 헤아리기 보다는 차라리 불평을 늘어놓고 싶습니다. 당신이 「엘리아 수필」을 구하려 할 때 저를 떠올려 주셔서 기분이 좋습니다.

당신의 진실한 벗, 줄리엣 애쉬튼

추신. 모세에 대해서는 어느 쪽인지 결정할 수가 없네요.
아직도 고민 중입니다.

---

* 윌리엄 해즐릿William Hazlitt(1778-1830) : 영국의 비평가 겸 수필가.

미스터 시드니 스타크 귀하
스티븐스 & 스타크 출판사
세인트제임스 플레이스 21번지
런던, S.W.1
잉글랜드

1946년 1월 18일

시드니 오빠,

먼저 사과를 드려야겠네요. 「이지 비커스태프」를 위해서
계획한 다과회와 오찬에 대해서 내가 불평했던 것을 용서하세
요. 내가 오빠를 폭군이라고 불렀나요? 그 말 취소할게요. 스티
븐스 & 스타크 출판사에서 나를 런던 밖으로 보내줘서 너무 좋
아요.

바스는 전쟁 전의 영화를 고스란히 간직하고 있어요. 런던
의 시커멓고 침울한 건물, 혹은— 훨씬 더 나쁜 것은— 한때 건
물이었던 것의 파편 더미에 비해서 바스에는 당당한 흰색 집들
이 아름답게 모여 있네요. 석탄 냄새나 먼지가 없는 깨끗하고
신선한 공기를 마실 수 있다는 것은 축복이에요. 날씨는 춥지

만, 런던처럼 축축한 냉기는 아니에요. 거리에 있는 사람들조차 다르게 보인다니까요. 그들의 집만큼이나 사람들도 당당해요. 칙칙하게 움츠린 런던 사람들하고는 달라요.

애보트서점에서 열렸던 간담회에 왔던 사람들이 아주 즐거워 했다고 수잔이 말해 줬어요. 물론 나도 아주 즐거웠어요. 처음 2분이 지나자 입을 떼기 시작했고, 그 다음부터는 정말 꽤 좋은 시간이었어요.

우리는 내일 콜체스터, 노리치, 킹스린, 브래드포드, 그리고 리즈를 향해서 출발해요.

사랑과 감사를 전하며, 줄리엣

미스터 시드니 스타크 귀하
스티븐스 & 스타크 출판사
세인트제임스 플레이스 21번지
런던, S.W.1
잉글랜드

1946년 1월 21일

시드니 오빠,

　밤기차 여행이 다시 근사한 일이 되었어요! 몇 시간이고 통로에 서서 갈 일도 없고, 군대수송열차가 지나갈 때까지 옆으로 비켜서서 기다릴 필요도 없고, 무엇보다도 창문을 가릴 필요가 없어서 좋아요. 지나치는 창문마다 불이 환하게 켜져 있는 바람에 나는 또다시 기웃거리며 그 안을 엿볼 수 있어요. 전쟁 중에는 이런 일을 하지 못해서 얼마나 아쉬웠다고요. 그때는 우리 모두가 각자의 굴 속에 웅크리고 있는 두더지가 된 것 같았어요.

　그들의 침실 안을 엿보고 싶은 마음은 추호도 없어요. 거실이나 부엌에 앉아 있는 가족들의 모습을 보는 것만으로 가슴이 떨려요. 그들의 책장이나 책상, 혹은 불켜진 초, 혹은 밝은 색 소파 쿠션을 흘끗 보는 것만으로 나는 그들의 삶 전체를 상상하거든요.

오늘 틸먼서점의 모임에서는 심술궂고 잘난 척하는 남자가 있었어요. 나는 「이지 비커스태프」에 대한 강연을 끝내고 나서 질문 있느냐고 물어봤죠. 그랬더니 그 남자가 말 그대로 의자에서 튀어 올라서 나에게 얼굴을 바짝 들이대고는 한갓 여자에 지나지 않는 당신이—어떻게 감히 아이작 비커스태프의 이름을 훼손할 수 있느냐고 다그쳤어요. "실제 아이작 비커스태프는 저명한 언론인이었고 18세기 문학의 중요 인물이었소. 당신이 고인의 이름을 더럽히는군."

내가 뭐라고 한 마디 시작하기도 전에 뒷줄에 앉아 있던 여자가 벌떡 일어났어요. "자리에 앉아요! 존재하지도 않았던 사람의 이름을 어떻게 더럽힌단 말인가요? 그는 살았던 적도 없으니 죽지도 않았다고요. 아이작 비커스태프는 조셉 애디슨이 썼던 '스펙테이터' 칼럼의 필명이었다고요! 그러니 실재하지도 않았던 이름을 미스 애쉬튼이 사용한다고 뭐가 문제가 되겠어요? 그러니 입이나 닥쳐요!" 이 얼마나 영웅적인 옹호자였는지! 그 남자는 허겁지겁 서점에서 빠져나가고 말았죠.

그런데 오빠, 마컴 V. 레이놀즈 2세라는 이름을 가진 남자가 누군지 알아요? 모른다면 좀 알아봐 줄래요? 「후즈 후」*

---

* 저명한 현존인물에 관한 인명사전으로 1849년 런던에서 최초로 창간되었다.

에서 찾든 「둠즈데이북」*을 뒤지든, 아니면 런던경찰청에 문의하든지 해서 말이에요. 거기에도 없다면 전화번호부에는 있겠죠. 그 남자가 나에게 꽃을 보내고 있어요. 바스의 호텔로는 아름다운 봄꽃 한 묶음을, 기차로는 흰 장미꽃을, 노리치로는 붉은 장미 한 다발을 보내왔는데, 메시지도 없이 인쇄된 명함만 꽂혀 있었어요.

그런데, 그 남자는 우리가 어느 호텔에 묵는지, 어느 기차를 타는지 어떻게 알아냈을까? 왜냐하면 꽃다발은 모두 도착하는 시간에 딱 맞춰서 배달되거든요. 구애를 받는 건지, 아니면 스토킹을 당하는 건지, 어떻게 받아들여야 할지 잘 모르겠어요.

사랑을 담아, 줄리엣

---

* 1086년 영국의 왕 윌리엄 1세가 작성한 토지조사부. 중세유럽사 연구에 귀중한 사료로 런던 국립기록보존소에 소장되어 있다.

미스터 시드니 스타크 귀하
스리븐스 & 스타크 출판사
세인트제임스 플레이스 21번지
런던, S.W.1
잉글랜드

1946년 1월 23일

시드니 오빠,

조금 전에 수잔이 「이지 비커스태프」의 판매수치를 알려 줬는데— 믿을 수가 없었어요. 솔직히 말하자면, '전쟁도 끝났는데 누가 전쟁 이야기를 기억하고 싶어 하겠는가, 그것도 책을 읽으면서'라고 생각했었거든요. 행복하게도, 그리고 이번에도 역시, 오빠가 옳고 내가 틀렸군요. (이렇게 인정하는 건 정말 죽을 맛이네요.)

여행하고, 경청하는 관객 앞에서 이야기하고, 책에 사인하고, 낯선 사람들을 만나는 것은 유쾌한 일이에요. 내가 만난 여자들이 그들 자신의 전쟁 경험을 얘기해 주었는데, 그 얘기를 들으면서 다시 칼럼을 쓰고 싶다는 생각마저 들었다니까요. 어제는 노리치 출신의 어떤 부인과 재미있게 떠들었는데, 틴에이 저 딸이 네 명이 있대요. 그런데 큰딸이 바로 지난주에 시내에 있는 사관학교 티파티에 초대를 받았대요. 소녀는 제일 좋은 옷을 차려 입고 깨끗한 흰 장갑을 끼고 사관학교에 도착했는데, 파티장에 들어서기도 전에 안쪽에 사관생도들의 빛나는 얼굴이 가득한 걸 보고는 기절했다는 거예요. 불쌍한 소녀는 평생 그렇게 많은 남자들이 한 곳에 있는 것을 본 적이 없었던 거죠. 세상에! 한 세대 전체가 댄스파티나 티파티에서 남녀가 만나는 것도 경험하지 못한 채 성장한 거예요.

나는 서점을 둘러보고 그곳에서 일하는 사람들을 만나는 게 정말 좋아요. 그들은 정말 특별한 부류예요. 제정신이라면 아무도 월급 때문에 서점에서 일하지는 않을 것이고, 제정신이라면 아무도 서점을 운영하려 들지 않을 거예요. 그만큼 마진은 너무 작아요. 그러니까 그런 일을 하는 사람들은 독서와 독서하는 사람을 사랑하는 거죠. 게다가 새로 나온 책을 먼저 볼 수 있다는 특권도 있으니까요.

나하고 소피가 런던 어디에서 처음 일했는지 기억하죠? 괴팍한 호크 씨의 중고서점 말이에요. 나는 호크 씨의 방식을 좋아했어요. 책 상자를 개봉해서는 한두 권을 우리에게 주면서 이렇게 말했죠. "담뱃재 떨어뜨리면 안 돼. 깨끗한 손으로 봐. 그리고 제발 부탁인데, 줄리엣, 여백에다 메모 좀 하지 마! 소피, 제발 줄리엣이 책 읽으면서 커피 마시지 않도록 해 줘."

그러면 우리는 새 책을 가지고 갔어요.

놀라웠던 것은, 그리고 지금도 여전히 놀라운 것은, 서점을 서성거리는 사람들 중에는 자기가 어떤 책을 찾는지 제대로 알지 못하는 사람들이 꽤 많다는 점이에요. 그들은 그저 서점을 둘러보면서 자신의 취향에 맞아떨어질 만한 책을 마주치게 되기를 바라는 거죠. 출판사에서 써 놓은 자화자찬 광고를 신뢰하지 않을 만큼 똑똑한 사람들이라면 점원에게 세 가지 질문을 하겠죠. *(1) 무엇에 관한 책인가? (2) 당신은 이 책을 읽어봤는가? (3) 읽을 가치가 있는가?*

나나 소피처럼 뼛속까지 책을 사랑하는 점원들은 거짓말을 못하는 법이죠. 그냥 얼굴표정으로 모든 걸 말해버려요. 눈썹을 올리거나 입술을 내밀면 그 책이 별 볼일 없다는 뜻이 되겠죠. 그러면 현명한 구매자들은 좋은 책을 추천해 달라고 부탁하고, 우리는 책을 골라 주면서 읽으라고 하겠죠. 그 책을 읽고 마음에 들지 않으면 다시는 우리 서점에 오지 않겠죠. 하지만 우리가 골라준 책이 마음에 들었다면 평생 단골이 되는 거예요.

지금 받아 적고 있어요? 오빠는 이 점을 명심해야 돼요— 출판사는 서점에 견본용 책을 한 권만 보낼 것이 아니라 여러 권을 보내서, 점원들이 모두 읽을 수 있게 해야 한다고요.

오늘 시튼 씨가 말하길 「이지 비커스태프」는 고객들이 좋아하는 사람에게도 좋은 선물이 되고, 싫어하지만 그래도 선물을 해야 하는 사람에게도 좋은 선물이 될 거래요. 그러면서 모든 책의 30퍼센트는 선물용으로 팔린다고 덧붙였어요. 30퍼센트??? 사실인가요?

혹시 수잔이 이번 순회강연 여행 외에 또 무엇을 관리했는지 오빠에게 말하던가요? 바로 나를 관리했어요. 내가 수잔을 알고 나서 30분도 지나지 않았을 때 수잔이 그러더군요. 내 화장과 옷차림과 헤어스타일과 구두가 모두 칙칙하다고요. 전쟁 끝난 게 언젠데 나만 모르고 있냐고요.

수잔은 마담헬레나 미용실로 나를 데리고 가서 머리를 자르게 했어요. 이제 내 머리는 길고 뻣뻣하지 않고 짧고 곱실곱실하게 바뀌었어요. 게다가 가벼운 염색도 했죠. 미용사와 수잔은 염색을 하는 것이 나의 '아름다운 밤색 컬'에 황금색 하이라이트를 주기 위한 거라고 말하더군요. 하지만 나는 진실을 알아요. 돋아나기 시작하는 새치를 감추려는 것이었겠죠.(세어보니 네 개였어요.) 또한 페이셜 크림 한 통, 향기가 좋은 핸드로션 하나, 립스틱, 그리고 아이래시컬러도 샀어요— 이걸 사용할 때마다 자꾸 사팔눈이 되려고 해요.

그런 다음에 수잔은 새 옷을 사자고 했어요. 나는 '여왕도 1939년산 드레스를 기꺼이 입는데 왜 내가 새 옷을 사야 하느냐'고 물었죠. 수잔은 '여왕은 낯선 사람들에게 깊은 인상을 줄 필요가 없지만 나는 그래야 하기 때문에' 옷을 사야 한다는 거예요. 왕실과 국가에게 반역자가 된 듯한 기분이었어요. 생각이 있는 여자라면 지금 새 옷을 사지는 않겠죠. 하지만 옷을 갈

아입고 거울을 보자 그런 생각은 모두 사라졌어요. 4년 만에 새로 사는 정장, 정말 대단한 옷이었어요. 잘 익은 복숭아 색으로 걸을 때면 찰랑거리며 주름이 잡히는 것이었죠. 점원이 말하길, 그 옷에는 '프랑스풍 스타일'이 있기 때문에 그 옷을 입으면 나도 프랑스풍의 맵시를 가지게 된대요. 그래서 샀어요. 구두는 나중에 사야할 것 같아요. 새 옷을 사는 데 1년 치 의류구입권을 거의 다 써 버렸거든요.

수잔과 헤어스타일과 화장품과 새 옷 덕분에, 나는 더 이상 생기 없고, 대충 차려입은 서른두 살의 여자처럼 보이지 않아요. 발랄하고, 화려하고, 최고급 유행으로 쫙 뺀 서른 살처럼 보여요.

새 옷과 구두 얘기가 나와서 말인데, 전쟁 중일 때보다 전쟁이 끝난 지금이 배급제가 훨씬 더 엄격하다는 게 놀랍지 않아요? 유럽 전역의 수많은 사람들이 음식과 집과 옷을 배급 받아야 한다는 걸 알고 있지만, 개인적으로는 그 중 상당수가 독일인이라는 것이 꽤씸하긴 해요.

여전히 어떤 책을 써야 하는지 모르겠어요. 그래서 우울해지기 시작했어요. 혹시 제안하고 싶은 거 있어요?

지금 있는 곳이 런던보다는 꽤 북쪽이라서 오늘 밤에는 스코틀랜드에 있는 소피에게 장거리전화를 하려고 해요. 동생에게 전할 말 있어요? 매제(妹弟)에게 전할 말은? 조카에게는?

지금까지 쓴 것 중에 가장 긴 편지였어요. 답장은 이렇게 길게 하지 않아도 돼요.

사랑을 담아, 줄리엣

10 수잔 스코트가 시드니에게 보낸 편지

1946년 1월 25일

미스터 시드니 스타크 귀하
스티븐스 & 스타크 출판사
세인트제임스 플레이스 21번지
런던, S.W.1
잉글랜드

사장님께

　신문기사는 믿지 마세요. 줄리엣은 체포되어 수갑을 차고
끌려간 게 아니라 브래드포드 시 경찰관에게 주의를 좀 들었을
뿐이에요. 그것도 경찰관이 웃음을 참느라 애쓰는 게 보일 정도
였으니까요.

　줄리엣이 길리 길버트의 머리를 향해 찻주전자를 던지긴
했어요. 하지만 화상을 입었다는 길리의 주장은 믿지 마세요.
차는 차갑게 식어 있었거든요. 게다가 머리에 정통으로 맞은 것
도 아니고 약간 스쳤을 뿐이에요. 오죽하면 호텔 지배인이 우리
가 주전자 값을 물겠다는데도 괜찮다고 했겠어요— 약간 찌그
러졌을 뿐이거든요. 지배인이 경찰을 불렀던 것은 길리 길버트

가 경찰을 부르라고 소리소리 질렀기 때문이에요.

사건의 전말을 말하기 전에, 일단 모든 것은 전적으로 저의 책임이에요. 길리가 줄리엣과 인터뷰를 하겠다고 요청했을 때 거절해야 했는데. 그 남자가 얼마나 재수 없는지 알고 있었거든요. 그 '런던 휴 앤 크라이' 지(紙)에서 일하는 미끈미끈한 벌레 같은 인간이죠. 뿐만 아니라 길리 길버트와 '런던 휴 앤 크라이'는 '스펙테이터'에 연재되는 '이지 비커스태프' 칼럼의 성공을—그리고 칼럼니스트 줄리엣을— 지독하게 질투하고 있다는 것도 알고 있었거든요.

우리는 브래디서점에서 줄리엣을 위해 마련한 출판업자 파티에 참석했다가 호텔로 돌아오는 길이었어요. 둘 다 피곤했지만 꽤 뿌듯한 기분으로 막 들어서는데 라운지에서 기다리고 있던 길리가 의자에서 벌떡 일어나서 다가오더라고요. 차 한 잔만 함께 하자고 애원하더군요. '우리의 훌륭한 미스 애쉬튼, 아니면 영국의 자랑인 이지 비커스태프'와 간단한 인터뷰를 하게 해 달라고 애원했어요. 그 알랑거리는 아첨만으로도 충분히 알아먹었어야 했는데, 제가 그렇게 하지 못했어요. 저는 앉아서 쉬고 싶었고, 줄리엣의 성공을 자랑하고 싶었고, 크림티를 마시고 싶었거든요.

그래서 자리에 앉았죠. 처음에는 얘기가 순조롭게 진행됐어요. 문제가 시작된 것은 길리가 이런 말을 하면서부터였어요. "…당신 자신도 말하자면 전쟁과부인 셈이죠. 그렇죠? 아니면— 전쟁과부가 될 뻔했다는 게 더 정확하겠군요. 당신은 로 브 다트리 대위와 결혼하기로 되어 있었죠? 결혼식 준비를 끝 낸 상태였죠? 그렇죠?"

줄리엣은 "길버트 씨, 무슨 말인지 모르겠는데요."라고 말 했어요. 줄리엣이 얼마나 예의바른지, 당신도 잘 아시잖아요.

"내 말이 틀렸단 말인가요? 당신과 다트리 대위는 결혼허 가서를 제출했잖습니까. 1942년 12월 13일 오전 11시에 첼시 등기소에서 결혼식을 하기로 예약했잖아요. 결혼식 피로연을 하기 위해서 리츠호텔에 테이블을 예약해 놓았던 것 아닙니까. 이렇게 해 놓고 당신이 나타나지 않았던 거죠. 이 모든 정황으 로 볼 때, 당신은 결혼식 직전에 다트리 대위를 차버렸고, 그래 서 그 불쌍한 남자는 창피를 당하고, 실연의 상처를 안은 채 버 마로 파견되어 그곳에서 3개월 만에 전사하게 된 것이었군요."

저는 일어섰어요. 입이 다물어지지 않더라고요. 아무런 대 책 없이 줄리엣을 바라봤죠. 그래도 줄리엣은 정중하게 대하려 고 애를 썼어요. "결혼식 날 그를 버린 게 아닙니다. 하루 전날 얘기했어요. 그리고 그 남자는 창피를 당한 게 아닙니다. 오히 려 구원을 받은 거죠. 나 자신이 결혼을 원치 않을 뿐이라고 말 한 게 다예요. 길버트 씨, 이 말은 사실입니다. 나는 '나'라는 부 담을 덜어줌으로써 그를 행복한 남자로 남겨 놓았습니다. 그 남 자는 홀로 배반의 상처를 달래며 군함으로 돌아간 것이 아닙니 다— 그는 곧장 CCB 클럽으로 가서는 벨린다 트와이닝과 밤새 춤을 췄단 말입니다.”

길리도 놀란 것 같기는 한데, 그렇다고 물러서지는 않더라고요. 하긴, 길리 같은 설치류 인간들은 절대로 물러서는 법이 없죠. 그는 재빨리 머리를 굴리더니 한층 더 선정적인 이야기를 꺼냈습니다.

“오호라!”하고 능글맞게 웃더니 이렇게 말하는 거였어요. “그렇다면 문제가 뭐였나요? 술? 다른 여자? 아니면 오스카 와일드 같은 취미?”*

그래서 줄리엣이 찻주전자를 던진 거예요. 뒤이어 일어난 소동은 짐작이 가시겠죠? 당시 호텔 라운지에는 차를 마시는 사람으로 가득했거든요. 그래서 신문사로 제보가 들어간 것 같아요, 틀림없이.

신문 헤드라인 중에서 ‘이지 비커스태프 또다시 전장에 가다! 호텔 다과회 전투에서 기자가 부상을 입다!’ 같은 것은 좀 거칠긴 해도 그리 나쁘지 않았다고 생각해요. 하지만 ‘줄리엣에게 버림 받은 로미오, 버마에서 전사하다!’ 같은 제목은 길리 길버트와 ‘휴 앤 크라이’가 보기에도 구역질이 났을 거예요.

줄리엣은 자기가 스티븐스 & 스타크 출판사에 피해를 입혔을지도 모른다고 걱정하고 있어요. 하지만 로브 다트리의 이름이 이런 식으로 거론되는 것에 대해서는 진저리를 치고 있어

---

* 오스카 와일드는 동성애자라고 전해진다.

요. 제가 줄리엣으로부터 들은 이야기는 로브 다트리는 훌륭한 남자였다, 매우 훌륭한 남자였다는 것과, 그의 잘못은 하나도 없다, 그러므로 이런 대접은 부당하다는 말 뿐이었어요.

혹시 로브 다트리를 아세요? 물론, 술이니 오스카 와일드니 하는 것은 말도 안 되는 얘기죠. 그런데 줄리엣은 왜 파혼했어요? 혹시 그 이유를 아세요? 알고 있다면 저에게 말해 주시겠어요? 물론 안 하시겠죠. 그럴 줄 뻔히 알면서 저는 왜 물어보는 걸까요?

물론 소문은 가라앉겠죠. 하지만 말들이 많을 때 런던으로 돌아가야 할까요? 아니면 스코틀랜드로 강연여행을 계속해야 할까요? 솔직히 말해서 제 입장은 반반이에요. 스코틀랜드에서의 매출은 눈부시지만, 줄리엣은 그동안 다과회와 오찬 강연회 일을 너무 열심히 해 왔어요. 방안을 가득 채운 낯선 사람들 앞에 서서 자신과 자신의 책을 홍보하는 것은 쉽지 않은 일이죠. 게다가 줄리엣은 저처럼 이런 일에 익숙한 것도 아니라서, 아마 꽤 지쳐있을 거예요.

일요일이면 리즈에 도착해 있을 테니, 스코틀랜드에 가야 하는지 아닌지 그 때까지 알려주세요.

길리 길버트가 비열하고 혐오스러운 인물이라 끝이 안 좋을 거라고 믿기는 하지만, 그 사람 덕택에 우리 책 「이지 비커스태프 전장에 가다」가 베스트셀러에 오른 것도 사실이죠. 감사 카드라도 보내고 싶다니까요.

조급한 마음으로, 수잔

추신. 마컴 V. 레이놀즈가 누군지 알아냈어요? 그 남자가 오늘은 동백꽃 한 다발을 줄리엣 앞으로 보내왔어요.

11 줄리엣이 시드니에게 보낸 전보

오빠와 출판사에 피해를 끼쳐서 정말 미안해요.

애정을 담아서, 줄리엣

12 시드니가 줄리엣에게 보낸 편지

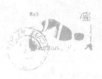

1946년 1월 26일

미스 줄리엣 애쉬튼 귀하
퀸즈 호텔
시티스퀘어
리즈

사랑스런 줄리엣,

길리 문제에 대해서는 걱정할 것 없어. 우리 출판사에 피해를 준 것도 없단다. 내가 유감스럽게 생각하는 건 찻주전자가 뜨겁지 않았다는 것과 네가 조금 더 아래쪽으로 겨냥하지 않았다는 것뿐이야. 길리의 최근 만행에 대한 우리의 입장을 내놓으라고 기자들이 하도 졸라서, 한 마디 하려고 해. 걱정하지는 마. 내가 할 말은 타락한 이 시대의 저널리즘에 대한 것일 뿐, 너나 로브 다트리에 관한 얘기는 아니니까.

스코틀랜드에 가는 것에 대해서 지금 막 수잔하고 얘기했는데─물론 이렇게 말하면 소피가 절대로 나를 용서하지 않겠지만─가지 않기로 결정했어. 「이지 비커스태프」 매출이 늘고 있기 때문에, 그것도 엄청나게 늘어나고 있기 때문에, 네가 런던으로 돌아와야 한다는 게 내 판단이야.

'타임스'지(紙) 특별판에서 너의 원고를 받고자 한단다. 3부작 연속 특집 중 하나를 맡아 달라는 거야. 주제는 '타임스'에서 직접 얘기할 거야. 하지만 다음 세 가지 사항은 내가 지금 확인해줄 수 있어. 첫째, '타임스'에서 원하는 것은 이지 비커스태프가 아니라 작가 줄리엣 애쉬튼이 쓰는 글이야. 둘째, 주제는 진지한 거야. 셋째, 원고료로 말하자면, 일 년 내내 매일 신선한 꽃으로 방을 장식할 수 있고 새틴 킬트 침대커버를 살 수 있으며 (울튼 경의 말에 의하면, 침대커버는 집이 폭파되었을 때에만 사는 것이 아니라고 한다.) 게다가 진짜 가죽구두도 한 켤레 살 수 있을 만한 액수야. 물론 그런 구두를 찾을 수 있다면 말이지. 물품구입권이 필요하다면 내 것을 써도 돼.

'타임스' 원고마감은 늦은 봄쯤이니까 그때까지는 새 책에 대해 따로 생각해 볼 시간은 있는 셈이지. 이런 저런 이유 때문에 너는 런던으로 돌아와야 해. 물론 가장 큰 이유는 내가 너를 보고 싶어 한다는 거지만.

자, 이제부터는 마컴 V. 레이놀즈 2세에 대해서 말해줄게. 나는 그가 누군지 잘 알고 있어. 아마 「둠즈데이북」을 뒤졌다고 해도 소용이 없었을 거야— 왜냐하면 그는 미국인이거든. 한때는 미국의 제지공장을 독점했고 지금은 대부분을 소유하고 있는 마컴 V. 레이놀즈 1세의 아들이자 상속인이지. 그런데 이 레이놀즈 2세는 예술적 성향을 가지고 있기 때문에 종이를 만드는 천한 일로 손을 더럽히지 않아. 대신에 그 위에 인쇄하는 쪽을 선택했지. 잡지 여러 개를 발행하고 있다는 얘기야. '뉴욕저널', '워드', 그리고 '뷰'— 이것들이 모두 그가 소유한 간행물이고, 여기에 작은 잡지도 몇 개 더 가지고 있지. 그 남자가 런던에 와 있다는 건 알고 있었어. 공식적으로는 '뷰' 지의 런던 지사를 오픈하기 위해서 온 건데, 소문에 의하면 단행본 출판을 시작할 건가 봐. 미국에서의 풍요와 성공을 미끼로 영국 최고의 저자들을 현혹시키기 위해서 여기 와 있는 거지. 작가를 꼬드기는 방법에 장미나 동백꽃 다발이 포함되어 있는지 어쩐지는 잘 모르겠지만, 만일 그렇다고 해도 놀랄 일은 아니야. 그 남자는 우리 영국인들이 '뻔뻔함'이라고 부르고, 미국에서는 '진취적 정신'이라고 부르는 특성을 좀 과도하게 사용하거든. 직접 만나게 될 때까지 기다려 봐. 그 남자는 너보다 강한 여자들도 무난히 굴복시켜 왔으니까. 거기에는 내 비서도 포함되어 있어. 이런 말 하게 돼서 유감이지만, 너의 여행일정표와 주소를 알려준 것이 바로 내 비서였어. 그 어리석은 여자는 레이놀즈가 '그토록 아름다운 양복을 입고 수제화를 신고 있었기 때문에' 로맨틱해 보인다고 생각했던 거지. 맙소사! 이 여자는 기밀 누설이 뭘 의미하는지조차 파악하지 못하고 있었던 거야. 그래서 해고할 수밖에 없었어.

줄리엣, 그 남자가 너를 목표로 삼은 게 분명해. 내가 그 남자와 맞장을 떠 볼까? 그러면 분명히 나를 죽일 테니 그렇게 하지는 않겠어. 사랑스런 줄리엣, 나는 풍요나 성공은 고사하고 생계조차도 약속할 수 없어. 하지만 우리 스티븐스 & 스타크 출판사에서— 그 중에서도 특히 시드니 스타크에게는— 가장 총애 받는 저자가 바로 너라는 사실을 잘 알고 있지?

집에 돌아오는 날 저녁 같이 먹을까?

사랑을 담아, 시드니

1946년 1월 28일

미스터 시드니 스타크 귀하
스티븐스 & 스타크 출판사
세인트제임스 플레이스 21번지
런던, S.W.1
잉글랜드

시드니 오빠,

좋아요, 저녁식사 같이 해요. 새로 산 옷을 입고 나가서 돼지처럼 먹을 거예요.

내가 길리와 찻주전자 사건으로 오빠 출판사를 난국에 빠뜨린 것이 아니라니 기뻐요. 사실 걱정했어요. 수잔은 내가 로브 다트리에 대해, 그리고 우리가 왜 결혼하지 않았는가에 대해 '품위있는 입장 표명'을 하라고 권했지만 난 그럴 수 없을 것 같아요. 솔직히 말해서, 내가 바보처럼 보이는 건 괜찮아요. 그렇게 함으로써 로브에게 도움이 된다면 말이죠. 그러나 그건 그 사람을 더 바보처럼 보이게 할 거예요. 물론 그 사람은 결코 바보가 아니었어요. 그래서 나는 아무 말 없이, 그냥 무책임하고 변덕스럽고 무정한 여자처럼 보이는 편을 택하기로 했어요.

하지만 오빠는 그 이유를 알아줬으면 해요. 이전에 얘기할 수도 있었지만, 1942년 당시 오빠는 해군에 있었고, 한 번도 로브를 만난 적이 없었죠. 그 해 가을에는 소피조차 베드포드에 있었기 때문에 로브를 만나지 못했을 뿐만 아니라, 나중에 털어놓은 다음에는 절대 비밀을 지켜 달라고 맹세까지 시켰어요. 오빠에게 얘기하는 것을 미루면 미룰수록 오빠의 관심이 줄어들 거라고 생각했고, 내가 덜컥 약혼부터 했다는 걸 알면 오빠가 나를 얼마나 무분별하고 어리석게 생각할까 하는 점이 걱정스러워서요.

그때 나는 사랑에 빠졌다고 생각했어요. (사랑에 빠졌다는 생각, 그게 바로 비참한 점이죠.) 남편과 생활을 공유하기 위한 준비 작업으로, 나는 그를 위한 공간을 만들어 줬어요. 그래야 남의 집에 놀러 온 손님처럼 느끼지 않을 테니까. 나는 내 옷 서랍의 반과, 옷장의 반과, 가정용 구급함의 반과, 책상의 반을 비워놓았어요. 쿠션을 감은 옷걸이를 치워버리고 대신에 나무로 만든 근사한 옷걸이를 사다 놓고, 침대 위에 있던 큼직한 인형은 다락방에 넣어버렸죠. 그렇게 해서 내 집은 1인용이 아니라 2인용이 된 거예요.

결혼식 전날 오후, 내가 '이지 비커스태프' 원고를 신문사에 가져다주는 사이에 로브는 마지막 옷가지와 짐을 가져왔어요. 일을 끝내고 집에 와서 날듯이 층계를 올라가 방문을 열어

보니, 로브는 책장 앞 낮은 스툴에 앉아 있고 주위에는 나무 상자가 여러 개 있었어요. 그는 마지막 상자를 테이프와 끈으로 묶는 중이었죠. 상자는 모두 여덟 개— 내 책이 담긴 그 여덟 개의 상자를 지하실로 옮기려는 거예요!

로브는 나를 올려다보더니 이렇게 말했어요. "안녕, 자기. 어지럽힌 거 신경 쓰지 마. 짐꾼이 와서 이것들 지하실로 옮겨 주기로 했어." 그러면서 고갯짓으로 책장을 가리키더니 "멋있지 않아?"라고 말하는 거였어요.

아무 말도 못 했어요. 기가 막혀서 말이 나오지 않았어요. 내 책이 있었던 책장 선반은 운동경기에서 받아 온 트로피로 가득 차 있었어요. 은색 트로피, 금색 트로피, 푸른색 로제트, 붉은색 리본. 그 옆에는 시합에서 받은 상패. 크리켓 배트, 스쿼시 라켓, 테니스 라켓, 조정용 노, 골프 클럽, 핑퐁 패들, 활과 화살, 스누커 큐, 라크로스 스틱, 하키 스틱, 그리고 폴로 채에 이르기까지, 나무로 만든 물체를 사용하는 시합이란 시합은 모두 휩쓴 것 같았어요. 그 옆에는 남자가 스스로 뛰어넘거나 아니면 말을 탄 채 뛰어넘을 수 있는 모든 것에 관한 조각상이 있었어요. 그 다음에는 액자에 넣은 증명서들— 어느 어느 날짜에 가장 많은 새를 사냥했다는 것, 도보경주에서 1등을 했다는 것, 스코틀랜드 팀과 맞선 지저분한 줄다리기 경기에서 마지막까지 넘어지지 않고 서 있었다는 것 등등.

내가 할 수 있는 일은 비명을 지르는 것뿐이었죠. "어떻게 감히 이런 일을! 이게 무슨 짓이야? 내 책을 다시 제자리에 갖다 놔!"

그게 파국의 시작이었어요. 마침내 나는 작은 공이나 작은 새를 때려 맞추는 것에서 행복을 찾는 남자와는 결코 결혼할 수 없다는 식의 말을 했어요. 그러자 로브는 넌덜머리나는 블루스타킹*이라든가 지겨운 잔소리꾼 같은 단어를 들먹이면서 반격을 했죠. 그리고 거기에서 모든 것이 끝장난 거예요. 아마도 당시 우리의 공통점이라고는 오직 한 가지, '대체 지난 넉 달 동안 우리는 무슨 얘길 한 거야? 대체 무슨 얘기?' 라는 생각뿐이었을 거예요. 그는 화를 내고, 푹푹 한숨을 쉬고, 코웃음을 치더니 나가버렸죠. 그리고 나는 책을 다시 끌러서 책장에 꽂아놓았어요.

작년 어느날 밤, 오빠가 기차역에 마중나와서 내가 살던 집이 폭격으로 사라졌다고 한 거 기억나요? 내가 웃음을 터뜨리자 오빠는 내가 히스테리 때문에 그런다고 생각했죠? 그게 아니에요. 이 무슨 운명의 장난이란 말인가, 하는 생각이었던 거예요. 만일 로브가 내 책을 지하실로 옮기도록 내버려 두었다면, 지금 나는 그 책을 모두 가지고 있을 테죠.

시드니 오빠, 우리의 오랜 우정 때문에 이 이야기에 대해서 뭔가 언급해야 된다고 생각할 필요는 절대 없어요─ 사실은

---

* 여성 문학자, 학자인 체하는 여자, 문학을 사랑하는 여자 등을 경멸하는 표현으로, 18세기 런던에서 문예애호가들이 청색 양말을 신은 데서 유래했다.

아무 말도 하지 말아 주면 고맙겠어요.

　　마컴 V. 레이놀즈 2세에 대해서 알아봐 줘서 고마워요. 지금까지는 그의 공격수단이 꽃에 한정되어 있고, 나 또한 오빠와 대영제국의 이름을 더럽히지 않았어요. 하지만 오빠가 해고한 그 비서에 대해서는 마음이 아프군요. 레이놀즈가 그녀의 노고에 장미로라도 보답했기를 바라요. 왜냐하면 내가 그의 수제화를 보게 될 때 유혹에 빠지지 않을 자신이 없거든요. 만일 그 남자를 만나게 된다면 그의 발을 내려다보지 않도록 조심해야겠죠— 아니면 오디세우스처럼 먼저 깃대에 몸을 묶은 다음에 살짝 엿보든지.

　　런던으로 돌아오라고 말해주다니, 오빠는 축복 받을 거예요. '타임스'의 특집 원고제안은 정말 기대가 되네요. 그런데, 경박한 주제가 아니라는 것을 소피의 목숨을 걸고 약속할 수 있어요? 설마 윈저 공작부인*에 대해서 쓰라고 하는 건 아니겠죠?

사랑을 담아, 줄리엣

---

* 미국 출신의 베시 월리스 워필드. 영국 국왕 에드워드 8세는 그녀와 결혼하기 위해서 왕위를 포기하고 윈저공으로 돌아갔다.

14 줄리엣이 소피 스트라칸에게 보낸 편지

알렉산더 스트라칸 부인 귀하
피오칸 팜
바이 오반
아가일

1946년 1월 31일

사랑하는 소피,

리즈까지 날아와 줘서 고마워. 바로 그 때 내가 얼마나 친근한 얼굴을 그리워하고 있었는지 말로는 도저히 설명할 수 없을 거야. 솔직히 말하자면, 셰틀랜드*로 도망치기 직전이었어. 가서 은자(隱者)의 삶을 살려고. 바로 그럴 때 네가 와 줘서 정말 좋았어.

'런던 휴 앤 크라이'에 실린, 쇠사슬에 묶인 내 그림은 과장된 거야— 체포되지도 않았는걸. 물론 도미닉은 자기 대모(代母)가 감옥에 있는 편을 훨씬 좋아하겠지만, 이번에는 덜 극적인 결말로 만족하라고 해.

---

* 스코틀랜드 북동쪽에 있는 주(州).

길리의 무자비한 거짓 고발에 대해서 내가 할 수 있는 유일한 대처방법은 품위 있게 침묵을 지키는 것이라고 시드니 오빠에게 말했어. 그랬더니 시드니 오빠는 '너는 그렇게 하고 싶다면 그럴 수 있지만, 스티븐스 & 스타크 출판사는 그럴 수 없다'는 거야.

그는 길리 같은 쓰레기로부터 「이지 비커스태프」와 줄리엣 애쉬튼과 저널리즘을 옹호하는 기자회견을 열었어. 스코틀랜드 신문에도 그 기사가 실렸니? 안 실렸다면 내가 요점만 정리해 줄게. 시드니는 길리 길버트를 가리켜 뒤틀린 밀고자라고 규정하면서 (정확히 그 표현이었는지 자신이 없지만, 여하튼 의미는 명확했어), 너무 게으르기 때문에 사실을 알지 못했고, 너무 어리석기 때문에 자신이 한 거짓말이 저널리즘의 고귀한 전통에 어떤 피해를 입혔는지 이해하지 못했다고 지적했어. 멋진 대답이었지.

소피, 이 세상에서 너의 오빠처럼 뛰어난 옹호자를 가진 두 명의 소녀(이제는 두 명의 여자)가 우리 말고 또 있을까? 없을 거야. 이렇게 말하려니 약간 메스껍지만, 시드니 오빠는 정말 말을 잘 해. 길리 길버트는 풀밭에 있는 뱀 같아서, 찍소리 않고 사라질 거라곤 생각하지 않아. 그런데 수잔은 길리가 대단한 겁쟁이이기 때문에 감히 보복하려 들지도 못할 거라는군. 그 말이 맞다면 좋겠어.

　　　　　　　　　너희 가족 모두에게 사랑을 보내며, 줄리엣

추신. 그 남자가 또다시 난초 한 다발을 보내왔어. 그 남자가 정
　　체를 드러낼 때까지 기다리다가는 신경과민이라도 걸리
　　겠어. 이게 그의 전략일까?

15 도시가 줄리엣에게 보낸 편지

1946년 1월 31일

미스 줄리엣 애쉬튼 귀하
글레브 플레이스 23번지
첼시
런던, S.W.3

친애하는 미스 애쉬튼,

보내주신 책은 어제 도착했습니다! 당신은 정말 친절하신 분이군요. 진심으로 감사드립니다.

저는 세인트피터포트 항구에서 하역하는 일을 하고 있습니다. 그래서 티브레이크*에 책을 읽을 수 있답니다. 제대로 된 차와 제대로 된 빵과 버터를 먹을 수 있고, 이제는 당신의 책까지 가지게 되었으니 정말 축복 받은 기분입니다. 책 표지가 딱딱하지 않기 때문에 어디에 가든지 주머니에 넣어 다닐 수 있다는 점도 마음에 듭니다. 물론 너무 빨리 읽어치우지 않도록 주의하겠습니다. 찰스 램의 초상화도 가지게 되었으니, 이 또한

---

* 차와 다과를 먹는 휴식시간.

소중한 일입니다. 찰스 램은 머리숱이 많았군요. 그렇지요?

저 또한 당신과 서신교환을 하고 싶습니다. 당신의 질문에 최선을 다해서 대답하겠습니다. 물론 저보다 이야기를 더 잘할 수 있는 사람은 많겠지만, 우리가 가졌던 돼지구이 저녁식사에 대해서 제 나름대로 이야기해 드리겠습니다.

저는 아버지가 물려준 농장에 딸린 집에서 살고 있습니다. 전쟁이 일어나기 전에는 돼지를 기르고 야채를 키워서 세인트피터포트 시장에 내다 팔았고, 꽃을 재배해서 코벤트가든*으로 보내곤 했습니다. 수시로 목수나 지붕 수리공으로 일하기도 했습니다.

지금 돼지는 키우지 않습니다. 독일군이 몰수해서 유럽대륙에 있는 군대의 식량으로 가져가면서 저에게는 감자를 키우라고 명령했거든요. 우리는 그들이 명령하는 대로 경작해야만 했습니다. 다른 것을 재배하면 안 되었습니다. 처음에 저는 독일군의 정체를 잘 몰랐기 때문에 혼자 돼지 몇 마리쯤은 키워도 될 거라고 생각했습니다. 하지만 농업담당장교가 고갯짓을 하자 군인들이 나머지 돼지도 가져가 버렸습니다. 참 불행스러운 일이었지만, 그래도 저는 그럭저럭 지낼 수 있을 거라고 생각했습니다. 감자와 순무는 풍부했고, 아직 밀가루도 남아 있었기 때문이었지요. 하지만 이상하게도 음식이 사람 마음을 좌지우지하는 것이었습니다. 여섯 달 동안 늘 순무에다 가끔씩 연골

---

* 런던 최대의 청과, 화초 도매시장.

덩어리만 먹다 보니 제대로 된 고기를 먹고 싶다는 것 외에 다른 생각은 할 수도 없게 되었습니다.

어느 날 오후에 이웃에 사는 모저리 부인이 쪽지를 보내 왔습니다. 메모에는 빨리 오라고, 올 때 푸줏간 칼도 가져오라고 쓰여 있었습니다. 저는 너무 큰 기대는 하지 않으려고 노력하면서도 단숨에 그녀의 장원저택으로 달려갔습니다. 그런데 그것은 꿈이 아니었습니다! 모저리 부인은 돼지 한 마리를 숨겨놓고 있었는데, 그날 저녁에 친구들과 함께 파티를 하려는 것이었습니다.

저는 자라는 동안 전혀 말을 하지 않았습니다.— 심하게 말을 더듬었거든요. 뿐만 아니라 디너파티에는 익숙하지 않았습니다. 사실대로 말하자면 저를 초대해 준 것은 모저리 부인이 처음이었습니다. 저는 좋다고 대답하면서도, 마음속으로는 돼지구이 한 조각을 잘라 집으로 가져가서 혼자 먹어야겠다고 생각했습니다.

제 생각대로 되지는 않았지만, 결과적으로는 얼마나 행운이었는지요. 왜냐하면 그것이 '건지 아일랜드 감자껍질파이 클럽'의 첫 모임이 되었으니 말입니다. 물론 당시에는 우리들 어느 누구도 그걸 알지 못했지만 말이죠. 저녁식사도 정말 훌륭했지만 참석자는 더더욱 훌륭했습니다. 즐겁게 얘기하면서 먹는 동안 우리는 시간이 흘러가는 것도 몰랐습니다. 그런데 아멜리아(이것이 모저리 부인의 이름입니다.)가 아홉 시를 알리는 시계 종소리를 들었습니다— 이미 한 시간이나 지났더군요. 훌륭한 음식을 먹어서 배포가 든든해졌던 우리는, 엘리자베스 맥케나가 밤새 아멜리아 집에 숨어 있을 게 아니라 당당하게 나가서 각자 집으로 돌아가자고 제안하자 모두 동의했던 것입니다. 하지만 통행금지령을 어기는 것은 범죄였으며— 통금을 어겼다는 이유로 수용소로 끌려간 사람들 얘기를 들었거든요— 돼지를 숨겼던 것은 더 나쁜 범죄였기 때문에, 우리는 소리를 죽여 가며 살금살금 들판을 가로질러 가고 있었습니다.

사실 무사히 집에 갈 수도 있었을 텐데 존 부커가 그만 사고를 쳤습니다. 그는 음식보다 술을 더 많이 먹었는데, 밖으로 나서자 상황을 파악하지 못하고 노래를 부르기 시작했던 것입니다. 제가 즉시 그를 잡았지만 이미 때는 늦었습니다. 독일군 순찰대원 여섯 명이 숲속으로부터 나타나더니 기관총을 겨누면서 소리치기 시작했습니다. 통행금지 시간에 왜 밖에 있는 거냐? 지금까지 어디에 있었던 거냐? 어디로 가는 중이냐?

저는 어떻게 해야 할지 생각조차 할 수 없었습니다. 도망간다면 총살형이었습니다. 그 정도는 알 수 있었습니다. 입은 분필처럼 바싹 말랐고 머릿속은 텅 빈 채로, 저는 그저 부커를 부축하면서 기도만 하고 있었지요.

그러자 엘리자베스가 심호흡을 한 번 하더니 한 걸음 앞으로 나섰습니다. 엘리자베스는 크지 않은 키 때문에 총구가 바로 그녀의 얼굴을 겨누고 있었지만, 엘리자베스는 눈도 깜빡이지 않았습니다. 마치 총을 보지 못한 것처럼 행동했습니다. 그녀는 순찰대장에게 다가가더니 말을 하기 시작했습니다. 그런데 그 얼마나 엄청난 거짓말이었는지! "통행금지를 어기게 되어 정말 죄송합니다. 우리는 건지 섬 문학회 모임에 참석했던 길인데, 오늘 저녁 「엘리자베스와 그녀의 독일식 정원」이라는 소설에 대한 토론이 너무나 즐거웠기 때문에 시간이 가는 것도 몰랐습니다. 정말 훌륭한 작품이에요— 혹시 당신도 읽어 보셨나요?"

우리는 아무도 엘리자베스의 말을 거들 수 있는 마음의 준비가 되어 있지 않았습니다. 오히려 도움을 준 것은 독일군 순찰대장이었습니다— 엘리자베스에게 미소를 지어 보였던 것입니다. 엘리자베스는 그런 사람입니다. 순찰대장은 우리 이름을 적더니 다음날 아침에 사령부에 출두해 달라고 정중하게 명령했습니다. 그러고는 고개를 숙이면서 잘 가라는 인사까지 했습니다. 엘리자베스가 최선을 다해 우아한 자세로 고개를 끄덕이는 동안, 나머지 우리들은 서두르지 않으려 애쓰면서, 조금씩 뒷걸음질 쳤습니다. 저는 술 취한 부커를 질질 끌고 재빨리 집으로 돌아갔습니다.

이것이 우리의 돼지구이 저녁식사에 얽힌 이야기였습니다.

이제 당신에게 질문을 하나 하겠습니다. 매일 세인트피터포트 항구로 들어오는 배에는 건지 섬에서 필요로 하는 물품이 실려 있습니다. 식료품, 의복, 종자, 농기구, 동물 사료, 공구,

의료품, 그리고 무엇보다 중요한 것은 신발입니다. 먹는 문제가 해결되니까 신발이 절실해지더군요. 전쟁이 끝날 때쯤 이 섬에는 제대로 맞는 신발이라고는 한 켤레도 남아있지 않았습니다.

우리에게 전달되는 물품 중에는 낡은 신문지나 잡지로 싼 것들이 있습니다. 저와 제 친구 클로비스는 그런 신문지와 잡지를 잘 펴서 집으로 가져가서 읽고 이웃들에게도 전해주곤 합니다. 우리는 지난 5년 동안 외부세계의 뉴스에 목말라 있었거든요. 물론 모든 뉴스나 사진에 관심이 있는 것은 아닙니다. 소시 부인은 조리법을 찾아내려 하고, 마담 르펠은 패션 기사를 원하고(그녀는 양장점을 합니다.), 브루어드 씨는 신문 부고난을 열심히 살피며(아마 어떤 사람의 이름이 올라오기를 원하는 것 같은데, 누구인지는 말해주지 않습니다.), 클로디아 레이니는 로널드 콜먼*의 사진을 찾아내려 합니다. 투텔 씨는 수영복 입은 미녀들의 사진을 원하며, 제 친구 이솔라는 결혼식에 관한 기사를 읽고자 합니다.

전쟁 중에 우리는 알고 싶은 것이 너무나 많았지만, 영국 본토는 물론 세계 어느 곳으로부터도 신문도 편지도 받을 수 없었습니다. 1942년에는 독일군이 무선 라디오도 모두 압수했습니다. 숨겨 놓은 라디오가 몇 개 있어 몰래 들을 수는 있었지만, 그러다가 발각되면 수용소에 갈 수도 있었습니다. 그렇기 때문

---

* 로널드 콜먼Ronald Colman(1891~1958) : 런던 무대에 데뷔한 미국 영화배우.

에 요즘 접하게 되는 신문이나 잡지를 읽다 보면 이해할 수 없는 것이 너무나 많습니다.

저는 전시(戰時) 카툰을 즐겨 보는데 그 중 한 편은 도무지 이해할 수가 없습니다. 1944년 '펀치' 지에 실린 카툰으로, 열명쯤 되는 사람들이 런던 거리를 걷고 있는 장면입니다. 두 명의 주요 인물은 중산모를 쓰고 서류가방과 우산을 들고 있는데, 한 사람이 다른 사람에게 이렇게 말하고 있습니다. "두들버그 (Doodlebug)가 사람들에게 조금이라도 영향을 끼쳤다고? 말도 안돼!" 그림을 열심히 들여다보니 걷고 있는 사람들 모두 한쪽 귀는 정상인데 다른 쪽 귀는 엄청나게 크게 그려져 있었습니다. 당신이라면 이게 무슨 뜻인지 설명할 수 있겠지요.

도시 애덤스 드림

미스터 도시 애덤스 귀하
레 볼레랑스
라 부베
세인트마틴 교구, 건지

1946년 2월 3일

친애하는 미스터 애덤스,

찰스 램의 편지와 초상화 사본이 마음에 드셨다니 저도 무척 기쁩니다. 저도 찰스 램의 글을 읽으면서 상상했던 것과 초상화로 본 모습이 맞아 떨어진다고 생각했습니다. 당신도 그렇게 느꼈다니 기쁘군요.

돼지구이 파티에 대해서 얘기해 줘서 고맙습니다. 하지만 아직 대답해 주시지 않은 질문이 하나 더 있습니다. 저는 '건지 아일랜드 감자껍질파이 클럽'에 대해서 더 많은 것을 알고 싶습니다. 호기심 때문만은 아닙니다— 직업상 이유도 있거든요.

제가 작가라는 얘기를 했던가요? 전쟁 기간 동안 저는 '스펙터이터'지에 주간 칼럼을 연재했는데, 스티븐스 & 스타크 출판사에서 그것을 묶어서 「이지 비커스태프 전장에 가다」라는 제목으로 책을 출판했습니다. '이지 비커스태프'는 스펙테이터 지가 저에게 붙여 준 필명이었습니다. 다행히도 그 우스꽝스러운 필명은 사용할 필요가 없어졌고, 저는 본명으로 글을 쓸 수 있게 되었습니다. 새로운 책을 쓰려고 하지만 아직 마음에 드는 주제를 찾지 못해 고심하고 있었습니다.

그러는 중, '타임스'지로부터 문학특집으로 칼럼 하나를 써 달라는 요청이 왔습니다. 독서의 실제적, 도덕적, 철학적 가치를 논하는 세 편의 특집기사가 세 번에 걸쳐서 실리는데, 세 명의 필자가 각각 하나씩 맡아서 쓰도록 되어 있습니다. 제가 맡은 부분은 철학적인 부분이고, 현재까지 떠오르는 유일한 생각은 '독서는 사람들이 미치는 것을 막아준다'는 것입니다.

당신의 문학회 이야기를 그런 칼럼에 넣어도 될까요? 그 문학회가 설립된 사연은 타임스지 독자들을 매료시킬 것이 확실하기 때문에, 문학회에 대해서 좀더 알고 싶습니다. 하지만 만일 당신이 그렇게 하고 싶지 않다고 해도 괜찮습니다. 어느 쪽이든 저는 이해할 것이고, 당신의 편지를 계속 받고 싶기 때문입니다.

당신이 말하는 '펀치'의 카툰은 잘 기억하고 있습니다. 그 카툰에서 당신을 어리둥절하게 만든 것은 아마도 '두들버그'라는 말이었겠죠. 그것은 영국 정보부에서 만들어냈던 신조어로, '히틀러의 V-1 로켓'이나 '무인폭탄'을 조금이라도 덜 무섭게 들리도록 바꾼 별명이었습니다.

당시 우리는 모두 야간공습과 그에 이어지는 광경에는 익숙해져 있었습니다. 하지만 두들버그는 그 전까지는 본 적이 없는 폭탄이었습니다.

그 폭탄은 낮에 날아왔고, 너무나 빨랐기 때문에 공습경보를 발생하거나 대피할 시간도 없었습니다. 눈으로 볼 수도 있었습니다. 날씬한 검은색 연필처럼 생겼는데, 단조로운 경련성 소음을 내면서 머리 위로 날아가곤 했습니다— 기름이 떨어진 차를 운전할 때 나는 소리 말이죠. 그 덜덜거리는 소리가 계속 들린다면 안전하다는 뜻입니다. 그러면 '다행이다. 멀리 가 버렸구나'라고 생각해도 됩니다.

하지만 그 소리가 갑자기 멈춘다면, 그건 30초 후에 폭발한다는 뜻입니다. 그래서 사람들은 그 소리에 귀를 기울였습니다. 그 모터 소리가 어디에서 끝나는지 듣기 위해서 열심히 귀를 기울였던 것입니다. 그래서 카툰 속 인물들의 한 쪽 귀가 커진 거겠죠? 저도 한번 두들버그가 떨어지는 것을 본 적이 있습니다. 폭탄이 떨어진 곳에서 꽤 떨어진 곳에 있었지만, 저는 도로 사이의 도랑으로 뛰어가 인도경계석에 몸을 바싹 붙였습니다. 도로변 높은 빌딩 꼭대기 층에 있던 여자 몇 명은 창가에 서서 폭발을 지켜보다가 폭발의 위력으로 창문 밖으로 튕겨져 나오기도 했습니다.

이제 와서 보면, 두들버그에 대해서 그런 카툰을 그린다는 것도, 저를 포함해서 모든 사람이 그걸 보면서 웃었다는 것도, 모두 불가능한 일 같습니다. 하지만 그때 우리는 웃었습니다. 참을 수 없는 것을 견디는 데에는 유머가 최고라는 오랜 속담이 맞는 모양입니다.

헤이스팅즈 씨는 루카스가 쓴 전기를 찾아서 보내셨나요?

줄리엣 애쉬튼 드림

17 줄리엣이 마컴 레이놀즈에게 보낸 편지

미스터 마컴 레이놀즈 귀하
홀킨 가 63번지
런던, S.W.1

1946년 2월 4일

친애하는 미스터 레이놀즈,

당신이 보낸 배달사환이 우리 집 현관계단 위에 핑크색 카네이션 한 다발을 내려놓는 현장을 잡았습니다. 나는 그를 협박해서 당신의 주소를 알아냈습니다. 이제 아시겠죠, 레이놀즈 씨, 순진한 고용인을 꾀어서 정보를 얻어내는 것이 당신의 전유물은 아니라는 것을. 하지만 그 청년을 해고하지 않았으면 합니다. 썩 괜찮은 청년이었을 뿐만 아니라, 그에게는 선택의 여지가 없었을 거예요— 내가 「잃어버린 시간을 찾아서」*를 치켜들고 협박했거든요.

이제야 당신이 보내왔던 수십 개의 꽃다발에 대해서 고맙

---

* 마르셀 프루스트(Marcel Proust)의 대하소설. 책도 상당히 두껍다.

다는 말을 할 수 있겠군요— 그렇게 아름다운 장미와 동백과 난
초를 본 것은 몇 년 만이기 때문에, 이 추운 겨울에 그런 꽃을 받
으면서 내 마음이 얼마나 기운을 얻었는지 당신은 모를 겁니다.
남들은 비에 젖은 앙상한 나무와 진흙길에 만족해야만 하는데,
어떻게 내가 꽃에 둘러싸여 살 권리가 있는지, 그 이유는 모르
겠지만, 여하튼 상당히 기쁩니다.

줄리엣 애쉬튼 드림

18 마컴 레이놀즈가 줄리엣에게 보낸 편지

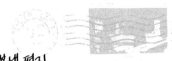

1946년 2월 5일

미스 줄리엣 애쉬튼 귀하
글레브 플레이스 23번지
첼시
런던, S.W.3

친애하는 미스 애쉬튼,

나는 배달사환을 해고하지 않았소— 오히려 승진시켜 줬소. 그가 없었다면 당신으로부터 편지를 받을 수 있었겠소? 나 혼자서는 할 수 없었을 테니 말이요. 나는 당신의 편지를 상징적인 악수로 받아들이고 있소. 그러니 이제 예비시험은 끝난 셈이요. 당신도 그렇게 생각해 준다면 좋겠소. 그렇지 않으면 나는 레이디 바스콤이 개최하는 다음번 디너파티 초대장을 어떻게든 입수해서, 막연히 당신이 그곳에 나타나기를 기다릴 수밖에 없으니까. 당신 친구들은 왜 그렇게 의심이 많은지. 특히 그 시드니 스타크라는 친구는 말같지도 않은 이유를 대더군요. '동

69

맹국 사이의 무기대여 조약*의 방향을 역행할 수는 없다**면서, 내가 개최했던 '뷰' 잡지 기념 칵테일파티에 당신을 데리고 오라는 제의를 거절했소.

나의 의도가 순수하다는 것을, 아니면 최소한 돈을 목적으로 하지는 않는다는 것을 왜 아무도 몰라준단 말이요. 나는 단순히 당신을 만나고 싶다는 것뿐이었소. 나를 웃게 만든 여성작가는 당신뿐이었으니까. '이지 비커스태프'는 전쟁에 관한 칼럼으로는 가장 기지가 풍부한 작품이었고, 그래서 나는 그런 글을 쓴 여자를 만나고 싶었단 말이요.

당신을 납치하지 않겠다고 맹세한다면, 다음 주에 저녁식사를 함께 할 수 있는 영광을 허락하겠소? 날짜는 당신이 정하시오— 나는 그저 처분대로 하겠소.

마컴 레이놀즈 드림

---

* 무기대여조약(Lend-Lease) : 2차 대전 중 물자가 풍부했던 미국이 영국이나 소련 등 동맹국들에게 일방적으로 무기를 공급했던 조약.

** 시드니는 영국인 작가 줄리엣을 미국인인 마컴에게 보내지 않겠다는 거절의 표현을 무기대여조약을 들어 비꼬아 표현하고 있다.

19 줄리엣이 마컴 레이놀즈에게 보낸 메모

1946년 2월 6일

친애하는 미스터 레이놀즈,

저는 칭찬에 약합니다. 내가 쓴 글에 대한 칭찬이라면
특히 약합니다. 기꺼이 저녁식사 상대가 되어 드리죠.
다음 주 목요일 어떠세요?

줄리엣 애쉬튼

....

20 마컴 레이놀즈가 줄리엣에게 보낸 메모

1946년 2월 7일

친애하는 줄리엣,

목요일은 너무 멀어요. 월요일 어떻소?
클래리지*에서 일곱 시?

마크

추신. 내 생각으로는 당신은 전화가 없을 것 같은데, 혹시 있소?

---

* 런던 중심가 메이페어에 있는 최고급 호텔.

21 줄리엣이 마컴에게 보낸 메모

1946년 2월 7일

친애하는 미스터 레이놀즈,

좋아요— 월요일, 클래리지호텔에서 일곱 시에 만나죠. 전화 있냐고요? 있어요. 오클리 가에 있는, 한때는 내 아파트였던 건물의 잔해 아래 어딘가에 있죠. 지금은 세 들어서 살고 있는데 이 건물에 있는 유일한 전화는 집주인 올리브 번스 부인의 것입니다. 당신이 번스 부인과 수다 떨고 싶다면 전화번호를 알려드릴 수도 있어요.

줄리엣 애쉬튼

....

1946년 2월 7일

미스 줄리엣 애쉬튼 귀하
글레브 플레이스 23번지
첼시
런던, S.W.3

친애하는 미스 애쉬튼,

당신이 '타임스'지에 쓰는 특집 칼럼에 우리 문학회 얘기가 포함되는 것을 모두들 찬성할 것이라고 확신합니다. 저는 모저리 부인에게 우리 회합에 대해서 편지를 써서 당신에게 보내라고 부탁했습니다. 모저리 부인은 제대로 교육을 받았기 때문에 제가 쓰는 것보다는 그녀의 글이 훨씬 신문에 어울릴 것 같다고 생각했기 때문입니다. 우리 문학회가 런던에 있는 문학회와 비슷하지는 않을 것 같습니다.

헤이스팅즈 씨는 아직도 루카스 저작의 찰스 램 전기를 구하지 못했지만, 엽서를 한 장 보내주었습니다. 거기에는 "열심히 찾고 있으니 포기하지 말고 기다리세요."라고 쓰여 있었습니다.

친절한 분인 것 같네요.

저는 요즘 크라운호텔의 지붕을 새로 덮는 데 쓰일 슬레이트 운반하는 일을 합니다. 호텔 주인은 이번 여름에 관광객들이 돌아오기를 기대하는 것 같습니다. 이런 일을 하게 되어 기쁘지만, 제 소유의 땅에서 일하게 된다면 행복하겠지요.

저녁에 집에 왔을 때 당신의 편지가 기다리고 있는 것은 참 좋은 일입니다.

당신이 책으로 쓰고 싶은 주제를 찾아내는 데 행운이 함께 하길 빕니다.

도시 애덤스 드림

23 아멜리아 모저리가 줄리엣에게 보낸 편지

1946년 2월 8일

미스 줄리엣 애쉬튼 귀하
글레브 플레이스 23번지
첼시
런던, S.W.3

친애하는 미스 애쉬튼,

조금 전에 도시 애덤스의 방문을 받았습니다. 당신이 선물과 편지를 보내주었다고요. 도시가 그렇게 기뻐하는 것은 본 적이 없었어요. 그는 나에게 다음번 편지연락선이 떠나기 전에 당신에게 편지를 쓰라고 저를 열심히 설득했습니다. 자기가 원래 내성적이라는 사실도 잊은 것처럼 말이죠. 도시 자신도 알고 있는지는 잘 모르겠지만, 그에게는 남을 설득하는 남다른 재주가 있습니다. 도시는 자기 자신을 위한 부탁은 결코 하지 않기 때문에, 일단 그가 다른 사람을 위한 부탁을 하면 누구나 그 부탁을 들어줄 수밖에 없거든요.

도시는 당신이 제안받은 칼럼에 대해서 설명하면서 나에게 독일군 점령기에— 그리고 독일군 점령 때문에— 설립된 우리의 문학회에 대해서 당신에게 이야기를 써서 보내 줄 것을 부탁했어요. 나는 기꺼이 그렇게 하겠지만, 그 전에 조건이 하나 있습니다.

잉글랜드에 살고 있는 친구가 당신이 쓴 「이지 비커스태프 전장에 가다」를 한 권 보내줬습니다. 우리는 5년 동안 외부 세계로부터 소식을 듣지 못한 채 살았기 때문에 영국이 그 세월을 어떻게 견뎌냈는지 알아보는 것은 대단히 만족스러운 일이었어요. 당신의 책은 정보도 풍부하면서 재미도 있고 우습기도 했죠— 바로 이 '우스운' 논조가 내 맘에 걸렸습니다.

나는 우리 문학회의 명칭 '건지 아일랜드 감자껍질파이 클럽'이 일반적인 이름이 아니기 때문에 웃음거리가 될 가능성이 있다는 것을 잘 알고 있어요. 당신이 그렇게 하지 않겠다고 약속해 줄 수 있는지요? 문학회 회원들은 나에게 무척 소중한 사람들이라서, 나는 신문 독자들이 그들을 웃음거리로 받아들이는 것을 원치 않기 때문입니다.

그래서 말인데, 당신이 쓰려는 칼럼의 의도를 나에게 설명해 주겠어요? 그리고 당신 자신에 대한 소개도 부탁합니다. 내 질문이 중요하다는 것을 당신이 인정한다면, 나 역시 기쁜 마음으로 우리 문학회에 대한 이야기를 들려드리지요. 곧 회신이 오기를 기대하겠습니다.

아멜리아 모저리 드림

24 줄리엣이 아멜리아에게 보낸 편지

아멜리아 모저리 부인 귀하
윈드크로스 장원저택
라 부베,
세인트마틴 교구, 건지 섬

1945년 2월 10일

친애하는 모저리 부인,

편지 보내주셔서 감사합니다. 물론 당신의 질문에 기꺼이
대답하겠습니다.

제가 여러 가지 전시상황을 재미있게 쓴 것은 맞습니다.
나쁜 소식을 다룰 때에는 가벼운 접근법이 해독제 역할을 하고,
땅에 떨어졌던 런던의 사기를 올리는 데에는 유머가 도움이 된
다는 것이 '스펙테이터'지의 생각이었습니다. 그리고 '이지 비
커스태프'가 그 목적을 수행했다는 것은 기쁜 일입니다. 하지만
역경을 이겨내기 위해서 유머를 사용해야만 했던 시기는— 정
말 고맙게도— 이제 끝났습니다. 저는 독서를 사랑하는 사람이
라면 어느 누구에 대해서도 우스꽝스럽게 표현할 생각이 절대

없습니다. 물론 도시 애덤스 씨에 대해서도 절대로 그렇게 쓰지 않을 것입니다. 제가 가졌던 책 한 권이 그런 분의 손으로 흘러 들어 갔다는 사실을 알고 기뻤거든요.

저에 대한 참고자료로, 두 분에게 추천서를 부탁해 놓았습니다. 한 분은 베리세인트에드먼드 근처 세인트힐다 교회의 사이먼 심플리스 목사님입니다. 그분은 제가 어릴 때부터 알고 있으며 저를 좋아하십니다. 또 한 분은 레이디 벨라 톤튼인데, 런던대공습 중에 소방감시원으로 저와 함께 일했던 사람으로, 내심 저를 싫어하십니다. 이 두 사람의 편지를 비교검토하면 제가 어떤 사람인지 공정하게 판단할 수 있을 것입니다.

그리고 제가 앤 브론테에 대해서 썼던 전기도 한 권 보내드립니다. 이 책을 보면 제가 다른 종류의 글을 쓸 수도 있다는 것을 알게 될 것입니다. 이 책은 많이 팔리지는 않았습니다. 솔직히 말하면 거의 팔리지 않았지만, 그래도 저는 「이지 비커스태프 전장에 가다」보다 이 책이 훨씬 더 자랑스럽습니다.

저의 선의를 확인시켜 드릴 수 있는 또 다른 방법이 있다면 알려주십시오. 기꺼이 그렇게 하겠습니다.

줄리엣 애쉬튼 드림

25 줄리엣이 소피에게 보낸 편지

알렉산더 스트라칸 부인 귀하
피오칸 팜
바이 오반
아가일

1946년 2월 12일

가장 소중한 나의 벗 소피,

마컴 V. 레이놀즈가, 동백꽃을 보내준 그 남자가, 마침내 모습을 드러냈어. 자기소개를 하고, 나에게 찬사를 늘어놓더니 저녁식사에 초대했어— 그것도 클래리지 호텔에서 말이야. 나는 당당하게 초대를 받아들였어— 클래리지라니, 그래 그 호텔 이름은 들어봤지, 라고 생각하면서 말이야. 그런 다음엔 사흘 내내 헤어스타일 때문에 고민했어. 다행히 예쁜 옷을 사 두었으니 옷 걱정으로 소중한 시간을 낭비할 필요는 없었어.

마담 헬레나가 나에게 지적했듯이, 머릿결, 그래, 머릿결이 문제였어. 머리를 말아 올려봤어. 풀어지더군. 프렌치트위스트 스타일로 해 봤어. 그것도 금방 풀렸어. 결국 거대한 붉은 벨벳 나비리본을 머리 꼭대기에 묶어보려는 순간, 옆집에 사는 에반젤린 스미스가 와서 나를 구해 주었지. 그녀에게 축복을. 에반젤린은 내 머리를 다루는 데 천재적인 소질을 발휘했어. 2분 안에 나는 우아함 그 자체로 변신했지. 에반젤린은 내 머리를 모두 끌어올려 뒤쪽에 소용돌이처럼 말아 붙였지. 머리를 움직여도 풀리지 않았어. 스스로 완벽하게 사랑스럽다고 느끼면서 외출을 했어. 클래리지의 대리석 로비라고 한들 내가 겁먹으랴!

이윽고 마컴 V. 레이놀즈가 내쪽으로 걸어왔는데, 그를 보는 순간 내 자신감은 사라져 버렸지. 그 남자는 눈이 부셨어. 정말이야, 소피, 내 평생 그런 남자를 본 적이 없어. 학교 다닐 때 내가 반했었던 그 남자는 비교조차 되지 않아. 햇볕에 그을린 피부에 타오르는 듯한 푸른 눈. 황홀한 가죽 구두, 우아한 모직 양복, 가슴 포켓에 꽂혀 있는 눈부시도록 하얀 행커치프. 그리고 물론 미국인이기 때문에 키가 크고, 게다가 심상치 않은 미소, 번쩍이는 치아, 그리고 세련된 유머감각을 가졌지만, 그렇다고 친절한 미국인은 아니야. 상당히 강렬한 인상의 소유자로, 주위 사람들을 부리는 데 익숙한 것 같았어. 그러면서도 얼마나 편안하게 명령을 하는지 사람들은 자신들이 명령을 받고 있다는 것도 알지 못하게 말이야. 그는 자기 생각은 진실이라고 꽉 믿고 있으면서도 그런 성격이 까다롭다고 생각하지는 않아. 자기가 옳다는 것을 너무나 확신하기 때문에 구태여 까다롭다는 생각 따위는 하지도 않는 거야.

일단 좌석에 앉고— 벨벳이 드리워진 독립된 반실(半室)이었어— 웨이터와 관리인과 급사장이 우리 주위를 오가며 음식을 나르는 순서가 끝나자, 나는 단도직입적으로 물어봤어. 그 모든 꽃을 보내면서 메시지 하나 첨부하지 않은 이유가 뭐냐고.

그는 웃었어. "당신의 관심을 끌기 위해서였지. 내가 만일 당신에게 직접 편지를 써서 나를 만나주겠느냐고 했다면, 당신의 반응이 어땠을 것 같소?" 나는 아마도 거절했으리라는 것을 인정했어. 그는 한쪽 눈썹을 나를 향해 치켜 올렸어. 자기가 나의 허점을 공략한 것이 잘못이냐고 하면서.

내 속이 그렇게 빤하게 보였다니 정말 수치스러웠지만, 그는 다시 웃기만 했어. 그리고 그는 전쟁과 빅토리아 시대의 문학과— 내가 앤 브론테의 전기를 썼다는 것도 알고 있더라고— 뉴욕과 배급제도에 대해서 이야기를 시작했는데, 내가 채 깨닫기도 전에 나는 이미 그의 말에 매료되어 해바라기처럼 그를 응시하고 있더라니까.

지난번 리즈에서 만났을 때, 마컴 V. 레이놀즈 2세가 계속해서 정체를 드러내지 않는 이유가 무엇인지 추측해 봤던 것 기억하지? 실망스럽게도 우리가 추측했던 이유는 모두 틀렸어. 그는 결혼하지 않았어. 절대로 수줍은 것도 아니야. 보기 흉한 흉터가 있어서 태양을 피해 다니는 것도 아니야. 늑대인간처럼 보이지도 않아.(최소한 손가락이 털에 덮여 있지는 않더라고.) 경찰의 추적을 받고 있는 나치스 전범도 아니야.(그런 말투가 있기는 하지만.)

　이제 와서 생각해 보니 그 남자 정말 늑대인간일지도 모르겠네. 그가 들판에서 먹이를 쫓아 돌진하는 광경이 눈에 선하게 떠올라. 물론 곁에 있던 죄 없는 사람을 먹어치우는 것도 주저하지 않을 거라고 확신해. 다음번 보름달이 뜨면 그를 자세히 살펴봐야겠어. 그 남자가 내일은 함께 춤추러 가자고 했는데 아마도 칼라가 높은 옷을 입어야 할 것 같네. 오, 이건 드라큘라 이야기구나.

　아무래도 내가 좀 들떠 있는 것 같지?

사랑을 담아, 줄리엣

1946년 2월 12일

아멜리아 모저리 부인 귀하
윈드크로스 장원저택
라 부베,
세인트마틴 교구, 건지 섬

친애하는 모저리 부인,

줄리엣 애쉬튼의 편지를 받았는데, 그 내용을 보고 놀라움을 금할 길이 없습니다. 줄리엣이 자신의 인물평을 내게 써 달라고 부탁한 것이 맞는 얘기인지요? 만일 그렇다면 그렇게 하죠. 나는 그녀의 성격을 비난할 수는 없습니다— 단지 그녀의 상식에 대해서만 얘기하겠습니다. 그녀에게는 눈꼽만큼도 없는 상식 말입니다.

당신도 아시겠지만, 전쟁 중에는 어울리지 않는 사람들과 함께 일하게 되기도 합니다. 줄리엣과 나는 런던대공습 중에 소방감시원으로 일할 때 우연히 만나게 되었습니다. 소방감시원은 런던에 있는 건물 지붕 위에서 밤을 새면서 혹시 소이탄(燒夷

彈)이 떨어지는지 망을 보는 일을 했습니다. 그러다가 소이탄이 떨어지면 소화용 수동펌프와 모래 양동이를 들고 달려가 작은 불꽃을 진화함으로써 불길이 확산되는 것을 막는 일을 했습니다. 줄리엣과 나는 한 팀으로 편성되었습니다. 우리는 다른 경박한 감시원들처럼 떠들어대지는 않았습니다. 나는 언제나 철통같은 경계태세를 지녀야 한다고 주장했습니다. 그럼에도 불구하고 줄리엣의 삶에 대해서 약간의 사항을 알게 되었습니다.

줄리엣의 부친은 서포크* 출신의 존경받는 농부였습니다. 모친은, 내 추측으로는, 소젖을 짜고 닭털을 뽑는 전형적인 농가의 아낙네였습니다. 물론 모친에게는 다른 일이 있었답니다. 베리세인트에드먼즈**에서 서점을 경영했다더군요. 줄리엣이 열두 살 때, 부모가 자동차 사고로 사망하자, 그녀는 저명한 고전학자인 종조부(從祖父)와 함께 살기 위해서 세인트존스우드***에 있는 그의 집으로 갔습니다. 그곳에서 줄리엣은 두 번이나 가출을 함으로써 종조부의 학문과 가사를 중단시켰습니다.

낙담한 종조부는 그녀를 기숙학교로 보냈습니다. 학교를 졸업하자, 줄리엣은 대학교육을 마다하고 런던으로 와서 스튜디오를 빌려 친구인 소피 스타크와 함께 살았습니다. 낮에는 서점에서 일을 했고 밤에는 그 불행한 브론테 자매 중 한 명에 대

---

* 영국 잉글랜드 남동부의 카운티.
** 서포크 지역의 상업도시.
*** 런던 중심에 있는 지역.

한 책을 썼답니다— 누구였던지는 기억나지 않는군요. 그 책은 소피의 오빠가 하는 스티븐스 & 스타크 출판사에서 출판되었습니다. 생물학적으로는 설명하기 어렵지만, 그 출판사의 친인척주의 때문에 줄리엣의 책을 출판하는 것이 가능했다고 생각됩니다.

어쨌든 그녀는 다양한 잡지와 신문에 특집칼럼을 쓰기 시작했습니다. 그녀의 가볍고 경박한 기질은 낮은 지적 취향을 가진 독자들— 이런 독자들이 많다는 것은 두려운 일입니다— 사이에서 인기를 얻었습니다. 그녀는 유산을 톡톡 털어서 첼시*에 있는 아파트를 샀습니다. 첼시가 어떤 곳입니까. 예술가, 모델, 자유사상가, 그리고 사회주의자들의 고향 아닙니까. 모두 완전히 무책임한 사람들인데, 소방감시원으로서 줄리엣이 보여주었던 태도가 바로 그러했습니다.

이제 우리 관계에 대해서 구체적으로 얘기하겠습니다.

줄리엣과 나는 다른 몇 명의 감시원들과 함께 인스오브코트**의 이너템플 건물 지붕을 담당하도록 되어 있었습니다. 우선 이 말씀부터 해야겠군요. 소방감시원에게는 명확한 판단과 신속한 행동이 필수요건입니다. 즉, 주위에서 일어나는 모든 일에 대해서 알고 있어야 한다는 말입니다. 뭐든 말이죠.

1941년 5월 어느 날 밤, 고성능 폭탄이 이너템플 홀의 도

---

* 런던 남서부, 템스 강 남쪽 지역.
** 영국 고유의 법학원.

서관 지붕을 뚫고 들어왔습니다. 도서관 지붕은 줄리엣의 담당 구역에서 어느 정도 떨어진 곳이었지만, 그녀는 소중한 책이 파괴된다는 것에 질겁하더니 불길 속으로 뛰어 들어가는 것이었습니다. 마치 자기 혼자서 도서관을 구해낼 수 있다는 듯 말이지요. 물론 그녀의 착각 때문에 피해는 더 커졌습니다. 소방대원들이 그녀를 구출하느라 소중한 시간을 낭비했기 때문입니다.

줄리엣은 경미한 화상을 입었지만, 5만 권의 책이 사라졌습니다. 줄리엣의 이름은 소방감시원 명단에서 삭제되었습니다. 당연한 조치였습니다. 그 다음에 보니 그녀는 준소방대 자원봉사를 신청했더군요. 준소방대는 폭격 다음 날 아침에 구조대에게 마실 것을 제공하는 일을 했습니다. 또한 생존자들에게 가족들을 찾아주고, 임시거처와 옷가지, 음식, 기금 등을 확보해 주는 등 도움을 제공하는 일을 했습니다. 나는 줄리엣에게는 낮 시간에 하는 일이 적합했으리라고 생각합니다— 찻잔이나 나르는데 뭐 그리 큰 사고를 치겠습니까.

그녀는 밤에는 자기가 하고 싶은 일을 했습니다. 그 중에는 물론 가벼운 칼럼을 쓰는 것이 포함되었을 겁니다. 왜냐하면 '스펙테이터'가 전시의 국가 상태에 대한 주간 칼럼을 그녀에게 청탁했으니까요. 이지 비커스태프라는 필명으로 말입니다.

나는 그 칼럼을 하나 읽은 다음에 구독을 철회했습니다. 줄리엣은 우리의 소중한 (지금은 돌아가셨지만) 빅토리아 여왕의 훌륭한 취향을 비난했습니다. 빅토리아 여왕이 사랑했던 배우자 앨버트 공을 위해서 건립한 거대한 기념비를 물론 알고 계시겠죠. 그것은 켄싱턴가든에서 제일 빛나는 요소로서, 돌아가신 앨버트 공은 물론이고 여왕의 세련된 취향에 맞춘 기념비이기도 합니다. 줄리엣은 농업식품부가 그 기념비 주위에 콩을 심으라고 명령한 것에 박수를 보냈습니다. 그러면서 전 영국에서 앨버트 공보다 더 훌륭한 허수아비는 없다고 썼던 것입니다.

비록 줄리엣의 취향과 판단력, 잘못된 우선순위, 그리고 적절하지 못한 유머센스에 대해서는 의문이 있지만, 그래도 그녀에게 훌륭한 자질이 한 가지는 있습니다. 정직하다는 겁니다. 만약 그녀가 당신들 문학회의 명예를 존중하겠다고 말했다면, 그렇게 할 것입니다. 더 이상은 드릴 말씀이 없군요.

벨라 톤튼 드림

27 사이먼 심플러스 목사가 아멜리아에게 보낸 편지

1946년 2월 13일

아멜리아 모저리 부인 귀하
윈드크로스 장원저택
라 부베,
세인트마틴 교구, 건지 섬

친애하는 모저리 부인,

그렇습니다. 줄리엣은 믿을 만합니다. 이 점에 대해서는 확실히 말씀드릴 수 있습니다. 줄리엣의 부모는 세인트힐다에 있는 저의 교구민으로 저와는 좋은 친구사이였습니다. 줄리엣이 태어나던 날에도 그들의 집에 손님으로 머물고 있었습니다.

줄리엣은 고집이 셌지만 동시에 사랑스럽고, 남을 배려할 줄 알며, 즐겁고 쾌활한 아이였습니다. 어린 나이에도 불구하고 유달리 정직해야 한다는 믿음을 가지고 있었습니다.

줄리엣이 열 살 때 이런 일이 있었습니다. 성가대에서 '그의 눈이 참새를 지키시네'의 네 번째 소절을 부르다 말고 갑자기 찬송가를 덮더니 더 이상 노래를 하지 않는 것이었습니다.

그러더니 성가대 지휘자에게 그 노래 가사가 하나님의 명예를 훼손한다고 말했답니다. 그는(여기에서 '그'는 하나님이 아니라 성가대 지휘자를 말합니다.) 어떻게 해야 할지 몰라서 줄리엣을 데리고 제 방으로 와서 저에게 해결을 맡겼습니다.

저와의 대화도 잘 진척되지는 않았습니다. 줄리엣은 이렇게 말했습니다. "제 생각으로는요, '그의 눈이 참새를 지키시네'라는 가사는 쓰지 않았어야 할 것 같아요. 그게 무슨 소용이란 말이에요? 그러면 하나님이 새가 떨어져서 죽는 걸 막아주셨나요? 아니면 그저 '어머나 세상에!'라고 말하기만 하셨나요? 노래 가사를 보면 하나님은 그저 참새나 돌보고 있는 것 같잖아요. 사람들은 하나님을 찾고 있는데."

저는 이 부분에 있어서는 줄리엣의 말이 맞는다고 생각했습니다. 왜 일찍이 그런 생각을 못했을까? 그날 이후로 성가대에서는 '그의 눈이 참새를 지키시네'를 부르지 않았습니다.

줄리엣은 열두 살 때 부모를 잃고 런던에 사는 종조부 로데릭 애쉬튼 박사에게 보내졌습니다. 종조부는 인정이 없는 사람은 아니었지만 그리스-로마 연구에 몰두한 나머지 줄리엣에게 그다지 신경을 쓰지 않았습니다. 게다가 상상력이 없는 사람이었는데, 이것은 아이를 양육하는 데 있어서는 치명적인 결점입니다.

줄리엣은 두 번 가출했습니다. 처음에는 킹스크로스 역까지밖에 가지 못했습니다. 경찰관이 발견했을 때, 줄리엣은 자기 물건을 담은 큼직한 천 가방에 아버지가 남긴 낚싯대를 든 채 세인트에드먼즈 행 기차를 기다리고 있었습니다. 줄리엣은 애쉬튼 박사에게 돌려보내졌지만 다시 가출을 했습니다. 이번에는, 애쉬튼 박사가 저에게 줄리엣을 찾아 달라고 부탁했습니다.

저는 어디로 가면 줄리엣을 찾을 수 있는지 정확하게 알고 있었습니다— 예전에 부모와 함께 살았던 농장으로 갔겠지요. 농장 입구 맞은편, 나무로 뒤덮인 작은 언덕에서 줄리엣을 찾아 냈습니다. 아이는 그저 거기에 앉아서 하염없이 비를 맞으며 예전에 살던 (지금은 남의 소유가 된) 집을 쳐다보고 있었습니다.

저는 애쉬튼 박사에게 타전을 하고, 다음날 줄리엣과 함께 런던 행 기차를 탔습니다. 줄리엣을 인계하고 나서 다음번 열차 편으로 돌아오려는 작정이었지만, 종조부가 요리사를 보내어 줄리엣을 데려오게 한 것을 발견하고는 마음을 바꿔 따라가기로 했습니다. 그날 저는 애쉬튼 박사의 서재에서 격렬한 논의를 했습니다. 그는 줄리엣을 기숙학교로 보내는 것이 그녀에게 가장 좋은 방법이라는 데 동의했습니다. 학비는 줄리엣의 부모가 남긴 유산으로 충당할 수 있었습니다.

다행히도 저는 꽤 훌륭한 학교를 알고 있었습니다— 세인트스위딘 학교입니다. 학문적으로도 괜찮은 편이며, 여자교장 선생님도 화강암처럼 완고하지 않았습니다. 고맙게도 줄리엣은 그 곳에서 잘 자랐습니다. 공부에 재미를 붙인 것도 있지만 더 큰 이유는 소피 스타크라는 친구를 만나면서, 소피의 가족들과 어울리면서, 다시 활기를 찾게 된 것입니다. 방학이면 줄리엣은 종종 소피의 집에 가서 지냈고, 소피와 함께 저의 집으로 와서 제 여동생 렉토리와 함께 지낸 적도 두 번 있었습니다. 그중 한 번은 소피의 오빠인 시드니 스타크도 함께 왔었는데— 소녀들보다 열 살이 많아서 그녀들을 좌지우지하려는 성향이 있긴 했지만, 모두들 매우 행복하게 지냈습니다.

줄리엣이 성장하는 것을 지켜보는 것은 보람이 있었습니다— 이제 그녀는 완벽한 성인이 되었으니까요. 줄리엣이 자신에 대하여 당신에게 편지를 써 달라는 부탁을 저에게 해 줘서 기쁩니다.

우리 관계에 대한 간단한 연혁을 동봉했으니, 그것을 보면 제가 어떤 사람에 대해서 얘기했는지 알게 될 것입니다. 만일 줄리엣이 뭘 하겠다고 말했다면, 그녀는 그것을 할 겁니다. 어떤 일을 하지 않겠다고 말했다면, 하지 않을 것입ㄴ다.

사이먼 심플리스 드림

28 수잔 스코트가 줄리엣에게 보낸 메모

친애하는 줄리엣,

이번 주 '태틀러'지를 흘긋 보았는데, 마크 레이놀즈
와 룸바를 추고 있는 사진 속 인물이 혹시 당신인가
요? 정말 멋있는데요— 거의 마크 레이놀즈만큼이나
근사하네요— 하지만 시드니가 이 사진을 보기 전에
공습 대피소로 피해야 하지 않을까요.

그 뜨거운 내막을 자세히 얘기해준다면 입 다물어 줄
수도 있어요.

당신의 친구, 수잔

29 줄리엣이 수잔 스코트에게 보낸 메모

친애하는 수잔,

나는 그 모든 걸 부인할 거예요.

애정을 담아, 줄리엣

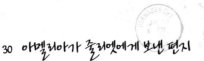

1946년 2월 18일

미스 줄리엣 애쉬튼 귀하
글레브 플레이스 23번지
첼시
런던, S.W.3

친애하는 미스 애쉬튼,

내가 요구한 확인절차를 그처럼 진지하게 받아들여줘서 고마워요. 어젯밤 문학회 모임에서 회원들에게 당신이 '타임스'에 쓰게 된 칼럼에 대해 설명하면서, 참여하고 싶은 사람은 자기가 읽은 책과 그 즐거움에 대하여 편지를 써서 당신에게 보내라고 제안했어요.

반응은 폭발적이었죠. 너무나 시끌벅적한 바람에 우리 클럽의 공식 경호진행을 맡고 있는 이솔라 프리비가 조용히 하라며 의사봉을 두드릴 정도였으니까요. (하긴 이솔라는 그렇게 하고도 남지요.) 내 생각에 당신은 우리 회원들로부터 꽤 많은 편지를 받게 될 거예요. 그 편지가 칼럼을 쓰는 데 도움이 되었으면 좋습니다.

독일군에게 잡혀가는 걸 피하려는 책략으로 우리 문학회가 만들어지게 되었다는 것은 도시가 얘기했다고 하더군요. 그날 우리 집에서 했던 저녁식사에는 도시, 이솔라, 에벤 램지, 존 부커, 윌 티스비, 그리고 현장에서 그 이야기를 지어냈던 우리의 사랑스런 엘리자베스 맥케나가 있었어요. 엘리자베스의 그 재빠른 기지와 뛰어난 말솜씨에는 축복을 하고 싶을 따름입니다.

당시에 나 역시 우리가 어떤 곤경에 처해있는지 전혀 알지 못했어요. 독일군이 떠나자마자 나는 황급히 집으로 돌아와 저녁식사의 흔적을 지하실에 묻어버렸어요. 우리가 급조했던 문학회에 대한 이야기를 다시 들은 것은 바로 다음 날 아침 7시였어요. 엘리자베스가 우리 집 부엌에 모습을 나타내더니 이렇게 묻는 것이었어요. "집에 책이 몇 권이나 있어요?"

나에게는 책이 꽤 많이 있었지요. 하지만 책꽂이를 살펴본 엘리자베스는 고개를 저었어요. "책이 더 많이 있어야 돼요. 여기는 온통 원예서적 뿐이잖아요." 물론 맞는 말이었죠— 나는 원예서적을 좋아하거든요. "우리가 어떻게 해야 하느냐 하면 말이죠,"하고 엘리자베스가 말했어요. "사령관 사무실에서 조사가 끝나는 대로, 폭스서점에 가서 책을 사 오는 거예요. 우리가 문학회를 하고 있다고 한 이상 문학서적을 읽어야 하잖아요."

그 날 오전 내내 나는 사령관 사무실에서 어떤 일이 일어날지 걱정하면서 미칠 듯 초조했지요. 건지 섬 수용소로 가게 되면 어떡하나? 혹은 최악의 상황으로 모두 유럽대륙에 있는 포로수용소로 가게 되면 어떡하나? 독일군은 자기 맘대로 법을 적용했기 때문에 어떤 결정이 내려질 것인지 아무도 알 수 없었지요. 하지만 그런 일은 일어나지 않았어요.

이상하게 들리겠지만, 독일군은 채널제도 지역에서는 문화예술 활동을 허락했을 뿐만 아니라 장려하기조차 했어요. 그들의 목적은 독일군이 모범적으로 통치하고 있다는 것을 영국인들에게 입증하려는 것이었지요. 물론 이러한 메시지가 어떤 방법으로 외부세계에 전달될 것인지에 대해서는 아무 설명도 없었어요. 1940년 6월, 독일군이 우리 땅에 상륙한 바로 그 날로 건지 섬과 런던을 잇는 전화와 전신은 차단되었는데 말이죠. 독일군이 어떤 속셈을 가지고 있었는지는 모르겠지만, 채널제도는 유럽의 다른 독일군 점령지에 비해 훨씬 관대한 통치를 받고 있었죠─ 최소한 초기에는 그랬어요.

사령관 사무실에서, 내 친구들은 소액의 벌금과 문학회 회원 명부를 제출하라는 명령을 받았지요. 뿐만 아니라 사령관은 그 자신도 문학애호가라고 하면서, 혹시 자신을 비롯해 생각이 비슷한 장교들이 문학회 모임에 참석해도 되겠느냐고 물었답니다.

엘리자베스는 무조건 환영이라고 대답했지요. 엘리자베스와 에벤과 나는 폭스서점으로 뛰어가 새로 설립된 문학회에 사용될 책을 한 아름 사 들고 돌아와 우리 집 책꽂이에 꽂아놓았어요. 그 다음 집집이 돌아다니면서— 일상적인 방문처럼 보이게 하느라고 최선을 다했지요— 저녁에 와서 책을 한 권씩 골라서 읽어야 한다고 알려 주었어요. 마음은 급해 죽겠는데 아닌 척 여기저기 멈춰서 잡담을 하며 천천히 걸어야만 하는 것은 괴로운 일이었죠. 하지만 타이밍이 중요했거든요. 왜냐하면 겨우 2주 후에 열리는 다음번 모임에 독일군 사령관이 나타날지도 모르니까요. (사령관은 나타나지 않았습니다. 이후 몇 년 동안 서너 명의 독일군 장교가 참석했던 적은 있지만, 고맙게도 뭐가 뭔지 모르겠다는 표정으로 돌아가더니 다시는 참석하지 않았지요.)

그렇게 해서 우리 문학회가 시작되었지요. 나는 회원들을 대부분 알고 있기는 했지만 모두가 잘 아는 사이는 아니었어요. 도시는 30년 이상 옆집에 살긴 했지만, 나눠 본 대화라고는 날씨나 농사에 관한 것이 전부였지요. 이솔라하고는 이미 절친한 친구였고, 에벤과도 친한 사이였지만, 윌 티스비는 얼굴만 아는 사이였으며, 특히 존 부커는 거의 알지 못하는 사이였어요. 그는 독일군이 점령하기 직전 이 마을에 정착했었거든요. 우리가 모두 공통으로 알고 있었던 사람은 엘리자베스였지요. 사실, 엘리자베스가 나를 부추기지 않았다면, 그날 사람들을 불러 모아 돼지구이 파티를 하지도 않았을 테고, 그러면 '건지 아일랜드 감자껍질파이 클럽'은 탄생하지도 않았겠죠.

그날 저녁 회원들이— 대부분 성경이나 종자 카탈로그, 아니면 여기저기 인용된 '피그먼 가제트' 외에는 거의 글을 읽어 본 적이 없는 사람들이— 와서 각자 읽을 문학작품을 골랐지요. 바로 여기에서 도시는 찰스 램을 발견했고, 이솔라는 「폭풍의 언덕」과 만나게 된 것이랍니다. 나는 「픽윅 페이퍼스」*를 집어 들면서 이 작품이 정신을 고양시켜 줄 거라고 생각했는데, 옳은 판단이었어요.

　　우리는 각자 집으로 돌아가 책을 읽었어요. 모임이 시작되었죠. 처음에는 사령관의 참석에 대비하는 것이었지만 곧 우리 자신의 즐거움을 위한 모임이 되었어요. 누구 하나 문학회 경험을 가진 사람이 없었기 때문에 우리 스스로 규칙을 정했어요. 한 사람씩 돌아가면서 자기가 읽은 책에 대해 이야기하기로 한 것이죠. 처음에는 냉정하고 객관적으로 책 이야기를 하기로 했지만, 그런 취지는 곧 사라지고, 발표자는 다른 회원들로 하여금 자신이 읽은 책을 읽고 싶도록 설득하기 시작했지요. 한 번은 두 명의 회원이 같은 책을 읽고 나서 논쟁을 벌였는데, 정말 대단히 즐거운 토론이었어요. 우리는 책을 읽고, 책에 대해 말하고, 책에 대해 논쟁하면서 점점 가까운 사이가 되었어요. 다른 주민들이 문학회에 참여하겠다고 요청해 오면서 우리의 저녁 회합은 쾌활하고 생기 넘치는 시간이 되었지요. 때때로 어두운 현실을 거의 잊어버릴 만큼 말이죠. 우리는 아직도 2주일에 한 번씩 모임을 계속하고 있습니다.

---

*픽윅 페이퍼스The Pickwick Papers : 찰스 디킨즈의 소설.

우리 문학회 명칭에 '감자껍질파이'가 추가된 것은 윌 티스비 때문이지요. 윌 티스비는 먹을 것이 없으면 모임에 참석하지 않으려 했답니다. 그래서 프로그램에 간단한 다과가 추가되었지요. 하지만 당시 건지 섬에는 버터도 귀했고, 밀가루도 부족했으며 설탕은 아예 없었기 때문에, 윌은 감자껍질파이를 개발해 냈어요. 감자를 삶아 으깬 것으로 속을 채우고, 비트 즙을 내서 단맛을 내고, 파이껍질로는 감자껍질을 사용했죠. 윌의 조리법은 보통 미덥지 않았지만, 그 작품은 성공작이었어요.

답장 주세요. 당신의 칼럼이 어떻게 되어 가는지 소식도 전해주세요.

아멜리아 모저리 드림

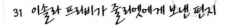

1946년 2월 19일

미스 줄리엣 애쉬튼 귀하
글레브 플레이스 23번지
첼시
런던, S.W.3

친애하는 미스 애쉬튼,

　어머나, 세상에, 세상에. 당신이 샬럿 브론테와 에밀리 브론테의 자매인 앤 브론테에 대해 책을 썼군요. 아멜리아 모저리가 그 책을 빌려주겠다고 했어요. 내가 브론테 자매를 좋아한다는 걸 알고 있으니까요. 불쌍한 자매였죠. 다섯 명 모두 폐가 나빠서 그렇게 젊은 나이에 죽다니! 정말 슬픈 일이죠.

　그들의 아버지라는 사람은 이기적인 사람이었죠? 딸들은 아예 무시한 채, 언제나 자기 서재에 앉아 숄을 가져다 달라고 고함이나 쳤다죠. 한 번도 자기가 일어나서 숄을 가져오려고 하지 않았다죠? 딸들이 벌레처럼 죽어가는 동안, 아버지는 그저 혼자서 자기 방 안에 앉아있었으니 말이죠.

게다가 남자형제였던 브랜웰은 또 어땠나요. 별로 나을 게 없었죠. 늘 술이나 퍼먹고 카펫에다 토하기나 했으니. 그러니 자매들이 영원히 뒤치다꺼리를 해야만 했죠. 뛰어난 여성작가들에게 그런 일이나 시키다니!

집안에 있는 남자 두 명은 그 모양이고, 다른 남자를 만날 기회는 없는 상황에서, 에밀리 브론테가 '히스클리프'를 만들어 낸 것은 거의 마법이라고 생각해요. 게다가 에밀리는 얼마나 잘 썼는지! 소설에 등장하는 남자들은 실생활에 있던 남자들보다 더 흥미롭잖아요.

아멜리아에 의하면 당신은 우리 북클럽에 대해, 그리고 우리가 만나서 어떤 이야기를 하는가에 대해 알고자 한다면서요? 내 순서일 때 브론테 자매에 대해 발표했어요. 그 때 샬럿과 에밀리에 대해 정리해 놓았던 글을 보내줄 수 없어서 미안해요— 집 안에 다른 종이가 없는 바람에 부엌 화로에 불을 붙이는 데 사용했어요. 이미 '조수간만 시간표'도 불붙이는 데 써버렸고, 성경의 묵시록과 욥기도 다 그렇게 태워버렸거든요.

왜 브론테 자매에 대해 감탄하는지 얘기해 줄게요. 나는 열정적인 만남에 대한 이야기를 좋아해요. 나 자신은 한 번도 그런 적이 없었지만, 이제는 그게 어떤 건지 머릿속에 그려볼 수 있어요. 처음부터 「폭풍의 언덕」을 좋아했던 것은 아니에요. 하지만 캐시의 유령이 뼈밖에 없는 손으로 유리창을 긁어대는 그 장면에서 나는 멱살이 잡힌 것처럼 빠져나올 수 없었어요. 그리고 불쌍한 히스클리프가 황무지에서 울부짖는 소리가 들리는 것 같았죠. 에밀리 브론테처럼 훌륭한 저자의 책을 읽고 나자, 미스 아만다 길리플라워의 「촛불 아래 유린당하다」 같은 책은 다시는 읽지 않을 것 같다는 믿음이 생겼어요. 좋은 책을 읽으면 나쁜 책을 즐기지 못하게 된다니까요.

이제 나에 대해 소개할게요. 나는 아멜리아 모저리의 장원 저택과 농장 바로 옆에 있는 농가에서 살고 있어요. 아멜리아네 집이나 우리 집이나 둘 다 바닷가에 있어요. 나는 닭과 염소 에 어리얼을 돌보면서 농작물을 키워요. 앵무새도 한 마리 있죠. 이름은 제노비아인데 남자를 싫어해요.

매주 열리는 시장에 좌판도 하나 가지고 있어요. 그곳에서 야채, 설탕절임한 과일, 그리고 남자의 열정을 회복시켜 주는 약을 팔아요. 약은 내가 만든 것인데, 키트 맥케나가— 소중한 친구 엘리자베스 맥케나의 딸이죠— 약 만드는 것을 도와주죠. 키트는 이제 겨우 네 살이라서 물약을 저으려면 스툴 위에 올라서야 하지만, 그래도 큰 거품을 만들면서 저을 수 있답니다.

나는 그리 잘생긴 편이 아니에요. 코는 너무 큰 데다 닭장 지붕에서 떨어지는 바람에 코뼈가 휘었어요. 한쪽 눈동자는 자꾸만 위쪽으로 넘어가고, 머릿결은 절대 차분해지지 않아요. 하지만 키는 크고 체격도 좋아요.

당신이 원한다면 편지를 또 쓸 수 있어요. 독서에 대해, 그리고 독일군이 여기에 있던 시절, 독서가 우리의 기운을 어떻게 북돋아주었는가에 대해 더 많은 이야기를 해줄 수 있어요. 독서조차 아무 도움이 안 되었던 적은 딱 한 번 있어요. 엘리자베스가 체포되었을 때였죠. 독일군은 폴란드에서 온 불쌍한 강제 노동자 한 명을 숨겨 줬다는 이유로 엘리자베스를 체포해 프랑스에 있는 수용소로 보냈어요. 그 때는 어떤 책으로도 위로가 안됐고, 그 이후로도 오랫동안 그랬죠. 내가 할 수 있는 일이라고는 눈에 띄는 독일군의 뺨을 모두 갈기고 싶은 마음을 눌러 참는 것이었어요. 키트를 위해 자제했어요. 키트는 아주 어린 아기였기 때문에 우리가 돌봐야 했거든요. 엘리자베스는 아직도 돌아오지 않았어요. 걱정이 되지만, 전쟁이 끝난 지 얼마 안 됐으니 아직도 엘리자베스가 집으로 돌아올 가능성이 있겠죠. 나는 그렇게 기도한답니다. 너무나 보고 싶거든요.

당신의 친구, 이솔라 프리비

미스터 도시 애덤스 귀하
레 불레랑스
라 부베
세인트마틴 교구, 건지

1946년 2월 20일

친애하는 미스터 애덤스,

꽃 중에서 흰색 라일락을 가장 좋아한다는 것을 어떻게 알았나요? 지금 그 꽃이 여기 제 책상 위에서 우아한 자태를 뽐내고 있습니다. 정말 아름답군요. 꽃을 받으니 정말 좋습니다— 그 모습, 향기로운 냄새, 그리고 놀라움. 처음에 저는, 지금이 2월인데 대체 어디에서 라일락을 구했을까, 하고 생각했지만, 곧 채널제도는 따뜻한 멕시코 만류의 혜택을 받고 있다는 것을 기억해 냈습니다.

딜루윈 씨는 오늘 아침 일찍 우리 집 현관에 나타났습니다. 은행 업무 때문에 런던에 왔다고 하더군요. 꽃을 전해 주는 것은 전혀 어려운 일이 아니었다고 강조했습니다— 당신이 전쟁 중 딜루윈 부인에게 주었던 비누에 비한다면, 이 정도는 아무 일도 아니라고 말이죠. 딜루윈 부인은 아직도 그 생각만 하면 눈물을 흘린다고 합니다. 정말 좋은 분이에요. 시간이 없어서 커피 한 잔 못한 것이 유감스럽네요.

당신의 친절 덕택에 저는 모저리 부인과 이솔라 프리비로부터 길고 사랑스러운 편지를 받았습니다. 편지를 읽고서야 전쟁 중 독일군이 편지는 물론이고 어떤 외부 소식도 건지 섬에 들어오지 못하도록 차단했다는 것을 알게 됐습니다. 저는 깜짝 놀랐습니다. 물론 채널제도가 점령당했었다는 것은 알고 있었지요. 하지만 구체적으로 어떤 조치가 뒤따랐을까 하는 생각은 전혀, 한 번도, 해본 적이 없었습니다. 그래서 런던 도서관에 가서 공부를 하려고 합니다. 도서관은 폭격으로 엄청난 피해를 입었지만, 이제 바닥은 걸어 다닐 수 있을 정도로 안전할 겁니다. 온전한 책들은 다시 서가에 꽂혀 있을 것이고, 특히 '타임스'가 1900년부터 어제 날짜까지 고스란히 구비돼 있을 겁니다. 도서관에서 저는 독일군 점령에 대해 공부할 것입니다.

채널제도에 관한 여행책자나 역사책도 찾아보려고 합니다. 맑은 날이면 프랑스 해안 길 위에 있는 차도 볼 수 있다는 것이 사실인가요? 제가 가진 백과사전에는 그렇게 쓰여 있습니다. 하지만 그것은 4실링을 주고 산 중고서적이기 때문에 그리 믿을 게 못 됩니다. 백과사전에 의하면, 건지 섬은 '길이는 대략 7마일, 너비는 5마일, 주민은 42,000명'이라고 되어 있습니다. 엄밀하게 말해 상당히 유익한 정보지만, 저는 그런 것보다 더 많이 알고 싶습니다.

미스 프리비가, 당신들의 친구 엘리자베스 맥케나가 유럽 대륙에 있는 포로수용소로 보내져 아직 돌아오지 않았다는 것을 알려주었습니다. 그 얘기를 읽고는 숨이 막히는 것 같았습니다. 돼지구이 파티에 대한 당신의 편지를 받은 이래, 저는 그녀가 건지 섬에, 당신들 사이에 있다고 생각해 왔습니다. 스스로 그런 기대를 하고 있다는 것도 인식하지 못하면서도, 저는 언젠가 엘리자베스로부터 편지를 받을 수 있다는 기대를 가지고 있었습니다. 정말 안 됐군요. 그녀가 빨리 돌아오기를 기원합니다.

다시 한 번 꽃에 대해 감사를 전합니다. 꽃을 보내주시다니 정말 아름다운 일입니다.

줄리엣 애쉬튼 드림

추신. 원한다면 이것을 질문이라 생각해도 됩니다. 하지만 왜 딜루윈 부인이 비누 때문에 눈물을 흘렸는지요?

33 줄리엣이 시드니에게 보낸 메모

1946년 2월 21일

사랑하는 시드니 오빠,

연락 끊어진 지 한 백 년은 되는 것 같네요. 오빠의 그 싸늘한 침묵이 혹시 마크 레이놀즈와 조금이라도 관련이 있나요?

무엇에 대해 책을 쓸 것인지 떠올랐어요. 아름답고 마음이 여린 작가가 거만한 편집자 때문에 영혼이 억압당한다는 소설이에요. 어때요, 마음에 드세요?

언제나 사랑을 보내며, 줄리엣

---

34 줄리엣이 시드니에게 보낸 메모

1946년 2월 23일

시드니 오빠,

그냥 농담 해본 거예요.

사랑을 담아, 줄리엣

---

35 줄리엣이 시드니에게 보낸 메모

1946년 2월 25일

오빠?

사랑을 담아, 줄리엣

미스터 시드니 스타크 귀하
스티븐스 & 스타크 출판사
세인트제임스 플레이스 21번지
런던, S.W.1
잉글랜드

1946년 2월 26일

시드니 오빠,

오빠가 가버렸다는 걸 내가 눈치 채지 못할 거라고 생각했
어요? 눈치 챘다고요. 세 번이나 편지를 보내도 답장이 없기에
직접 세인트제임스 플레이스로 찾아가 강철 같은 비서 미스 틸
리를 만났죠. 사장님은 런던에 없다고 하더군요. 참 친절한 설
명이었어요. 조르고 애원해서 겨우 오스트레일리아로 갔다는
정보를 얻어냈어요. 오스트레일리아! 미스 틸리는 냉정한 태도
로 나의 감탄을 경청했어요. 하지만 더 자세한 주소는 알려주지
않은 채, 그냥 오빠가 스티븐스 & 스타크 출판사의 작가목록
에 올릴 새로운 저자를 찾아 오스트레일리아를 돌아다니고 있
다는 말 뿐이었죠. 우편물은 자신의 재량으로 선별해 오빠에게

전달한대요. 하지만 미스 틸리도 나를 속이지는 못했어요. 오빠도 그렇고요. 나는 오빠가 지금 어디에서 뭘 하고 있는지 정확하게 알고 있거든요. 피어스 랭글리를 찾아 오스트레일리아로 날아갔고, 지금은 피어스가 술 깨는 동안 그의 손을 잡고 있겠죠. 최소한 나는 오빠가 그렇게 하고 있기를 바라고 있어요. 그는 정말 소중한 친구잖아요— 그리고 정말 뛰어난 작가였고요. 다시 건강을 회복해 시를 쓰게 되었으면 좋겠어요. 그리고 버마나 일본군에 대해 모두 잊어버리기를 바라고 싶지만, 그건 불가능하겠죠.

그곳에 간다는 걸 나한테는 말해줄 수도 있었을 텐데. 나도 진짜 노력하면 조심스러울 수도 있단 말이에요. (내가 앳워터 부인에 대해 실언했던 것을 아직도 용서하지 못했단 말이에요? 그 때 충분히 사과했잖아요.)

나는 미스 틸리보다 이전 비서가 더 마음에 들어요. 그런데 오빠도 알겠지만, 정말 아무것도 아닌 일로 그녀를 해고해 버렸죠. 그래요, 마컴 레이놀즈를 만났어요. 좋아요, 우리는 그냥 만난 것보다는 더 많은 일을 했죠. 룸바를 췄어요. 하지만 야단법석할 일은 아니라고요. 그는 지나가는 말 외에는 '뷰'에 대해 언급한 적도 없고, 한 번도 나에게 뉴욕으로 가겠느냐고 꼬드기지도 않았어요. 우리는 그것보다는 고상한 이야기를 해요. 예를 들어 빅토리아 시대의 문학 같은 것 말이에요. 오빠는 내가 그 사람을 피상적인 아마추어 예술 애호가라고 생각하기를 바라겠지만, 그렇지도 않아요. 무엇보다도 윌키 콜린스*에 관해서는 정말 전문가예요. 윌키 콜린스가 두 집 살림을 차려 각각 애인과 아이들을 두고 있다는 걸 알고 있어요? 두 가정의 스케줄을 짜려면 정말 골치 아팠을 거예요. 아편을 할 만도 했겠죠.

마크를 좀더 잘 안다면 오빠도 그를 좋아할 거라고 생각해요. 그리고 그렇게 될지도 모르죠. 하지만 내 마음과 글 쓰는 손은 스티븐스 & 스타크의 것이랍니다.

'타임스' 원고를 맡은 것은 정말 훌륭한 위안이에요— 지금까지도 그렇고 현재도 진행형이에요. 채널제도 출신의 새로운 친구들을 사귀었답니다— '건지 아일랜드 감자껍질파이 클럽'이에요. 이름 마음에 들죠? 만일 피어스의 관심을 다른 곳으로 돌릴 소재가 필요하다면, 그들이 어떻게 해서 그런 이름을 짓게 되었는가에 대해 장황한 편지를 써서 보내줄게요. 그렇지 않다면 오빠가 돌아왔을 때 얘기하죠. (그런데 언제 돌아올 거죠?)

옆집에 사는 에반젤린 스미스가 6월에 쌍둥이를 출산해요. 그런데 쌍둥이가 그다지 반갑지 않은 모양이에요. 그래서 한 명 나한테 달라고 부탁해볼까 해요.

오빠와 피어스에게 애정을 보내며, 줄리엣

---

* 윌키 콜린스Wilkie Collins (1824-1889) : 영국 소설가. 심리 미스터리가 돋보이는 작품은 물론, 기이한 사생활로도 유명했다.

37 줄리엣이 소피에게 보낸 편지

1946년 2월 28일

알렉산더 스트라칸 부인 귀하
피오칸 팜
바이 오반
아가일

가장 소중한 소피―

나도 너만큼 놀랐단다. 나에게 한 마디도 없었어. 화요일
에 문득 며칠 동안 시드니로부터 연락 받은 적이 없다는 것을
깨달았지. 그래서 스티븐스 & 스타크 출판사로 찾아가 내 말
좀 들어달라고 졸라서 겨우 알아냈어. 시드니가 도망쳤다는 걸
말이야. 그 새로 온 비서는 거의 마귀 수준이야. 내가 질문하는
것마다 이렇게 대답하는 거야. "미스 애쉬튼, 그런 사생활 영역
의 정보에 대해서는 정말로 누설할 수 없습니다." 정말 콱 때리
고 싶었다니까.

한참 실랑이 끝에 끔찍한 미스 틸리는 시드니가 오스트레
일리아에 갔다고 인정했어. 그렇다면 이제 모든 게 명확해졌
어, 그렇겠지? 피어스를 찾으러 간 거야. 테디 루카스는 피어스

가 그런 식으로 술을 퍼먹으면 죽게 될 거라고 확신하는 것 같았어. 누군가 피어스가 있는 요양소에 가서 그를 멈추게 하지 않는다면 말이야. 피어스가 그러는 걸 탓할 수도 없어. 그렇게 끔찍한 일을 겪었으니. 하지만 고맙게도 시드니는 그런 걸 허용하지 않겠지.

너도 알겠지만, 나는 진심으로 시드니를 좋아하잖아. 하지만 시드니가 '오스트레일리아에 있다'고 하니까 엄청난 해방감이 드는 거 있지. 지난 3주 동안 마크 레이놀즈는 너희 리디아 숙모의 표현을 빌리자면 '자기만 쳐다보는' 걸 원했어. 하지만 마크와 함께 앉아서 랍스터를 우물거리고 샴페인을 홀짝거릴 때조차, 나는 혹시 시드니가 있는 건 아닌지 슬그머니 살펴보곤 한단다. 시드니는 마크가 런던으로부터, 특히 스티븐스&스타크 출판사로부터 나를 빼가려 한다고 확신하고 있고, 내가 무슨 말을 해도 그 생각을 바꾸지 않아. 나는 시드니가 마크를 좋아하지 않는다는 걸 알고 있어―지난번 만났을 때 마크에 대해 '공격적이고 파렴치하다'라는 표현을 쓰더라고. 하지만 정말, 시드니는 모든 것에 대해 리어왕처럼 굴려고 해. 나도 이제는 숙녀니까― 대개의 경우는 그렇지― 샴페인 함께 마실 사람 정도는 선택할 수도 있잖니.

혹시 시드니가 있나 하고 테이블 클로스를 들춰보는 것만 뺀다면, 요즘 나는 최고로 근사한 나날을 보내고 있는 중이야. 컴컴한 터널에서 빠져나와 축제 한복판에 있는 것 같은 기분이야. 물론 내가 특별히 축제를 좋아하는 건 아니지만, 그래도 터널을 지난 다음이라서 축제가 꽤 달콤하단다. 우리는 매일 밤 쏘다니고 있어. 파티에 가지 않는 날은 (보통은 파티에 가지만) 영화관에 가거나 극장에 가고, 아니면 나이트클럽, 아니면 평판이 나쁜 술집에 가곤 해. (마크는 나에게 민주주의의 이상을 소개하려고 하는 중이야.) 상당히 재미있단다.

어떤 사람들은— 특히 미국인들은— 전쟁의 영향을 전혀 받지 않았거나, 혹은 최소한 전쟁에 의해서 망가지지 않은 것처럼 보인다는 걸 발견한 적 있니? 물론 마크가 병역기피자라는 의미는 아니야— 그도 미 공군에 있었단다. 그래서 마크와 함께 있을 때면, 나 역시 전쟁의 영향을 받지 않은 것처럼 느껴져. 물론 그게 착각일 뿐이라는 것도 알고 있고, 만일 전쟁에 전혀 개의치 않았다면 나 스스로에 대해 정말 부끄러워하겠지. 하지만 조금 즐거워하는 것 정도는 용서 받을 수 있지 않을까?

도미닉이 이제 잭인더박스*를 가지고 놀기에는 너무 컸을까? 어제 상점에서 꽤 악마 같은 상품을 하나 봤거든. 건들건들 곁눈질 하는 눈에서, 뾰족하고 하얀 이빨 위로 매끄러운 콧수염이 말려 올라가 있는 게 전형적인 악당의 모습이야. 도미닉이 처음에는 충격을 받겠지만 그 다음부터는 좋아할 거야.

사랑을 보내며, 줄리엣

---

* 뚜껑을 열면 인형이 튀어나오는 장난감.

미스 이솔라 프리비 귀하
프리비 농장
라 부베
세인트마틴 교구, 건지

1946년 2월 28일

친애하는 미스 프리비,

당신 자신과 에밀리 브론테에 대한 편지 잘 받았어요. 불쌍한 캐시의 유령이 창문을 두드리는 장면에서 에밀리 브론테가 멱살을 잡은 것 같았다는 글을 읽으며 웃음이 나왔어요. 나도 그 부분에서 똑같이 느꼈거든요.

우리 선생님은 부활절 방학 동안 「폭풍의 언덕」을 읽으라는 숙제를 내 줬어요. 내 친구 소피 스타크와 함께 집에 가서 이틀 동안 숙제에 대해 불평만 했죠. 그러자 소피의 오빠 시드니가 입 닥치고 당장 읽기 시작하라고 하더군요. 그래서 책을 읽기 시작했지만 여전히 속으로는 불만이 가득했죠. 그러다가 캐시의 유령이 창문을 두드리는 장면이 나왔어요. 그때까지는 그렇게 무서웠던 적이 없었어요. 책에 나오는 괴물이라든가 흡혈귀는 한 번도 나를 겁먹게 한 적이 없었거든요— 하지만 유령은 차원이 다르죠.

소피와 나는 남은 방학 내내 침대에서 해먹, 해먹에서 안락의자를 오가며 「제인 에어(Jane Eyre)」, 「애그니스 그레이(Agnes Grey)」, 「셜리(Shirley)」, 그리고 「와일드펠 홀의 소유주(The Tenant of Wildfell Hall)」* 등을 읽어치웠어요.

브론테 자매는 정말 대단한 가족이죠. 나는 앤 브론테에 대해 글을 쓰기로 했는데, 그녀가 가장 덜 알려져 있을 뿐, 샬럿만큼 뛰어난 작가라고 생각했기 때문이었어요. 브랜웰 숙모만큼이나 종교적 성향을 가졌던 앤이 어떻게 책을 쓸 수 있었는지 아무도 몰라요. 에밀리와 샬럿은 음침한 숙모를 무시할 수 있는 판별력을 가지고 있었지만, 불쌍한 앤은 그렇지 못했거든요. 여자는 복종적이고 너그러우며 약간은 우울증을 가지는 것이 신의 뜻이라고 설교하는 걸 상상해 봐요. 그래야 집안이 화목해진다고 했으니— 악독한 노인네 같으니라고!

답장 보내주세요.

줄리엣 애쉬튼 드림

_____

* 네 편의 소설 모두 브론테 자매의 작품이다.

1946년 2월 28일

미스 줄리엣 애쉬튼 귀하
글레브 플레이스 23번지
첼시
런던, S.W.3

친애하는 미스 애쉬튼,

나는 건지 사람으로 이름은 에벤 램지라고 합니다. 나의 조상은 대대로 묘석을 깎고 조각을 새기는 일을 해 왔습니다. 양을 조각하는 것이 장기입니다. 나도 저녁이면 종종 이런 일 하는 것을 즐기지만, 생계를 위해서 하는 일은 고기잡이입니다.

당신이 독일군 점령기 동안 우리들이 어떤 책을 읽었는지에 대해 편지를 보내주었으면 한다고, 모저리 부인이 알려주었습니다. 나는 그 시절에 대해 절대로 다시는 말하지 않겠다고— 그리고 가능하다면 생각도 하지 않겠다고— 마음먹었습니다. 하지만 모저리 부인 얘기로는 우리 문학회에 대해 글을 쓰려는 당신을 믿을 수 있다는 거였습니다. 모저리 부인이 당신을 신뢰할 수 있다고 한다면, 나는 그 말을 믿습니다. 또한, 당신은 내 친구 도시에게 책을 한 권 보내줄 만큼— 거의 남이나 다름없는 도시에게 말입니다— 친절한 사람이라는 생각이 들었습니다. 그래서 당신에게 편지를 쓰기로 했습니다. 이 글이 당신의 기사에 도움이 되기를 바랍니다.

처음에 우리는 진정한 문학회가 아니었다는 말로 이야기를 시작하는 게 좋겠습니다. 엘리자베스와 모저리 부인, 그리고 아마도 부커를 제외한다면, 나머지 우리들은 학교를 졸업한 후 책과는 별 상관없이 살아온 사람들이었습니다. 우리는 종이를 더럽힐까 봐 겁을 내면서 모저리 부인의 책꽂이에서 책을 골랐습니다. 나는 당시에 책 같은 것에는 아무 흥미도 없었습니다. 책 표지를 열고 읽기 시작한 것은 오직 독일군 사령관과 감옥에 대한 생각 때문이었습니다.

내가 고른 책은 「셰익스피어 선집」이었습니다. 나중에 나는 찰스 디킨스와 윌리엄 워즈워스가 글을 쓸 때, 나 같이 무식한 사람을 염두에 두고 있었다는 것을 알게 되었습니다. 하지만 윌리엄 셰익스피어도 그러했다고 믿고 있습니다. 물론 내가 언제나 그의 말을 처음부터 이해할 수 있는 것은 아닙니다. 하지만 나중에는 이해하게 됐습니다.

내가 보기에, 셰익스피어가 말을 아끼면 아낄수록 그가 창조해 내는 아름다움은 더 큰 것 같습니다. 내가 가장 감탄하는 구절이 무엇인줄 아십니까? '밝은 날이 다했으니 이제 어둠을 맞이하리라"입니다.

    독일군이 섬에 상륙하던 그 날, 비행기가 연달아 군대를 실어 오고, 부두에 도착한 배에서도 군대가 쏟아져 나오는 것을 보고 있을 때, 바로 그 구절을 알고 있었더라면 얼마나 좋았을까요. 그 때 내가 생각할 수 있었던 거라고는 '이런 망할 놈들, 이런 망할 놈들'을 되풀이하는 것뿐이었습니다. 만일 '밝은 날이 다했으니 이제 어둠을 맞이하리라'를 떠올릴 수 있었다면, 나는 어떻게든 마음의 위로를 받고 상황에 대처할 준비를 갖출 수 있었을 것입니다. 하지만 나는 그저 깊이 가라앉을 뿐이었습니다.

    독일군은 이틀 내리 폭격을 퍼부은 다음 1940년 6월 30일 일요일, 섬에 상륙했습니다. 나중에 독일군 발표에 의하면, 우리에게 폭격을 퍼부을 의도는 아니었답니다. 부두에 있던 토마토 수송트럭을 군용 트럭으로 오해했다는 겁니다. 어떻게 그런 변명으로 사태를 해명할 수 있다고 생각할 수 있었는지! 폭격으로 남자, 여자, 아이 할 것 없이 서른 명가량이 죽었습니다— 그 중에는 친척 아이도 있었습니다. 그는 비행기가 폭탄을 투하하는 걸 보고 토마토 트럭 아래로 몸을 피했는데, 트럭이 폭발했던 겁니다. 독일군은 구명보트를 탄 남자들도 죽였습니다. 부상자를 싣고 가던 적십자 앰뷸런스에도 포격을 가했습니다. 아무도 반격을 하지 않자, 그제야 독일군은 영국군이 우리를 남겨둔 채 섬에서 철수했다는 것을 알았습니다. 이틀 후,

---

   * 셰익스피어의 희곡 「안토니와 클레오파트라(Antony and Cleopatra)」중에 나오는 대사.

독일군은 총격전 없이 섬으로 상륙하여 이후 5년 동안 우리를
지배했습니다.

처음에 독일군은 비교적 우리에게 잘 대해주었습니다. 그
들은 영국의 일부를 점령했다는 생각으로 만족해했고, 우둔하
게도 이제 한 걸음이면 런던까지 갈 수 있다고 생각했던 것입니
다. 하지만 현실을 깨닫게 되자, 그들은 다시 본래의 비열한 태
도로 돌아갔습니다.

그들은 모든 것에 대해 규칙을 정해놓았습니다— 이걸 해
라, 저걸 하지 마라. 하지만 그들은 계속해서 태도를 바꿨습
니다. 때로는 친절하게, 마치 당나귀 앞에 당근을 내밀 듯 말이
지요. 하지만 우리는 당나귀가 아니었습니다. 그걸 깨달은 독
일군은 다시 난폭한 태도로 돌아갔습니다.

예를 들어, 그들은 늘 통행금지 시간을 변경했습니다— 저
녁 8시에서 9시로, 그러다가 심술을 부려야겠다 싶으면 5시로
정하기도 했습니다. 그러면 친구를 방문할 수도 없었고 가축을
돌볼 시간도 없었습니다.

처음에 우리는 희망을 가졌습니다. 여섯 달 후면 독일군
도 돌아갈 거라고 생각했지요. 하지만 그 기간은 계속 늘어났
습니다. 식량은 점점 귀해졌고 곧 땔감이 사라졌습니다. 낮에
는 힘들게 일 하느라 칙칙하게 보냈고, 밤에는 할 일이 없어서
컴컴하게 지냈습니다. 사람들은 모두 영양결핍으로 헬쑥해지
고 이 상황이 과연 끝날 것인가 하는 걱정으로 창백해졌습니

다. 우리는 책과 친구들에게 의존했습니다. 그것만이 다른 삶이 있다는 것을 상기시켜 주었습니다. 엘리자베스가 종종 읊던 시가 있습니다. 제목은 기억하지 못하지만 이렇게 시작되는 시였습니다. '지금껏 태양을 즐겨온 것이 사소한 일이란 말인가. 봄이면 마음 가볍게 살아 왔고, 사랑을 했고, 생각을 했고, 일을 했고, 진정한 우정을 쌓아나갔던 것이 과연 사소한 일이란 말인가?' 물론 사소한 일이 아니죠. 지금 엘리자베스가 어디에 있든지, 그녀가 이런 마음을 간직하고 있기를 바라고 있습니다.

1944년 말이 되자, 독일군이 몇 시부터 통행금지를 정하더라도 전혀 상관이 없게 되었습니다. 대부분의 사람들은 5시쯤이면 온기를 보존하기 위해 잠자리에 누웠습니다. 1주일에 양초 두 자루를 배급받다가, 그나마 한 자루로 줄었습니다. 책 읽을 불빛도 없는 어둠 속에서 침대에 누워 있는 것은 정말 진저리나는 일이었습니다.

게다가 D-데이 이후로는 연합군 폭격기가 지키고 있었기 때문에 독일군은 프랑스로부터 보급품을 실어올 수 없게 되었습니다. 마침내 독일군도 우리만큼이나 굶주리게 되었습니다— 개와 고양이를 잡아먹을 정도였습니다. 병사들은 주민들의 채소밭을 약탈해 감자를 뿌리째 뽑아 벌레 먹은 것이나 상한 것 가리지 않고 먹어치웠습니다. 병사 네 명이 헴록[독초의 일종]을 파슬리라고 생각하고 먹은 바람에 죽기도 했습니다.

독일군 장교들은 주민의 밭에서 식량을 훔치다가 발각되

는 병사는 누구나 사살하겠다고 말했습니다. 어느 불쌍한 병사 한 명이 감자를 훔치다가 발각되었습니다. 그는 동료 독일군에게 쫓겨서 나무 위로 올라갔습니다. 그러자 독일군은 나무 위에 숨은 병사에게 총을 쏘아 결국 사살하고 말았습니다. 이처럼 엄중한 처벌에도 불구하고 병사들은 식량 훔치는 일을 그만두지 않았습니다. 하지만 나는 그들에게 손가락질하지 않습니다. 우리 중에도 그런 일을 하는 사람들이 있었으니까요. 매일 아침 배고픔으로 잠이 깰 정도로 굶주리다 보면 사람들이 무모하게 되는 모양입니다.

손자 일라이는 일곱 살 때 잉글랜드로 피난했습니다. 이제는 집으로 돌아왔지요— 열두 살의 키 큰 소년입니다. 하지만 아이가 자라는 것을 지켜보는 즐거움을 빼앗아간 점에 대해서는 절대 독일군을 용서하지 못할 것 같습니다.

이제 우유를 짜러 가야 합니다. 하지만 당신이 원한다면 다시 편지를 쓰겠습니다.

당신의 건강을 기원하면서, 에벤 램지

1946년 3월 1일

미스 줄리엣 애쉬튼 귀하
글레브 플레이스 23번지
첼시
런던, S.W.3

친애하는 미스 애쉬튼,

　이렇게 알지도 못하는 사람이 외람되이 편지를 보내게 되어 죄송합니다. 하지만 이것은 명확히 내가 해야 할 일입니다. 도시 애덤스의 말로는 당신이 '타임스'지의 문학 특집판에 독서의 가치에 관해 기고문을 쓰게 되어 있는데, 그 기사에서 '건지 아일랜드 감자껍질파이 클럽' 얘기를 언급할 거라면서요.

　웃을 만한 일입니다. 그들 모임을 창설한 엘리자베스 맥케나가 원래 이 섬 주민도 아니었다는 사실을 알게 된다면 아마 당신도 생각을 다시 해 보겠죠. 자기가 훌륭한 것처럼 뽐내던 태도에도 불구하고, 그녀는 한갓 벼락출세한 하인에 지나지 않습니다. 주인은 런던의 앰브로스 아이버스 R.A.(로열 아카데미) 경

121

인데, 아마 당신도 이름을 들어봤을 것입니다. 앰브로스 경은 저명한 초상화가라죠. 하지만 나는 왜 그가 유명한지 절대 이해할 수 없습니다. 특히 램버스 백작부인을, 말에 채찍을 휘두르는 부디카*의 모습으로 그린 초상화는 정말 용서할 수 없습니다. 여하튼, 엘리자베스 맥케나는 그 집 가정부의 딸이었다는 것을 기억하십시오.

엘리자베스의 모친이 집안을 청소하는 동안, 앰브로스 경은 아이를 자신의 화실로 불러서 놀도록 했고, 그런 처지의 아이들이 하는 것보다 더 오랫동안 학교에 있도록 허락했습니다. 엘리자베스가 열네 살 때 모친이 죽었습니다. 그렇다면 앰브로스 경이 엘리자베스를 적절한 직업학교로 보냈을까요? 그렇지 않았습니다. 그는 첼시에 있는 자신의 집에 엘리자베스를 머물게 하면서, 슬레이드 미술학교**에 가서 공부하도록 학비를 주겠다고 제안했답니다.

오해하지는 마십시오. 나는 앰브로스 경이 소녀에게 다른 생각이 있었다는 말을 하는 것은 아닙니다 ― 우리는 그의 성격을 너무나 잘 알기 때문에 그런 것을 인정하지는 않습니다. 하지만 앰브로스 경이 그녀를 너무나 애지중지했기 때문에 엘리자베스의 고질적인 죄악이 생기게 되었다는 것입니다. 겸손하

---

* 부디카Queen Budica: 고대 영국의 전설적인 여왕으로 로마 점령군에 맞서 싸웠다고 한다.

** 런던 유니버시티칼리지의 미술학교.

지 않은 죄 말입니다. 훌륭한 규범이 무너지는 것은 우리 시대의 불행입니다. 하지만 그처럼 개탄할 만한 타락이 엘리자베스 맥케나보다 더 확연하게 드러난 경우는 없을 겁니다.

앰브로스 경은 건지 섬에 집을 하나 소유하고 있었습니다. 라 부베 근처의 언덕 위에 있었죠. 엘리자베스가 어린아이였을 때 앰브로스 경은 가정부와 가정부의 딸을 데리고 이곳에 와서 여름을 보내곤 했습니다. 엘리자베스는 길들여지지 않은 아이였습니다. 주일에조차 말쑥하지 않은 모습으로 섬을 돌아다녔지요. 집안일은 하나도 하지 않았고, 장갑도 끼지 않고, 신발과 스타킹도 신지 않았습니다. 무례한 남자들과 함께 고기잡이배를 타고 나갔고, 망원경으로 점잖은 사람들을 훔쳐보곤 했습니다. 정말 망신스러운 아이였죠.

전쟁이 곧 발발한다는 게 확실해지자, 앰브로스 경은 엘리자베스를 이 섬에 보내 집을 폐쇄하도록 했습니다. 이번에는 앰브로스 경의 대책 없는 계획에 엘리자베스가 정면으로 맞서게 된 셈이었죠. 집을 폐쇄하는 도중에 독일군대가 문 앞에 닥쳤던 것입니다. 하지만, 이곳에 머물겠다는 결정은 그녀 자신이 한 것이며, 이후 발생했던 특정한 사건들에 의해서 증명되었습니다. (그에 대해서는 설명하지 않겠습니다. 품위를 손상시키는 일이니까요.) 그렇기 때문에 그녀는 몇몇 사람들이 생각하듯 사심 없는 영웅이 아닙니다.

뿐만 아니라, 그 문학회라는 것도 수치스럽기는 마찬가지입니다. 실제로 이곳 건지 섬에도 진정한 예의범절과 문화를 지닌 사람들이 있지만, 절대로 그 문학회의 수작에 말려들지 않습니다. (초대를 받았다고 해도 말이죠.) 그 문학회에서 품행이 올바른 사람이라고는 에벤 램지와 아멜리아 모저리, 단 두 명뿐입니다. 다른 사람들로 말하자면, 넝마주이, 술만 퍼먹는 타락한 정신과 의사, 말더듬이 돼지치기, 하인 주제에 주인 행세를 했던 남자…. 이솔라 프리비는 실제로 마녀 짓을 하고 있습니다. 약을 만들어서 팔고 있는데, 물론 이것은 그녀가 나에게 밝힌 것입니다. 이런 회원들이 자신들과 비슷한 부류를 모았으니, 그들이 한다는 '문학의 밤' 모임이 어떤 것인지 쉽게 상상이 갈 것입니다.

이제 아셨죠? 이런 사람들과 그들이 읽는 책에 대해 쓰면 안 됩니다— 그들이 어떤 책을 고르는지 누가 알겠습니까!

기독교 신앙으로 경악과 우려를 감출 수 없는

아멜레이드 애디슨 (미스)

41 마크가 줄리엣에게 보낸 메모

1946년 3월 2일

사랑하는 줄리엣,

지금 막 내 음악평론가가 가지고 있던 오페라 티켓을 착복했소. 코번트가든 오페라극장, 8시. 가겠소?

당신의 벗, 마크

....

42 줄리엣이 마크에게 보낸 메모

친애하는 마크,

오늘 저녁요?

줄리엣

....

43 마크가 줄리엣에게 보낸 메모

그렇소!

M

44 줄리엣이 마크에게 보낸 메모

멋져요! 하지만 음악평론가한테는 미안한데요. 그 티켓은 암탉 이빨만큼이나 구하기 어려운 건데.

줄리엣

....

45 마크가 줄리엣에게 보낸 메모

그는 입석에서도 대충 해치울 수 있을 거요. 오페라가 가난한 사람들의 정신을 고양시키는 효과, 뭐 그런 거에 대해 쓸 수 있지 않겠소? 7시에 데리러 가겠소.

M

46 줄리엣이 에벤에게 보낸 편지

1946년 3월 3일

미스터 에벤 램지 귀하
레 봄미에르
칼레 가
세인트마틴, 건지 섬

친애하는 미스터 램지,

독일군 점령기 동안 당신이 겪은 일에 대해 편지를 보내줘
서 정말 고맙습니다. 전쟁이 끝나자, 저 역시 전쟁에 대해 얘기
하지 않기로 마음먹었습니다. 6년 동안이나 전쟁에 대해 얘기하
고 전쟁을 겪으면서 살았으니, 이제는 다른 것, 뭐든지 좋으니
다른 것에 관심을 쏟고 싶습니다. 하지만 그것은 제가 아닌 다
른 사람이 되기를 바라는 것과 같습니다. 이제 전쟁은 우리 삶의
이야기가 되었기 때문에, 그 이야기를 뺀 삶은 불가능합니다.

당신 손자인 일라이가 다시 돌아왔다는 이야기를 듣고 기
뻤습니다. 이제 일라이는 당신과 함께 살고 있나요? 아니면 부
모와 함께? 점령기간 내내 한 번도 아이의 소식을 듣지 못했나

127

요? 건지 섬의 아이들이 모두 한꺼번에 고향으로 돌아왔나요? 만일 그랬다면 얼마나 대단한 잔치였겠어요!

질문을 쏟아 부으려는 것은 아니지만, 만일 대답해 줄 생각이 있다면 몇 가지만 더 물어보겠습니다. '건지 아일랜드 감자껍질파이 클럽'이 만들어지는 계기가 되었던 그 날의 돼지구이 파티에 당신도 참석했었다죠. 그런데 무엇보다도 먼저 모저리 부인은 어떻게 돼지를 가지고 있었나요? 대체 어떻게 돼지를 숨겨놓을 수 있었는지요?

엘리자베스 맥케나는 그날 밤 정말 용감했어요! 그녀는 진실로 어려운 상황에서도 기품을 잃지 않는군요— 저는 그저 부러워서 감탄만 할 뿐, 그런 성격을 가지지는 못했답니다. 당신은 물론 문학회 회원들이 전쟁이 끝나고 몇 달이 지났는데도 그녀 소식이 없는 것 때문에 걱정하고 있다는 것을 알고 있지만, 희망을 포기하면 안 됩니다. 친구들의 말에 의하면, 유럽은 지금 벌집을 열어놓은 것처럼, 다른 곳으로 흘러간 수천 수만의 사람들, 모두 고향으로 가려고 애쓰는 사람들로 북새통이랍니다. 제 오랜 친구 한 명도 1943년 버마에서 총에 맞아 실종되었다가 지난달 오스트레일리아에 나타났습니다— 물론 최상의 상태는 아니지만, 살아 있으며, 또 살려고 마음먹은 모습으로요. 편지 보내주셔서 고맙습니다.

줄리엣 애쉬튼

1946년 3월 4일

미스 줄리엣 애쉬튼 귀하
글레브 플레이스 23번지
첼시
런던, S.W.3

친애하는 아가씨,

처음에 저는 문학클럽 같은 곳에는 나가고 싶지 않았습니다. 저의 농장에는 일이 많기 때문에, 실제로 있지도 않았던 사람들이나 일어나지도 않았던 일에 대해서 읽으라고 시간을 보내고 싶지 않았던 겁니다.

그러던 중 1942년, 저는 미망인 후버트 부인에게 연정을 품기 시작했습니다. 그런데 우리가 함께 걸어갈 때면 그녀는 제가 팔을 잡지 못하도록 몇 발짝 앞서 걸으면서, 롤프 머체이가 팔을 잡는 것은 그냥 두는 거였습니다. 그래서 저는 '실패구나' 생각했지요.

롤프는 술만 마시면 허풍쟁이가 되는 놈인데 어느 날 술집에서 사람들에게 이렇게 떠벌이더군요. "여자들은 시를 좋아한다니까. 감미로운 말을 속삭이기만 하면 녹아버리지. 풀밭 위에 기름을 떨어뜨린 것처럼 말이야." 그게 어디 숙녀에 대해 할 말입니까? 순간 저는 알아차렸습니다. 롤프가 미망인 후버트 부인을 원하는 것은 저처럼 그녀가 좋아서가 아니라, 그녀 소유의 목초지에 자기 소떼를 풀어놓기 위해서라는 걸 말이죠. 그래서 저는 '좋아, 후버트 부인이 시를 좋아한다면, 나도 시를 몇 편 찾아봐야겠다' 라고 생각했습니다.

저는 폭스 씨의 서점에 가서 사랑을 노래한 시집을 달라고 했습니다. 당시 폭스 씨의 서점에는 책이 그리 많지 않았습니다. 사람들이 책을 사서 불쏘시개로 썼는데, 이 사실을 알게 된 폭스 씨는 서점 문을 닫아버렸거든요. 폭스 씨는 카툴루스*라는 시인이 쓴 시집을 주었습니다. 그는 고대 로마인이었습니다. 그가 쓴 시의 내용을 아십니까? 저 같은 사람은 교양 있는 숙녀 앞에서 그런 시를 읊을 수 없습니다.

카툴루스는 레스비아라는 여자를 동경하고 있었는데, 그녀가 카툴루스를 침대로 끌어들인 후 그를 차버렸다고 합니다. 레스비아가 기르고 있던 작은 참새를 어루만지는 것을 카툴루스가 싫어했다고 하니, 차버린 것도 놀랄 일은 아닙니다. 그토

---

* 카툴루스Catullus(BC 84-BC 54) : 고대 로마 공화정 말기의 서정 시인으로 사랑과 실연을 노래한 시를 썼다.

록 미미한 새 한 마리에조차 질투를 했다니 말이죠. 집으로 돌아간 카툴루스는 펜을 들어 레스비아가 작은 새를 가슴에 안고 토닥이는 것을 보는 것이 얼마나 고통스러운 일인가에 대해 써내려갔습니다. 카툴루스는 이 일로 엄청난 상처를 입었고, 이후로 다시는 여자를 좋아하지 않았을 뿐만 아니라, 여자들을 폄하하는 시를 썼다고 합니다.

카툴루스는 완고한 사람이기도 했습니다. 어떤 불쌍한 거리의 여인이 매춘의 대가를 요구하자 그가 어떤 시를 썼는지 아십니까? 혹시 모르실까 봐 여기에 적어 보겠습니다.

저 한물 간 매춘부는 제 정신인가?
나에게 천 세스테르티우스*나 요구하다니?
코가 저렇게 못생긴 주제에?
남성 동지들이여, 여자의 관리감독은 우리의 몫이니,
친구들과 의사들을 불러 모으라; 저 여자는 미쳤다.
자기가 예쁘다고 착각하고 있으니.

이런 게 어떻게 사랑의 징표가 된단 말입니까? 저는 친구 에벤에게 이처럼 악의에 가득 찬 글은 본 적이 없다고 말했습니

---

* 고대 로마의 화폐단위.

다. 그랬더니 에벤의 말은 아직 저에게 맞는 시인을 찾지 못해서 그렇다는 거였습니다. 그는 나를 자기 집으로 데려가더니 작은 책을 한 권 빌려줬습니다. 윌프레드 오언*의 시집이었습니다. 1차 세계대전 당시 장교였던 이 시인은 뭐가 뭔지 잘 알고 있었고 용어도 정확하게 알고 있었습니다. 저 역시 그곳 페젠데일**에 있었기 때문에 그가 알고 있는 것은 알고 있었지만, 그런 걸 말로 표현할 수 없었습니다.

그 일 이후 저는 '시'라는 것에 뭔가 있는 모양이라고 생각하게 되었습니다. 그래서 문학회에 다니기 시작했는데, 지금 생각해도 잘한 결정입니다. 그러지 않았다면 윌리엄 워즈워스의 작품을 읽을 수 없었을 것이며, 아직도 워즈워스를 모른 채 살아가고 있었을 테니 말입니다. 저는 워즈워스 시를 여러 편 외웠습니다.

여하튼 저는 마침내 미망인 후버트 부인의 손을— 사랑스러운 낸시의 손을 잡게 되었습니다. 그 후 어느 날 저녁, 저는 그녀와 함께 해안절벽을 따라 걷다가 그녀를 보며 이렇게 말했지요. "저길 봐요, 낸시. 온화한 하늘이 바다를 덮고 있으니— 위대한 절대자가 잠이 깨는 소리를 들어보라."*** 그러자 낸시는 나의 키스를 허락했습니다. 그녀는 지금 저의 아내입니다.

---

* 윌프레드 오언Wilfred Owen(1893~1918) : 스물다섯의 나이에 전장에서 요절한 영국의 시인으로 현대 영국시에 많은 영향을 끼쳤다.
** 페젠데일(Passchendaele) :1차 세계대전 당시 벨기에의 격전지.
*** 워즈워스의 시 "It is a Beauteous Evening, Calm and Free" 중 한 구절.

당신의 진실한 벗, 클로비스 포시

추신. 지난주 모저리 부인이 책을 한 권 빌려 주었습니다. 「옥
스퍼드 현대 시선, *1892-1935 (The Oxford Book of Modern
Verse, 1892-1935)*」입니다. 예이츠*가 시를 선별했더군요.
그런 사람에게 맡겨서는 안 되는 일이었습니다. 도대체
그는 누구입니까? 그리고 그 사람이 시에 대해 뭘 안단 말
입니까?

저는 윌프레드 오언이나 지그프리드 사순**의 시를 찾으려
책 전체를 뒤져봤지만, 한 편도 없었습니다. 왜 없는지 아
십니까? 이 예이츠가 이렇게 말했습니다. '1차 세계대전
중에 쓰인 시는 의도적으로 제외시켰다. 나는 그런 시는
가까이하지 않는다. 수동적인 고통은 시의 주제가 되지
않는다.'

수동적인 고통이라고요? 수동적인 고통이라니요! 저는
심장이 멈출 뻔했답니다. 무엇 때문에 사람이 고통을 받
았습니까? 윌프레드 오언은 이런 구절을 썼지요. '이들,
가축처럼 죽어간 병사들에게 어떤 조종(弔鐘)을 울릴 것인

---

* 예이츠William Butler Yeats(1865-1939) : 아일랜드 출신의 세계적으로 위대한 극작
가이며 시인이다.
** 지그프리드 사순Siegfried Lorraine Sassoon(1886-1967) : 제1차 세계대전에 종군했던
유대계 영국시인으로 전쟁의 비참함과 무의미를 서정시로 읊었다.

가? 화포의 엄청난 분노밖에 없도다.' 여기서 뭐가 수동
적이라는 건지 알고 싶습니다. 이 글에 나타난 바로 그대
로 사람들이 죽어갔습니다. 제 두 눈으로 똑똑히 보았으
며, 그렇기 때문에 저는 예이츠를 타도해야 한다고 주장
합니다.

당신의 진실한 벗, 클로비스 포시

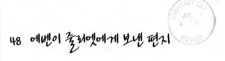

1946년 3월 10일

미스 줄리엣 애쉬튼 귀하
글레브 플레이스 23번지
첼시
런던, S.W.3

친애하는 미스 애쉬튼,

답장 고맙습니다. 손자 일라이에 대한 친절한 질문도 고맙군요. 일라이는 내 딸 제인의 아이입니다. 제인은 독일군이 폭격을 퍼붓던 1940년 6월 28일, 병원에서 아이를 낳다가 신생아와 함께 사망했습니다. 일라이의 아버지는 1942년 북아프리카에서 전사했기 때문에, 이제는 내가 일라이를 맡고 있습니다.

일라이는 6월 20일 건지 섬을 떠났습니다. 전쟁을 피해 잉글랜드로 대피하는 수천 명의 아기와 어린이들 틈에 끼어 떠났습니다. 우리는 곧 독일군이 진격할 것을 알고 있었고, 제인은 일라이가 여기에 있는 것이 안전하지 않다고 우려했습니다. 제인도 함께 떠날 수 있었지만, 출산이 임박했기 때문에 의사가 허락하지 않았습니다.

이후 6개월 동안 우리는 아이들의 소식을 전혀 듣지 못했습니다. 그러다가 적십자사로부터 일라이가 잘 있다는 엽서를 받았는데, 아이가 어디에 있다는 말은 없었습니다. 우리는 다만 대도시가 아니기를 기도할 뿐이었습니다. 더 오랜 시간이 흐른 뒤에야 일라이에게 엽서를 보낼 수 있었습니다. 하지만 이번에는 내가 망설였습니다. 엄마와 아기가 죽은 것을 알려야 하기 때문이었습니다. 소년이 그 끔찍한 소식을 접한다는 것은 생각하기도 싫었습니다. 하지만 나는 소식을 알렸습니다. 그리고 또 한참 후에 아버지의 사망 소식도 전했습니다.

전쟁이 끝나고 일라이가 돌아왔습니다. 아이들이 모두 한꺼번에 고향으로 돌아온 것입니다. 정말 대단한 날이었습니다. 영국군이 와서 건지 섬을 해방시켰을 때보다 훨씬 더 멋진 날이었죠. 일라이는 배에서 제일 먼저 내린 소년이었습니다. 5년 사이에 몰라보게 자라 있었습니다. 내가 얼마나 오랫동안 아이를 끌어안고 있었는지, 옆에서 이솔라가 나를 밀치고 끼어들었습니다. 자기도 일라이를 안아보겠다고 말이죠.

고맙게도 일라이는 요크셔에 있는 농가에서 자랐습니다. 그들은 아이를 잘 대해 주었습니다. 일라이는 그들이 써보낸 편지를 전해주었습니다— 편지에는 그 동안 아이가 어떻게 자랐는가에 대한 내용이 가득했습니다. 학교는 어떻게 다녔고, 농장 일은 어떻게 도왔으며, 내가 보낸 엽서를 읽고 나서 아이가 흔들리지 않으려고 어떻게 노력했는가, 같은 이야기들이었죠.

일라이는 지금 나와 함께 고기잡이를 하며 소를 키우고 밭을 가꾸는 일을 도와줍니다. 하지만 제일 좋아하는 일은 나무를 깎는 것입니다— 도시와 내가 가르치고 있습니다. 지난주에 일라이는 부러진 나무 조각으로 근사한 뱀을 만들었는데, 내 생각으로는 도시네 헛간 서까래에서 떼어낸 조각 같습니다. 내가 도시에게 물어보자 그는 그저 미소만 지었습니다. 지금 이 섬에는 나무가 귀합니다. 석탄도 없고 파라핀도 없었기 때문에, 사람들은 땔감으로 쓰기 위해서 나무를 잘라냈고, 심지어 가구와 난간까지도 땔감으로 써 버렸습니다. 요즘 일라이와 나는 우리 땅에 다시 나무를 심고 있지만, 자라려면 한참 시간이 걸리겠죠. 우리는 모두 예전에 푸르고 울창하던 나무그늘을 그리워합니다.

이제, 돼지구이 파티에 대해서 얘기하겠습니다. 독일군들은 특히 가축에 대해서 유난스러웠습니다. 소와 돼지를 엄격하게 관리하였습니다. 건지 섬은 이곳에 주둔한 군대는 물론 프랑스에 있는 군대의 식량까지 대도록 되어 있었던 것입니다. 그렇게 하고 나서 남는 것이 우리의 몫이었습니다— 남는 게 있다면 말이죠.

독일군은 장부에 기록하는 것을 정말 좋아했습니다. 그들은 우리가 생산하는 우유의 양을 측정하고, 크림의 무게를 달았으며, 밀가루 부대를 하나하나 모두 기록했습니다. 한동안 닭에는 손을 대지 않았습니다. 하지만 점차 사료가 귀해지자, 그들은 나이든 닭을 모두 죽이라고 명령했습니다. 그렇게 해서 달걀을 낳을 수 있는 닭에게 더 많은 모이가 돌아갈 수 있도록 했습니다.

우리 같은 어부들은 잡은 고기의 대부분을 뺏겼습니다. 그들은 부두에서 대기하고 있다가 그들의 몫을 챙겨갔습니다. 점령 초기에는 다수의 섬 주민들이 어선을 타고 영국으로 탈출했습니다. 익사한 사람들도 있지만, 성공한 사람들도 있었죠. 그러자 독일군은 새로운 규칙을 만들어서, 가족이 영국에 있는 사람들은 고기잡이배를 탈 수 없도록 했습니다. 손자 일라이가 영국 어딘가에 있기 때문에, 나도 어선을 다른 사람에게 빌려줘야만 했습니다. 나는 프리보트 씨의 온실에서 일을 하게 되었는데, 시간이 지나자 작물을 잘 키울 수 있었습니다. 하지만, 그동안 얼마나 바다와 배가 그리웠는지!

독일군은 특히 육류에 대해서 까다로웠습니다. 군대를 먹일 고기가 암시장으로 흘러드는 것을 막기 위해서였죠. 돼지가 새끼를 낳으면 독일군 농업담당장교가 농장으로 와서, 새끼가 몇 마리인지 세고, 각각에 대해서 출생증명서를 발급하고는 장부에 기록합니다. 돼지가 죽으면, 농업담당장교에게 신고를 해야 하고, 그러면 그가 와서 돼지 시체를 확인하고 나서 사망증명서를 발급합니다.

그들은 불시에 찾아오기도 했는데, 그럴 때면 장부에 기록된 돼지 수와 실제 있는 돼지 수가 서로 일치해야 합니다. 한 마리가 적다면 벌금을 내야 합니다. 그런 일이 한 번 더 일어난다면, 세인트피터포트에 있는 감옥으로 가게 됩니다. 만일 돼지 수에 차이가 많이 난다면, 그것은 고기를 암시장에 판다는 증거가 되기 때문에 독일에 있는 노동수용소로 보내집니다. 독일군이 어떻게 할지는 예측할 수 없었습니다. 그들은 변덕스러운 민족이니까요.

하지만 초기에 농업담당장교를 속이고 살아있는 돼지를 숨겨놓는 것이 쉬웠습니다. 아멜리아도 그렇게 해서 돼지를 숨겨놓을 수 있었습니다.

윌 티스비의 돼지 한 마리가 병에 걸려 죽었습니다. 농업담당장교는 돼지가 죽었다는 증명서를 써 주고는 죽은 돼지를 땅에 묻으라고 말하고 갔습니다. 하지만 윌은 그렇게 하지 않고 죽은 돼지를 끌고 가 아멜리아 모저리에게 건네주었습니다. 아멜리아는 건강한 돼지를 숨겨놓고는 농업담당장교에게 전화를 해서 돼지가 죽었으니 빨리 와 달라고 했습니다.

아멜리아의 농장에 온 농업담당장교는 돼지가 죽은 것을 확인했지만, 그것이 그날 아침에 봤던 윌의 돼지라는 사실은 몰랐습니다. 그는 '죽은 돼지 장부'에 한 마리 추가했을 뿐입니다.

아멜리아는 돼지 시체를 다른 친구에게 넘겼고, 그 역시 다음날 같은 수법으로 농업담당장교를 속였습니다. 우리는 돼지 시체가 부패할 때까지 이런 식으로 계속 속일 수 있었습니다. 그런데 독일군이 이런 수법을 알아내고는 모든 소와 돼지에 낙인을 찍기 시작했습니다. 그 이후로는 가축 시체 바꿔치기는 할 수 없었습니다.

아멜리아가 숨겨놓은 돼지를 조용히 죽이는 것은 오직 도시만이 할 수 있었습니다. 아멜리아네 농장 곁에 있던 포병중대에 돼지 도살하는 소리가 들리면 안 되기 때문에, 도살은 조용하게 해야만 했습니다.

돼지들은 도시를 잘 따랐습니다. 도시가 돼지헛간에 들어서면 돼지들은 그의 주위에 모여 등을 비비곤 했습니다. 다른 사람이었다면 난리가 났을 것입니다— 꽥꽥대고, 킁킁 냄새를 맡고, 도망 다니곤 했겠지요. 하지만 도시는 돼지를 얌전하게 만들고, 정확한 위치를 찾아서 단번에 멱을 딸 수 있었습니다. 그러면 돼지는 꽥꽥 소리를 낼 틈도 없이 쓰러졌습니다.

나는 도시에게 돼지가 죽기 전에 그저 놀란 듯이 한 번 쳐다볼 뿐이라고 말했더니, 도시는 그렇지 않다고, 돼지는 똑똑하기 때문에 그것이 배반이라는 것을 알아차린다고 했습니다. 나로서도 할 말이 없었습니다.

아멜리아의 돼지로 훌륭한 파티가 열렸습니다— 양파와 감자가 있었기 때문에 돼지 속을 채울 수가 있었지요. 당시 우리는 배부르다는 것이 어떤 것인지 거의 잊은 채 살고 있었는데, 그날만큼은 그게 무엇인지 알 수 있었습니다. 창문에는 커튼을 쳤고, 음식과 친구들은 식탁에 모여 있었기 때문에, 우리는 아무 일도 없었다는 듯 위장할 수 있었습니다.

엘리자베스에게 용감하다는 이름을 붙이는 것은 맞는 말입니다. 그녀는 용기를 가지고 있으며, 언제나 그러했습니다. 엘리자베스는 어렸을 때 엄마와 앰브로스 아이버스 경을 따라 런던에서 건지 섬으로 왔습니다. 여기에서 보냈던 첫 해 여름 엘리자베스는 우리 딸 제인을 알게 되었습니다. 둘 다 열 살이었는데, 이후 아이들은 진실한 친구가 되었습니다.

1940년 봄, 엘리자베스가 앰브로스 경의 저택을 폐쇄하기 위해서 이곳에 왔을 때, 위험에도 불구하고 이곳에 머물렀던 것은 제인 곁에 있기 위해서였습니다. 남편 존이 군에 지원하기 위해 영국으로 간 이후— 그것은 1939년 12월이었어요— 우리 딸은 몸이 계속 안 좋아서, 출산을 앞두고 매우 어려운 시기를 보내고 있었습니다. 마틴 의사선생님이 제인을 입원시켰기 때문에, 엘리자베스는 곁에서 지켜주면서 일라이와 놀아주기 위해서 머물렀습니다. 일라이는 엘리자베스와 노는 것을 가장 좋아했습니다. 물론 그들은 가구를 망가뜨릴 정도로 야단스러웠지만, 웃음소리를 듣는 것은 즐거운 일이었습니다. 한번은 저녁을 먹기 위해 그들을 데리러 빅하우스에 갔는데, 문을 열자 엘리자베스와 일라이가 계단 아래 베개 더미 위에서 허우적거리고 있었습니다. 앰브로스 경의 훌륭한 참나무 계단 난간을 매끄럽게 닦은 다음, 그 위에서 미끄럼을 탔던 것이죠!

일라이가 대피선박을 탈 때 필요한 준비를 해준 것도 엘리자베스였습니다. 배가 와서 아이들을 잉글랜드로 실어갈 때, 우리 섬 주민들은 겨우 하루 전날 통보를 받았습니다. 그 하루 동안 엘리자베스는 일라이에게 왜 토끼를 데려갈 수 없는지 이해시키면서, 아이의 옷을 바느질하고 빨고 하면서 마치 팔랑개비처럼 쉬지 않고 일했습니다. 우리가 학교로 출발할 때, 제인은 아들에게 눈물어린 얼굴을 보이지 않기 위해 고개를 돌려야만 했고, 그 사이 엘리자베스는 아이의 손을 잡고서 배를 타고 여행하기에는 좋은 날씨라고 말했습니다.

그 후로 다른 사람들이 모두 피난하려고 애쓰는 중에도 엘리자베스는 건지 섬을 떠나려 하지 않았습니다. "안 가요."라고 말했죠. "저는 여기서 제인이 아기를 낳을 때까지 기다렸다가 아기가 좀 크면 그들을 데리고 런던으로 갈 거예요. 그 다음엔 일라이가 어디에 있는지 찾아내야죠." 엘리자베스는 자신의 결정에 대해 고집스러웠습니다. 한번 입을 다물면 아무리 설득해도 소용이 없었으니까요. 프랑스군대가 셰르부르*에서 연료탱크를 태우는 연기가 보일 때조차 엘리자베스는 끄떡도 하지 않았습니다. 엘리자베스는 상관 없다고 말하고는 제인과 아기를 데려가기 전에는 움직이지 않겠다고 했습니다. 독일군이 오기 전에 앰브로스 경은 요트를 가지고 있는 친구와 함께 세인트 피터포트로 와서 엘리자베스를 데리고 가겠다고 말했던 것으로

---

* 영국해협에 면한 프랑스 도시. 2차 세계대전 때 많은 피해를 입었다.

알고 있습니다. 솔직히 말해, 나는 엘리자베스가 떠나지 않은 것이 기뻤습니다. 제인과 신생아가 죽던 날, 엘리자베스는 나와 함께 병원에 있었습니다. 제인 곁에 앉아서 제인의 손을 꼭 잡고 있었습니다.

제인이 숨을 거두자, 엘리자베스와 나는 복도에 서서 말을 잃은 채 창 밖을 바라보았습니다. 바로 그 때 독일군 비행기 일곱 대가 항구 쪽으로 낮게 날아오는 것이 보였습니다. 우리는 독일군이 정찰대를 보낸 거라고 생각했는데, 갑자기 비행기가 폭탄을 투하하기 시작했습니다. 폭탄은 마치 나무막대처럼 일렬로 떨어졌습니다. 우리는 아무 말도 하지 않았지만 같은 생각을 하고 있었습니다— 일라이가 무사히 대피했으니 얼마나 다행인가, 하고 말입니다. 엘리자베스는 그 어려운 시기에 제인과 내 곁을 지켜주었습니다. 나는 엘리자베스를 지켜줄 수 없었지만, 고맙게도 그녀의 딸 키트가 이제 우리와 함께 안전하게 지내고 있으니, 엘리자베스가 빨리 돌아오도록 기도할 따름입니다.

당신의 친구가 오스트레일리아에서 발견되었다는 소식을 들으니 기쁘군요. 당신이 도시와 나에게 편지를 보내주었으면 합니다. 도시는 당신 편지를 받는 것을 좋아하며, 물론 나도 그렇습니다.

당신의 진실한 벗, 벤 램지

49 도시가 줄리엣에게 보낸 편지

미스 줄리엣 애쉬튼 귀하
글레브 플레이스 23번지
첼시
런던, S.W.3

친애하는 미스 애쉬튼,

당신이 흰색 라일락을 좋아한다니 기쁩니다.

딜루윈 부인의 비누에 대해 얘기하겠습니다. 독일군 점령기 중간쯤 되자 비누가 아주 귀해졌습니다. 한 사람당 한 달에 하나밖에 허용되지 않았습니다. 그 비누는 프랑스 점토로 만들어졌는데 빨래통 안에 죽은 물건처럼 놓여 있었습니다. 그 비누에서는 거품도 나지 않았습니다— 그저 문지르면서 비누가 효과가 있기를 기대할 수밖에 없었습니다.

깨끗하게 유지하는 것은 어려운 일이었으며, 정도의 차이는 있지만 우리는 모두 더러운 것에 익숙해져 갔습니다. 설거지나 빨래용으로는 가루비누가 제공되었는데 정말 우스꽝스러울 정도로 적은 양이었습니다. 물론 거품도 없었죠. 그것에 대해 특히 더 예민하게 느끼는 여자들이 있었는데, 딜루윈 부인도 그런 사람이었습니다. 전쟁이 일어나기 전 그녀는 파리에서 옷을 사 오곤 했는데, 그런 고급 옷일수록 평범한 옷보다 더 빨리 상했습니다.

하루는 스코프 씨네 돼지가 유열(乳熱)로 죽었습니다. 그런 고기는 아무도 먹지 않기 때문에 스코프 씨는 죽은 돼지를 저에게 주었습니다. 저는 어머니가 동물기름으로 비누를 만들었던 것을 기억해 내고, 한 번 해 보기로 했습니다. 만들어놓고 보니 개숫물을 얼려놓은 것 같고 냄새는 그보다 더 고약했습니다. 그래서 녹여서 처음부터 다시 시작했습니다. 부커가 도와주려고 와 있었는데 파프리카로 색깔을 내고 계피로 향기를 내 보면 어떻겠느냐고 제안했습니다. 아멜리아가 재료를 줬고, 우리는 재료를 넣어 잘 섞었습니다.

비누가 충분히 굳자, 우리는 아멜리아의 비스킷 커터를 사용하여 비누를 원형으로 잘랐습니다. 제가 비누를 무명천에 싸고, 엘리자베스가 붉은색 털실로 리본을 만들어 묶어서 다음번 문학회 모임에 참석한 여자들에게 선물로 주었습니다. 여하튼, 그로부터 한 2주 동안 우리 모두 점잖은 사람들처럼 보였습니다.

저는 일주일에 며칠씩 채석장과 부두에서 일을 했습니다. 이솔라는 제가 피곤해 보인다고 생각했는지 근육을 풀어주는 연고를 만들어 주었습니다. '천사의 손길'이라는 이름입니다.

이솔라가 만든 감기약은 '악마의 술'이라는 이름인데, 그걸 먹을 일은 절대로 없게 해 달라고 기도하고 있습니다.

어제는 아멜리아와 키트가 와서 저녁을 같이 먹고는 담요를 들고 해변으로 나가 달이 뜨는 것을 지켜보았습니다. 키트는 그것을 아주 좋아하지만, 언제나 달이 완전히 뜨기 전에 잠들어 버리기 때문에 제가 안아서 아멜리아네 집으로 데려갑니다. 키트는 다섯 살만 되면 밤새 한 잠도 자지 않을 수 있게 될 거라고 확신하고 있습니다.

아이들에 대해 많이 알고 있는지요? 저는 잘 모릅니다. 열심히 배워가고 있지만, 저는 느리게 배우는 것 같습니다. 키트가 말을 시작하기 전에는 훨씬 수월했지만, 재미는 지금이 훨씬 더합니다. 아이가 물어본 것에 대답해 주려고 하지만 보통 질문이 밀리고 맙니다. 첫 번째 질문에 대답하려고 하는 사이 이미 키트는 그 다음 질문을 하곤 합니다. 뿐만 아니라 아이를 즐겁게 하는 방법도 잘 알지 못합니다. 몽구스가 어떻게 생긴 건지도 모릅니다.

저는 당신으로부터 편지를 받는 것을 좋아합니다. 하지만 저에게는 알려드릴 만큼 가치가 있는 소식이 별로 없습니다. 그래서 당신이 질문하면 그것에 대해 대답하는 편이 좋습니다.

당신의 벗, 도시 애덤스

1946년 3월 12일

미스 줄리엣 애쉬튼 귀하
글레브 플레이스 23번지
첼시
런던, S.W.3

친애하는 미스 애쉬튼,

당신은 내 충고를 듣지 않을 모양이군요. 시장에서 이솔라 프리비와 마주쳤는데, 편지를 쓰고 있더군요— 당신에게 보내는 답장 말이죠. 나는 개의치 않고 있었는데 이번에는 도시 애덤스가 편지 부치는 것을 봤죠— 당신에게 보내는 것이더군요. 다음번에는 누군지 물어봐도 될까요? 이런 일은 있어서는 안 되기에, 나는 다시 펜을 들어 당신에게 그만 두라는 편지를 씁니다.

지난번 편지에서는 전부 솔직하게 밝히지 않았습니다. 품위를 지키기 위해서, 나는 그 모임과 모임을 만든 엘리자베스 맥케나의 진정한 정체 위에 베일을 드리웠던 것이죠. 하지만 이

147

제는 더 이상 숨겨서는 안 되겠다는 결심을 했습니다.

문학회 회원들은 서로 공모해서 엘리자베스 맥케나와 그녀가 숭배했던 독일군 지휘관이자 군의관인 크리스티안 헬만 사이에서 낳은 사생아를 키우고 있답니다! 당신이 충격을 받았다 해도 놀랄 일은 아니죠.

나는 공명정대를 목숨처럼 생각하는 사람입니다. 그래서 말인데, 엘리자베스가 못 배운 사람들이 '갈보'라고 얘기하는 그런 여자였다는 말은 아닙니다. 선물만 준다면 어떤 독일 병사와도 팔짱을 끼고 건지 섬을 돌아다니는 그런 여자들 말입니다. 나는 엘리자베스가 실크 스타킹을 신은 것도 본 적이 없고, 실크 드레스를 입은 것도 본 적이 없으며(정말 그녀의 옷차림은 이전에도 그랬듯이 볼품없었죠), 파리에서 온 향수 냄새가 나거나, 초콜릿이나 와인을 먹거나, 혹은 다른 계집들처럼 담배를 피우는 것도 본 적이 없습니다.

하지만 실상은 그만큼 나쁩니다.

자, 이것은 유감스럽지만 사실입니다. 1942년 4월, 미혼녀 엘리자베스 맥케나는 자기 집에서 딸아이를 출산했습니다. 에벤 램지와 이솔라 프리비가 출산을 도왔습니다. 에벤은 산모의 손을 잡고, 이솔라는 불을 지피고 있었죠. 닥터 마틴이 도착하기 전 실제로 아이를 받은 것은 아멜리아 모저리와 도시 애덤스였습니다. (결혼도 하지 않은 남자가 아이를 받다니 정말 부끄러운 일입니다!) 아이의 아버지요? 물론 없었죠! 사실 그는 얼마 전 건지 섬을 떠나야 했습니다. '유럽대륙으로 전보발령을 받았다'는 것이 그들의 설명이었죠. 하지만 누가 봐도 뻔한 일이죠— 그들의 부정(不貞)한 관계에 대한 증거를 더 이상 반박할 수 없게 되자, 헬만 대위는 정부(情婦)를 버리고 떠나버린 겁니다.

물론 나는 이 추잡한 결과를 예측할 수 있었죠. 엘리자베스가 애인과 함께 있는 것을 몇 번 봤거든요— 함께 산책하는 것, 진지하게 대화하는 것, 수프를 끓이기 위해 쐐기풀을 뜯는 것, 땔감을 모으는 것 등등. 한 번은 서로 마주보고 있었는데, 남자가 엘리자베스의 얼굴을 손으로 감싸고 엄지손가락으로 부드럽게 쓰다듬고 있는 것을 본 적도 있군요.

나는 엘리자베스를 기다리고 있는 운명에 대해 경고해 주는 것이 내 의무라는 걸 알았습니다. 물론 성공할 가능성은 희박했지만 말이죠. 그런 짓을 한다면 이 사회로부터 쫓겨날 거라고 말해 주었지만, 엘리자베스는 귀도 기울이지 않았습니다. 사실을 말하자면, 웃더군요. 그러더니 나에게 집에서 나가라고 했습니다.

내 선견지명을 자랑하는 게 아닙니다. 그건 기독교인의 태도가 아니니까요.

다시 아기 이야기로 돌아가 보겠습니다. 아기의 이름은 크리스티나, 애칭으로 키트라고 부릅니다. 그로부터 1년쯤 지났을 때, 천성이 무책임한 엘리자베스는 이번에는 독일군이 엄격하게 금한 범죄를 저지르고 말았죠— 독일군대에서 도망친 죄수를 숨겨주었답니다. 그녀는 체포돼 유럽대륙에 있는 수용소로 보내졌습니다.

엘리자베스가 체포되자 모저리 부인이 아기를 집으로 데려갔습니다. 그날 이후로 어떻게 되었냐고요? 문학회가 맡아서 키우고 있습니다— 순번을 정해서 이집 저집으로 아이를 보내는 거죠. 아이는 주로 아멜리아 모저리가 맡고 있는데, 다른 회원들이 몇 주일씩 아이를 데려가곤 합니다— 마치 도서관에서 책을 빌려가듯 말이죠.

그들은 모두 아이를 귀여워했고, 이제 아이가 걸을 수 있게 되자, 아이는 어디든 따라다닙니다— 손을 잡거나 어깨에 올라타고 말이죠. 바로 그게 그들의 수준입니다! 그런 사람들을 '타임스'에 실어 미화시켜서는 안 됩니다.

당신에게 다시는 편지 쓰지 않겠습니다— 나도 할 만큼 했으니까요. 이제 당신의 판단에 맡깁니다.

아델레이드 애디슨

51 시드니가 줄리엣에게 보낸 전보

1946년 3월 20일

사랑하는 줄리엣 — 귀국은 연기될 것 같다.

말에서 떨어져서 다리가 부러졌어.

피어스가 돌봐주고 있다.

애정을 담아, 시드니

52 줄리엣이 시드니에게 보낸 전보

1946년 3월 21일

오, 맙소사. 어느 쪽 다리예요? 정말 안 됐네요.

사랑을 담아, 줄리엣

53 시드니가 줄리엣에게 보낸 전보

1946년 3월 22일

다른 쪽 다리야. 걱정하지 마. 고통은 거의 없단다.

피어스는 정말 뛰어난 간호사야.

사랑을 담아, 시드니

54 줄리엣이 시드니에게 보낸 전보

1946년 3월 22일

내가 전에 부러뜨렸던 다리가 아니라니 정말 다행이네요.

쾌유를 위해 뭘 보내주면 될까요? 책? 레코드? 카드놀이?

아니면 나의 헌혈이라도?

55 시드니가 줄리엣에게 보낸 전보

1946년 3월 23일

헌혈, 책, 카드놀이 모두 필요 없음.

그저 긴 편지만 보내준다면 우리 둘 다 즐겁게 읽을게.

사랑을 보내며, 시드니와 피어스

알렉산더 스트라칸 부인 귀하
피오칸 팜
바이 오반
아가일

1946년 3월 23일

사랑하는 소피,

나는 전보만 받았기 때문에, 나보다는 네가 더 잘 알고 있겠지. 하지만 상황이 어떻든지 간에, 네가 오스트레일리아로 갈까 생각한다는 건 말도 안 되는 일이야. 알렉산더는 어떡하라고? 도미닉은 어쩌고? 네가 돌보는 양들은 또 어쩌고? 다들 수척해지고 말 거야.

잠깐만 생각해 보면 네가 그렇게 난리를 떨 필요가 없다는 걸 알게 될 거야. 첫째, 피어스는 시드니를 훌륭하게 돌봐줄 거야. 둘째, 우리보다는 피어스가 더 잘할 거야— 지난번 일을 생각해 보렴. 시드니가 환자일 때 얼마나 사람을 지치게 했는지? 그런 생각을 하면 지금 시드니가 수천 마일 떨어진 곳에 있다는 것에 대해서 우리는 오히려 기뻐해야 한다고. 셋째, 지난 몇 년 동안 시드니의 생활은 휘어진 활처럼 긴장의 연속이었어. 그에게는 휴식이 필요한데, 어쩌면 다리가 부러진 것이 휴식을 취할 수 있는 유일한 방법일지도 몰라. 하지만 가장 중요한 이유는 뭔지 아니, 소피? 바로 시드니는 우리가 그곳으로 가는 걸 원치 않는다는 거야.

시드니는 내가 오스트레일리아에 있는 그의 침대 옆에 모습을 드러내는 것보다 영국에서 새로운 책 쓰기를 더 원한다는 걸, 나는 확실히 알고 있어. 그래서 나는 이 황량한 아파트에 처박혀 어떤 책을 쓸까 궁리하고 있다고. 어떤 생각이 들기는 했지만, 아직은 신생아 같은 단계라서 너에게조차 얘기할 수 없단다. 시드니의 부러진 다리를 기념하는 의미에서, 나는 그 신생아 같은 생각을 맘껏 도닥거리고 먹여서 한번 그것이 자랄 수 있는지 보려고 해.

이제, 마컴 V. 레이놀즈(2세)에 대해 얘기할게. 그 신사분에 관한 너의 질문이 너무나 민감하고 너무나 미묘해서, 마치 망치로 머리를 얻어맞는 것 같았단다. 내가 그 남자를 사랑하느냐? 대체 그런 질문이 어디 있니? 마치 플루트 연주 사이에 튜바가 끼어든 것 같았어. 너라면 그것보다는 훌륭한 질문을 해 줄 거라고 생각했는데 말이야. 꼬치꼬치 캐묻는 것의 첫 번째 규칙은 옆으로부터 치고 들어오는 거란다— 네가 알렉산더에 관해 들떠있는 편지를 보내기 시작했을 때, 나는 너에게 그 남자를 사랑하느냐고 직접 물어보지 않고, 대신에 그가 특히 좋아하는 동물이 뭐냐고 물어봤잖아. 그리고 네 답장을 읽고는 내가 알고자 했던 것을 모두 알게 되었어— 자기가 '오리'를 좋아한다고 인정하는 남자가 대체 몇 명이나 되겠니?(이렇게 쓰다 보니 중요한 사실이 떠오르네. 나는 마크가 어떤 동물을 좋아하는지 알지 못해. 아마 오리는 아닐 거야.)

몇 가지 질문을 제안해 줄까? 마크가 특히 좋아하는 작가를 물어볼 수도 있고 (도스 파소스! 헤밍웨이!) 좋아하는 색깔을 물어볼 수도 있잖아. (파란색, 어떤 종류인지는 확실치 않지만 아마도 로열블루일 거야.) 춤을 잘 추는지 물어볼 수도 있겠지. (물론이야, 나보다 훨씬 잘 춰. 내 발을 밟은 적 한 번도 없어. 하지만 춤추는 동안 말하거나 흥얼거리지도 않아. 생각해보니 그가 흥얼거리는 것은 한 번도 들어본 적이 없네.) 형제자매는 어떻게 되는지 물어봐도 되고. (누나가 둘 있는데 한 쪽은 설탕산업 갑부와 결혼했고, 다른 쪽은 작년에 미망인이 되었어. 그리고 남동생도 하나 있는데 쫓겨났대.)

이렇게 해서, 나 스스로 알아서 질문과 대답을 했으니, 너의 우스꽝스러운 질문에 대해서는 네가 대답해. 왜냐하면 나는 대답할 수 없거든. 마크와 함께 있으면 혼란스럽기는 한데 그게 사랑인지 아닌지 잘 모르겠어. 편하지 않은 것은 확실해. 예를 들자면 오늘 저녁에도 약속이 있는데, 나는 오히려 꺼리는 편이야. 또 하나의 디너파티, 아주 멋지겠지. 남자들은 테이블에 기댄 채 얘기를 하고, 여자들은 긴 담뱃대를 든 채 몸짓으로

답하겠지. 오, 맙소사, 나는 그냥 소파에 누워있고 싶지만 이제
는 일어나서 이브닝드레스를 입어야겠지. 사랑은 제쳐놓고라
도 마크와 데이트하려면 옷에도 신경이 쓰여.

다시 한 번 말할게. 시드니에 대해서는 애태우지 마. 곧 일
어나서 으스대면서 걸어 다닐 거야.

사랑을 담아, 줄리엣

미스터 도시 애덤스 귀하
레 볼레랑스
라 부베
세인트마틴 교구, 건지

1946년 3월 25일

친애하는 애덤스 씨,

미스 아델레이드 애디슨이라는 분으로부터 긴 편지를 (두 통이나) 받았는데, 기사에 문학회 이야기를 쓰지 말라고 경고하는 내용이었습니다. 만일 내가 그렇게 한다면, 그녀는 영원히 나와 관계를 끊겠다는 겁니다. 그 엄청난 불행을 나는 꿋꿋하게 버텨야 하겠죠. 그녀는 소위 '갈보'에 대해 엄청난 적의를 불사르고 있는 것 같았습니다만. 그 편지 외에도 클로비스 포시는 시에 관해 편지를 써 보냈고, 이솔라 프리비는 브론테 자매에 대해 편지를 보내주었습니다. 즐거움 외에도 그 편지들은 내가 쓸 기사에 대해 새로운 시각을 주었습니다. 그들과 당신의 얘기, 그리고 미스터 램지와 모저리 부인의 편지를 종합해 보니, 이미 건지 섬의 이야기만으로 내 기사는 거의 다 되어가고 있답니다.

미스 아델레이드 애쉬튼조차 일정부분 역할을 해준 셈입니다—
그녀를 무시하는 것 자체로 대단한 즐거움이 될 테니까요.

아이들에 대해서는, 내가 알고 싶은 만큼 알지는 못합니
다. 나는 친구인 소피의 아들, 세 살짜리 도미닉의 대모입니다.
그들은 스코틀랜드 오반 근처에 살고 있기 때문에 자주 볼 수 없
습니다. 그래서 가끔씩 아이를 보게 될 때마다 나는 아이가 성장
하는 것을 보고 감탄하곤 합니다. 아이를 안고 다니는 것에 익숙
해질 만하면 아이는 어느새 혼자서 돌아다닙니다. 여섯 달 만에
만났더니, 어느새 말을 하고 있더라고요! 이제는 혼잣말도 하는
데, 그게 무척 사랑스럽습니다. 나도 혼잣말을 하거든요.

키트에게는 이렇게 말해 주세요. 몽구스는 족제비처럼 생
긴 동물인데 이빨이 날카롭고 성질이 고약합니다. 코브라의 유
일한 천적으로 독사의 독에 영향을 받지 않습니다. 뱀을 잡아먹
지 못하면 전갈이라도 씹어 삼킵니다. 키트에게 애완동물로 한
마리 구해 주면 어떨까요.

당신의 벗, 줄리엣 애쉬튼

추신. 이 편지를 보내기 전에 한 번 더 생각했습니다—혹시 아
델레이드 애디슨이 당신들 친구면 어떡하나 하고요. 하
지만 그럴 리 없다고 결론을 내렸기 때문에 편지를 부칩
니다.

58 존 부커가 줄리엣에게 보낸 편지

1946년 3월 27일

친애하는 미스 애쉬튼,

아멜리아 모저리가 당신에게 편지를 쓰라고 했습니다. 저도 '건지 아일랜드 감자껍질파이 클럽'의 창단멤버니까요. 하지만 저는 단 한 권의 책만 되풀이해서 읽고 있습니다. 「세네카의 편지: 라틴어 원문의 영어 번역서, 부록 첨부」입니다. 세네카와 문학회는 술로 지새던 비참한 삶으로부터 저를 지켜주었습니다.

1940년부터 1944년까지, 저는 토비어스 펜-피어스 경 행세를 했습니다. 토비어스 경은 저의 고용주였는데, 건지 섬이 폭격을 당하자 황급히 이 섬을 떠나 잉글랜드로 갔습니다. 저의 본명은 존 부커로, 런던에서 나고 자랐습니다.

돼지구이 파티가 있던 날, 저도 다른 사람들과 함께 통행 금지를 어긴 현장에서 발각되었습니다. 하지만 정확하게 기억 나지는 않습니다. 꽤 취해 있었던 모양입니다. 당시에는 대개 그렇게 취해 있었습니다. 제가 기억하는 것은 군인들이 소리치며 총대를 휘둘렀던 것과 도시가 저를 부축하고 있던 것입니다. 그러자 엘리자베스의 목소리가 들렸는데, 무슨 책에 대해서 얘기하고 있었습니다— 저는 이유를 알 수 없었지요. 다음에는 도시가 엄청난 속도로 목초지를 가로질러 저를 끌고 갔고, 저는 침대에 쓰러졌습니다. 그게 전부입니다.

하지만 책이 저의 삶에 어떤 영향을 끼쳤는지 알고자 하신다면, 앞서 얘기했듯 저에게는 단 한 권의 책이 있습니다. 세네카입니다. 세네카가 누군지 아십니까? 그는 로마시대의 철학자로 가상의 친구들에게 편지를 써서 앞으로 남은 인생에 어떻게 행동해야 하는지 얘기했습니다. 어쩐지 지루할 것처럼 들리겠지만, 그가 쓴 편지는 그렇지 않습니다— 상당히 재기가 넘칩니다. 글을 읽으면서 웃을 수 있다면 더 많은 것을 배울 수 있다는 것이 저의 생각입니다.

세네카의 말은 어느 시대 어떤 사람들에게도 잘 적용되는 것 같습니다. 생생한 예를 하나 들어 보겠습니다. 나치스 공군과 그들의 헤어스타일에 대한 이야기입니다. 영국 대공습 당시, 독일 공군은 건지 섬에서 이륙하여 런던으로 가는 폭격기 사단에 합류하곤 했습니다. 폭격비행은 밤에만 이루어졌기 때문에, 낮 시간에 공군들은 세인트피터포트에서 하고 싶은 일을 하면서 시간을 보냈습니다. 그런데 그들이 무슨 일을 했는지 아십니까? 미용실에 들어가, 손톱을 다듬고, 얼굴 마사지를 하고, 눈썹을 정리하고, 머리를 말고 정성스럽게 손질했습니다. 그들이 헤어네트를 한 채 다섯 명씩 일렬로 서서 섬 주민들을 팔꿈치로 밀어가면서 거리를 활보하는 것을 보았는데, 그 때 세네카가 로마황제 근위병에 대해서 했던 말이 생각났습니다. 세네카는 이렇게 썼습니다. "이들 중 누가 저 근위병의 헤어스타일보다 로마가 더 난잡한 것을 보고 싶어 하지 않겠는가."

제가 어떻게 해서 고용주 행세를 하게 되었는지 말씀드리죠. 토비어스 경은 전쟁의 여파가 없는 안전한 곳에서 지내고 싶었기 때문에 건지 섬에 있는 라 포트 저택을 사들였습니다. 1차 세계대전 때에는 카리브 해에서 지냈는데, 더위를 참기 어려웠던 모양이었습니다.

1940년 봄에 토비어스 경은 레디디 토비어스와 함께 대부분의 재산을 가지고 라 포트로 이사했습니다. 하지만 수석집사였던 초시는 식품저장실에 숨은 채 건지 섬으로 가는 것을 거부했습니다. 그래서 시종이었던 제가 초시의 임무를 맡아 토비어스 경의 가구를 배치하고, 커튼을 달고, 은식기를 닦고, 와인저장고를 채우는 일을 했습니다. 저는 와인 병을 하나하나 조심스럽게, 마치 아이를 침대에 눕히듯 와인 랙에 눕혀놓았습니다.

마지막 그림을 벽에 걸자마자, 독일군 비행기가 날아가며 세인트피터포트에 폭격을 퍼부었습니다. 화들짝 놀란 토비어스 경은 요트 선장을 부르더니 배 안을 깨끗이 치우라고 명령했습니다. 우리는 다시 은식기와 그림과 골동품을 배 안으로 실었습니다. 레이디 토비어스를 태우고 당장 잉글랜드를 향해 출발할 참이었습니다.

저는 마지막으로 배를 향해 걷고 있었습니다. 배에서는 토비어스 경이 "서둘러! 서두르라니깐! 야만인들이 오고 있다고!"라며 소리치고 있었습니다.

미스 애쉬튼, 바로 그 순간 저의 진정한 운명이 시작된 것입니다. 토비어스 경의 와인저장고 열쇠는 아직 제 손에 있었습니다. 저는 배에 싣지 못한 그 모든 와인과 샴페인과 브랜디와 코냑을, 그리고 그 가운데 제가 있는 모습을 떠올렸습니다. 더 이상 하인을 부르는 벨소리도 없을 것이고, 더 이상 하인 제복도 없을 것이며, 더 이상 토비어스 경도 없을 것입니다― 결국, 더 이상 하인 노릇은 하지 않아도 될 것이라는 생각이 들었습니다.

저는 재빨리 뒤돌아서 선착장을 빠져나왔습니다. 라 포트로 향하는 길을 뛰어 올라 배가 멀리 떠나가는 것을 지켜보았습니다. 토비어스 경은 여전히 고함 치고 있었습니다. 저는 집 안으로 들어가 불을 지피고 와인저장고로 내려갔습니다. 보르도 산 와인 한 병을 집어 코르크를 따고는 와인이 숨을 쉬도록 잠시 놔두었습니다. 다음에 서재로 돌아와서 와인을 홀짝거리며 「와인 애호가의 벗」을 읽었습니다.

저는 포도 품종에 관한 책을 읽고, 정원을 손질하고, 실크 파자마를 입고 잠을 잤으며, 다시 와인을 마셨습니다. 그러던 9월 어느 날 엘리자베스 맥케나와 아멜리아 모저리가 집에 찾아왔습니다. 엘리자베스는 얼굴을 아는 사이였지만— 시장에서 몇 번 이야기를 나눴거든요— 모저리 부인은 처음이었습니다. 경찰서로 가자는 걸까, 라고 저는 생각했습니다.

그게 아니었습니다. 경고를 전해주기 위해 왔던 겁니다. 건지 섬 사령관이 모든 유대인들은 그랜지로지 호텔로 가서 등록하라고 명령했다는 겁니다. 사령관의 말에 따르면, 그저 신분증에 '유대인'이라고 기록될 뿐, 자유롭게 집으로 갈 수 있다고 했답니다. 엘리자베스는 제 어머니가 유대인이라는 것을 알고 있었습니다— 제가 한 번 얘기한 적이 있거든요. 그들은 저에게 어떠한 일이 있어도 그랜지로지 호텔에 가면 안 된다는 말을 하려고 온 것입니다.

그게 전부가 아니었습니다. 엘리자베스는 제가 처한 어려운 상황을 철저히 고려해 (저 자신보다도 더 철저히) 계획을 세워놓았습니다. 어차피 모든 섬 주민이 신분증을 받아야 하는데, 그렇다면 제가 토비어스 펜-피어스 경이라고 신고하면 되지 않겠느냐는 것이었습니다. 휴가 중이기 때문에 모든 서류는 런던 은행 금고에 있다고 말하면 된다는 것이었지요. 딜루윈 씨가 기꺼이 도와줄 거라고, 아멜리아가 단언했습니다. 딜루윈 씨와 아멜리아는 저와 함께 사령관 사무실에 갔고, 우리 세 명은 모두 제가 토비어스 펜-피어스라고 선서했습니다.

마무리 작업을 해 준 것은 엘리자베스였습니다. 독일군은 자신들의 사무실로 사용하기 위해 건지 섬에 있는 저택을 몰수하는 중이었는데, 라 포트 같은 집을 그냥 둘 리 없었습니다—그냥 지나치기에는 너무 훌륭한 집이었지요. 그러니 그들이 집으로 찾아왔을 때, 저는 토비어스 펜-피어스 경의 자세를 갖추고 있어야 했습니다. 편안하게 여가를 즐기는 귀족처럼 보여야 했습니다. 저는 겁이 났습니다.

"겁낼 필요 없어요." 엘리자베스가 말했습니다. "부커, 당신은 풍채가 있잖아요. 키도 크고, 거무스름하고, 잘 생겼어요. 게다가 시종을 해 봤으니 귀족이 아랫사람을 대하는 방식도 알고 있을 테죠."

엘리자베스는 재빨리 저를 모델로 해서 16세기 펜-피어스 경의 초상화를 그려주기로 했습니다. 그래서 저는 벨벳 망토에 주름 깃을 세우고, 짙은 색 태피스트리와 희미한 어둠을 배경으로 앉아서 단검을 만지는 포즈를 취했습니다. 저는 당당하고 기분이 상한 배신자처럼 보였습니다.

훌륭한 그림이었습니다. 2주일 후, 일단의 독일군이 (모두 여섯 명이었지요.) 저의 서재에 나타났습니다—노크도 없이 말입니다. 저는 그곳에서 '샤토 마고 93'을 홀짝이면서 그들을 맞았습니다. 벽난로 위에 걸린 우리 '조상'의 초상화는 기괴할 정도로 저와 닮아 있었지요.

독일군은 저에게 경례를 하고 예의바르게 대했지만, 그럼에도 불구하고 그 집을 접수할 테니 다음 날까지 문지기가 사는 작은 집으로 옮기라고 했습니다. 그날 밤 통금시간 후에 에벤과 도시가 살그머니 와서 작은 집으로 와인을 옮기는 것을 도와줬습니다. 장작더미 아래, 우물 속에, 굴뚝 속에, 건초더미 아래, 서까래 위 등 여기저기에 와인을 숨겨 놓았습니다. 하지만 그 많던 와인도 1941년 초가 되자 바닥이 났습니다. 슬픈 날이었지요. 하지만 친구들이 제 마음을 다른 곳으로 돌려주었습니다. 그리고 그 때, 저는 세네카를 알게 되었습니다.

저는 우리 문학회 모임을 좋아하게 되었습니다. 그 모임을 통해 독일군 점령기를 버틸 수 있는 힘을 얻었습니다. 다른 사람들이 읽는 책도 괜찮은 것 같았지만, 저는 세네카를 향한 충정을 고수했습니다. 저는 세네카가 저에게 말하는 것처럼—그 특유의 재미있고 신랄한 말투로— 오직 저에게만 말하는 것처럼 느꼈습니다. 세네카의 글은 나중에 닥쳤던 어려운 시기를 넘기는 데 도움이 되었습니다.

저는 여전히 문학회 모임에 나갑니다. 사람들은 모두 세네카에 신물을 내면서 제발 다른 사람의 글을 읽으라고 애원합니다. 하지만 저는 그렇게 하지 않을 것입니다. 저는 또한 레퍼토리 연극단에서 연기를 하기도 합니다. 토비어스 경 행세를 했던 경험이 저에게 연기에 대한 안목을 주었습니다. 게다가 저는 키가 크고 목소리도 커서 관객석 마지막 줄까지 들리게 할 수 있습니다.

　행복하게도 이제 전쟁은 끝났고, 저는 존 부커로 돌아왔습니다.

당신의 진실한 벗, 존 부커

1946년 3월 31일

미스터 시드니 스타크 귀하
콘리글 호텔
브로드메도우즈 가 79번지
멜버른
빅토리아
오스트레일리아

시드니 오빠, 그리고 피어스.

혈액은 보내지 않을게요— 하지만 건지 섬에 사는 나의 새로운 친구들로부터 온 편지를 베끼느라고 손가락이 삔 것 같긴 하네요. 그들의 편지가 너무 소중하기 때문에 원본을 동봉해 지구 아래쪽으로 보낸다는 것은 참을 수가 없었어요. 그렇게 한다면 틀림없이 그곳의 들개들이 편지를 먹어버릴 테니 말이죠.

물론 나는 독일군이 채널제도를 점령했다는 것은 알고 있었지만 전쟁 중에는 거의 신경 쓰지 않았죠. 그래서 이제야 '타임스'에서 기사를 뒤적이고 런던 도서관을 뒤져서 독일군 점령에 관해 얻을 수 있는 정보는 무엇이든지 수집하고 있어요. 뿐만 아니라 건지 섬에 관한 훌륭한 여행책자를 구해— 시간표나

호텔정보가 아니라 제대로 된 설명이 있는 책자 말이에요— 그 섬의 느낌을 알아보고 싶어요.

'그들의 애독'에 대한 나의 관심과 별개로, 나는 두 명의 남자를 사랑하게 되었어요. 에벤 램지와 도시 애덤스예요. 그리고 클로비스 포시와 존 부커는 마음에 들어요. 아멜리아 모저리는 나를 양녀로 삼아 줬으면 좋겠고, 이솔라 프리비는 내가 양녀 삼고 싶을 정도예요. (미스) 아델레이드 애디슨에 대한 내 감정은 편지를 읽어보고 스스로 판단해 보세요. 사실 지금 나는 런던에 사는 게 아니라 건지 섬에 산다는 편이 더 맞을 거예요— 일을 할 때도 늘 한쪽 귀를 곤두세운 채 우편함에 편지가 떨어지는 소리를 기다리다가, 소리가 들리면 쏜살같이 층계를 뛰어 내려가 숨 가쁘게 다음번 이야기를 기대하곤 하죠. 아마「데이비드 코퍼필드」*의 마지막 부분이 인쇄되어 나올 때, 그걸 구하기 위해 출판사 입구에 모여들었던 사람들이 이런 기분이었을 거예요.

오빠도 이 편지들을 좋아하게 될 거라는 건 알고 있어요. 하지만 그것보다 좀더 관심을 가져 주겠어요? 나에게 이들과 이들이 전쟁 중에 겪은 일들은 매혹적이면서 감동적이거든요. 동의하세요? 여기에서 책을 만들어 낼 수 있을까요? 예의 차리지는 말아요— 나는 오빠의 (그리고 피어스의) 솔직한 의견이 필요해요. 그리고 걱정할 필요도 없어요. 내가 건지 섬에 관한 책

---

* 데이비드 코퍼필드David Copperfield : 찰스 디킨즈의 자전적인 장편소설.

을 쓴다는 게 오빠 마음에 들지 않는다고 해도, 나는 그들로부터 오는 편지 사본을 계속해서 보낼 거니까. 나는 복수심이 보통 이상이거든요.

당신들의 즐거움을 위해 내 손가락을 희생했으니, 그 보답으로 피어스가 쓴 최근 작품 한 편만 보내 줘요. 피어스, 당신이 다시 글쓰기 시작했다니 정말 기뻐요.

당신들 두 사람에게 사랑을 보내며, 줄리엣

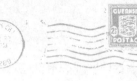

60 도시가 줄리엣에게 보낸 편지

1946년 4월 2일

미스 줄리엣 애쉬튼 귀하
글래브 플레이스 23번지
첼시
런던, S.W.3

친애하는 미스 애쉬튼,

아델레이드 애디슨의 성경에 의하면, 즐거움을 누리는 것은 가장 큰 죄악이며 (겸손하지 않다는 것은 그 다음번 죄악이지요.) 그렇기 때문에 편지에 '갈보'들에 대한 내용이 있다 해서 놀랄 일은 아닙니다. 아델레이드는 분노를 먹고 살아갑니다.

당시 건지 섬에 바람직한 남자들은 드물었으며, 재미있는 남자는 아예 없었습니다. 우리들은 대부분 지쳐 있고, 꾀죄죄하고, 수심이 가득하고, 남루했으며, 신발도 변변하지 못한 채 지저분했습니다— 우리는 패배자였고, 그렇게 보였습니다. 우리에게는 즐거움을 찾기 위한 에너지도, 시간도, 돈도 없었습니다. 건지 남자들은 매력이 없었지요. 하지만 독일군들은 매력이 있었습니다. 제 친구의 표현에 의하면, 그들은 키가 크고 금발에 핸섬했으며 피부는 구릿빛으로, 마치 우상 같았습니다. 그들은 엄청나게 파티를 열었고, 명랑하고 열성적으로 어울렸으며, 차를 소유했고, 돈도 있었고, 밤새 춤을 출 수도 있었습니다.

그런데 병사들과 데이트를 하고 온 여자들 일부가 아버지에게는 담배를, 다른 가족에게는 빵을 가져다주었습니다. 파티에서 돌아올 때에는 롤빵, 파이, 과일, 고기완자, 젤리 등을 핸드백에 담아 집으로 가져왔고, 그것으로 가족이 다음날 훌륭한 식사를 할 수 있었지요.

적군 병사와 친구가 되는 것이 그 시절의 권태 때문이었다고 생각하는 섬 주민은 없는 것 같습니다. 하지만 권태는 강력한 원인이고, 재미를 좇는 것은 막강한 유혹입니다. 특히 젊은 시절에는 말입니다.

많은 사람들이 독일군과는 아무런 교류도 하지 않으려 했습니다. 그들의 사고방식에 따르면, 굿모닝이라는 인사만으로도 적군을 돕는 셈이었습니다. 하지만 나는 크리스티안 헬만 대위에게는 그러한 기준을 지키지 못했습니다. 그는 점령군의 군의관이었지만, 훌륭한 친구였습니다.

1941년 후반이 되자 섬에는 남아 있는 소금이 없었으며 프랑스로부터 오는 것도 없었습니다. 근채류와 수프는 소금이 없으면 나른하게 되기 때문에, 독일군은 바닷물을 사용하여 소금을 만들어내는 방법을 생각해 냈습니다. 그들은 바닷물을 길어다 세인트피터포트 중앙에 설치된 대형 탱크에 채워 놓았지요. 사람들이 양동이에 물을 담아 집으로 가져가도록 했습니다. 바닷물을 끓여 냄비 바닥에 남은 침전물을 소금으로 사용하라는 것이었지요. 이 계획은 실패였습니다— 나무가 충분하지 않았기 때문에 냄비에 담긴 물을 끓여서 증발시키는 데 낭비할 수 없었던 것입니다. 대신에 우리는 바닷물 자체를 사용해 채소를 요리하기로 했습니다.

그렇게 하자 맛은 해결되었지만, 도심까지 걸어가 무거운 양동이를 들고 올 수 없는 노인들이 많이 있었습니다. 그만한 일을 할 힘이 없었던 것이지요. 나는 한쪽 다리를 약간 절고 있는데, 때문에 군복무를 면제받았지만 불편할 정도는 아닙니다. 나는 꽤 원기왕성한 편이라서 노인들이 사는 집에 물을 날라다 주기 시작했습니다.

나는 여분으로 가지고 있던 삽과 삼실을 주고 마담 르 펠의 오래된 아기유모차와 바꾸고, 솜즈 씨로부터 수도꼭지가 달린 포도주통 두 개를 받았습니다. 통 윗부분을 잘라서 열고 닫을 수 있는 뚜껑을 만들어 유모차에 장착했습니다— 그렇게 해서 이제 운송기관은 준비되었습니다. 몇 군데 해안에는 지뢰가 설치되어 있지 않았기 때문에, 바위를 따라 내려가 바닷물을 통에 담아 다시 올라오는 것은 쉬운 일이었습니다.

11월의 바람은 차가웠습니다. 하루는 물통을 가지고 비탈을 올라온 다음에 손이 거의 마비될 지경이었습니다. 내가 유모차 옆에 서서 손가락을 풀고 있을 때 크리스티안이 내 옆을 지나갔습니다. 차를 세우더니 나에게 도움이 필요하냐고 물었습니다. 나는 아니라고 말했지만 그는 차에서 내리더니 물통을 유모차에 싣는 것을 도와주었습니다. 그리고는 아무 말도 없이 나를 따라 비탈을 내려가 두 번째 물통 나르는 것을 도와주었습니다.

그 때까지 나는 그의 한쪽 팔이 불편한 것을 알아차리지 못했지만, 여하튼 그의 팔, 내 다리, 미끄러운 바위 부스러기 등 등 때문에 우리는 올라오다가 미끄러져서 비탈에 넘어지면서 통을 놓치고 말았습니다. 통은 바위에 부딪쳐 튀면서 우리에게 물세례를 퍼부었습니다. 그것이 왜 그렇게 우스웠는지 모르겠지만 여하튼 그랬습니다. 우리는 비탈에 구부린 채로 웃음을 참지 못했습니다. 바로 그 때 내 주머니에서 엘리야 수필집이 흘러나왔는데 크리스티안이 물에 젖은 책을 집어 들었지요. "아, 찰스 램!" 그는 이렇게 말하며 책을 건네주었습니다. "그 사람은 약간 젖는 것 정도는 개의치 않을 사람이지요." 놀라서 쳐다보고 있는데 그가 이렇게 덧붙였습니다. "나도 종종 집에서 그의 책을 읽습니다. 당신은 휴대용 도서관을 가지고 있군요. 부러운데요."

우리는 기어 올라와서 그의 차로 갔습니다. 그는 다른 통을 구할 수 있는지 나에게 물었습니다. 나는 구할 수 있다고 말하고는 물 배달 경로를 설명했습니다. 그는 고개를 끄덕였고 나는 유모차를 밀기 시작했지요. 그러다가 내가 뒤를 돌아보며 말했습니다. "원한다면 이 책 빌려가세요." 우리는 이름을 서로 교환하고 악수를 나눴습니다.

이후, 그는 종종 내가 물 나르는 것을 도와주고, 담배를 권하곤 했습니다. 담배를 피우며 우리는 길에서 이야기를 나눴습니다. 건지 섬의 아름다움, 역사, 책, 농사 등에 관해 이야기했습니다. 하지만 결코 현재 상황에 대해서는 말하지 않았습니다. 한 번은 우리가 서 있는데 간호 일을 하고 있는 엘리자베스가 자전거를 타고 오고 있었습니다. 그런데 크리스티안은 갑자기 대화를 멈추더니 그녀가 오는 것을 지켜보았습니다. 엘리자베스는 가까이 와서 자전거를 멈췄습니다. 둘 다 아무 말도 하지 않았지만 나는 그들의 표정을 보고는 빨리 자리를 떴습니다. 그제야 나는 그들이 아는 사이라는 것을 알아차렸습니다.

크리스티안은 야전병원 의사였는데, 어깨에 부상을 입는 바람에 동유럽에서 건지 섬으로 전보되었던 것입니다. 1942년 초, 그는 캉*에 있는 병원으로 전보명령을 받았습니다. 그가 탄 배는 연합군의 폭격으로 침몰되었고 그는 사망했습니다. 독일군 병원에 있던 닥터 로렌츠는 크리스티안이 나와 친하다는 것을 알고 있었기 때문에 그의 사망 사실을 알려주었습니다. 그러면서 엘리자베스에게 전하라고 했고, 나는 그렇게 했습니다.

---

* 프랑스 북서부에 있는 도시.

크리스티안과 내가 만난 경로는 특이했을지 몰라도, 우리의 우정은 그리 드문 게 아니었습니다. 나는 섬 주민 중 독일 병사들과 친분을 쌓은 사람이 많을 거라고 확신합니다. 하지만 때때로 나는 찰스 램에 대해 생각하면서, 1775년에 태어난 사람이 나에게 두 명의 친구를— 당신과 크리스티안처럼 훌륭한 친구들을— 사귈 수 있도록 했다는 사실에 감탄하곤 합니다.

당신의 벗, 도시 애덤스

61 줄리엣이 아멜리아에게 보낸 편지

아멜리아 모저리 부인 귀하
윈드크로스 장원저택
라 부베,
세인트마틴 교구, 건지 섬

1946년 4월 4일

친애하는 모저리 부인,

이번 달 들어 처음으로 해가 났습니다. 그래서 의자 위에 올라서서 목을 길게 빼면 햇살이 강물 위에서 빛나는 것을 볼 수 있답니다. 나는 거리에 쌓여 있는 건물의 잔해에서 눈을 돌리고 는 런던이 다시 아름다워졌다고 스스로를 속여 봅니다.

도시 애덤스로부터 슬픈 편지를 받았습니다. 크리스티안 헬만에 대해, 그가 얼마나 친절한지, 그리고 어떻게 죽었는지에 대해서. 전쟁은 계속되고 있는 것 같아요. 그렇죠? 그렇게 훌륭한 생명을 앗아가다니오. 엘리자베스에게는 얼마나 쓰라린 타격이었겠어요. 그녀가 아기를 낳을 때, 당신과 램지 씨와 이솔라, 도시가 곁에서 도와줄 수 있었다니 고마울 따름입니다.

이곳에도 봄이 온 것 같아요. 햇볕을 받으니 거의 따뜻하게 느껴집니다. 그리고 거리에는— 저는 지금 강물로부터 시선을 돌려 다시 거리를 보고 있습니다— 여러 번 기운 점퍼를 입은 남자가 대문을 하늘색으로 페인트칠 하고 있어요. 막대기로 싸움을 하던 어린 남자아이 두 명이 자기들도 페인트칠을 하게 해 달라고 졸라대는군요. 남자는 아이들에게 작은 붓을 하나씩 주고 있어요. 그러니— 아마 전쟁에도 끝이 있겠죠.

당신의 진실한 벗, 줄리엣 애쉬튼

1946년 4월 5일

미스 줄리엣 애쉬튼 귀하
글레브 플레이스 23번지
첼시
런던, S.W.3

사랑하는 줄리엣—

당신은 내 손에 잡히지 않는데, 그게 마음에 들지 않는군. 다른 사람하고 연극을 보는 건 재미가 없어— 나는 당신하고 보고 싶어. 솔직히 말하자면 나는 연극 따위는 별로 좋아하지도 않아. 나는 그저 당신을 집 밖으로 끌어내고 싶을 뿐이오. 저녁 먹을까? 차 한 잔? 칵테일은 어때? 춤추러 갈까? 당신이 선택하면 내가 따르리다. 나는 원래 온순한 사람은 아니오— 그러니 오랜만에 내 성격을 개선할 수 있는 기회를 놓치고 싶지 않군.

당신의 벗, 마크

63 줄리엣이 마크에게 보낸 메모

사랑하는 마크,

나하고 같이 대영박물관에 가겠어요? 두 시에 열람
실에서 약속이 있거든요. 약속이 끝나면 미라를 보
러 가죠.

줄리엣

64 마크가 줄리엣에게 보낸 메모

열람실? 미라? 그런 거 모두 집어치우고 와서 나하
고 함께 점심이나 먹자니까. 마크

65 줄리엣이 마크에게 보낸 메모

온순하겠다면서요? 그 말이 온순하다고 생각하세요?

줄리엣

66 마크가 줄리엣에게 보낸 메모

온순? 그런 거 집어 치우라니까. *M.*

1946년 4월 7일

미스 줄리엣 애쉬튼 귀하
글레브 플레이스 23번지
첼시
런던, S.W.3

친애하는 미스 애쉬튼,

저는 '건지 아일랜드 감자껍질파이 클럽' 회원입니다. 저는 골동품을 모아 파는 철물상을 하고 있는데, 어떤 사람들은 저를 넝마주이라고 부르는 걸 좋아합니다. 또한 저는 노동력을 절약하는 발명품을 만들어내기도 합니다— 가장 최근의 발명품으로는 전기 빨래집게가 있는데, 빨래를 부드럽게 바람에 말릴 수 있어서 세탁부(洗濯婦)의 손목을 보호해 준답니다.

제가 독서로부터 위안을 찾았느냐고요? 물론이죠. 하지만 처음부터 그랬던 것은 아닙니다. 저는 모임에 참석해서는 조용히 앉아 있다가 파이 한 쪽을 먹는 게 전부였어요. 그러자 이솔라가 제 팔을 잡더니 저도 다른 사람들처럼 책을 읽고 그것에 대해 얘기를 해야 한다고 하더군요. 이슬라는 저에게 토머스 칼라일이 쓴 「과거와 현재(Past and Present)」를 빌려 주었습니다. 정말 지루한 책이었습니다— 책을 읽다 보니 골치가 지끈거리더군요. 하지만 종교에 대한 생각을 하게 되면서 달라졌습니다.

저는 종교적인 사람은 아닙니다. 그렇다고 노력도 하지 않는 건 아닙니다. 마치 꽃밭 사이를 날아다니는 벌처럼, 저는 이 교회에서 저 교회로 다니곤 했습니다. 하지만 대체 '신앙'이 무엇인지 파악할 수가 없었습니다— 그러다가 칼라일의 책을 읽게 된 거죠. 그는 종교에 대해 다른 관점을 제시했습니다. 칼라일은 폐허가 된 베리세인트에드먼드 수도원 사이를 걷고 있었는데, 그 때 그의 머리에 떠오른 생각을 이렇게 표현하고 있습니다.

이것이 그대에게 휴식을 주지 않는가, 한 때 사람들이 영혼을 가졌다는 것이— 평판에 의한 것만이 아니라, 혹은 수사적 표현으로서가 아니라, 그들이 아는 진실로서, 그리고 그에 의하여 행동하는 진실로서! 참으로 그 때는 또 다른 세상이었던 것이다…. 그러나 우리가 우리 자신의 영혼의 소리를 잃었다는 것은 애석한 일이다…. 우리는 다시 그것을 찾아야만 한다. 그렇지 않으면 언제나 더 나쁜 일이 우리를 찾아올 것이다.

자신의 영혼을 그 자체의 소리에 의해서가 아니라 평판에 의해서 안다는 것— 놀라운 얘기 아닌가요? 저에게 영혼이 있는지 없는지를 왜 설교자가 말해줘야 한답니까? 만일 제가 혼자 힘으로 영혼이 있다는 걸 믿을 수 있다면, 영혼의 소리도 혼자의 힘으로 들을 수 있는 것 아닙니까.

저는 문학회 모임에서 칼라일의 글에 대한 생각을 발표했습니다. 그러자 영혼에 대해 대단한 논쟁이 벌어졌습니다. 맞다? 아니다? 아마도? 스터빈스 박사가 가장 큰 소리로 고함쳤기 때문에 곧 모든 사람들이 논쟁을 멈추고 그의 말에 귀를 기울였습니다.

톰슨 스터빈스 박사는 깊은 생각을 가진 사람입니다. 그는 런던에서 정신과 의사로 개업하고 있었는데, 1934년 지그문트 프로이트 학회의 연례 정찬모임에서 난장판을 친 이후로 병원에서 손을 뗐습니다. 그 전말을 한번 저에게 얘기해 준 적이 있습니다. 그날 모였던 회원들은 모두들 장황하게 말하는 사람들이라서 연설은 몇 시간이나 계속되었답니다— 음식이 나오기도 전, 빈 접시를 앞에 두고 말입니다. 마침내 연설이 끝나고 음식이 차려지자, 모두들 허겁지겁 음식을 먹느라 갑자기 실내가 조용해졌습니다. 톰슨은 이 기회를 놓치지 않고 숟가락을 들어 유리잔을 두드리면서 모두 다 들을 수 있도록 큰 목소리로 말했습니다.

"여기 있는 사람들 중에서 한 번이라도 이런 생각을 해본 사람 있소? 영혼에 대한 관념이 시들어갈 때쯤 프로이트가 '에고'를 들고 나와서 그 자리를 대신했다는 걸? 그 사람의 타이밍이란! 잠시 멈춰서 곰곰이 생각하지도 않았단 말인가? 이런 무책임하고 늙은 멍청이 같으니라고! 내 생각에 사람들이 에고에 대해 잡소리를 쏟아내는 건 자신에게 영혼이 없다는 게 두렵기 때문이라고! 생각해 봐!"

그날로 톰슨은 협회에서 영구 제명되었고, 건지 섬으로 와서 채소를 경작하고 있습니다. 때때로 그는 제 수레에 함께 탄 채 인간과 신, 그리고 그 중간자에 대해서 이야기하곤 합니다. 제가 '건지 아일랜드 감자껍질파이 클럽' 회원이 아니었다면 이 모든 것을 놓쳤을 것입니다.

미스 애쉬튼, 이 문제에 대해서 당신은 어떻게 생각하는지 말해 주시겠습니까? 이솔라는 당신이 건지 섬을 방문할 거라고 생각하는데, 만일 그렇게 된다면 당신도 제 수레에 함께 타세요. 제가 쿠션을 준비하겠습니다.

당신의 건강과 행복이 계속되기를 기원합니다.

윌 티스비

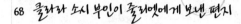

1946년 4월 8일

미스 줄리엣 애쉬튼 귀하
글레브 플레이스 23번지
첼시
런던, S.W.3

친애하는 미스 애쉬튼,

당신에 관한 이야기를 들었습니다. 나도 한때는 문학회에
몸을 담았던 사람입니다. 물론 문학회에서는 그 누구도 내 이야
기를 하지 않았겠지만 말이죠. 나는 죽은 작가의 책을 읽고 발
표한 적 없습니다. 대신에 내가 쓴 작품을 읽었습니다— 요리
책 말입니다. 과감하게 단언하건대, 찰스 디킨즈의 어느 작품
보다 내가 쓴 책이 더 많은 눈물과 슬픔을 유발했습니다.

나는 새끼돼지 구이를 제대로 하는 법에 대해 읽기로 했습
니다. 새끼돼지 전체에 버터를 칠한다, 라고 내가 말했습니다.
육즙이 흐르도록 놔 두어 불이 지글거리게 한다. 나는 돼지가
구워지는 냄새와 고기가 따닥따닥 익어가는 소리를 들을 수 있

을 정도로 생생하게 읽어 내려갔습니다. 그러고 나서 5단 케이크에 대해서도 읽었죠— 거기에는 달걀 한 판이 들어가지요. 다음엔 캐러멜을 입힌 과자와 초콜릿 럼볼, 크림을 곁들인 스펀지케이크에 대해 읽었습니다. 당시 우리가 사용하던 갈라진 곡물과 새 모이를 간 가루가 아니라, 품질 좋은 하얀 밀가루로 만드는 케이크 말입니다.

그러자, 세상에, 관객들은 더 이상 견디지 못했습니다. 나의 맛있는 요리법을 듣자 그들은 드디어 미칠 지경이 되었습니다. 이솔라 프리비, 대체 매너라고는 한 번도 가져본 적이 없는 그 여자는 자기를 고문하고 있다며, 내 소스 팬에 마법을 걸어버리겠다고 했죠. 월 티스비는 내가 체리주빌리처럼 타버릴 것이라고 말했고요. 그러자 톰슨 스터빈스가 욕을 해 댔습니다. 에벤과 도시가 나서서 겨우 나를 안전하게 떼어놓았습니다.

다음 날 에벤이 전화하더니 문학회 회원들의 매너에 대해 사과했습니다. 그러면서 그곳에 모였던 사람들은 대부분 순무 수프(그것도 뼈 한 조각 넣고 끓이지도 못한 것)나 반쯤 익힌 감자를 뜨거운 철판으로 누른 것(감자를 프라이할 만한 기름도 없었던 거죠.)으로 저녁을 먹고 왔다는 것을 기억해 달라고 부탁했습니다. 그는 나에게 관대하게 용서해 달라고 했습니다.

하지만 나는 그럴 생각이 없어요. 그 사람들은 나에게 미쳤다고 했으니까요. 그 사람들 중에서 제대로 문학을 이해하는 사람은 아무도 없어요. 내 요리책이 바로 문학이죠— 냄비에 담긴 순수한 시. 내 생각에 그들은 통행금지나 그 밖에도 불쾌한 나치 규칙 같은 것 때문에 따분해져서, 저녁에 외출할 핑계거리가 필요했던 것인데, 그걸 독서로 선택했을 뿐이죠.

나는 당신이 그들의 진실을 밝혀주었으면 합니다. 그들은 책이라고는 잡아 본 적도 없는 사람들이에요. 단지 독일군 점령 때문이었다고요. 나는 내가 한 말에 책임을 지기 때문에 내 말을 직접 인용해도 괜찮아요.

내 이름은 클라라 소-시-입니다. 철자에 S가 세 개 있으니 유의하세요.

클라라 소시 *(부인)*

1946년 4월 10일

미스 줄리엣 애쉬튼 귀하
글레브 플레이스 23번지
첼시
런던, S.W.3

나의 소중한 줄리엣,

나도 역시 전쟁은 계속되고 있다는 생각을 했어. 내 아들
이언이 엘 알라메인*에서 전사했을 때— 일라이의 아버지 존과
나란히— 조문객들이 찾아와서 나를 위로해준다며 그런 말을
했어. "삶은 계속되는 거예요." 이게 무슨 말도 안 되는 소리
람, 삶은 계속되지 않아, 라고 나는 생각했어. 계속되는 것은
죽음이지. 이언은 지금 죽었고, 내일도 죽어있을 것이며, 내년
에도, 그리고 영원히 죽어있을 테니까. 죽음에는 끝이 없어. 하
지만 아마도 죽음에 대한 슬픔에는 끝이 있겠지. 지금은 슬픔이
마치 노아의 홍수처럼 이 세상을 휩쓸기 때문에, 잦아들려면 시

---

* 이집트 지중해 연안에 있는 도시.

간이 필요하겠지. 하지만 이미 물 위로 희망인지 행복인지 그런 것의 작은 섬들이 나타나기 시작했어. 줄리엣의 편지를 읽으며, 의자 위에 선 채 파편더미에서 시선을 돌려 햇빛을 잡으려는 광경을 머릿속에 그려봤어.

요즘 가장 큰 즐거움은 해안 절벽 위를 따라 저녁 산책을 다시 시작한 것이란다. 이제는 더 이상 가시철망 틈새로 해협을 바라보지 않아도 되고, '접근금지'라는 대형 표지판 때문에 시야가 막히지 않아도 되지. 해변에 있던 지뢰는 모두 제거되었고, 이제 나는 언제 어디든 구애됨이 없이 걷고 싶은 대로 걸을 수 있게 되었어. 절벽 위에 서서 바다 쪽을 바라보면, 뒤에 있는 흉측한 시멘트 벙커나, 나무 하나 없이 벌거벗은 땅을 보지 않아도 되거든. 아무리 독일군이라고 해도 바다를 파괴하지는 못했던 거야.

이번 여름이면 방어벽 주위에도 가시금작화 덩굴이 자라겠지. 그리고 내년이면 아마도 넝쿨이 벽을 타고 오르겠지. 빨리 그것들이 덮어버렸으면 좋겠어. 하지만 눈으로는 다른 곳을 볼 수 있을지라도, 방어벽이 어떻게 만들어졌는지는 결코 잊지 못할 것 같다.

그것은 토트 노동자들이 건설한 거야. 유럽대륙의 수용소에 있던 독일의 강제 노동자에 대해서는 줄리엣도 들어본 적이 있을 테지만, 히틀러가 그들 중 1만 6천 명 이상을 이곳 채널제도에 보냈다는 것도 알고 있었어?

히틀러는 이 제도를 요새화하는 데 광분했어— 잉글랜드가 채널제도를 되찾을 수 없도록 하려는 것이었지. 히틀러의 사령관들은 그것을 '섬 광기'라고 불렀어. 히틀러는 대형 포상(砲床), 해안 대전차 방어벽, 수백 개의 벙커와 포열(砲列), 무기와 폭탄 저장소, 수 마일에 이르는 지하터널, 대형 지하병원, 그리고 물자수송을 위한 섬 횡단철로 등을 설치하라고 명령했어. 이 해안 방어시설은 어이없는 것이었지— 연합군의 침공을 막기 위해 지은 대서양 방어벽보다 여기 채널제도 방어벽이 더 강력했으니 말이야. 만(灣)이란 만에는 모두 군사시설이 들어앉았지. 나치제국은 천 년 동안 지속되어야 한다고 여겼으니까— 콘크리트로 단단하게.

이 모든 계획을 위해 수천 명의 강제 노동자가 필요했어. 강제 징집된 남자와 소년들, 체포된 사람들, 독일군 점령지역이면 어디에서든지— 극장 앞에 줄을 서 있다가, 카페에 앉아 있다가, 혹은 시골길이나 들판을 걷고 있다가— 그냥 잡혀온 사람들, 게다가 스페인 내란의 양심수까지 있었어. 러시아 전쟁 포로들이 가장 혹독한 대우를 받았는데, 아마 러시아 전선에서 독일군이 패배했기 때문일 거야.

이 강제 노동자가 채널제도로 가장 많이 온 것은 1942년이었어. 그들은 헛간, 땅을 파서 만든 참호, 축사, 집 등에 수용되었지. 그들은 온 섬을 돌아 작업 현장까지 가곤 했어. 몸은 앙상하게 뼈밖에 없었고, 맨살이 드러나 보이는 누더기 바지를 입고, 추위를 막아줄 코트가 없는 경우도 많았지. 신발도 장화도 없어서, 발에는 핏물이 밴 천 조각을 칭칭 동여매고 있었어. 열다섯, 열여섯쯤 된 소년들은 너무나 지치고 굶주려 한 걸음도 제대로 걸을 수 없었지.

건지 섬 주민들은 문 밖에 서서 이들에게 약간의 음식이나 남는 옷가지를 주곤 했어. 토트 노동자 대열을 호송하던 독일군들은 어떨 때는 노동자들이 대열에서 이탈해서 주민이 주는 선물을 받도록 허락하고, 어떨 때는 라이플 개머리판으로 쓰러뜨리곤 했어.

노동자 소년 수천 명이 이곳에서 죽어갔는데, 최근에 나는 이처럼 비인간적인 취급이 힘러*가 의도적으로 만든 정책이었다는 것을 알게 되었어. 그는 이 계획을 '고갈에 의한 죽음'이라고 불렀으며 실제로 실행시켰지. 힘들게 일을 시키고, 소중한 음식을 그들에게 낭비하지 말고, 그대로 죽게 하라. 죽으면 언제든 유럽의 다른 점령국으로부터 새로운 강제 노동자를 끌어올 수 있다. 그런 계획이었지.

토트 노동자 일부는 철조망을 둘러친 목초지에 수용되기도 했어. 그들은 시멘트 먼지를 뒤집어써서 유령처럼 하얀 모습이었지만, 백 명 이상의 남자들이 몸을 씻을 수 있는 수도라고는 하나뿐이었어.

---

* 힘러Himmler : 나치스에 의한 대학살과 탄압의 원흉으로 특히 유대인 절멸에 광분하였다.

때때로 아이들이 철조망 안에 있는 토트 노동자를 보러 가기도 했어. 아이들은 철망 틈으로 호두나 사과, 때로는 감자를 찔러주곤 했지. 그런 음식을 받아먹지 않은 토트 노동자가 한 명 있었어— 그는 아이들을 보기 위해서 다가오곤 했지. 철망 틈으로 팔을 내밀어 손으로 아이들의 얼굴을 만지고, 머리카락을 쓰다듬곤 했어.

　　독일군은 토트 노동자들에게 일주일에 반나절 휴가를 주었어— 일요일에. 독일군 위생기사들이 오물을 바다로 방출하는 날이었어— 거대한 파이프를 통해서 쏟아버리는 거야. 그러면 찌꺼기를 먹기 위해 물고기들이 몰려들곤 했지. 그때 토트 노동자들은 배설물과 오물이 가슴까지 차 있는 그 안에 서 있곤 했어— 손으로 물고기를 잡아 먹기 위해서.

　　어떤 꽃이나 넝쿨로도 이런 기억을 덮어버릴 수는 없는 거야. 그렇지?

　　오늘은 전쟁에서 가장 증오스러웠던 이야기를 하게 되었구나. 이솔라는 줄리엣이 이곳으로 와서 독일군 점령기에 대한 책을 써야 한다고 생각한단다. 자기는 그런 책을 쓸 재주가 없다고 말했는데, 이솔라가 아무리 나에게 소중한 존재라고 해도, 혹시 그녀가 공책을 한 권 사서 어쨌든 쓰기 시작할까봐 두렵단다.

영원한 친구, 아멜리아 모저리

1946년 4월 11일

미스터 도시 애덤스 귀하
레 불레랑스
라 부베
세인트마틴 교구, 건지

친애하는 애덤스 씨,

나에게 편지를 하지 않겠다고 약속해 놓고도, 아델레이드
애디슨은 또 다시 편지를 보내왔습니다. 이번 편지는 그녀가 개
탄스러워 하는 모든 사람과 행동에 대한 것이었는데, 그 중에는
당신과 찰스 램도 있었습니다. 그녀는 교구회보 4월호를 가져
다주려고 당신 집을 찾아갔던 모양입니다. 그런데 어디를 둘러
봐도 당신이 없었답니다. 소젖을 짜고 있는 것도 아니고, 밭일
을 하는 것도 아니고, 집안 청소를 하는 것도 아니고, 훌륭한 농
부가 할 만한 일은 아무것도 하고 있지 않더래요. 그래서 그녀
는 헛간으로 들어갔는데, 자— 그녀가 뭘 봤는지 아세요? 당신
이 건초더미 위에 누워 찰스 램의 책을 읽고 있었답니다! 당신
은 '그 술주정뱅이에게 완전히 도취된 바람에' 그녀가 들어오는

것도 알아차리지 못했다고요. 그 여자는 어쩌면 그토록 황폐한 걸까요. 혹시 이유를 알아요? 나는 그녀의 세례식에 사악한 요정이 다녀갔다, 쪽에 한 표 던질게요.

무엇이 어쨌든, 당신이 건초에 누워 찰스 램을 읽고 있는 광경은 나를 무척 즐겁게 했습니다. 서포크에서 보낸 내 어린 시절을 떠올리게 했어요. 우리 아버지는 그곳의 농부였고, 나는 농장 일을 돕곤 했습니다. 물론 내가 하는 일이라고는 차에서 뛰어내려 정문을 연 다음 다시 차에 올라타고, 달걀을 모으고, 정원의 잡초를 뽑고, 마음 내키면 건초에 도리깨질을 하는 것뿐이었지만 말이죠.

나도 우리 집 건초 선반에 누워 소의 방울을 옆에 둔 채 「비밀의 정원」을 읽던 기억이 납니다. 한 시간쯤 책을 읽고 방울을 흔들면 레모네이드 한 잔이 배달되곤 했어요. 우리 집 요리사였던 허친슨 부인은 이렇게 하는 것에 신물이 나서 어머니에게 얘기했고, 그날로 방울을 흔드는 것은 끝났지만, 건초에 누워 책을 읽는 것은 끝나지 않았죠.

헤이스팅즈 씨가 E. V. 루카스가 쓴 찰스 램 전기를 구했습니다. 그는 당신에게 청구서는 발행하지 않기로 했지만 책은 당장 부치겠답니다. 그는 이렇게 말했습니다. "찰스 램을 좋아하는 사람이라면 기다리게 해서는 안 되지요."

줄리엣 애쉬튼 드림

1946년 4월 11일

미스터 시드니 스타크 귀하
몬리글 호텔
브로드메도우즈 가 79번지
벨버른
빅토리아
오스트레일리아

이봐요, 시드니 사장님,

저도 어느 누구 못지않게 다정다감한 여자예요. 하지만,
이런 빌어먹을, 만일 당신이 곧 돌아오지 않는다면, 찰리 스티
븐스는 아마도 신경쇠약에 걸릴 거예요. 그의 임무는 일을 하
는 게 아니라, 현금 뭉치를 건네며 당신에게 일을 시키는 거라
고요. 실제로 어제는 10시도 되기 전에 사무실로 출근했어요.
하지만 노력한다고 되나요. 점점 무기력해지더니 11시가 되자
죽을 것처럼 창백해졌어요. 11시 반에는 위스키를 마셨어요.
12시에 순진한 어린 직원 하나가 표지를 가져다주면서 승인해
달라고 했겠죠. 그러자 그의 눈은 두려움으로 팽창했고, 귀를
잡아당기는 그 역겨운 버릇이 시작되었어요— 그는 어느 날엔

가는 자기 귀를 뽑아버리고야 말 거예요. 1시가 되자 퇴근했는데, 오늘은 아직까지 본 적이 없어요. (지금은 오후 4시예요.)

또 다른 울적한 소식들을 전해드리죠. 해리엇 먼프라이즈는 완전히 제정신이 아니에요. 어린이용 출판물 전체를 '컬러코디네이트'하겠답니다. 핑크색과 빨강색으로 말이죠. 농담하는 거 아니에요. 우편물실에서 일하는 남자가 (이제는 이름 외우는 것도 귀찮아요.) 술에 취해서는 이름 첫 글자가 S로 시작하는 사람 앞으로 온 편지는 모두 버렸답니다. 이유는 묻지 마세요. 너무나 무례하게 구는 바람에 켄드릭이 전화기를 집어서 때릴 뻔했답니다. 켄드릭이 잘못했다고 말할 수는 없군요. 하지만 전화기는 구하기 어려운 물건이기 때문에 이런 일 때문에 잃을 수는 없어요. 미스 틸리를 해고하기 위해서라도 돌아와야 해요.

비행기 표를 구입하는 행동을 유발하는 동기가 좀더 필요하시다면, 며칠 전 '카페 드 파리'에서 줄리엣과 마크 레이놀즈가 매우 다정스럽게 앉아 있는 것을 봤다는 얘기도 해 드리죠. 그들의 테이블은 벨벳 차단선 안쪽 귀빈석에 있었지만, 제가 앉은 싸구려 좌석에서도 온갖 로맨스의 징표를 관찰할 수 있었어요— 남자가 여자 귀에 대고 무의미한 말을 속삭여대고, 여자의 손은 칵테일글라스 옆에 있는 남자의 손 안에 놓여있고, 남자가 여자의 어깨를 치더니 아는 사람을 가리키고. 저는 그들 사이를 갈라놓는 것을 임무로 여기고는 (당신의 헌신적인 피고용인으로서 말이죠) 사람들 사이를 헤치고 차단선 안으로 들어가 줄리엣에게 인사했어요. 줄리엣은 반가워하며 앉으라고 했지만, 마크의 미소에서는 앉지 말라는 표현이 명백했기 때문에 그냥 물러났죠. 넥타이가 아무리 근사하면 뭘 해요. 불쾌한 미소를 지닌 그 남자, 그는 거역할 수 있는 남자가 아니며, 만일 제 시체가 템스강에 떠오른다면 우리 엄마 마음이 무너질 테니까요.

다른 말로 하자면, 휠체어를 타든, 목발을 짚든, 당신을 싣고 올 당나귀를 구하든, 어쨌든 지금 당장 돌아오세요.

당신의 편 수잔

72 줄리엣이 시드니와 피어스에게 보낸 편지

1946년 4월 12일미스터 시드니 스타크 귀하
몬리글 호텔
브로드메도우즈 가 79번지
멜버른
빅토리아
오스트레일리아

시드니 오빠, 그리고 피어스,

건지 섬의 배경을 알아보기 위해서 런던 도서관을 있는 대로 다 뒤졌어요. 열람실 입장권까지 끊었는데, 이로써 내가 맡은 일에 얼마나 헌신적인지 입증이 되었겠죠. 알다시피 나는 열람실에만 가면 경직되잖아요.

상당한 자료를 찾아냈죠. 혹시 기억해요? 1920년대 발행된 책 중에서 「A-트램프가 스카이 섬에 가다」, 혹은 「A-트램프가 린디스판 섬에 가다」, 혹은 어디든지 저자가 요트를 타고 가본 곳의 지명을 넣은, 형편없고 바보 같은 책 시리즈가 있었잖아요. 글쎄, 1930년에는 이 사람이 배를 타고 건지 섬의 세인트피터포트로 들어가서 그곳에 대해서 책을 썼어요. (사크, 험,

올더니, 저지 섬들로도 한나절 여행을 했는데, 그곳에서 오리에게 상처를 입는 바람에 집으로 돌아가야 했지요.)

'트램프'의 본명은 씨씨 메러디스예요. 자신을 시인이라고 생각하는 얼간이인데, 어디든 원하는 곳으로 배를 타고 나가 여행기를 쓰고, 자기 돈으로 인쇄해서 원하는 사람에게 한 부씩 나누어줄 만큼 돈이 많았지요. 씨씨는 재미없는 사실정보 같은 것은 과감히 생략했어요. 대신 가장 가까이에 있는 황야, 해변, 혹은 꽃이 만발한 들판으로 뛰어가 시상(詩想)에 젖어 기뻐하곤 했죠. 하지만 어쨌든 고맙게도 그가 쓴 「A-트램프 건지 섬에 가다」는 섬의 느낌을 알기 위해 내가 필요로 하던 바로 그런 것이었어요.

씨씨는 세인트피터포트 해안으로 올라갔어요. 뱃멀미 때문에 조타실 안에서 토하고 있는 어머니 도로시아를 뒤에 남겨둔 채 말이죠. 건지 섬에서 씨씨는 프리지아에 바치는 시와 수선화에 바치는 시를 썼어요. 토마토에 바치는 시도 썼군요. 그는 건지의 암소와 혈통 좋은 수소를 찬양하고 싶은 마음에, 그들의 목에 달린 방울을 기념하는 짧은 노래를 만들었어요. ("딸랑, 딸랑, 그 소리 참 명랑하구나…" 이렇게 시작하는 노래랍니다.) 바로 그 아래에 씨씨의 평가에 의하면, "시골 교구에 사는 단순한 사람들"이 있었는데, 그들은 "아직도 노르만 사투리를 쓰고 있으며 요정과 마녀를 믿고 있었다"고 해요. 씨씨는 사물의 영혼에 몰입해 어스름 속에서 요정을 보았답니다.

시골집들과 관목 울타리와 상점을 돌아본 다음, 마침내 씨씨는 바다에 이르렀지요. 그는 이렇게 외쳤어요. "바다! 그것은 어디에나 있다! 바다는 못을 담은 자루처럼 검고, 단단하지 않을 때는 은빛으로 장식된 담청색 에메랄드빛이다."

고맙게도 「트램프」에는 공저자가 있었어요. 어머니 도로시아인데, 그녀는 좀더 실용적인 사람이라서 건지 섬의 모든 것에 대해 질색했지요. 도로시아는 섬의 역사에 대한 기술을 맡았는데, 사족을 붙이는 사람이 아니었어요.

… 건지의 역사에 관해— 글쎄, 말은 적을수록 좋은 법이다. 섬은 한때 노르망디 공국에 속해 있었는데, 노르망디 대공이었던 윌리엄이 정복자 윌리엄이 될 때, 채널제도를 덤으로 가져와 잉글랜드에 주었다— 특권도 함께 주었다. 후에, 이 특권은 존 왕에 의해 확대되었고, 에드워드 3세에 의해 또다시 확대되었다. 왜 그랬던 것일까? 채널제도를 선호할 만한 이유가 있었을까? 그럴 만한 것은 하나도 없었다. 후에, 허약했던 헨리 6세가 대부분의 프랑스 땅을 다시 프랑스인에게 반환하게 되었을 때, 채널제도는 투표를 통해 잉글랜드 왕실의 소유지로 남겨 두기로 결정하였다. 누군들 그렇게 하지 않겠는가?

채널제도는 영국 왕실에게 충성과 애정을 아낌없이 바쳐야 한다. 하지만 독자들이여, 다음에 유의하라— 왕실은 채널제도가 원치 않는 일은 아무것도 강요할 수 없다!

… 건지의 통치조직은 영토협의체라고 불리는데, 줄여서 협의체라

고 부른다. 실질적인 수장은 협의체 의장으로 협의체에서 선출되며 베일리프(Bailiff)라고 불린다. 사실, 모든 임원은 선출되며, 왕에 의해서 임명되지 않는다. 그런데 생각해 보라. 사람들을 임명할 수도 없다면, 군주가 무슨 소용인가?

··· 이 불경스러운 혼합영토에 대한 왕실의 유일한 대표자는 부총독이다. 그는 협의체 회의에 참석할 수 있고, 원하는 대로 연설하고 충고할 수 있지만, 그에게는 투표권이 없다. 그래도 최소한 총독관저에 살도록 허용되어 있다. 총독관저는 건지 섬의 유일한 대저택이다— 소마레즈 장원을 고려하지 않는다면 말이다. 나는 고려하지 않았다.

··· 왕실은 채널제도에 세금을 부과할 수 없으며 강제징집을 할 수도 없다. 정직하게 말하자면, 섬 주민들은 강제징집이 없어도 소중하고 소중한 잉글랜드를 위해서 전쟁에 나갈 수 있다. 실제로 그들은 군에 자원하여 매우 훌륭하고 영웅적인 육군과 해군이 되어 나폴레옹과 카이저에 맞서 싸웠다는 점을 인정한다. 하지만 현명하게 생각해 보라— 이처럼 희생적인 행적이 있다고 해도 다음과 같은 사실을 상쇄할 수는 없다. **채널제도는 잉글랜드에 소득세를 내지 않는다. 단 1실링도. 정말 침 뱉고 싶은 일이다!**

이상이 도로시아의 가장 친절한 글이에요. 오빠를 위해 나머지는 남겨놓겠지만, 그녀의 일반적인 경향은 이미 파악했겠죠.

당신들 중 한 명이라도— 물론 두 명이면 더 좋죠— 나한테 편지 좀 써요. 환자와 간호사 둘 다 어떻게 지내고 있는지 듣고 싶어요. 시드니 오빠, 다리에 대해 의사는 뭐라고 해요? 지금까지 그곳에 있었던 기간이면 다리를 하나 새로 키울 수도 있었을 텐데.

키스를 보내며, 줄리엣

1946년 4월 15일

미스 줄리엣 애쉬튼 귀하
글레브 플레이스 23번지
첼시
런던, S.W.3

친애하는 미스 애쉬튼,

아델레이드 애디슨이 무엇 때문에 그러는지 잘 모르겠습니다. 이솔라의 말로는, 아델레이드가 찬물을 끼얹는 것은 그녀가 그것을 좋아하기 때문이랍니다. 하지만 아델레이드가 좋은 일을 한 가지 한 셈이군요. 얼마나 찰스 램의 글을 좋아하는지, 내가 얘기할 수 있는 것보다 그녀가 더 잘 설명해 줬으니 말입니다.

찰스 램 전기가 왔습니다. 나는 빨리 읽어치웠습니다. 빨리 읽고 싶은 마음을 참을 수가 없었습니다. 하지만 처음부터 다시 읽을 생각입니다— 이번에는 좀더 천천히 읽으면서 그 안에 있는 내용을 모두 파악하려고 합니다. 루카스가 찰스 램에 대해 설명한 부분이 마음에 들었습니다—"그는 아무리 소박하고 친숙한 것이라 해도 신선하고 아름다운 것으로 만드는 기술이 있었다." 찰스 램의 글을 읽다 보면 그가 살았던 런던이 이곳 내가 사는 세인트피터포트보다도 한층 마음이 편안하게 느껴지곤 합니다.

하지만 찰스 램에 대해 도저히 상상할 수 없는 부분도 있습니다. 어느 날 그가 집에 돌아왔을 때, 어머니가 칼에 찔려 죽어 있고, 아버지가 피를 흘리며 신음하고 있는데, 그 옆 누이인 메리가 피 묻은 칼을 든 채 서 있었습니다. 그런데 어떻게 찰스 램은 방안으로 들어가 누이의 손에서 칼을 뺏을 수 있었을까요? 경찰이 누이를 정신병원에 감금하자, 찰스는 법원에 탄원하여 자기가 누이를 보호하겠다고 했다는데, 어떻게 그럴 수 있었을까요? 그때 찰스는 겨우 스물한 살이었는데— 어떻게 그들을 모두 설득할 수 있었을까요?

찰스는 평생 누이 메리를 간호하며 돌보겠다고 약속했습니다. 그리고 한번 결심하자, 그는 절대로 발을 빼지 않았습니다. 이후로 그는 자기가 그렇게 사랑하던 시를 포기해야 했고, 대신에 별로 좋아하지 않는 평론과 에세이를 써야만 했다고 합니다. 돈을 벌기 위해서였죠. 한때 찰스는 동인도회사의 서기로 일하며 돈을 모을 수도 있었습니다. 하지만 돈이 들어오면 언제나 메리가 다시 발작을 일으키고, 찰스는 그녀를 또다시 사설보호소에 맡길 수밖에 없었지요.

그런데 그럴 때조차 찰스는 누이를 그리워했습니다— 그들은 그만큼 절친한 친구사이였습니다. 생각해 봐요. 찰스는 누이가 끔찍한 증세를 나타내지 않을까 늘 예리하게 지켜봐야 했습니다. 또 메리는 언제 발작이 찾아오는지도, 그리고 발작이 찾아오는 것을 막을 방법도 없다는 것을 알고 있었습니다. 정말 최악이었을 겁니다. 나는 머릿속으로 그들을 그려봅니다. 찰스가 앉아 몰래 누이를 지켜보고 있고, 메리도 그곳에 앉아 찰스가 자신을 지켜보는 것을 지켜보고 있습니다. 그들은 서로 그런 운명으로 살아야 하는 것을 얼마나 증오했을까요.

하지만 메리가 미치지 않았을 때는 그보다 더 멀쩡하고 훌륭한 친구가 없었을 거라고 생각하지 않나요? 찰스는 분명히 그렇게 생각했고, 찰스의 친구들도— 워즈워스, 해즐릿, 리 헌트, 그리고 누구보다도 콜리지*는 그렇게 생각했습니다. 콜리지가 죽은 후 사람들이 그가 읽고 있던 책에 휘갈겨 쓴 메모를 찾아냈는데, 이렇게 쓰여 있었습니다. *"나에게 너무나 소중한 찰스와 메리 램. 과거에도 그랬듯이 정말 소중한."*

아마 지금 내가 찰스 램에 대해 너무 많이 쓰고 있는지도 모르겠습니다. 하지만 나는 당신과 헤이스팅즈 씨에게 당신들이 보내준 책이 나에게 얼마나 많은 것을 주었는지, 그리고 내가 얼마나 많은 즐거움을 찾았는지 말하고 싶었습니다.

당신 어린 시절의 이야기를 참 재미있게 읽었습니다— 건

---

* 콜리지Samuel Taylor Coleridge (1772~1834) : 영국의 시인이며 평론가.

초와 방울에 대한 이야기 말입니다. 마음속에 그런 광경을 그려볼 수 있습니다. 당신은 농장에서 사는 것을 좋아했나요? 그리고 그런 삶을 그리워한 적도 있는지요? 건지 섬에서는 시골과 멀리 떨어질 수 없습니다. 아무리 세인트피터포트라고 해도 한 발짝만 나가면 바로 농촌이기 때문에, 나로서는 런던 같은 대도시에서의 삶이 얼마나 다른 것인지 상상할 수 없습니다.

키트는 몽구스가 뱀을 잡아먹는다는 걸 알고는 몽구스를 싫어하게 되었습니다. 대신 이제는 바위 아래에서 보아구렁이를 찾아낼 수 있기를 바라고 있습니다. 오늘 저녁에 이솔라가 잠깐 들러 당신에게 인사를 전해 달라고 했습니다. 그러면서 수확을 끝내자마자 당신에게 편지를 쓰겠다고 했습니다. 그녀가 수확하는 것은 로즈마리, 딜, 타임, 그리고 사리풀입니다.

당신의 벗, 도시 애덤스

7장 줄리엣이 도시에게 보낸 편지

미스터 도시 애덤스 귀하
레 불레랑스
라 부배
세인트마틴 교구, 건지

1946년 4월 18일

친애하는 도시,

당신이 찰스 램에 대해 글로 얘기하려고 했다니 기쁩니다. 나는 메리의 슬픔이 찰스를 위대한 작가로 만들었다고 늘 생각해 왔습니다— 비록 메리 때문에 시를 포기하고 동인도회사의 서기로 일을 해야 했지만 말이죠. 그는 교감(交感)에 대해 천재적인 소질을 가지고 있었는데, 그것은 찰스 램의 위대한 친구들조차 건드릴 수 없는 부분이었습니다. 한 번은 워즈워스가 찰스 램에게 자연에 관심을 두지 않는다고 힐난한 적이 있었는데, 찰스는 이렇게 썼답니다. "나는 숲이나 골짜기에 대해서는 열정이 없다네. 내가 태어난 방, 평생 눈앞에 놓여 있는 가구들, 어디에 가든지 충실한 개처럼 나를 따라다니는 서가(書架)— 오래된 의자, 친숙한 거리들, 햇볕을 쬐었던 광장들, 그리고 모교— 자네의 그 '산'이 나에게 없다고 해서 내가 가진 것이 충분하지 않단 말인가? 자네가 부럽지 않다네. 오히려 불쌍히 여길 뿐이지. '마음'이 있으면 어느 무엇과도 친구가 될 수 있다는 것을 모른단 말인가." 어느 무엇과도 친구가 될 수 있는 마음— 전쟁을 겪는 동안 나는 종종 그 구절을 떠올리곤 했습니다.

오늘 우연히 찰스 램에 관한 이야기를 또 하나 알게 되었습니다. 그는 종종 술을 너무 많이, 지나치게 많이 마시곤 했지만 우울한 술주정뱅이는 아니었습니다. 하루는 그를 초대한 집의 집사가 술취한 찰스 램을 집에 데려다 주는데, 소방관이 사람을 나르듯 어깨에 걸머지고 날라야 했답니다. 다음날 찰스는 자신을 초대했던 집주인에게 유쾌한 사과편지를 써서 보냈고, 집주인은 그 편지를 아들에게 유언으로 물려주어 후세에 남겼습니다. 찰스가 그런 편지를 집사에게도 한 장 써서 보냈기를 바랍니다.

누군가 새로운 사람에게 눈을 뜨거나 마음이 끌릴 때, 어디에 가든지 갑자기 그 사람의 이름이 튀어나온다는 것을 알아차린 적이 있는지요? 내 친구 소피는 그것을 우연의 일치라고 부르고, 교구목사였던 심플리스 씨는 '은총'이라고 부릅니다. 그의 설명에 의하면, 새로운 사람이나 새로운 사물에 깊은 관심을 가지고 있을 때는 세상을 향하여 일종의 에너지를 발산하게 되기 때문에, 그런 현상이 찾아온다는 겁니다.

당신의 영원한 친구, 줄리엣

1946년 4월 18일

미스 줄리엣 애쉬튼 귀하
글레브 플레이스 23번지
첼시
런던, S.W.3

친애하는 줄리엣,

이제 우리는 편지를 주고받는 친구가 되었으니, 내가 몇 가지 물어보고 싶어— 상당히 개인적인 질문이야. 도시는 그렇게 하면 예의가 없는 거라고 말하지만, 나는 예의에 대해서는 남자와 여자가 조금 다르다고 생각해. 도시는 지난 15년 동안 나에게 개인적인 질문은 한 가지도 안 했어. 만일 도시가 물어본다고 해도 나는 친절하게 대답하겠지만, 도시는 조용한 스타일이야. 나는 그를 변화시킬 생각이 없고, 나도 변할 생각이 없어. 줄리엣은 우리들에 대해서 알려고 하는 것 같으니까 말인데, 그렇다면 우리가 줄리엣에 대해서도 좀더 알아주기를 바라는 게 아닐까— 다만 그런 이야기를 먼저 꺼낼 생각이 들지 않앉던 것뿐이겠지. 그런 생각이 들었어.

첫 번째, 앤 브론테에 대한 책 표지에 줄리엣 사진이 있기에 봤는데, 마흔 살은 안 되었다는 건 알겠어— 하지만 몇 살이나 아래야? 햇빛이 눈부셨던 거야? 아니면 사팔눈을 한 거야? 만약 사시라면 원래 그런 거야? 머리카락이 날리고 있는 걸 보니 바람 부는 날이었나 봐. 그런데 머리가 무슨 색인지는 잘 모르겠어. 물론 금발이 아니라는 건 알겠어— 그건 마음에 들어. 나는 금발을 그다지 좋아하지 않거든.

지금 강변에 살고 있어? 그렇다면 좋겠어. 흐르는 물 가까이 살고 있는 사람들은 그렇지 않은 사람들보다 훨씬 친절하고 교양 있거든. 나더러 내륙에 살라고 한다면 나는 전갈만큼이나 고약해질 거야. 진지하게 사귀는 사람 있어? 나는 없어.

지금 살고 있는 아파트는 아담한 거야, 아니면 넓은 곳이야? 자세하게 얘기해 줘. 머릿속으로 그림을 그려보고 싶으니까. 우리를 만나러 건지 섬에 올 생각은 없어? 애완동물 키워? 어떤 동물?

당신의 친구, 이솔라

76 줄리엣이 이솔라에게 보낸 편지

미스 이솔라 프리비 귀하
프리비 농장
라 부베
세인트마틴 교구, 건지

1946년 4월 20일

친애하는 이솔라,

나에 대해 더 많이 알고자 한다니 기뻐. 내가 먼저 생각하지 못한 게 미안할 뿐이야.

현재 상황부터 말하자면, 나는 서른세 살이고, 눈은 사시가 아니라 햇빛이 눈에 비친 거야. 내 머리 색은, 기분이 좋을 때면 나는 그것이 금빛이 도는 밤색이라고 말해. 하지만 기분이 나쁠 때에는, 쥐 같은 갈색이라고 하지. 그리고 그 날은 바람 부는 날이 아니었어. 내 머리는 언제나 그래. 곱슬머리를 타고난다는 것은 저주에 가까워. 그 외에는 표현할 말이 없어. 내 눈은 옅은 갈색이야. 날씬한 편이지만, 키는 마음에 들 만큼 크지는 않아.

전에는 템스 강변에서 살았는데 이제는 아니야. 그것이 내가 옛날 집에 대해서 가장 그리워하는 점이야— 나는 언제나 강물을 바라보고 그 소리를 듣는 것을 좋아했어. 지금은 글레브 플레이스에 있는 아파트에 세 들어 살고 있어. 작고 **빽빽하게** 가구가 들어찬 방인데, 집 주인이 미국에 가서 11월에 돌아올 때까지 살기로 되어 있어. 개를 한 마리 키웠으면 좋겠지만, 이 건물은 애완동물을 금하고 있어. 멀지 않은 곳에 켄징턴가든이 있기 때문에, 갑갑할 때면 공원까지 걸어가서, 1실링을 주고 휴대용 의자를 빌려서 나무 아래에 앉아서 지나가는 사람들을 바라보고 아이들이 노는 것을 지켜보는데, 그러다 보면 좀 안정이 되곤 하지.

오클리 가 81번지는 1년 전에 V-1 폭격으로 파괴되었어. 우리 집 뒤쪽에 있던 집들이 더 많은 피해를 입었지만, 81번지 건물도 세 층이 떨어져 나갔기 때문에 아파트는 이제 돌무더기가 되어 있어. 건물주인 그랜트 씨가 그 집을 다시 지었으면 좋겠어. 내 아파트를, 아니면 복제품이라도, 다시 찾고 싶거든. 전에 있었던 그대로— 창문 밖으로 강물이 보이던 그대로 말이야.

다행히도, 폭탄이 투하되었을 때 나는 멀리 베리에 가 있었어. 친구이자 내 책의 발행인인 시드니 스타크가 그날 저녁에 기차역으로 마중 나왔어. 함께 집으로 가서 보니, 산더미 같은 돌 파편과 건물의 잔해만이 쌓여 있었지.

벽체가 떨어져 나갔기 때문에, 내 방 커튼이 갈기갈기 찢긴 채 바람에 날리는 것과, 다리가 세 개만 남은 책상이 기울어진 바닥에 주저앉아 있는 것을 볼 수 있었지. 책은 흠뻑 젖은 채 진창이 되어 있었고, 벽에 걸려 있는 엄마 사진은 반쯤 파이고 숯검정이 된 바람에 도저히 수습할 수가 없었어. 손상되지 않고 남아있던 유일한 물건은 크리스털 문진(文鎭)이었어— 위쪽에 '카르페 디엠'*이라고 새겨져 있는 것으로, 아버지가 쓰던 물건이었지. 그것은 이빨도 빠지지 않은 완벽한 모습으로 깨어진 벽돌과 토막 난 나무 더미 위에 얹혀 있었던 거야. 그걸 버릴 수는 없었어. 그래서 시드니가 돌무더기 위로 기어 올라가서 그걸 가져다 줬어.

어릴 때 나는 썩 괜찮은 아이였어. 그러다가 열두 살 때 부모님이 돌아가시면서 달라졌지. 나는 서포크에 있는 우리 농장을 떠나 런던에 와서 종조부와 함께 살게 되었어. 나는 화가 나 있고, 비통해 하고, 시무룩한 소녀가 되었어. 집을 두 번이나 가출하는 등 종조부에게는 끊임없는 골칫거리였지. 한편으로는 그렇게 하는 것이 즐겁기도 했어. 내가 종조부에게 어떻게 대했었는지 이제 돌이켜 보면 부끄러울 따름이야. 그는 내가 열일곱 살 때 돌아가셨기 때문에 용서를 빌 기회도 없었어.

열세 살 때, 우리 종조부는 나를 멀리 기숙학교에 보내기로 결정했어. 나는 평소와 다름없이 고집불통인 채로 학교에 갔어.

---

* 카르페 디엠Carpe Diem : 오늘을 놓치지 말라는 뜻의 라틴어 문구.

여자 교장선생님은 나를 데리고 식당으로 갔어. 네 명의 소녀가 앉아 있는 식탁으로 데리고 갔지. 나는 앉아 팔짱을 낀 채로, 털갈이를 하는 독수리처럼 눈을 부릅뜬 채 미워할 대상을 찾아서 두리번거렸어. 그러다가 마주친 것이 시드니의 여동생인 소피 스타크였어.

완벽했어. 황금빛 곱슬머리에 크고 푸른 눈, 게다가 사랑스러운 미소도 가지고 있었지. 그녀는 나에게 말을 붙이려고 애썼어. 나는 대답하지 않는데 마침내 소피가 이렇게 말했지. "나는 네가 여기에서 행복했으면 좋겠어." 나는 행복한지 아닌지 알아낼 정도로 오랫동안 그곳에 있지 않을 거라고 대답했어. "기차 시간을 알아내자마자 나는 가버릴 거야!" 내가 말했지.

그날 밤 나는 기숙사 지붕 위로 올라갔어. 그곳에 앉아 어둠을 바라보며 조용히 생각하려던 참이었지. 그런데 몇 분 후 소피가 따라 올라왔던 거야— 기차시간표를 손에 들고 말이야.

말할 필요도 없이, 나는 절대 도망치지 않았어. 머물렀지— 새로 사귄 친구 소피와 함께. 소피의 어머니는 방학 때 종종 나를 집으로 초대했는데, 그 곳에서 시드니를 만났어. 그는 나보다 열 살이 많았는데, 물론 우상이었지. 시간이 지나면서 점차 잘난체하는 오빠가 되더니, 그 다음에는 절친한 친구가 되었어.

소피와 나는 학문 대신에 삶을 알고 싶다는 생각에— 런던으로 올라와 시드니가 구해준 방에서 함께 살았어. 우리는 한

동안 서점에서 함께 일했고, 나는 밤에는 글을 쓰고 구겨버리
곤 했지.

그러다가 '데일리 미러'지에서 에세이 콘테스트를 개최했
어. '여성들이 가장 두려워하는 것'에 관한 500단어짜리 글을
공모한 거야. 물론 나는 '데일리 미러'지가 뭘 원하는지 알고 있
었어. 하지만 나에게는 남자보다 닭이 훨씬 더 무서웠거든. 그
래서 그렇게 써서 보냈어. 심사위원들은 똑같이 남자에 대한 글
만 보다가, 섹스에 대해서 한 마디도 없는 내 글을 보고는 흥분
해서 1등상을 줬어. 5파운드의 상금을 받고, 글이 드디어 지면
에 실렸지. 그런데 '데일리 미러'에 팬레터가 많이 왔던 모양이
야. 그러더니 나에게 다른 글을 청탁하기 시작했지. 곧 나는 다
른 신문과 잡지에 특집기사들을 쓰기 시작했어. 그러다가 전쟁
이 터졌고, 나는 '스펙테이터'로부터 주 2회 칼럼 '이지 비커스
태프 전장에 가다'를 써 달라는 요청을 받게 된 거야. 소피는 비
행사인 알렉산더 스트라칸을 만나서 사랑하게 되었지. 그들은
결혼을 했고 소피는 남편을 따라 스코틀랜드에 있는 농장으로
이사 갔어. 나는 그들의 아들인 도미닉의 대모가 되었지. 아직
까지 도미닉에게 콧노래 흥얼거리는 법을 가르치지는 않았지
만, 지난번에 만났을 때는 함께 그의 지하실 문을 막아놓았던
돌쩌귀를 뽑아냈어─ 그 지하실은 픽트인[영국 북부에 살던 고대 원주
민]들이 숨어있던 곳이야.

사귀는 사람은 있는데, 아직 그에게 정말 익숙해진 것은

아니야. 굉장히 매력적이고 나에게 맛있는 음식공세를 퍼붓는 사람이지만, 가끔 앞에 있는 남자보다는 책 속에 있는 연인이 더 마음에 들어. 만일 그것이 사실이라면 얼마나 끔찍하고, 뒤떨어지고, 비겁하고, 정신적으로 비틀린 일인지.

시드니는 '이지 비커스태프' 칼럼을 모아서 책으로 출판했고, 나는 순회강연 여행을 했어. 그즈음 나는 건지 섬에 사는 낯선 사람들과 편지를 주고받기 시작했고, 이제는 친구가 된 그들을 정말 만나보고 싶어.

당신의 영원한 벗, 줄리엣

77 일라이가 줄리엣에게 보낸 편지

1946년 4월 21일

미스 줄리엣 애쉬튼 귀하
글레브 플레이스 23번지
첼시
런던, S.W.3

친애하는 애쉬튼 선생님,

판목을 보내주셔서 고맙습니다. 정말 아름다워요. 처음 소
포 상자를 열었을 때 그렇게 다양한 크기에, 밝은 색부터 어두
운 색에 이르기까지 여러 색깔을 보고는 제 눈을 믿을 수가 없
었어요.

그렇게 다양한 종류와 형태의 나무를 어떻게 구하셨어요?
그것들을 구하려면 많은 곳을 돌아다녀야 했을 텐데요. 그렇게
수고하셨다는 것을 알고 있기에 어떻게 감사드려야 할지 모르
겠습니다. 게다가 나무는 꼭 알맞은 시간에 도착했습니다. 키
트가 좋아하던 동물은 전에 책에서 봤던 뱀이었습니다. 뱀은 길
고 가늘기 때문에 나무를 깎아 만드는 것은 쉬운 일이었죠. 그

런데 이제 키트의 관심은 족제비로 돌아섰습니다. 키트는 저에게 족제비를 하나 만들어주면 다시는 저의 조각칼에 손을 대지 않겠다고 합니다. 족제비를 만드는 것도 그렇게 어려울 것 같지는 않습니다. 족제비도 뾰족하게 생겼으니까요. 선생님께서 보내주신 나무를 가지고 연습하려고 합니다.

혹시 갖고 싶으신 동물 있어요? 선물을 하나 만들어드리고 싶은데, 선생님이 좋아하시는 동물이면 더 좋을 것 같아서요. 쥐 좋아하세요? 저는 쥐를 잘 만든답니다.

당신의 진실한 벗, 일라이

78 에벤이 줄리엣에게 보낸 편지

1946년 4월 22일

미스 줄리엣 애쉬튼 귀하
글레브 플레이스 23번지
첼시
런던, S.W.3

친애하는 미스 애쉬튼,

당신이 일라이에게 보낸 소포는 금요일에 도착했습니다. 정말 친절한 분이시군요. 일라이는 앉아서 나무 조각을 찬찬히 들여다봅니다— 마치 그 안에 숨겨진 모양을 볼 수 있다는 듯 말입니다. 그런 다음 아이는 조각칼을 사용해 숨겨진 것을 끄집어내곤 합니다.

건지 섬의 아이들이 모두 잉글랜드로 대피했었느냐고 물어봤지요? 아닙니다. 남아 있던 아이들도 있었는데, 일라이를 보고 싶을 때면 나는 주위에 있는 아이들을 보면서 일라이가 떠난 게 잘된 일이라고 생각하곤 했습니다. 이곳에 남았던 아이들에게는 혹독한 시절이었습니다. 먹을 것이 충분하지 않았기 때문입니다. 한 번은 내가 빌 르펠의 아이를 안아 올린 적이 있었는데, 열두 살이었지만 일곱 살짜리처럼 가벼웠습니다.

끔찍한 결정이었습니다. 아이를 낯선 사람들 틈으로 보낼 것인가, 아니면 여기에 함께 데리고 있을 것인가? 독일군은 오지 않을지도 모른다. 하지만 만일 쳐들어온다면— 그들이 우리에게 어떻게 할 것인가? 만일 그들이 잉글랜드를 침공한다면 어쩔 것인가— 곁에 가족도 없이, 우리 아이들은 위기를 어떻게 헤쳐 나갈 수 있겠는가?

독일군이 침공하던 당시 이곳의 형세가 어땠는지 알고 있습니까? 그야말로 충격 그 자체였습니다. 사실, 우리는 독일군이 우리 섬을 원할 거라고 생각하지 않았습니다. 그들이 원하는 것은 잉글랜드고, 건지 섬은 아무 소용이 없는 작은 땅덩어리일 뿐이라고 생각했습니다. 우리는 전쟁이라는 무대에 오르는 것이 아니라 전쟁을 관람하게 될 것이라고 생각했습니다.

그러던 중 1940년 봄이 되자 히틀러는 파죽지세로 유럽을 침공해 들어왔습니다. 그가 가는 곳마다 모두 항복했습니다. 너무나 빠른 속도였습니다. 프랑스에서의 폭발음 때문에 건지 섬의 유리창은 모두 흔들리고 덜컹거렸습니다. 그리고 프랑스 해안에서 포성이 멎자, 잉글랜드 군대가 우리를 보호할 수 없다는 것은 너무나 명확해졌습니다. 잉글랜드도 곧 시작될 침공에 맞서기 위해서는 군대가 필요했으니까요. 그래서 우리는 혼자 남겨진 것입니다.

6월 중순이 되자, 곧 독일군이 우리 섬에 온다는 게 확실해졌으며, 우리 정부는 런던으로 전화를 걸어 아이들을 잉글랜드로 실어 갈 배를 보내 달라고 요청했습니다. 비행기를 이용할 수는 없었습니다. 나치 공군에게 포격당하면 안 되니까요. 런던은 그러겠다고 하면서 대신에 아이들을 한꺼번에 준비시켜야한다고 말했습니다. 아직 시간이 있을 때 서둘러서 아이들을 대피시킬 계획이었습니다. 그때는 참으로 필사적인 시기였으며 사람들은 모두 빨리 서둘러야 한다는 생각뿐이었습니다.

당시 제인은 고양이새끼처럼 쇠약해 있었지만 결심은 되어 있었습니다. 그녀는 일라이를 보내기로 했습니다. 다른 여자들은 아이를 보낼 것인가 말 것인가 안절부절 못하면서 큰 소리로 말을 하고 있었는데, 제인은 엘리자베스에게 그 여자들을 밖으로 내보내라고 부탁했습니다. "저들이 난리법석 떠는 것을 듣고 싶지 않아." 제인이 말했지요. "아기에게도 나쁜 일이야." 제인은 아기가 태어나기 이전이라고 해도 주위에 어떤 일이 일어나고 있는지 모두 알아차린다고 믿고 있었습니다.

고민의 시간은 곧 끝났습니다. 가족들은 단 하루 안에 대피 결정을 해야만 했고, 그 결정이 미래의 5년을 결정했죠. 취학연령의 아이들과 엄마 품에 있는 아기들이 제일 먼저 6월 19일과 20일에 이 섬을 떠났습니다. 부모에게서 돈을 받지 못한 아이들에게는 정부가 조금씩 용돈을 주었습니다. 어린 아이들은 그 돈으로 과자를 사 먹을 수 있다며 좋아했습니다. 어떤 아이들은 그저 주일학교에서 소풍가는 것으로 생각하고, 저녁이면 돌아온다고 생각했습니다. 차라리 그게 더 나았을 것입니다. 일라이처럼 조금 더 큰 아이들은 내막을 알고 있었습니다.

그들이 떠나던 날, 잊어버릴 수 없는 광경을 보았습니다. 여자아이 두 명이 핑크색 파티드레스로 차려입고 빳빳한 페티코트에 반짝이는 구두를 신고 있었습니다─ 그들의 엄마는 아이들이 파티에 간다고 생각했던 모양입니다. 해협을 건널 때 그 아이들은 얼마나 추웠을까요.

아이들은 모두 학교 운동장으로 모이도록 되어 있었습니다. 그리고 부모들은 그 곳에서 작별인사를 했습니다. 버스가 와서 아이들을 싣고 부두로 갔습니다. 덩케르크*에 있던 배가 해협을 건너 와서 아이들을 실어갔습니다. 아이들을 경호하기 위한 호송선을 함께 보낼 시간도 없었습니다. 구명보트나 구명조끼조차 충분히 배에 실을 시간도 없었습니다.

그날 아침 우리는 제일 먼저 병원에 들러서 일라이에게 엄마에게 작별인사를 하도록 했습니다. 일라이는 인사를 하지 못했습니다. 아이는 이를 악문 채 고개만 끄덕였습니다. 제인은 잠시 일라이를 안아주었고, 곧 엘리자베스와 내가 아이를 데리고 학교로 갔습니다. 교문 앞에서 나는 일라이를 힘껏 안았는데, 그것이 5년 동안 마지막으로 본 모습이었습니다. 엘리자베스는 아이들이 배에 타는 것을 도와주는 자원봉사를 하고 있었

---

* 프랑스 북부의 항구도시.

기 때문에 일라이와 함께 그곳에 남았습니다.

나는 다시 걸어서 제인이 있는 병원으로 돌아가고 있었는데 불현듯 일라이가 한때 나에게 했던 말이 떠올랐습니다. 다섯 살 때쯤이었는데, 나와 함께 어선이 들어오는 것을 보기 위해서 라 쿠비에르를 향해 걸어가고 있었습니다. 길 한복판에 캔버스 천으로 만든 수영 신발 한 짝이 놓여 있었습니다. 일라이는 그 신발을 바라보면서 걸어갔습니다. 마침내 아이가 "할아버지, 저 신발은 한 짝뿐이에요."라고 말했습니다. 내가 그렇다고 대답했지요. 그러자 아이는 조금 더 그 신발을 들여다보고 나서 지나갔습니다. 잠시 후 아이는 나에게 이렇게 말했습니다. "할아버지, 나는 절대로 저렇게 되지는 않아요." 나는 아이에게 물었습니다. "그게 뭔데?" 그러자 일라이는 이렇게 대답했습니다. "마음이 외로운 사람."

바로 그것이었어요! 나는 행복하게 이 말을 제인에게 들려주었으며, 그 마음이 일라이에게서 떠나지 않기를 기도했습니다.

학교 안에서 있었던 일에 대해서는 이솔라가 설명하겠답니다. 이솔라의 말로는, 자신이 목격했던 장면은 당신이 작가로서 관심을 가질 만한 사건이라고 합니다. 엘리자베스가 아델레이드 애디슨의 뺨을 때리고 쫓아버렸다는 것입니다. 미스 애디슨은 모르는 편이 더 좋습니다. 일상생활을 하기에는 너무나 고고한 여자입니다.

이솔라는 당신이 우리를 만나러 건지 섬에 올지도 모른다고 합니다. 물론 온다면 나와 일라이는 당신에게 환대를 아끼지 않겠습니다.

에벤 램지 드림

79 줄리엣이 이솔라에게 보낸 전보

엘리자베스가 정말로 아델레이드 애디슨을 때렸어?
나도 거기 있었다면 좋았을 텐데!
제발 자세하게 얘기해 줘.

사랑을 담아, 줄리엣

1946년 4월 24일

미스 줄리엣 애쉬튼 귀하
글레브 플레이스 23번지
첼시
런던, S.W.3

사랑하는 줄리엣,

그래, 때렸어— 뺨을 철썩 때렸지. 근사했어.

우리는 아이들이 부두로 가는 버스를 기다리고 버스에 올라타는 것을 돌보기 위해서 모두 세인트브리악 학교에 모여 있었어. 정부는 부모들이 학교 안으로 들어오는 것을 막았지— 너무 복잡한데다가 슬퍼질 수도 있으니까. 학교 밖에서 작별 인사하는 것이 낫다고 생각한 거야. 한 아이가 울음을 터뜨리면 금세 모두 울게 될 테니까. 그래서 아이들의 구두끈을 매어주고, 콧물을 닦아주고, 목에 이름표를 걸어주는 것은 모두 부모가 아닌 낯선 사람들의 몫이었어. 우리는 아이들의 옷에 단추를 채워주고 놀이를 하면서 버스가 오기를 기다렸어.

내가 데리고 있던 아이들은 혓바닥을 코끝에 대려고 열심히 노력하고 있었고, 엘리자베스가 맡은 아이들은 엄숙한 표정으로 거짓말을 하는 놀이를— 놀이 이름이 뭐였는지 잊어버렸어— 하고 있었어. 바로 그때 아델레이드 애디슨이 서글프고 침울한 표정으로, 분별력은 전혀 없이 경건함만 뚝뚝 흐르는 모습으로 나타난 거야.

그녀는 아이들을 불러 모으더니, 그 어린 아이들 위에 대고 "바다의 위험에 처한 이들을 위하여"라는 찬송가를 부르기 시작했어. 하지만 그녀에게는 '폭풍으로부터 안전하게' 만으로는 충분하지 않았던 모양이야. 아이들이 폭격을 당하지 않도록 지켜달라고 하나님에게 기도해야 한다는 것이었어. 그녀는 불쌍한 아이들에게 매일 밤 부모를 위해서 기도하라고 지도하기 시작했어— 독일군이 부모에게 무슨 짓을 할지 모르는 일이라고 하면서 말이지. 그러더니 특별히 착한 아이가 되어야 부모가 하늘나라에서 내려다보면서 자랑스러워할 수 있다는 말을 하는 것이었어.

그러자 아이들은 미친 듯이 울고 흐느끼기 시작했지. 나는 너무나 놀라서 움직일 수도 없었지만 엘리자베스는 달랐어. 그녀는 쏜살같이 그쪽으로 가더니 아델레이드의 팔을 잡고 입 닥치라고 말했어.

아델레이드는 소리쳤지. "이거 놔! 나는 하나님의 말씀을 전하고 있단 말이야!"

그러자 엘리자베스는 악마조차 돌처럼 굳게 만들 것 같은 표정을 짓더니, 아델레이드의 얼굴을 한 대 때리고— 얼마나 날 카롭게 때렸는지 아델레이드의 머리가 흔들릴 정도였지— 문 밖으로 끌고 가서 밀쳐내고는 문을 걸어버렸어. 아델레이드는 계속해서 문을 쾅쾅 두드렸지만 아무도 주의를 기울이지 않았어. 아니, 한 명이 있었군— 멍청한 대프니 포스트가 문을 열려고 했지만 내가 그녀의 목을 움켜잡아 못하게 했어.

훌륭한 싸움을 본 것 때문에 아이들의 두려움은 사라진 것 같았어. 아이들은 울음을 멈췄고, 곧 버스가 와서 아이들을 태웠지. 엘리자베스와 나는 집으로 가지 않고 버스가 보이지 않을 때까지 손을 흔들었어.

다시는 겪고 싶지 않은 날이었어. 아델레이드가 뺨을 맞았다고 해도 말이야. 그 어린 아이들이 홀로 세상 속으로 던져지다니— 나에게 아이가 없다는 것이 오히려 고마웠다니까.

살아온 이야기 들려줘서 고마워. 줄리엣도 엄마, 아빠, 그리고 강가에 있었던 집, 그런 슬픈 사연이 있었다니 참 안됐어. 하지만 줄리엣에게는 소피나 소피의 엄마, 그리고 시드니 같은 좋은 친구들이 있다는 것이 나는 기뻐. 특히 그 시드니라는 친구는 아주 좋은 사람 같아— 조금 으스대는 면이 있지만 말이야. 하지만 그건 남자들에게 공통적으로 있는 결점이잖아.

클로비스 포시가 부탁하길, 줄리엣이 닭에 대해서 썼다는, 그 상을 받은 에세이를 우리 문학회로 보내 달래. 우리 모임에서 그 에세이를 읽는다면 좋을 것 같대. 그런 다음에는 그 에세이를 우리의 기록보관소에 남겨둘 수도 있지. 우리에게 기록보관소가 있다면 말이지.

나도 그 글을 읽어보고 싶어. 그것이 닭에 관한 글이기 때문이야. 나는 계사(鷄舍) 지붕에서 떨어진 적이 있는데, 닭들이 모두 거기까지 나를 쫓아왔기 때문이었어. 얼마나 쫓아오던지—그 면도칼 같은 부리와 뒤로 돌아가는 눈동자를 번뜩이면서 말이야. 사람들은 잘 알지 못하지만, 닭은 사람을 공격할 수 있어—그것도 미친개처럼 말이야. 나는 전쟁이 날 때까지는 암탉을 키우지 않았어. 그러다가 명령을 받아 닭을 키우게 되었지. 한 번도 닭하고 사이좋게 지낸 적이 없어. 나는 차라리 영양이 나를 들이받는 쪽을 택하겠어—최소한 공개적이고 정직하게 행동하잖아. 살금살금 다가와서 콱 쪼고 달아나는 음흉한 닭보다는 훨씬 낫다고.

나는 줄리엣이 우리를 만나러 여기에 오면 좋겠어. 에벤도 그렇고 아멜리아도 그렇고 도시도 그렇게 생각할 거야—일라이도 그렇고. 키트는 잘 모르겠다고 하지만 그런 건 신경 쓰지 않아도 돼. 키트도 잘 따를 거니까. 줄리엣이 쓴 신문 기사도 이제 곧 인쇄될 테니, 여기에 와서 휴식을 취할 수도 있잖아. 혹시 알아? 앞으로 쓰고 싶은 이야기를 여기에서 찾게 될지.

당신의 친구, 이솔라

미스 줄리엣 애쉬튼 귀하
글레브 플레이스 23번지
첼시
런던, S.W.3

친애하는 줄리엣,

채석장에서의 임시직은 끝났고, 이제 키트가 나와 함께 지내고 있습니다. 지금 키트는 내가 편지를 쓰는 테이블 밑에 앉아서 뭔가 중얼거리고 있습니다. 지금 무슨 얘기를 하고 있니, 하고 내가 물어보자 한동안 아무 말이 없군요. 그러더니 다시 중얼거리기 시작하는데 그 중에는 내 이름도 들어 있습니다. 바로 이것이 군사전문가들이 신경전이라고 부르는 것인데, 나는 누가 이길 것인지 알고 있습니다.

회색 눈동자와 열심히 집중할 때의 표정을 빼면, 키트는 엘리자베스를 많이 닮지는 않았습니다. 하지만 마음속은 엄마를 꼭 닮았습니다— 감정이 격렬합니다. 아주 어린 아기였을 때조차 키트는 그랬습니다. 한번 악쓰기 시작하면 유리창이 흔들렸고, 그 작은 손으로 내 손가락을 움켜잡으면 피가 통하지 않을 정도였습니다. 나는 아기에 대해서는 아무것도 몰랐는데, 엘리자베스가 가르쳐 주었습니다. 엘리자베스는 내가 아버지가 될 운명을 타고 났기 때문에 나에게 그런 소질이 있다는 것을 알려줄 의무가 있다고 말했습니다. 엘리자베스가 크리스티안을 그리워했던 것은 그녀 자신 때문만은 아니라 키트를 위해서이기도 했습니다.

키트는 자기 아버지가 죽은 것을 알고 있습니다. 아멜리아하고 내가 그렇게 말해 주었습니다. 하지만 엘리자베스에 대해서는 어떻게 말해줘야 하는지 알지 못했습니다. 결국 우리는 엘리자베스가 멀리 보내졌으며 우리는 그녀가 빨리 돌아오기를 바라고 있다고 말해 주었습니다. 키트는 나와 아멜리아를 번갈아 쳐다보았지만 아무것도 묻지 않더군요. 그저 밖으로 나가더니 헛간에 가서 앉아있을 뿐이었습니다. 우리가 과연 잘한 일인지 잘 모르겠습니다.

때때로 나는 엘리자베스가 돌아오기를 고대하다가 지쳐버리곤 합니다. 우리가 들은 바에 의하면, 앰브로스 아이버스 경이 런던의 마지막 공습 때 사망했으며, 엘리자베스가 그의 사유지를 상속받았기 때문에, 앰브로스 경의 변호인들이 엘리자베스의 행방을 찾기 시작했다고 합니다. 그들은 우리들보다 더 나은 방법을 알고 있을 테니, 곧 딜루윈 씨가 그녀로부터 소식을— 혹은 그녀에 관한 소식을— 전해줄 수 있지 않을까 기대하고 있습니다. 엘리자베스가 어디에 있는지 찾아내기만 한다면, 키트에게나 우리 모두에게나 얼마나 좋을까요.

이번 토요일에는 우리 문학회는 현장학습을 갑니다. 건지 레퍼토리극단에서 「줄리어스 시저」를 공연하는데, 존 부커가 안토니 역을, 클로비스 포시가 시저 역을 맡았답니다. 이솔라가 클로비스의 대사를 연습시켜 왔는데, 그녀의 말로는 클로비스의 연기에 우리가 모두 놀랄 거라고 합니다. 특히, 시저 자신이 죽은 후에 노여움에 떨면서 하는 대사 "두고 보자, 이 원한은 꼭 갚을 것이다!"에서 말이죠. 클로비스가 얼마나 무시무시하게 읊어대는지 이솔라가 사흘이나 밤잠을 이루지 못했다고 합니다. 물론 이솔라의 말은 과장이 심하지만, 그저 재미있으라고 그러는 것뿐입니다.

키트가 중얼거리는 소리를 멈췄습니다. 테이블 아래를 살짝 엿보니 이미 잠들어 있습니다. 내가 생각했던 것보다 밤이 깊었군요.

친구 도시가

82 마크가 줄리엣에게 보낸 메모

1946년 4월 30일

달링,

지금 막 돌아왔어— 헨드리가 전화만 했었다면 이번
출장은 가지 않아도 되었을 거야. 하지만 내가 몇 사
람을 혼내 줬더니 화물이 전부 세관을 통과할 수 있게
되었어. 마치 몇 년 동안 멀리 가 있었던 것 같은 기분
이야. 오늘 저녁에 만날 수 있을까? 당신에게 할 말이
있어.

사랑해, M

....

83 줄리엣이 마크에게 보낸 메모

물론이죠. 여기로 오겠어요? 집에 소시지 있어요.

줄리엣

84 마크가 줄리엣에게 보낸 메모

소시지라고?— 맛있기도 하겠네.

수제트에서 8시 어때?

사랑해, *M*

....

85 줄리엣이 마크에게 보낸 메모

'플리즈(제발)'라고 하세요.

J

....

86 마크가 줄리엣에게 보낸 메모

수제트에서 8시에 당신을 보게 되어 '플리즈드(기쁘다)'
라고.

사랑해, *M*

미스터 마컴 레이놀즈 귀하
홉킨 가 63번지
런던, S.W.1

1946년 5월 1일

사랑하는 마크,

나는 거절한 게 아니에요. 당신도 알잖아요. 나는 생각해
보겠다고 말했다고요. 당신은 시드니며 건지 섬을 들먹이면서
호통 치기에 바빴죠, 아마 당신은 인식하지도 못했겠지만. 나
는 단지 시간이 필요하다고 말했을 뿐이에요. 내가 당신을 만
난 건 겨우 두 달이에요. 우리가 앞으로의 인생을 함께 할 수 있
는지 확신을 하기에 두 달은 충분하지 않아요. 당신에게는 충분
했을지라도 말이죠. 나는 이미 잘 알지도 못하는 남자와 결혼할
뻔했던 끔찍한 실수를 저지른 적이 있는데 (아마 당신도 신문에서
읽었겠죠.)— 최소한 그 때에는 전쟁 탓이려니 할 수도 있겠죠.
다시는 그런 바보 같은 짓은 하지 않을 거예요.

생각해 보세요. 나는 아직 당신 집에 가본 적도 없고— 집이 실제로 어디에 있는지조차 모르죠. 뉴욕이라고 알고는 있지만, 뉴욕 어디? 집은 어떻게 생겼는지? 벽은 무슨 색인지? 소파는 무슨 색인지? 책꽂이에 책은 알파벳순으로 정리해 두었나요? (그렇지 않길 바라지만.) 옷장은 깔끔하게 정리되어 있나요, 아니면 엉망인가요? 가끔 콧노래를 흥얼거리나요? 그렇다면 어떤 노래를? 개가 좋은가요, 아니면 고양이? 아니면 물고기? 아침식사로는 대체 뭘 먹죠— 혹시 요리사가 있나요?

이제 알겠어요? 나는 당신과 결혼할 만큼 당신을 잘 아는 게 아니라고요.

그리고 또 한 가지 당신이 관심을 가질 만한 정보를 알려드리죠. 시드니는 당신의 연적이 아니에요. 나는 현재는 물론이고 한 번도 시드니와 연애를 한 적이 없으며, 그건 시드니도 마찬가지예요. 물론 시드니와는 절대 결혼하지도 않을 거예요. 이 정도면 확실하겠죠?

이래도 좀더 다루기 쉬운 여자보다 나하고 결혼하는 편을 택하겠다고 확신하세요?

줄리엣

알렉산더 스트라칸 부인 귀하
피오칸 팜
바이 오반
아가일

1946년 5월 1일

가장 소중한 소피,

네가 여기에 있으면 얼마나 좋을까. 아직도 우리가 그 사랑스럽던 조그마한 원룸에서 함께 살면서 친절한 호크 씨의 서점에서 일을 하고, 매일 밤 치즈와 크래커로 저녁을 때우던 그 시절이라면 얼마나 좋을까. 너한테 할 말이 너무나 많아. 내가 마크 레이놀즈와 결혼을 해야 하는지 아닌지 네 의견을 듣고 싶어.

어젯밤에 그가 청혼을 했어. 무릎은 꿇지 않았지만 비둘기 알만큼이나 큰 다이아몬드를 내밀면서— 로맨틱한 프랑스 음식점에서. 오늘 아침에도 여전히 마크가 나하고 결혼하고 싶어 할지는 잘 모르겠어— 내가 절대적인 확답을 주지 않았기 때문에 완벽하게 화가 났거든. 나는 아직 그를 충분히 알지 못하기 때문에 생각할 시간이 필요하다고 설명했지만, 그는 내 말은 듣지도 않았어. 마크는 내가 그를 거절하는 것이 숨겨둔 사랑 때문이라고— 시드니에 대한 열정 때문이라고 믿고 있었어. 이들 두 사람은 어쩌면 그렇게 서로에 대해서 강박증이 있니.

그나마 그게 마크의 아파트니까 천만다행이었지. 그 남자는 시드니며, 그놈의 망할 섬이며, 바로 앞에 있는 남자들보다 이방인들을 더 챙기는 이상한 여자들(건지 섬에 있는 내 새로운 친구들을 이렇게 표현하더라고.)을 들먹이면서 고함을 질러대기 시작했어. 나는 계속해서 설명하려고 애썼고 그는 계속해서 소리를 질러댔어. 마침내 나는 좌절해서 울기 시작했지. 그러자 마크는 후회하는 것 같았어. 그 모습이 너무나 뜻밖이었고, 사랑스러워 보여서 나는 마음을 바꿔서 '좋아요'라고 할 뻔했어. 그런데 생각해 보니 평생 이 남자의 친절을 받으려면 울어야만 한다는 거잖아. 그래서 다시 마음을 단단히 고쳐먹었어. 우리는 논쟁을 벌이고, 그는 나에게 설교를 퍼붓고, 그러다가 나는 너무 지쳐서 조금 더 울고… 결국 그는 자기 운전수를 불러서 나를 집까지 데려다 주라고 했어. 나를 뒷자리에 태운 다음에 몸을 숙여 키스하면서 이렇게 말하더라고. "줄리엣, 당신은 바보 천치야."

아마 그의 말이 옳겠지. 혹시 우리가 열세 살 때 여름 내내 읽어치우던 그 끔찍하고 끔찍하기 그지없는 하이틴 소설을

기억하니? 내가 특히 좋아했던 것은 「블랙히스의 주인님」이라
는 소설이었어. 아마 스무 번은 읽었을 거야. (너도 그랬지? 안 그
랬다고 하지 마.) 주인공 랜섬이 나약한 여주인공 율러리에게 부
담을 주지 않으려고 애정을 감추던 그 남자다운 태도를 기억하
니? 물론 율러리는 자기가 열두 살 때 말에서 떨어졌던 사건 이
후로 랜섬을 깊이 사랑하고 있었다는 것을 깨닫지 못했을 뿐이
지만. 바로 그게 문제야, 소피— 마크 레이놀즈는 랜섬하고 너
무나 똑같아. 키 크고 잘 생겼고, 만든 것 같은 미소에 조각 같
은 턱. 사람들 사이로 어깨로 밀치고 지나가면서 사람들이 쳐
다보는 시선은 신경 쓰지도 않아. 조급하고 매력적이지. 화장
을 고치러 파우더룸에 가면, 여자들이 마크에 대한 이야기를 하
는 걸 듣게 되지, 마치 미술관에서 율러리가 그랬듯이 말이야.
사람들은 마크를 알아 봐. 물론 그는 그렇게 하려고 애쓰지 않
아— 그냥 사람들 눈에 띄는 거야.

　　나는 랜섬에 대해서 전율을 느끼곤 했어. 가끔씩 마크에
대해서도 그래— 그를 바라볼 때— 하지만 나는 내가 율러리는
아니라는 느낌을 벗어날 수가 없단다. 내가 말에서 떨어져야만
한다면, 마크가 나를 일으켜 준다면 근사할 거야. 하지만 근시
일 내에 내가 말에서 떨어질 일은 없을 것 같아. 건지 섬으로 가
서 독일군 점령기에 대해 책을 쓰고 있을 확률이 훨씬 더 크거
든. 그리고 마크는 그런 생각을 견디지 못해. 그는 내가 런던에
살면서 레스토랑과 극장에 다니고 자기하고 결혼하기를 바라는

거야. 분별 있는 사람처럼 말이지.

내가 어떻게 해야 하는지 말해 줘.

도미닉에게 사랑을 보내며— 너와 알렉산더에게도,

쥴리엣

미스터 시드니 스타크 귀하
몬리글 호텔
브로드메도우즈 가 79번지
멜버른
빅토리아
오스트레일리아

1946년 5월 3일

시드니 오빠,

오빠가 없다고 해서 내가 스티븐스 & 스타크 출판사만큼 타격을 받는 것은 아니지만, 나 역시 오빠가 보고 싶고 조언도 필요해요. 제발 하던 일 당장 멈추고 나한테 편지 좀 보내줘요.

나는 런던을 떠나고 싶어요. 건지 섬으로 가고 싶어요. 오빠도 알다시피 나는 건지 섬의 친구들과 매우 친해지게 되었고, 독일군 점령기와 그 이후 건지 섬의 삶에 마음을 빼앗겼어요. 나는 '채널제도 망명자 협회'에 찾아가서 자료를 읽었어요. 적십자사의 보고서도 읽어봤어요. '토트' 집단 노동자들에 관해서 찾을 수 있는 정보는 모두 읽어봤지만, 아직까지는 정보가 별로 없어요. 나는 건지 섬을 해방시켰던 군인들과 인터뷰를 했고,

건지 섬 해안에서 수천 기의 지뢰를 제거한 영국군 공병대와도 이야기를 해 봤어요. 그리고 섬 주민들의 건강상태, 행복상태, 그리고 식량공급 상태에 관한 '미분류' 정부 보고서도 모두 읽어 봤어요. 하지만 나는 더 많이 알고 싶어요. 그곳에 있었던 사람들의 이야기를 알고 싶은데, 여기 런던의 도서관에서 찾는 자료만으로는 절대로 그런 것을 알 수 없잖아요.

예를 들자면, 어제는 건지 섬의 해방에 관한 기사를 하나 읽었어요. 기자가 섬 주민에게 "독일군 점령 하에서 가장 어려웠던 사건은 무엇이었습니까?"라고 물어봤죠. 기자는 섬 주민의 대답이 우스꽝스럽다고 생각했지만, 나는 그게 무슨 말인지 너무나 잘 알겠더라고요. 섬 주민은 이렇게 대답했거든요. "알다시피 독일군이 통신을 모두 차단했잖아요. 몰래 라디오를 가지고 있다가 발각되면 유럽대륙에 있는 수용소로 끌려가곤 했습니다. 하지만 우리들 중에도 라디오가 있는 사람들은 연합군이 노르망디에 상륙한 것을 다 알고 있었어요. 문제는, 우리는 그런 일을 모르는 것으로 되어 있잖아요! 가장 어려웠던 사건을 대라면, 6월 7일*에 세인트피터포트 주위를 돌아다니면서, 웃지도 못하고 미소 짓지도 못하고, 독일군들에게 '나는 너희들의 종말이 오고 있다는 것을 알고 있다'는 것을 눈치채지 못하게 하는 것이 가장 힘들었던 일이었어요. 그들이 눈치챈다면 누군가 처벌을 면치 못했을 테니 말이죠— 그래서 우리는 모르고 있는 척했습니다. 노르망디 상륙작전이 실행되었다는 것을 모르는 척하는

---

* 노르망디 상륙작전은 6월 6일이었다.

것은 정말 어려운 일이었습니다."

나는 바로 그런 사람들과 얘기를 해 보고 싶고, (물론 그 사람은 이제 기자들을 피하겠지만 말이죠.) 그들이 겪은 전쟁에 대해서 알고 싶은 거예요. 식량에 관한 통계자료보다는 그런 이야기를 알고 싶은 거죠. 내가 어떤 책을 쓸 것인지, 아니면 과연 책이라도 쓸 수 있을지는 아직 잘 모르겠어요. 하지만 나는 세인트피터포트로 가서 직접 알아보고 싶은 거예요.

축복해 줄 거죠?

오빠와 피어스에게 사랑을 보내며, 줄리엣

90 시드니가 줄리엣에게 보낸 전보

1946년 5월 10일

여기에 나의 축복을 보낸다. 건지 섬으로 간다는 것은
너를 위해서나 앞으로 쓸 책을 위해서나 훌륭한 결정이야.
하지만 레이놀즈가 허락할까?

사랑을 보내며, 시드니

91 줄리엣이 시드니에게 보낸 전보

1946년 5월 11일

축복은 접수했음. 마크 레이놀즈는 나에게
이래라 저래라 할 입장 아님.

사랑을 보내며, 줄리엣

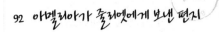

1946년 5월 13일

미스 줄리엣 애쉬튼 귀하
글레브 플레이스 23번지
첼시
런던, S.W.3

사랑하는 줄리엣,

어제 너의 전보를 받고 네가 우리를 방문하러 온다는 것을 알고는 정말 기뻤어.

너의 지시대로 즉시 이 소식을 퍼뜨렸지. 그랬더니 문학회 전체가 흥분의 소용돌이였어. 회원들은 즉시 네가 필요로 할 물건이면 뭐든지 제공하겠다고 나섰어— 잠자리, 먹을 것, 소개하는 것, 그리고 전기 빨래집게에 이르기까지. 네가 온다는 소식에 이솔라는 너무나 들떠 벌써 네 집필을 도와줄 일들을 시작했어. 물론 내가 아직까지는 생각에 지나지 않는다고 경고를 줬음에도 불구하고, 이솔라는 네가 쓸 책에 필요한 자료를 찾아나서기로 결심했단다. 그녀는 시장에서 아는 사람들 전부에게

243

독일군 점령기에 대해 편지를 써서 너에게 보내라고 부탁했지
(아마 협박을 했을 거야). 이솔라는 그런 자료들이 있어야 네가 발
행인에게 이 책이 쓸 만한 가치가 있다고 설득할 수 있을 거라
고 생각해. 그러니 곧 엄청난 편지를 받는다고 해도 놀라지 마.

또 이솔라는 오늘 오후에 은행에 있는 딜루윈 씨에게 가서
엘리자베스의 시골집을 너에게 빌려줄 수 있도록 해 달라고 부
탁했어. 그 집은 빅 하우스 아래쪽에 있는 아름다운 초원에 있
는데, 작기 때문에 혼자서 관리하기도 수월할 거야. 독일군 장
교들이 빅 하우스를 몰수했기 때문에 엘리자베스는 그 작은 집
으로 옮겼지. 그곳에 있으면 편안할 거야. 이솔라는 딜루윈 씨
에게 그냥 임대문서만 작성해 주면 된다고 했다는군. 그 나머
지는 모두 이솔라가 할 거야—방을 환기시키고, 창문을 청소하
고, 러그 먼지를 털고, 거미를 잡는 것 등등.

이 모든 준비에 대해서 부담을 느끼지 않았으면 좋겠어. 어
차피 딜루윈 씨는 임대 가능성을 위해 집의 가치를 평가하려고
계획하고 있었으니 말이야. 앰브로스 경의 변호인들은 엘리자
베스의 행방을 찾는 일에 착수했어. 그런데 엘리자베스가 독일
에 도착했다는 기록은 찾아내지 못했대. 다만 프랑스에서 최종
목적지가 프랑크푸르트라고 되어 있는 기차로 환승했다는 기록
을 찾아낸 모양이야. 그들은 끝까지 조사해서 엘리자베스를 찾
기를 바라고 있어. 그 사이에 딜루윈 씨는 앰브로스 경이 엘리
자베스에게 남겨 준 집을 세놓아 키트의 수입을 마련하려고 해.

나는 때때로 우리에게 키트의 독일 쪽 친지를 찾아야 하는 도덕적 책임이 있는 것은 아닌지 생각해 보지만, 도저히 그렇게는 못 하겠어. 크리스티안은 독일인으로서는 드물게 자신의 조국이 하고 있는 일을 혐오했지만, 독일인이 모두 그랬던 것은 아니잖아. 특히 그 '천년 제국'의 꿈을 신봉했던 사람들은 말이야. 뿐만 아니라, 만일 키트의 친지를 찾아냈다고 해도, 우리가 어떻게 그 낯설고 파괴된 땅으로 키트를 보낼 수가 있겠어? 키트가 알고 있는 가족이라고는 우리뿐인데.

키트가 태어났을 때, 엘리자베스는 아이 아빠가 누구인지 철저하게 비밀로 지켰어. 창피해서가 아니라, 당국에서 그 사실을 알면 아기를 독일로 데려다 그곳에서 키우려고 할까 봐 두려웠기 때문이지. 그런 일들에 대해서 끔찍한 소문이 돌고 있었거든. 만일 엘리자베스가 체포되었을 때, 키트의 아버지가 독일인이라는 사실을 밝혔다면 엘리자베스가 풀려났을는지도 모른다는 생각도 들어. 하지만 엘리자베스가 그렇게 하지 않았으니, 나도 그렇게 할 수는 없어.

골치 아픈 이야기만 털어 놓아서 미안하다. 하지만 이런 고민들이 머릿속을 돌아다니고 있기 때문에 글로라도 옮겨 놓으면 조금 위안이 되거든. 이제부터는 좀더 기분 좋은 주제에 대해— 말하자면 어제 저녁에 열렸던 문학회 모임에 대해 얘기할게.

네가 건지 섬으로 온다는 소식에 대한 환호성이 잦아든 다음에 문학회는 타임스지에 실린 너의 기고문을 읽었어. 모두들 참 좋아했어— 우리 자신에 관한 글을 읽는다는 것 때문만은 아니라, 글을 읽다 보니 우리가 이전에는 생각하지 못했던 새로운 관점을 알게 된 것 때문이었어. 스터빈스 박사는 '주의가 산만하다'는 것을 그토록 고귀한 단어로 변형시킨 사람은 줄리엣뿐이라고 단언했어— 보통은 성격적 결함을 말하잖아. 기사는 정말 기분 좋았고, 우리는 모두 우리가 그 안에 언급되었다는 것에 대해서 기쁘고 자랑스러웠어.

윌 티스비가 줄리엣을 위해서 환영파티를 열겠다고 했어. 감자껍질파이를 만들고 그 위에 코코아 아이싱을 준비하겠다는군. 어젯밤에는 우리 모임을 위해서 깜짝 디저트를 만들었는데— 체리 플람베였어. 다행히 팬에 눌러 붙어 타 버렸기 때문에 우리가 먹을 필요가 없었지. 윌은 요리에서 손을 떼고 다시 철물점 일을 했으면 좋겠어.

우리는 모두 줄리엣을 맞이할 것을 기대하고 있어. 런던을 떠나기 전에 몇 가지 일을 끝내야 한다고 했지. 언제든지 오기만 한다면 기쁠 거야. 도착하는 날짜와 시간만 알려 주면 돼. 우편연락선을 타는 것보다는 비행기로 오는 것이 확실히 빠르고 훨씬 편안하겠지. (클로비스 포시는 이 말을 꼭 전해달라고 했어. 스튜어디스는 승객들에게 진을 주겠지만, 우편연락선에서는 안 준다고.) 하지만 뱃멀미 때문에 죽을 지경만 아니라면, 나 같으면 웨이머스*에서 오후에 떠나는 연락선에 타겠어. 건지 섬에 다다르는 데에는 뱃길로 오는 것이 가장 아름다워― 해가 질 때나, 아니면 바다에 잠겼거나, 검은 폭풍구름이 있거나 혹은 안개 속에서 갑자기 섬이 모습을 드러낼 때에도. 나도 그렇게 배를 타고 오면서 처음 건지 섬을 봤어― 새신부로 올 때 말이야.

사랑을 보내며, 아멜리아

---

* 영국 남쪽 해안에 있는 항구. 채널제도로 가는 선편은 이곳에서 출발했다.

1946년 5월 14일

미스 줄리엣 애쉬튼 귀하
글레브 플레이스 23번지
첼시
런던, S.W.3

사랑하는 줄리엣,

와서 머물 집은 준비가 다 됐어. 그리고 시장에 있는 사람들 몇 명에게 그들의 전쟁 경험에 대해 줄리엣에게 써서 보내라고 했으니, 그럴 거라고 생각해. 그런데 혹시 미스터 테이텀이라는 사람이 편지를 보내서 자기가 이야기를 털어 놓을 테니 돈을 달라고 한다면 한 푼도 주지 마. 그 남자는 덩치 크고 살찐 거짓말쟁이야. 내가 독일군을 처음 봤을 때의 얘기를 들려줄까? 이번만큼은 좀더 생생하게 표현하기 위해서 형용사를 사용해 볼게. 나는 보통 형용사를 사용하지 않아─ 나는 엄연한 사실을 더 좋아하거든.

그 화요일에 건지 섬은 그저 고요하기만 했어. 하지만 우리는 그들이 와 있다는 것을 알고 있었지. 군대를 실어 나르는 비행기와 선박이 그 전날 이미 왔었거든. 거대한 융커기(機) 몇 대가 착륙하고, 그 안에 있던 군인들을 내려놓고 나서 돌아갔어. 사람들을 내려놓았으니 무게도 가벼워진 데다가 갑자기 까불고 싶어졌는지, 비행기들은 초저공비행을 시작했어. 강하하고, 또 강하하며 건지 섬 전체를 빙빙 돌아서 들판에 있던 가축을 겁먹게 했지.

엘리자베스는 우리 집에 있었는데, 우리는 둘 다 모발 촉진제를 만들 기분이 아니었어. 내가 이미 허브를 구해서 넣었지만 말이야. 우리는 그저 한 쌍의 귀신처럼 서성이고 있었어. 그런데 엘리자베스가 기운을 내더니 "가자."라고 말했어. "집안에 앉아서 그들이 올 때까지 기다리고만 있지는 않을 거야. 도심에 나가서 우리의 적을 찾아볼 거야."

"적을 찾은 다음에는 어쩔 건데?"

내가 퉁명스럽게 물었지.

"쳐다볼 거야." 엘리자베스가 말했어. "철창에 갇힌 동물은 우리가 아니라 그들이야. 그들은 우리와 함께 이 섬에 갇혀 있어. 우리가 그들과 함께 이 섬에 갇혀 있는 것과 마찬가지야. 자, 가자. 가서 쳐다보자고."

나는 그 생각이 마음에 들었어. 우리는 모자를 쓰고 밖으로 나갔어. 그런데 세인트피터포트에 도착해 보니 믿을 수 없는 광경이 벌어지고 있었어.

오, 거기에는 독일군이 수백 명은 있었을 거야. 그런데 쇼핑을 하고 있는 거야! 서로 팔짱을 낀 채 파운튼 가를 어슬렁거리고 있었어— 미소 짓고, 웃고, 상점 진열장을 들여다보고, 가게에 들어갔다가 손에 하나 가득 꾸러미를 안고 나오고, 서로 이름을 소리쳐 부르면서. 노스에스플라나드 거리도 군인들로 넘쳐나고 있었어. 몇몇 병사들은 그냥 구경하고 있었고, 어떤 병사들은 우리를 보고는 거수경례를 하면서 예의를 갖추는 척했지. 어떤 군인은 나에게 이렇게 말했어. "당신들의 섬은 아름답군요. 우리는 곧 런던으로 진격해 들어갈 겁니다. 하지만 지금은 태양 아래 휴가를 즐기는 거죠."

또 다른 불쌍한 멍청이는 자기가 브라이튼*에 있다고 착각하고 있었어. 그들은 아이스캔디를 사서 뒤따라오는 아이들에게 주기도 했지. 그들은 웃으면서 즐기고 있었어. 그들이 입고 있었던 군복만 아니라면, 웨이머스에서 관광유람선이 도착했나보다 하고 생각할 정도였어.

우리가 캔디가든을 지나자 모든 것이 달라졌어. 축제가 악몽으로 변한 거야. 우선 귀에 소음이 들렸어— 단단한 돌 위를 힘차게 밟아대는 우렁차고 규칙적인 군화 소리였지. 그러자 곧 직립보행으로 걸어오는 병사들이 길에 모습을 드러낸 거야. 단추, 군화, 그 금속으로 덮어씌운 헬멧에 이르기까지, 군인들은 머리에서 발끝까지 번쩍거렸어. 병사들의 눈은 그 누구도, 그

---

* 영국 잉글랜드 남쪽 해안에 있는 유명한 휴양도시.

어느 것도 바라보지 않고서, 그저 정면만 똑바로 응시하고 있었지. 어깨에 메고 있는 장총보다도, 군화에 꽂고 있는 단검보다도, 그 표정이 더 무서웠어.

우리 뒤에 서 있던 페르 씨가 내 팔을 잡았어. 그는 솜 전투*에 참가했던 분이었어. 얼굴에는 눈물이 흘러내리고 있었지. 그는 자신도 모르는 새에 내 팔을 잡아 비틀면서 이렇게 말했어. "어떻게 저들이 또다시 이런 짓을 할 수가 있어? 우리가 저들을 물리쳤는데, 저들은 또다시 여기에 왔어. 어떻게 우리가 저들에게 또다시 이런 짓을 하도록 했단 말이야?"

마침내 엘리자베스가 말했어. "이제 충분해. 술 한 잔 하고 싶어."

나는 찬장에 좋은 진이 있었지. 그래서 우리는 집으로 왔어.

편지는 여기서 끝이지만, 곧 줄리엣을 볼 수 있다니 정말 기뻐. 우리 모두 줄리엣을 맞으러 부두로 나갈 거야— 그런데 걱정이 생겼어. 연락선에는 승객이 스무 명쯤 있을 텐데, 누가 줄리엣인지 어떻게 알아볼 수 있을까? 책에 있는 사진은 너무나 희미하고 작기 때문에, 혹시 내가 다른 여자한테 뛰어가서 키스하게 되면 어떡해. 베일이 달린 큼직한 붉은색 모자를 쓰고 백합을 안고 오겠어?

당신의 친구, 이솔라

---

* 1차 세계대전에서 독일군과 영국−프랑스 연합군이 맞섰던 격렬한 전투.

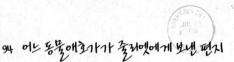 

94 어느 동물애호가가 줄리엣에게 보낸 편지

수요일 저녁

미스 줄리엣 애쉬튼 귀하
글레브 플레이스 23번지
첼시
런던, S.W.3

친애하는 아가씨,

저 역시 '건지 아일랜드 감자껍질파이 클럽' 회원입니다. 하지만 제가 읽은 책에 대해서는 할 얘기가 없어요. 겨우 두 권 읽었거든요— 충성스럽고 용감하고 진실한 개에 관한 동화책 두 권요. 이솔라 말로는 당신이 독일군 점령기에 대해서 책을 쓸 거라고 하던데, 그렇다면 건지 정부가 동물들에게 무슨 짓을 했는지, 그 진실을 알아야 할 겁니다. 기억하세요, 저 더러운 독일 놈들이 아니라, 바로 우리 정부가 그랬단 말입니다. 정부 입장에서는 부끄러워 차마 이런 말을 못하겠지요. 그래서 제가 알려드리는 것입니다.

저는 사람들을 별로 좋아하지 않습니다— 좋아해 본 적

도 없고 앞으로도 그런 일은 절대 없을 겁니다. 이유가 있습니다. 저는 지금까지 개의 반만큼이라도 진실한 사람을 만나본 적이 없습니다. 개에게 잘 대해주면, 개 역시 사람에게 잘 대합니다—사람을 따르고, 언제나 친구가 되고, 절대 질문 같은 건 하지도 않죠. 고양이는 좀 다르지만, 그런 이유로 고양이를 싫어한 적은 없습니다.

독일군이 쳐들어온다고 겁을 먹은 섬 주민들이 그들이 키우던 애완동물에게 무슨 짓을 했는지 아세요? 주민 수천 명이 건지 섬을 떠났습니다. 비행기를 타고 잉글랜드로 가고, 배를 타고 나가고, 그러면서 자기들이 키우던 개와 고양이는 그냥 남겨두었습니다. 동물들이 먹지도 못한 채 거리를 헤매 다니도록 그냥 버린 것입니다— 나쁜 놈들 같으니라고!

저는 할 수 있는 만큼 개를 많이 거둬 들였지만, 그것으로는 충분하지 않았습니다. 그러자 그 문제를 해결하기 위해서 건지 정부가 발 벗고 나섰는데— 결과는 훨씬 더 나쁜 일이 되었습니다. 정부는 신문을 통해서 주민들에게 알렸습니다. 전쟁 때문에 사람에게 식량이 부족할 테니 애완동물에게는 식량이 더 부족해 질 거라고요. "한 가구에 애완동물 한 마리는 키워도 된다."라고 정부가 말했습니다. "하지만 그 이상은 정부에서 수거해서 안락사시킬 것이다. 버려진 개와 고양이가 섬을 돌아다닌다면 어린이들에게도 위험한 일이다."

그리고는 실행에 옮겼습니다. 정부는 트럭에 동물을 싣고 세인트앤드류스 동물보호소로 실어 갔으며, 그곳에서 의사와 간호사가 동물들을 잠들게 했습니다. 그들이 한 트럭 분량의 동물을 죽이자마자 그 다음 트럭이 도착했습니다.

저는 그 절차를 모두 보았습니다— 동물을 수거하는 것부터 보호소에 쏟아놓고 묻어버리는 것까지.

간호사 한 명이 보호소 건물 밖으로 나와 신선한 공기를 들이마시고 다시 내쉬는 것을 보았습니다. 간호사는 죽을 것처럼 속이 뒤집힌 표정이었습니다. 그녀는 담배 한 대를 피우더니 다시 돌아가서 동물 죽이는 일을 거들었습니다. 동물을 모두 죽이는 데에는 이틀이 걸렸습니다.

제가 할 이야기는 이것뿐입니다. 그래도 당신의 책에 꼭 써 주십시오.

어느 동물애호가로부터

1946년 5월 15일

미스 줄리엣 애쉬튼 귀하
글레브 플레이스 23번지
첼시
런던, S.W.3

친애하는 미스 애쉬튼,

미스 프리비가 말하길, 당신이 전쟁에 관한 이야기를 들으러 건지 섬으로 오신다면서요. 그때 가서 만날 수 있기를 바라지만, 그래도 지금 편지를 씁니다. 저는 편지 쓰는 것을 좋아하거든요. 아니, 사실은 글 쓰는 것은 모두 좋아합니다, 정말이에요.

전쟁 중에 제가 개인적으로 어떤 수모를 겪었는지 얘기해 드리려고 합니다. 제가 열두 살 때니까 1943년이었어요. 저는 머리에 옴을 앓고 있었어요.

당시 건지 섬에는 비누가 충분치 않아서 제대로 씻을 수가 없었죠— 빨래도 제대로 못했고, 집도 더러웠고, 몸도 깨끗하

255

지 못했어요. 누구나 한 가지 피부병은 갖고 있었죠. 저는 정수리에 옴이 있었는데, 머리카락으로 감추고 있었지만 옴은 없어지지 않았어요.

마침내 오몬드 의사선생님이 저에게 큰 병원에 가서 머리카락을 밀어내고 피부를 도려내서 고름을 빼내야 한다고 말씀하셨어요. 머리 피부에서 진물이 흘러내리다니, 그게 얼마나 수치스러운 일이었는지 알아 주셨으면 좋겠어요.

그 곳에서 저는 엘리자베스 맥케나를 만나게 되었습니다. 그녀는 제가 있던 병동에서 간호사를 보조하고 있었어요. 간호사들은 언제나 친절한 법이죠. 하지만 미스 맥케나는 친절한 것뿐만 아니라 재미있는 분이었어요. 제가 가장 우울하던 시간에 그녀의 유머감각은 힘이 되었답니다. 머리카락을 모두 깎아낸 다음, 그녀가 세숫대야와 데톨 병과 날카로운 메스를 들고 병실로 들어섰어요.

제가 말했어요. "많이 아프지 않겠죠? 오몬드 선생님 말로는 아프지 않을 거라고 했어요." 저는 울음을 참고 있었어요.

"의사선생님은 거짓말을 한 거야." 미스 맥케나가 말했어요. "이거 '열나게' 아플 거야. 하지만 너희 엄마에게는 내가 '열나게'라는 말을 썼다고 하지 마."

그 말에 저는 킬킬 웃기 시작했어요. 그러는 사이에 제가 두려워할 틈도 없이, 그녀는 제 머리에서 첫 번째 조각을 잘라냈어요. 물론 아팠지만 '열나게' 아픈 건 아니었어요. 그녀가 제

정수리에서 나머지 피부를 절제하는 동안 우리는 게임을 했어요— 칼날 아래서 고통을 당했던 여자들의 이름을 외치는 거예요. "스코틀랜드의 메리 여왕!" "앤 불린!" "마리 앙투아네트!" 그렇게 외치는 사이에 다 끝났어요.

물론 아팠지만 미스 맥케나 덕택에 재미있게 끝낼 수 있었죠.

그녀는 내 머리를 데톨로 문질러 닦아주고, 저녁에 다시 찾아왔어요. 자기가 쓰던 실크스카프를 들고 와서 제 머리에 터번처럼 감아줬어요. "자, 봐." 그러면서 거울을 내밀었어요. 저는 거울을 들여다봤죠— 스카프는 아름다웠지만 얼굴에 비해서 코가 너무 큰 것이 마음에 들지 않았어요. 언제나처럼 말이에요. 저는 제가 과연 예뻐질 수 있을까 궁금해서 미스 맥케나에게 물어봤어요.

엄마에게 그런 걸 물어보면, 엄마는 그런 하찮은 말 따위는 들을 시간 없다면서 아름다움은 중요하지 않다고 말했어요. 하지만 미스 맥케나는 달랐어요. 그녀는 주의 깊게 저를 바라보더니 이렇게 말했죠. "시간이 조금만 더 지나면, 샐리, 너는 절세미인이 될 거야. 중요한 건 윤곽인데, 솔직히 말해서 너는 윤곽을 갖췄잖아. 그 우아하게 생긴 코하며, 너는 제2의 네페르티티*가 될 거야. 이제부터는 어떻게 하면 오만하게 보일까 연습하는 게 좋을걸."

---

* 네페르티티Nefertiti : 전설적인 미모를 지녔던 고대 이집트의 왕비.

나중에 모저리 부인이 병원에 왔기에 네페르티티가 누구냐고, 그리고 혹시 죽은 사람이냐고 물어봤어요. 그런 것 같았거든요. 모저리 부인이 설명하길, 그녀는 죽긴 했지만 불멸의 존재래요. 나중에 모저리 부인이 네페르티티 그림을 한 장 구해서 보여주셨어요. 저는 오만하게 보이는 것이 정확히 어떤 것을 말하는지 잘 몰랐기 때문에 네페르티티처럼 보이려고 연습했어요. 아직까지도 제 코가 마음에 들지는 않지만 언젠가는 그렇게 될 거라고 믿고 있어요— 미스 맥케나가 그렇게 말했으니까요.

독일군 점령에 관한 또 하나 슬픈 이야기는 레티 아주머니 사연이에요. 아주머니는 라 폰트넬 가까이에 크고 오래 된 집을 가지고 있었어요. 독일군은 그 집이 대포의 사격 방향에 있기 때문에 훈련에 방해된다면서 그 집을 폭파해 버렸대요. 레티 아주머니는 지금 우리와 함께 살고 있어요.

샐리 앤 프로비셔 올림

96 마이커 다니엘스가 줄리엣에게 보낸 편지

1946년 5월 15일

미스 줄리엣 애쉬튼 귀하
글레브 플레이스 23번지
첼시
런던, S.W.3

친애하는 미스 애쉬튼,

이솔라가 당신의 주소를 알려주면서 편지를 보내라고 했습니다. 제가 가지고 있는 '목록'을 당신이 좋아할 거라면서요.

만일 오늘 누군가 저를 파리로 데리고 가서 고급 프랑스 식당에 자리를 마련해 준대도— 흰색 레이스 식탁보가 깔려 있고, 벽에는 촛불이 빛나고, 접시 위에는 은으로 만든 뚜껑이 덮여 있는 그런 레스토랑 말입니다— '베가' 박스에 비하면 아무것도 아닐 것입니다.

당신이 베가가 무엇인지 모를까봐 설명하자면, 그것은 1944년 12월 27일 건지 섬에 처음 도착했던 적십자사 구호선의 이름입니다. 배에는 우리에게 줄 식량이 실려 있었으며, 이

259

후로도 다섯 번이나 더 왔습니다. 그 식량 덕택에 우리는 전쟁이 끝날 때까지 살 수 있었습니다.

그래요, 저는 그렇게 믿고 있습니다— 그 구호품 덕택에 우리가 버틸 수 있었다고! 이미 몇 년째 식량이 부족한 상황이었습니다. 암시장을 제외한다면, 이 섬에는 한 숟가락의 설탕도 남아 있지 않았습니다. 1944년 12월 초순이 되자 빵을 만들 밀가루도 모두 떨어졌습니다. 이제는 독일군들도 우리만큼이나 굶주리게 되었습니다— 배는 부풀어 올랐지만 몸은 차갑기만 했죠.

저는 삶은 감자와 순무에 죽도록 신물이 나 있었기 때문에, 베가 호가 항구로 들어오지 않았다면 곧 죽어버렸을 겁니다.

그 때까지 처칠 수상은 적십자사 구호선이 우리 섬으로 식량을 가져다주는 걸 허락하지 않았습니다. 독일군이 구호품을 빼앗아 그들끼리 먹어치울 거라고 생각했던 겁니다. 그 말은 어쩌면 현명한 계획처럼 들릴 수도 있겠죠— 악당들을 굶겨 죽이자! 하지만 처칠 수상은 독일군이 굶으면 우리도 함께 굶는다는 것을 헤아리지 못했던 것 같습니다.

그러다가 그의 마음에 어떤 변화가 생겼는지 마침내 우리 주민들이 먹을 수도 있다는 결론을 내렸습니다. 그래서 12월에 그는 적십자사에 "좋습니다. 가서 그들에게 식량을 주세요."라고 허락했던 겁니다.

미스 애쉬튼, 건지 섬에 있는 모든 남자, 여자, 아이 할 것 없이 1인당 두 상자씩 나누어 줄 식량이 베가 호 짐칸에 쌓여 있었습니다. 식량 외에 다른 것도 있었습니다― 못, 종자, 양초, 식용유, 성냥, 옷가지, 신발 등. 갓난아기용 이불도 몇 채 있었습니다.

밀가루와 담배도 있었지요. 모세는 '만나'만 있으면 된다고 했다죠. 하지만 모세도 구호품상자를 봤더라면 얘기가 달라졌을 겁니다. 제가 받았던 상자에 들어있던 것을 모두 알려드리려고 합니다. 그 목록을 작성해서 비망록에 붙여 놓았거든요.

초콜릿 6온스	비스킷 20온스
차 4온스	버터 20온스
설탕 6온스	스팸 30온스
우유통조림 2온스	건포도 8온스
마멀레이드 15온스	연어 10온스
정어리 5온스	치즈 4온스
자두 6온스	후추 1온스
소금 1온스	비누 하나

저는 자두는 남에게 주었습니다. 하지만 이 목록, 정말 대단하지 않나요? 저는 죽을 때 가진 돈을 모두 적십자사에 기부하려고 합니다. 이미 적십자사에 그렇게 써서 편지를 보냈습니다.

그 외에도 얘기할 것이 하나 더 있습니다. 이건 독일군에 관한 이야기지만, 명예로운 행동은 명예롭다고 인정해야 합니다. 독일군들은 베가 호에서 그 모든 구호품 상자를 내렸습니다. 그러면서도 자기들은 하나도, 한 상자도, 가져가지 않았습니다. 물론 그들의 사령관이 명령했죠. "구호품은 섬 주민을 위한 것이다. 조금이라도 훔치는 자가 있으면 총살하겠다." 그런다음 사령관은 구호품을 나르는 병사들에게 작은 찻숟가락을 하나씩 주었습니다. 짐을 나르는 동안 밀가루나 곡물이 떨어지면 그걸 떠먹으라는 거였습니다.

사실, 그들은 비참한 몰골이었습니다— 독일군 병사들 말입니다. 채소밭에서 훔쳐 먹고, 집에 찾아와서 음식 부스러기 좀 달라고 구걸하곤 했습니다. 하루는 병사 한 명이 고양이를 움켜잡아 벽에 부딪쳐 죽이더니 머리를 잘라내고 고양이 몸통을 재킷 안에 숨기는 것을 보았습니다. 저는 그의 뒤를 밟았습니다. 그 독일군 병사는 들판으로 나가더니 고양이 가죽을 벗기고 야전 냄비에 넣어 끓이고는 후닥닥 먹어치워 버렸습니다.

그것은 진실로, 진실로 비참한 광경이었습니다. 저는 속이 메슥거렸지만, 마음속 깊은 곳에서는 이런 생각이 들었습니다.

"저기 히틀러의 독일제국이 가고 있다— 외식 중이군." 그러고 나서 저는 죽을 것처럼 웃음을 터뜨렸습니다. 지금 생각하면 부끄러운 일이었지만, 당시에는 그렇게 되더군요.

할 말은 다 했습니다. 책 집필 잘 되시길 기원합니다.

당신의 진실한 벗, 마이커 다니엘스

97 존 부커가 줄리엣에게 보낸 편지

1946년 5월 16일

미스 줄리엣 애쉬튼 귀하
글레브 플레이스 23번지
첼시
런던, S.W.3

친애하는 미스 애쉬튼,

당신이 책에 쓸 자료를 수집하기 위해 건지 섬으로 온다는
소식을 아멜리아를 통해 들었습니다. 진심으로 환영합니다. 하
지만 전쟁 중에 제가 겪었던 일에 대해서 직접 얘기하지는 못
할 것 같습니다. 그 얘기를 하다보면 몸서리가 쳐지거든요. 그
래서 이렇게 편지로 쓰려고 합니다. 그러면 이런 이야기를 큰
소리로 털어놓을 필요가 없을 테니까요. 여하튼 건지 섬에 관한
이야기는 아닙니다— 저는 여기에 있지 않았습니다. 독일에 있
는 노이엔가메(Neuengamme) 집단 수용소에 있었습니다.

제가 3년 동안 토비어스 경인 것처럼 속이고 살았다는 것
은 알고 있지요? 피터 젠킨스의 딸인 리사는 독일 병사들과 만

나곤 했습니다. 그것도 아무나 말입니다. 스타킹이나 립스틱을 주기만 한다면 그녀는 어떤 독일군과도 데이트를 했습니다. 그러다가 윌리 구르츠 상사를 만나게 되었지요. 아주 비열한 놈이었습니다. 그 둘은 역겹다는 점에서 잘 어울렸습니다. 독일군 사령부에 저를 일러바친 것도 리사였습니다.

1944년 3월 어느 날, 리사는 미용실에서 머리를 하고 있었는데, 그곳에서 전쟁 이전의 '태틀러' 잡지를 보게 되었습니다. 그 잡지 124페이지에 토비어스 펜-피어스 경 부부의 칼라 사진이 실려 있었습니다. 서섹스에서 열렸던 어느 성대한 결혼식장에서 찍은 것으로 샴페인을 마시며 굴을 먹고 있는 모습이었습니다. 사진 밑에는 토비어스 부인의 드레스, 다이아몬드 목걸이, 구두 등은 어디에서 산 것인지, 그리고 토비어스 경은 돈이 얼마나 많은지에 대한 설명이 있었습니다. 그들은 건지 섬에 라 포트라는 소유지를 가지고 있었지요.

이제 모든 것은 명확해졌습니다. 리사 같은 돌머리조차 제가 토비어스 펜-피어스 경이 아니라는 것을 알아차렸죠. 그녀는 미용사가 머리 손질을 끝내기도 전에 일어서서 윌리 구르츠에게 달려가 사진을 보여주었고, 그는 곧바로 사령부로 달려갔습니다.

지금까지 그들이 경례를 하고 예의를 갖추었던 것이 한갓 하인에 지나지 않았다는 것을 알게 되자 독일군은 속았다는 생각이 들었겠죠. 그래서 저에게 한층 무거운 처벌을 하려고 노이엔가메 수용소로 보낸 것입니다.

저는 제가 1주일도 버티지 못할 거라고 생각했습니다. 저에게 주어진 일은 공습이 진행되는 중에 불발탄을 치우는 것이었습니다. 그러니까 쏟아져 내리는 폭탄을 뚫고 달려가든지 아니면 달려가지 않고 감시원에게 총을 맞아 죽든지, 둘 중 선택해야 했던 것입니다. 저는 쥐처럼 허겁지겁 뛰어다니다가 머리 위로 폭탄이 날아가는 소리가 들리면 황급히 몸을 숨겼기 때문에 끝까지 살아남을 수 있었습니다. 물론 '살아남았다'는 것은 제가 스스로에게 한 말입니다— 그래, 너 아직 살아 있군. 우리 모두 아침에 눈을 뜨면 그렇게 말했을 겁니다— 그래, 아직 살아 있군. 하지만 따지고 보면 우리는 모두 살아있는 게 아니었습니다. 그럼 우리는 무엇이었을까요. 죽은 것은 아니지만 그렇다고 살아있는 것도 아니었죠. 살아있는 인간이라는 느낌이 드는 것은 잠자리에 누웠을 때의 단 몇 분뿐이었습니다. 그럴 때면 저는 행복한 것, 제가 하고 싶은 것에 대해서 생각하곤 했습니다. 하지만 사랑했던 것들에 대해서는 생각하지 않았습니다. 기분이 한층 더 비참해지니까요. 그저 작은 것들, 학교 피크닉이나 자전거를 타고 언덕을 내려가는 것— 그런 생각 정도만 겨우 견딜 수 있었습니다.

1년 동안 그곳에 있었는데도, 30년처럼 느껴지는군요. 1945년 4월이 되자, 노이엔가메 수용소 지휘관은 그 때까지 일할 만큼 체력이 남아있던 사람들을 추려내더니 우리를 벨젠*으로 보냈습니다. 우리는 지붕도 없는 큰 트럭을 타고 며칠 동안 달렸습니다. 음식도, 물도, 담요도 없었지만, 걷지 않는다는 것 하나만으로도 고마울 뿐이었습니다. 거리에 있는 물웅덩이는 모두 핏빛이었습니다.

벨젠이 무엇을 의미하며 그곳에서 어떤 일이 있었는지 당신도 알고 있으리라 생각합니다. 우리가 트럭에서 내리자 삽이 지급되었습니다. 시체를 묻기 위한 구덩이를 파라는 거였습니다. 현장에 이르기 위해서는 수용소 안을 통과해야 했는데, 저는 미쳐버릴 것만 같았습니다. 마주치는 사람들마다 모두 죽어 있었습니다. 살아있는 사람들조차 시체 같았는데, 그들은 쓰러진 자리에서 그대로 죽어갔습니다. 저는 독일군이 왜 구태여 시체를 묻으려는 것인지 알지 못했습니다. 나중에 알고 보니, 이미 동쪽에서는 러시아군이 진격하고 있었고, 서쪽에서는 연합군이 몰려오고 있었는데— 그들이 와서 이 광경을 보게 될까봐 겁을 내고 있었던 겁니다.

화장터가 있었지만, 그 많은 시체를 처리하기에는 역부족이었습니다. 우리는 길다란 구덩이를 파고, 시체를 끌어다 그곳에 넣었습니다. 그런데, 정말 믿기 어려운 일이지만, SS는 수용소 음악대를 시켜서, 우리가 시체를 끌어오는 동안 음악을

---

*벨젠Belsen : 나치스가 전쟁포로와 유대인을 수용하기 위하여 설치한 수용소로, 이곳에서 37,000명에 이르는 수용자들이 죽어갔다. 그 중에는 「안네의 일기」를 쓴 안네 프랑크도 있다.

연주하도록 했습니다— 그런 일을 하다니, 그들이 지옥에서 폴카와 나팔 소리를 들으며 불에 타기를 바랍니다. 구덩이가 차자, SS는 시체 위에 석유를 뿌리고 불을 질렀습니다. 불이 꺼진다음에 우리는 그 위에 흙을 덮어야 했습니다— 마치 그런 일을 감출 수 있다는 듯 말입니다.

바로 다음 날 영국군이 진입했습니다. 얼마나 반가워했는지요. 저는 아직 힘이 남아 있었기 때문에 걸어 나가서 탱크가담장을 부수는 것을 보았고 탱크 옆에 영국 국기가 그려져 있는것을 보았습니다. 저는 근처 담벼락에 기대 앉아있는 남자를 보면서 "우리는 살았어! 저건 영국군이야!"라고 소리쳤습니다. 그리고 다시 그를 봤는데 이미 죽어있었습니다. 겨우 몇 분 차이로 죽은 것입니다. 저는 진흙탕에 주저앉아 마치 그 남자가 단짝 친구인 양 흐느껴 울었습니다.

탱크에서 나오는 영국군을 보니 그들도 모두 울고 있었습니다— 장교들도 울고 있었습니다. 그들은 우리에게 음식과 담요를 주고 병원에 데려다 주었습니다. 고맙게도, 한 달 후 그들은 벨젠 자체를 완전히 불태워 버렸습니다.

신문을 보니 그곳에 지금 전쟁난민 수용소가 세워지고 있다더군요. 아무리 좋은 목적이지만, 그곳에 다시 막사가 들어선다는 건 생각만 해도 몸서리가 쳐집니다. 그 땅은 영원히 빈터로 남겨둬야 합니다.

이제 이런 이야기는 그만 하겠습니다. 이쯤이면 제가 왜 그런 이야기를 말로 하기 싫어했는지 이해가 되었겠죠. 세네카가 말했듯이, "작은 슬픔은 말이 많지만 크나큰 슬픔은 말이 없는 법"입니다.

당신의 책에 도움이 될 만한 얘기를 하나 하겠습니다. 제가 아직 토비어스 경으로 불리던 시절의 이야기입니다. 때때로 엘리자베스와 저는 곳 위에서 폭격기가 날아가는 것을 보곤 했습니다— 수백 대의 폭격기가 런던 쪽으로 날아가곤 했습니다. 그걸 바라보면서, 그들이 어디를 목표로 하고 있으며, 그것이 무엇을 의미하는지 생각하는 것은 끔찍한 일이었습니다. 독일 라디오에서는 런던이 완전히 제압되었으며, 파편과 재만 남아 있다고 방송했습니다. 우리는 그 말을 곧이곧대로 믿지는 않았습니다. 독일의 선전은 그런 식이었으니까요. 그래도 끔찍했습니다.

어느 날 밤, 우리는 세인트피터포트를 가로질러 걷다가 맥레런 하우스 앞을 지나가게 되었습니다. 오래되고 훌륭한 저택이었는데 독일군 장교들이 접수해서 사용하고 있었습니다. 열려 있는 창문을 통해 라디오에서 아름다운 음악이 흘러나오고 있었습니다. 우리는 멈춰 서서 음악을 들으며 그것이 베를린 방송이라고 생각했습니다. 그런데, 음악이 끝나자 빅벤 종소리가 들리며 영국인의 목소리가 이렇게 말하고 있었습니다. "여기는 BBC— 런던입니다." 빅벤 종소리는 모를 리 없죠! 런던은 아직 무사했던 겁니다! 여전히 그대로. 엘리자베스와 저는 서로 끌어안고, 거리에서 왈츠를 추기 시작했습니다. 그 순간은, 제가 노이엔가메에 있을 때에는 감히 떠올릴 수도 없었던 추억 중 하나였습니다.

존 부커 드림

1946년 5월 16일

미스 줄리엣 애쉬튼 귀하
글레브 플레이스 23번지
첼시
런던, S.W.3

친애하는 줄리엣,

이제 당신을 맞을 준비는 모두 끝났어요. 기다리는 것밖에 안 남았어요. 이솔라는 엘리자베스 집의 커튼을 세탁해서 다림 질했고, 혹시 박쥐가 있나 굴뚝도 살폈고, 창문도 닦았고, 침대 시트도 잘 정리해 놓았고, 방마다 환기도 모두 끝냈어요.

일라이는 당신에게 줄 선물을 만들었고, 에벤은 당신이 사용할 장작을 꽉 채워 놨으며, 클로비스는 앞뜰의 잔디를 깎았어요—당신이 좋아할 것 같아 들꽃은 남겨두었다고 하더군요. 아멜리아는 당신이 도착하는 날 저녁 파티를 하려고 준비하고 있어요.

내가 하는 일은 당신이 도착하는 날까지 이솔라가 살아 있

271

도록 지키는 것뿐이죠. 이솔라는 높은 곳에 올라가면 어지럼증을 느끼는데, 그럼에도 불구하고 엘리자베스네 집 지붕에 올라가서 낡고 건들거리는 기왓장 위를 밟고 다니려고 했어요. 다행히, 그녀가 처마 홈통에 도달하기 전에 키트가 이 광경을 보고 나에게 와서 이솔라에게 내려오라고 말하라고 했죠.

내가 당신의 환영을 위해 더 할 수 있는 게 있으면 좋겠어요— 곧 오시겠지요? 당신이 오게 돼 기쁩니다.

친구 도시가

미스터 도시 애덤스 귀하
레 불레랑스
라 부베
세인트마틴 교구, 건지

1946년 5월 19일

친애하는 도시,

내일만 지나면 그곳으로 출발합니다! 아무리 공짜 진을 마실 수 있다고 유혹해도, 비행기는 너무 겁이 나는군요. 그래서 저녁에 우편연락선으로 가려고 해요. 이솔라에게 말 좀 전해 주겠어요? 나는 베일이 달린 모자도 없고, 백합꽃을 들고 탈 수도 없다고— 알레르기가 있어서 재채기를 하거든요. 하지만 붉은색 울 망토가 있으니 그걸 두르고 있겠다고.

도시, 나를 더 환영하기 위해서 당신이 해야 할 일은 없어요. 지금까지 한 것만으로도 충분해요. 정말 이게 사실일까요? 마침내 내가 당신들 모두를 만나러 간단 말이죠!

친구 줄리엣

273

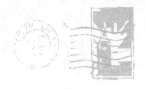

1946년 5월 20일

미스 줄리엣 애쉬튼 귀하
글레브 플레이스 23번지
첼시
런던, S.W.3

사랑하는 줄리엣,

당신이 시간을 달라고 하기에, 나는 시간을 줬소. 당신이 결혼에 대해서 언급하지 말라고 하기에, 나는 언급하지 않았소. 그런데 이번에는 그 말도 안 되는 섬으로 간다고? 왜? 1주일 동안? 한 달 동안? 영원히? 내가 그저 앉아서 지켜보고만 있을 것 같소?

바보 같은 소리 집어치워요, 줄리엣. 어느 정신 나간 놈이 들어도 당신이 도망치려 한다는 건 알아차릴 거요. 하지만 도저히 이유를 모르겠소. 우리 이렇게 함께 있는데— 당신은 나를 행복하게 하고, 절대로 나를 지루하게 만들지 않고, 당신은 내가 관심을 가진 일에 관심을 보이고, 나도 당신이 관심 가진 일에 관심이 있잖소? 이런 말을 하는 게 나만의 착각이 아니기를. 우리는 같은 부류요, 줄리엣. 내가 당신에게 무엇이 최선인지 말하면 당신은 싫어하지만, 이번에는 꼭 말을 해야겠어.

바라건대 제발 그 구질구질한 섬 얘기는 잊어버리고 나와 결혼해 줘. 꼭 거기에 가고 싶다면 신혼여행으로 가면 되잖소.

사랑을 담아, 마크

미스터 마컴 레이놀즈 귀하
홉킨 가 63번지
런던, S.W.1

1946년 5월 20일

사랑하는 마크,

아마 당신 말이 맞을 거예요. 하지만 그렇다고 해도 나는 내일 건지 섬으로 갈 거예요. 당신이 나를 못 가게 할 수는 없어요. 당신이 원하는 대답을 주지 못해서 미안해요. 나도 그럴 수 있으면 좋으련만.

사랑을 담아, 줄리엣

추신. 장미 고마워요.

102 마크가 줄리엣에게 보낸 메모

오, 제발 가지 마. 어쨌든 웨이머스까지 태워다 줄까?

마크

....

103 줄리엣이 마크에게 보낸 메모

가는 길에 나에게 훈계하지 않겠다고 약속한다면.

줄리엣

....

104 마크가 줄리엣에게 보낸 메모

훈계는 안 하겠어. 하지만 다른 방법을 동원하겠지.

마크

105 줄리엣이 마크에게 보낸 메모

그래봤자 나는 겁먹지 않아요. 차 안에서 어떤 일을 할
수 있겠어요?

줄리엣

....

106 마크가 줄리엣에게 보낸 메모

어떤 일을 할 수 있는지 알면 놀라게 될걸. 그럼 내일
봅시다.

M

제2부

건지 섬에서

The Guernsey
Literary and
Potato Peel Pie
Society

미스터 시드니 스타크 귀하
폰리글 호텔
브로드베토우즈 가 79번지
멜버른
빅토리아
오스트레일리아

1946년 5월 22일

시드니 오빠,

할 말이 너무나 많아요. 이곳 건지 섬에 온 지 겨우 스무 시간이 지났을 뿐인데, 매 시간이 새로운 얼굴과 새로운 생각으로 가득 차서 그 모든 것에 대해서 쓰고 싶을 정도예요. 섬에서 사는 것이 집필에 얼마나 도움이 되는지 알아요? 빅토르 위고*를 보세요. 나도 만일 얼마 동안이라도 여기에 살게 된다면 위고만큼 다작을 할 수 있을 거예요.

웨이머스에서 이곳으로 오는 항해는 끔찍했어요. 파도 때문에 우편연락선은 구슬프게 삐걱대면서 금세라도 산산조각이

---

* 빅토르 위고Victor-Marie Hugo(1802-1885) : 프랑스의 대문호. 정치적 이유로 망명 길에 올라 채널제도에서 19년 동안 살면서 많은 작품을 남겼다.

날 것 같았죠. 얼마나 괴로웠는지 차라리 배가 난파되는 게 낫겠다는 생각을 할 지경이었지만 죽기 전에 건지 섬을 봐야 한다는 생각에 꾹 참았어요. 하지만 멀리 건지 섬이 시야에 들어오기 시작하자, 이런 생각을 완전히 접었어요. 왜냐하면 구름 사이로 비치는 햇빛 아래 건지 섬의 해안가 바위들이 은빛으로 빛나고 있었거든요.

우편연락선이 덜컹대며 항구에 접근하자, 해안 언덕 위에 세인트피터포트가 모습을 드러냈는데, 언덕 정상에 교회가 우뚝 솟아 있는 것이 마치 케이크 장식 같았어요. 심장이 뛰기 시작했죠. 내가 흥분하는 것이 새로운 풍광을 본 감동 때문이라고 스스로 달래려고 했지만, 사실은 그게 아니라는 걸 잘 알고 있었어요. 새로이 알게 된 사람들, 거의 사랑하게 된 그 사람들이 모두 기다리고 있는 거예요— 바로 나를. 그리고 나는, 내 존재를 숨겨줄 지면(紙面)조차 없이 있는 그대로 드러나 있고요. 오빠, 지난 이삼 년 동안, 나는 실제의 삶보다는 글을 쓰는 것에 더 훌륭한 소질을 발휘했고, 내가 쓴 글에 오빠가 어떤 작업을 더할 것인지 생각하면서 살았어요. 인쇄된 글로만 본다면 나는 완벽하게 매력적이지만, 그건 트릭에 지나지 않았죠. 우편연락선이 부두에 진입하는 동안 나는 그런 생각을 하고 있었는데, 그러자 배에서 내리기 전에 붉은색 외투를 벗어버리고 다른 사람인 것처럼 행동할까 하는 비겁한 충동조차 들었어요.

부두에 가까워지자, 기다리고 있는 사람들의 얼굴을 볼 수 있었고, 이제는 돌아갈 수 없다는 걸 알게 되었죠. 편지를 주고받은 대로 그들을 알아볼 수 있었어요. 마법사 같은 모자를 쓰고 자주색 숄에 번쩍이는 브로치를 달고 있는 사람은 이솔라. 그녀는 엉뚱한 방향을 보면서 확실하게 미소 짓고 있었는데, 그 모습을 보자마자 나는 그녀가 좋아졌어요. 이솔라 옆에는 주름살이 있는 남자가 서 있었고, 그 곁에는 소년이 이곳저곳을 둘러보고 있었는데, 바로 에벤과 손자 일라이예요. 일라이를 향해서 손을 흔들자 소년은 환한 미소로 대답하면서 할아버지 에벤을 쿡 찔렀어요— 나는 갑자기 쑥스러워져 부두 트랩을 내려가는 사람들 틈에서 어쩔 줄 모르고 서 있었지요.

이솔라가 제일 먼저 왔어요. 바다가재를 실은 나무상자를 뛰어 넘어 달려오더니 나를 꽉 움켜 안은 채로 들어서 빙빙 돌렸어요. 나를 들어 올린 채로 이솔라는 이렇게 소리쳤죠. "아, 줄리엣 왔구나!"

정말 사랑스럽지 않아요? 그러자 모든 긴장이 사라졌어요. 다른 사람들은 이솔라보다는 좀더 조용한 태도로 다가왔어요. 물론 따뜻한 환영은 마찬가지였지만. 에벤이 와서 미소 지으며 악수했어요. 예전에는 분명 건장한 남자였을 테지만 이제는 너무 여윈 것 같았어요. 한편으로는 근엄해 보이면서도 한편으로는 친밀해 보이는데, 어떻게 그렇게 보일 수 있는 걸까요? 나는 그에게 좋은 인상을 주고 싶다는 생각이 들었어요.

일라이는 어깨 위에 키트를 태우고 함께 다가왔어요. 키트는 다리는 통통했지만 표정은 단호했어요. 곱슬곱슬한 머리카락은 짙은 색이고 큼직한 눈은 회색이에요. 나에게는 관심조차 보이지 않았어요. 일라이의 옷에는 나무 조각들이 붙어 있었어요. 주머니에 내게 줄 선물이 있었거든요. 휘어진 수염이 달린 작은 쥐 모양의 목각인데, 호두나무로 만든 거였어요. 답례로 나는 일라이의 뺨에 뽀뽀를 했는데, 옆에서는 키트가 악의를 품은 시선으로 나를 쳐다보지 않겠어요? 키트는 네 살짜리치고는 뭔가 접근할 수 없는 분위기를 가지고 있어요.

그 다음에 도시가 손을 내밀었어요. 나는 이 남자가 찰스 램 같을 거라고 생각해 왔는데, 정말 그랬어요, 약간은 말이죠. 찰스 램처럼 한결같은 시선을 가지고 있더라고요. 그는 부커의 선물이라며 카네이션 꽃다발을 주었어요. 부커는 리허설 중에 뇌진탕을 일으켜서 이주일째 병원에서 안정을 취하고 있다더군요. 도시는 거무스름하고 강인해 보이면서도 조용하면서 방심하지 않는 표정인데, 물론 미소 지으면 전혀 다른 사람이 되죠. 그의 미소는 오빠의 여동생[소피]을 빼고는 내가 지금까지 봐 왔던 것 중에서 가장 매혹적이에요. 아멜리아가 이전에 보낸 편지를 보면 도시는 남을 설득하는 데 천부적인 소질을 가지고 있다는 말이 있는데, 이제 보니 그 말이 무슨 뜻인지 알겠어요. 하지만 이 남자도 에벤처럼— 그리고 여기 있는 모든 사람들처럼— 너무 수척해요. 체격을 보면 예전에는 좀더 건장했던 것 같아요. 머리는 희어지기 시작하고 깊은 눈동자는 갈색인데 너무 깊어서 거의 검은색으로 보이죠. 눈가에 주름이 잡혀 있어서 언제든 미소를 지을 것 같고요. 하지만 마흔을 넘기지는 않은 것 같아요. 키는 나보다 약간 크고, 살짝 다리를 절고 있지만, 힘은 센 것 같아요— 나중에 보니 내 짐과 나, 아멜리아, 키트 모두를 그의 수레에 가뿐하게 싣더라고요.

도시는 나와 악수를 했고 (악수하면서 그가 무슨 말을 했는지 안했는지 기억이 없어요.) 그런 다음에 아멜리아를 위해서 옆으로 물러섰어요. 아멜리아는 스물일 때보다 예순이 되었을 때 더 아름다운 여성이에요. (나도 그런 말을 들을 수 있다면 얼마나 좋을까!) 자그마한 몸집에 갸름한 얼굴, 아름다운 미소에 회색 머리를 왕관 모양으로 말아 올린 아멜리아는 내 손을 꽉 잡더니 이렇게 말했어요. "줄리엣, 마침내 이곳에 와 줘 정말 기뻐. 이제 짐을 챙겨 집으로 가자." 얼마나 근사한 말인지. 마치 여기가 진짜 내 고향인 것처럼 들리는 말이었어요.

우리가 그렇게 부두에 서 있는 동안 어디선가 빛이 번쩍이면서 처음에는 내 눈을 비추더니 그 다음에는 선창을 비췄어요. 이솔라가 코웃음을 치더니 아델레이드 애디슨이 자기 집 창문에서 망원경으로 이쪽을 보면서 무슨 일이 있는지 살피는 거라더군. 이솔라가 빛이 오는 쪽을 향해서 열심히 손을 흔들자 번쩍이던 빛이 사라지더군요.

우리가 웃음을 터트리는 사이, 도시는 내 짐을 지키고, 키트가 부두에서 떨어지지 않도록 돌보는, 실용적인 일들을 하고 있었어요. 아, 이게 바로 도시가 하는 일이구나, 하고 깨닫기 시작했죠. 사람들도 도시는 그런 일을 맡아서 할 거라고 믿고 있어요.

아멜리아, 키트, 도시, 나, 이렇게 네 명은 도시의 수레에 타고, 나머지는 걸어서 아멜리아네 농장으로 갔어요. 세인트피터포트에서부터 시골길을 따라 갔기 때문에 그리 멀지는 않았고요. 처음에는 구릉진 초원이 펼쳐지더니 갑자기 해안 바위벽이 가로막았는데, 둘러보니 온통 물기를 머금은 바다 냄새였어요. 수레를 타고 가는 동안 해가 지고 물안개가 피어올랐죠. 오빠, 안개가 끼면 소리가 얼마나 확대되는지 알아요? 정말 그렇더라고요. 새들이 우짖는 소리 하나하나가 모두 중요하고 상징적으로 들렸어요. 아멜리아의 장원저택에 도착할 때쯤 해안절벽 쪽에서는 구름이 피어올랐고, 들판은 회색으로 변하고 있었는데, 나는 토트 노동자들이 건설했다는 시멘트 벙커를 본 것 같았어요.

키트는 내 옆에 앉아서 여러 번 곁눈질을 했지만 내가 키트에게 무작정 말을 걸 정도로 멍청하지는 않아요. 그냥 엄지손가락이 없는 것처럼 보이는 속임수를 해 보였죠─ 엄지손가락이 잘려나간 것처럼 보이는 트릭 말이에요.

내가 아이를 바라보지 않은 채 계속해서 그런 장난을 하니까, 키트는 새끼 매처럼 눈을 뜨고 나를 지켜보았어요. 아이는 열심히 바라보면서 마음을 뺏겼지만, 그래도 함부로 웃음을 터뜨릴 정도로 순진하지는 않더군요. 마침내 아이가 이렇게 말했어요. "그걸 어떻게 하는지 보여줘."

저녁 먹을 때, 키트는 내가 시금치를 건네려고 하자 마치 경찰관이 하듯 똑바로 팔을 뻗어서 거절했어요. "싫어." 나는 아이의 명령을 거부하고 싶지 않아졌어요. 키트는 의자를 당겨 도시 옆에 바싹 붙더니 도시의 팔에 자기 팔꿈치를 단단히 고정시키고 음식을 먹기 시작했어요. 그렇게 하면 도시가 닭요리를 자르는 게 어려웠겠지만, 도시는 별로 불편해하는 것 같지 않았죠. 식사가 끝나자마자 키트는 도시의 무릎 위로 올라갔는데, 그게 키트의 권리인가 봐요. 도시 역시 우리 대화를 경청하는 것 같았지만, 독일군 점령기에 얼마나 식량이 귀했는지 얘기하는 동안, 도시가 냅킨을 토끼 모양으로 접어서 키트에게 내미는 걸 봤어요. 여기 섬 주민들이 밀가루가 없는 바람에 새 모이를 갈아서 가루로 만들어 먹었다는 거 알아요?

나는 모르는 사이에 테스트를 받은 것 같아요. 키트가 자기를 침대에 눕혀 달라고 나에게 부탁했거든요. 아이는 나에게 족제비에 대해서 물어봤어요. 자기는 족제비를 좋아하는데, 나는 어떠냐고요. 나보고 쥐하고 입 맞출 수 있냐고도 물었죠. 나는 "절대 못해."라고 대답했는데 아이의 마음에 들었던 모양이에요— 나는 겁쟁이일 뿐 위선자는 아니잖아요. 내가 키트에게 이야기를 하나 들려주자, 아이는 그 보답으로 뺨의 손톱 만한 부분을 내밀면서 뽀뽀하라고 허락했어요.

정말 편지가 길어졌죠? 하지만 이건 첫 스무 시간 중 네 시간에 불과해요. 나머지 열여섯 시간에 대한 이야기를 듣고 싶다면 좀더 기다려 보세요.

사랑을 담아, 줄리엣

알렉산더 스트라칸 부인 귀하
피오칸 팜
바이 오반
아가일

1946년 5월 24일

사랑하는 소피,

그래, 나는 이곳으로 왔어. 마크는 나를 붙잡기 위해서 최선을 다했지만, 나는 마지막까지 저항했어. 내 성격 중에서 고집스러운 점이 가장 매력 없다고 생각해 왔지만, 지난주에는 정말 제대로 발휘됐지.

하지만 배가 출발하기 시작했을 때, 못마땅한 표정을 한 채 부두에 서 있는 마크의 키 큰 모습을 보았을 때, 그리고 무슨 이유인지는 모르겠지만 이 남자가 나와 결혼하고 싶어 한다는 걸 떠올렸을 때, 어쩌면 마크의 주장이 옳을지도 모르겠다는 생각이 들었어. 난 철저하게나 바보인지도 몰라. 이미 세 명의 여자들이 마크에게 목을 매고 있다는 걸 알고 있어— 순식간에 누군가 마크를 채 가겠지. 그리고 나는 낡고 더러운 방에서 우울한 말년을 보내게 되겠지. 이가 하나씩 빠지는 것을 보면서. 오, 그 모습 참 생생하네. 아무도 내 책을 사지 않을 거고, 내가 너덜너덜하고 읽기 어려운 원고를 들고 시드니를 졸라대면, 시드니는 출판해 줄 것처럼 말하겠지. 내가 불쌍할 테니까. 몸을 부들부들 떨고 중얼중얼 혼잣말하면서 거리를 헤매고 다니겠지. 망태기에 담긴 애처로운 순무를 들고, 신발에는 신문지를 쑤셔 넣고서 말이야. 너는 그래도 크리스마스 때 나에게 애정이 담긴 카드를 보내줄 테고 (그럴 거지?) 나는 아무나 붙들고 내가 한 때는 출판재벌 마컴 레이놀즈와 약혼할 뻔했다고 자랑하겠지. 그러면 그들은 고개를 설레설레 저으며 이렇게 생각할 거야. 저 늙고 불쌍한 여자는 가망 없이 미쳤구나, 하고.

오 맙소사. 이러다간 정신이상 되겠네.

건지 섬은 아름답고 새로운 친구들이 따뜻하게 환영해주기 때문에 내가 여기에 온 게 올바른 일이라는 데에는 추호의 의심도 없었어— 바로 조금 전 내 이에 대해서 생각하기 전까지는. 이제 이 생각은 그만 해야겠어. 이제부터 집 밖으로 나가서 들꽃이 피어있는 들판을 지나 해안 절벽이 있는 곳까지 힘껏 뛰어갈 거야. 누워서 하늘을 보고— 오후 이때쯤이면 하늘은 진줏빛으로 빛나고 있어— 따스한 풀잎 향기를 들이마신 다음에, 마컴 레이놀즈는 처음부터 없었던 척해야지.

이제 막 들어왔어. 아까 편지 쓰다 말고 나간 지 몇 시간이

흘렀네— 석양 때문에 구름 가장자리가 금빛으로 빛나고 있고
바다는 해안 절벽 아래 부딪치며 신음소리를 내고 있어. 마컴
레이놀즈? 그게 누구야?

언제나 사랑을 보내며, 줄리엣

미스터 시드니 스타크 귀하
몬리글 호텔
브로드메도우즈 가 79번지
멜버른
빅토리아
오스트레일리아

1946년 5월 27일

시드니 오빠,

엘리자베스가 살던 이 시골집은 신분이 고귀한 손님이 머물기에 딱 어울리도록 간결하게 지어져 있어요. 공간이 상당히 넓거든요. 아래층에는 큼지막한 거실과 목욕탕과 식품저장고, 그리고 거대한 부엌이 있고, 위층에는 침실 세 개와 욕조가 있는 목욕탕이 있어요. 무엇보다도 좋은 건 어디에나 창문이 있어서 바닷바람이 모든 방 안으로 들어온다는 거예요.

나는 거실에서 가장 큰 창문 앞에 책상을 놓았어요. 이렇게 배열해 놓은 것의 유일한 단점은 언제든지 밖으로 나가서 해안절벽 끝까지 걷고 싶다는 유혹을 끊임없이 받아야 한다는 점이죠. 이곳 바다와 구름은 5분 이상 같은 자리에 있는 적이 없어서,

나는 집안에 있다가 뭔가를 놓치게 될까 봐 두려운 거예요. 오늘 아침에 일어났을 때는 바다가 햇빛을 받은 동전처럼 반짝이고 있었는데, 지금은 레몬색 장막에 덮인 것 같아요. 작가들이 일을 해치우려면 멀리 내륙으로 들어가든지 아니면 지저분한 도시 옆에 사는 게 낫겠네요. 아니면 나보다 마음을 독하게 먹든가.

오빠가 이곳에 있는 엘리자베스의 소유품을 본다면 그녀에게 반할 텐데요. 독일군이 앰브로스 경의 집을 접수하러 왔을 때, 그들은 엘리자베스에게 여섯 시간 안에 집을 비우라고 했대요. 이솔라의 말에 의하면, 엘리자베스가 이 집으로 가져온 것은 냄비와 프라이팬 몇 개, 수저와 평범한 그릇 몇 개(은식기, 크리스털, 자기그릇, 그리고 와인은 모두 독일군이 가져가 버렸어요.), 미술도구, 오래된 축음기, 레코드 몇 장, 나머지는 전부 책이었대요. 정말 책이 많아요, 오빠. 너무 많아서 아직 제대로 보지도 못했어요. 거실 책장을 가득 채우고도 남아서 부엌 서랍장에도 꽂혀 있어요. 책 더미를 소파 옆에 쌓아서 테이블로 사용하기도 했더라고요― 괜찮은 생각이죠?

집안 구석구석마다 엘리자베스에 대해서 말해주는 물건들이 있어요. 그런데 오빠, 엘리자베스도 나처럼 사물에 주의를 집중하는 사람이었나 봐요. 선반마다 조개껍질, 새의 깃털, 바다풀 말린 것, 조약돌, 달걀껍질, 박쥐 해골 같은 물건들이 놓여 있거든요. 사람들이 아무 생각 없이 지나치거나 밟아버릴 수도 있는데, 엘리자베스는 그걸 아름답다고 생각해서 집으로 가지고 온 거예요. 어쩌면 수집품들을 보면서 정물화를 그렸는지도 모르죠. 엘리자베스가 그린 스케치북이 어딘가 있을 텐데. 찾아내야 할 것들이 너무나 많아요. 물론 일이 먼저지만, 그래도 매일매일 크리스마스 이브처럼 기대에 가득 차 있어요.

엘리자베스는 앰브로스 경이 그린 초상화도 이곳으로 가져다 놓았어요. 바로 엘리자베스의 초상화인데, 그림 속의 엘리자베스는 여덟 살쯤 된 것 같아요. 그네에 앉아 있는데 금세라도 튀어나갈 것 같지만 앰브로스 경이 그림을 그리는 동안 그렇게 가만히 있었던 거죠. 눈썹 모양으로 봐서 어린 엘리자베스는 그렇게 하고 있는 것이 마음에 들지 않았던 것 같군요. 눈빛이 키트하고 꼭 닮은 걸 보니, 강렬한 눈빛은 유전되는 모양이에요.

내가 있는 집은 대문 바로 안쪽에 있어요. (막대를 세 개 가로지른 정직한 농촌 대문이죠.) 집 주위의 풀밭에는 들꽃들이 피어 있는데, 해안 절벽 근처에 이르면 들꽃 대신 야생초와 덤불이 자라고 있어요.

엘리자베스가 앰브로스 경의 부탁으로 폐쇄하러 왔던 집은 더 좋은 이름이 생길 때까지는 그냥 '빅하우스'라고 부르고 있어요. 정말 훌륭한 집이에요. L-자 구조로 된, 아름다운 청회색 돌로 지은 2층 집이죠. 석판암으로 된 지붕에는 창문이 있고, L자로 꺾어진 부분부터 끝까지 테라스가 뻗어 있어요. 꺾어진 부분 꼭대기에는 바다를 향해 창문이 난 작은 탑이 있어요.

거대한 고목들은 대부분 땔감으로 쓰이기 위해 잘려나갔지만, 딜루윈 씨가 에벤과 일라이에게 새로 밤나무와 떡갈나무를 심어달라고 요청했대요. 딜루윈 씨는 벽돌담 재건이 완성되면, 그 옆으로 복숭아나무로 된 시렁 울타리를 만들 생각인가 봐요.

이 저택에는 넓고 높은 창문이 아름답게 균형을 이루고 있는데, 창문은 모두 돌로 만든 테라스로 통하게 되어 있어요. 잔디는 다시 푸르고 무성하게 자라서 독일군의 차와 트럭이 남겨 놓은 바퀴자국을 덮고 있어요.

지난 닷새 동안 에벤, 일라이, 도시, 이솔라가 한 명씩 번갈아 나를 데리고 이 섬의 열 개 교구를 모두 보여줬어요. 건지 섬은 정말 아름답고 다양한 곳이에요. 들판도 있고, 숲도 있고, 산울타리도 있고, 작은 골짜기도 있고, 장원도 있고, 지석묘도 있고, 황폐한 절벽도 있고, 마녀들의 비밀장소도 있고, 튜더 풍의 헛간, 노르망디 풍의 돌집도 있죠. 어디에 가더라도 건지 섬의 불법적인 역사에 대한 이야기를 들을 수 있었어요.

건지 섬 해적은 탁월한 취향을 가졌던 모양이에요— 아름다운 가옥과 감동적인 공공건물을 지어 놓았으니 말이죠. 슬프게도 이런 건물들은 황폐화되어 수리가 필요하지만 조형미는 그래도 살아 있으니까. 도시가 나를 데리고 가서 작은 성당을 보여주었는데, 그 축소형 성당은 전체가 깨진 도자기 조각 모자이크로 만들어졌대요. 어느 성직자 혼자서 이걸 전부 만들었다는데, 그는 심방을 할 때에도 쇠망치를 들고 있었을 거예요.

건지 섬의 풍경이 다양한 만큼, 나에게 섬을 소개해 준 안내인들도 다양하죠. 이솔라는 저주받은 해적 금고에 대해서 얘기해주었는데, 백골로 봉인된 그 금고는 파도에 실려서 해안으로 왔다는군요. 그리고 할레트 씨가 자신의 외양간에 과연 무엇을 숨겨놓았는가에 대해서도 얘기해주었어요. (물론 할레트 씨는 송아지를 키우고 있다고 말하지만, 우리는 내막을 알고 있죠.) 에벤은 건지 섬 이곳저곳이 전쟁 이전에는 어떤 모습이었는지 설명해주고, 일라이는 갑자기 사라지더니 얼굴에 천사의 미소를 띤 채 복숭아주스를 들고 돌아왔어요. 도시는 가장 말은 없지만 작은 성당처럼 감탄할 만한 곳을 보여주곤 하죠. 그런 곳에 데려간 다음, 도시는 뒤로 물러서서 내 맘대로 그 광경을 즐기도록 해요. 내가 지금까지 만났던 사람 중에서 가장 느긋한 사람이에요. 어제 길을 따라 걷는 중에 내가 절벽 가까이에서 길이 꺾여서 아래쪽 해안으로 오솔길이 나 있는 것을 발견했거든요. 그래서 "여기가 당신이 크리스티안 헬만을 만났다는 곳인가요?"라고 물었어요. 도시는 놀란 것 같더니 그래요, 여기가 바로 그 장소예요, 라고 했어요. "헬만은 어떻게 생긴 사람이었어요?" 그 광경을 머릿속에 그려보고 싶어서 물어봤지만, 대답은 크게 기대하지 않았어요. 남자들은 다른 남자에 대해 잘 묘사하지 못하잖아요. 그런데 도시는 설명하는 법을 알고 있었어요. "당신이 독일인에 대해서 상상하는 것처럼 생겼어요— 키가 크고, 금발에 푸른 눈이었죠. 다만 다른 독일인과 달리 그는 고통이 무언지 아는 사람이었어요."

아멜리아와 키트와 나, 이렇게 셋은 몇 번 시내에 가서 차를 마셨어요. 일찍이 씨씨가 세인트피터포트로 입항하면서 환희를 표현했는데, 그 말이 맞았어요. 항구에서부터 하늘에 이를 만큼 높은 곳까지 시내가 펼쳐지는데, 정말 세상에서 가장 아름다운 곳 중 하나일 거예요. 하이스트리스와 폴렛 가(街)에 있는 상점 쇼윈도는 깨끗하게 반짝이고 있고 점점 새로운 상품으로 진열대가 채워지고 있어요. 물론 현재 세인트피터포트는 기본적으로 칙칙하지만 그래도 런던처럼 피곤해 죽겠다는 분위기를 풍기지는 않아요. 그건 아마도 모든 사물 위로 흘러넘치는 밝은 햇빛과, 맑고 깨끗한 공기와, 어디에나 피어 있는 꽃 때문일 거예요. 들판에도, 도로변에도, 후미진 곳에도, 포석(鋪石) 틈새에도 꽃이 피어 있어요.

이 세상을 제대로 보려면 키트와 눈높이를 맞춰야 할 거예요. 키트는 내가 못 보고 지나칠 뻔했던 것들을 가리키곤 해요— 나비, 거미, 대지에 붙은 채 작게 피어난 꽃 등등. 후크샤나 부겐빌리아처럼 화려한 꽃에 집중하다 보면 이런 미미한 생명은 놓치게 되거든요. 어제는 대문 옆 덤불 안에 키트와 도시가 마치 도둑처럼 조용히 웅크리고 있는 것을 봤어요. 물론 도둑질을 하는 건 아니었죠. 찌르레기 한 마리가 땅 속에 있는 벌레 한 마리를 끌어내는 것을 지켜보고 있었던 거예요. 벌레는 꽤 맹렬하게 저항했고, 우리 셋은 그곳에서 숨죽인 채 앉아 찌르레기가 벌레를 삼키는 걸 봤어요. 그런 과정을 지켜 본 건 처음이었어요. 속이 메스꺼웠죠.

우리가 함께 시내에 갈 때 키트는 가끔씩 상자 하나를 들고 가곤 해요. 튼튼한 마분지로 만든 상자인데, 단단하게 끈으로 묶여 있고 빨간색 뜨개실로 만든 손잡이가 달려 있어요. 차를 마실 때 보면 키트는 그 상자를 무릎에 올려놓고 아주 소중하게 지키고 있어요. 상자에 공기구멍이 없는 걸로 봐서 그 안에 족제비가 있을 리는 없지만… 아니면, 오 맙소사, 혹시 죽은 족제비가 들어있는 건 아닐까. 그 안에 뭐가 있는지 알고 싶지만, 물어볼 수는 없어요.

정말 이곳이 마음에 들어요. 이제는 자리도 잡았으니 당장 일을 시작해야겠죠. 오후에 에벤과 일라이가 고기잡이하는 데 따라갔다가, 오자마자 일을 시작할게요.

오빠와 피어스에게 사랑을 보내며, 줄리엣

110 줄리엣이 시드니에게 보낸 편지

미스터 시드니 스타크 귀하
몬티글 호텔
브로드메도우즈 가 79번지
멜버른
빅토리아
오스트레일리아

1946년 5월 30일

시드니 오빠,

예전에 '완벽한 기억술을 위한 시드니 스타크 특별수업' 열다섯 시간 동안 나를 붙잡아 놓고 가르쳤던 일 기억해요? 그 때 오빠는 이렇게 말했죠, 대화를 하는 도중에 메모를 하는 작가는 무례하고 게으르고 능력이 없는 거라고. 그러면서 내가 절대로 오빠의 명예를 더럽히지 않도록 하겠다고 했죠. 당시 오빠는 견딜 수 없을 정도로 거만했고 나는 오빠를 싫어했어요. 하지만 나는 가르침을 잘 따랐죠. 이제 그 집중수업의 성과를 보여줄게요.

어젯밤에 드디어 처음으로 '건지 아일랜드 감자껍질파이 클럽'의 모임에 참석했어요. 클로비스와 낸시 포시 부부네 집

거실에서 열렸는데, 부엌까지 사람이 찼어요. 어제 모임의 발표자는 조나스 스키터라는 새 회원이었는데, 「마르쿠스 아우렐리우스의 명상록」에 대해 발표하기로 돼 있었어요.

스키터 씨는 앞으로 나가 눈을 부릅뜨고 우리를 바라보더니 폭탄선언을 시작하는 거였어요. 자기는 이 자리에 오는 것을 원하지 않았으며, 마르쿠스 아우렐리우스의 바보 같은 책을 읽은 것은 오로지 자신의 가장 오랜 친구이며 가장 절친한 친구였지만 이제는 더 이상 친구가 아닌 우드로 커터가 그 책 때문에 자신에게 모욕을 주었기 때문이라는 말이었어요. 사람들은 모두 우드로를 쳐다봤고, 우드로는 그곳에 앉아서 입을 벌린 채 충격을 감추지 못하고 있었죠.

조나스 스키터는 계속해서 말했어요.

"내가 밭에서 퇴비를 만드느라 바쁘게 일하고 있는데 우드로가 왔습니다. 그는 이 하찮은 책을 손에 들고 있었는데 이제 막 책을 다 읽었다고 했습니다. 그러면서 나에게도 그 책을 읽어보라고 했습니다. 그 책이 무척 심오하다고.

나는 이렇게 말했습니다. '우드로, 나에게는 심오할 시간이 없다네.'

그러자 그는 이렇게 말했습니다. '조나스, 시간이 없다면 만들어야 해. 자네가 이걸 읽는다면 우리는 크레이지 아이다에서 좀더 훌륭한 주제에 대해서 대화할 수 있어. 맥주 한 잔을 앞에 놓고도 더 재미있게 보낼 수 있는 거야.'

그 말이 내 감정을 상하게 했습니다. 어릴 적부터 친구였던 우드로가 언제부터인가 자기가 나보다 우위에 있다고 생각하기 시작한 거죠— 순전히 자기는 당신들과 함께 책을 읽고, 나는 책을 읽지 않는다는 이유 때문에 말입니다. 예전에는 그런 일은 그냥 넘겼습니다— 사람마다 자기가 좋아하는 게 있는 법이야, 어머니가 그렇게 말씀하셨거든요. 하지만 이제 그는 도가 지나칩니다. 나에게 모욕을 주었습니다. 대화에서 자신이 우위라고 생각했던 겁니다.

우드로가 말했습니다. '마르쿠스는 로마시대 황제였어. 또, 강력한 전사이기도 했지. 이 책은 그가 쿼디족*(族) 틈에 있을 때 무슨 생각을 했는지 쓴 책이야. 쿼디족은 로마인을 모두 죽이기 위해서 숲속에 숨어 있던 야만인 부족이었어. 그리고 마르쿠스는 이런 쿼디족에게 시달림을 당하면서도 그 사이에 이런 책을 쓴 거야. 마르쿠스는 사고가 매우, 매우 깊었던 사람이었어, 조나스. 우리가 그 생각의 일부를 사용할 수도 있잖아.'

그래서 나는 상처를 숨기고 그 망할 놈의 책을 받았습니다. 오늘밤 여기에 온 것은 모든 사람들 앞에서 말을 하기 위해서입니다. 창피한 일이야, 우드로! 감히 어린 시절 친구보다 책을 더 우위에 놓다니, 부끄러운 줄 알아!

하지만 나는 그 책을 읽었는데, 내 생각은 이렇습니다. 마르쿠스 아우렐리우스는 노파 같더구먼요. 영원히 마음속의 체

---

* 고대 게르만족의 일파.

온을 재고 있으며, 자신이 한 일과 하지 않은 일에 대해서 영원히 의문을 갖는 노파 말이에요. 자신이 한 일이 옳은 일일까, 아니면 옳지 않은 짓일까? 이 세상이 모두 잘못된 것일까? 아니면 그 자신이 잘못된 것일까? 아니야, 다른 사람들이 잘못된 거야, 라고 생각하고는 모든 일을 그 방향으로 돌립니다. 그는 알을 품은 암탉처럼 소심한 겁쟁이라서, 자신이 설교가 될 수 없다는 생각은 조금도 하지 않았습니다. 내 생각에 그 사람은 오줌도 누지 못했을 것…"

말이 여기에 이르자 누군가 소리쳤어요.

"오줌이라고! 어떻게 숙녀 앞에서 오줌이라는 말을 쓸 수 있어!"

"사과하도록 해야 돼!"

다른 사람이 소리쳤죠.

"사과할 필요는 없어. 자기가 생각한 대로 말했을 뿐이고, 그건 저 사람의 생각일 뿐이니까. 마음에 들거나 들지 않거나 말이야."

"우드로, 어떻게 친구에게 그런 상처를 줄 수 있어?"

"창피한 일이야, 우드로."

우드로가 일어서자 방안은 갑자기 조용해졌어요. 두 사람은 거실 중앙에서 만났어요. 조나스가 우드로에게 손을 내밀자 우드로는 조나스의 등을 툭툭 두드렸어요. 그런 다음 두 사람은 나란히 팔짱을 끼고 나가서 '크레이지 아이다'를 향해서 갔답니다. '크레이지 아이다'는 여자 이름이 아니라 술집 이름이겠죠?

애정을 보내며, 줄리엣

추신. 문학회 회원 중에서 어젯밤의 모임이 우스웠다고 생각하는 사람은 도시뿐이었어요. 예의바르기 때문에 입 밖으로 웃음을 내지는 않았지만 어깨가 흔들리는 걸 봤거든요. 다른 회원들은 만족스러운 모임이었지만 절대로 색다른 사건이었다고 생각하지는 않는 것 같았어요.

또다시 애정을 보내며, 줄리엣

111 줄리엣이 시드니에게 보낸 편지

미스터 시드니 스타크 귀하
폰리글 호텔
브로드메도우즈 가 79번지
멜버른
빅토리아
오스트레일리아

1946년 5월 31일

시드니 오빠,

동봉한 편지 읽어봐요. 오늘 아침에 현관문 아래 놓여 있었어요.

───────────────●───────────────

친애하는 미스 애쉬튼,

미스 프리비는 당신이 최근 우리 섬이 겪었던 독일군 점령에 대해서 알고자 한다고 말해 주었습니다. 저도 편지를 보냅니다.

저는 변변치 않은 남자입니다. 어머니는 제가 잘하는 게 하나도 없다고 하지만, 사실 저에게도 잘하는 게 있었습니다. 어머니에게 말하지 않았을 뿐입니다. 저는 휘파람 챔피언입니다. 휘파람 대회에 나가서 상을 탔습니다. 저는 독일군 점령기에 제가 가진 천부적인 소질을 사용하여 적을 무력화시켰습니다.

어머니가 잠들고 나면 저는 살그머니 집 밖으로 나가곤 했습니다. 저는 소리 없이 길을 따라서 소마레즈 가(街)에 있는 독일군 매음굴(이런 표현을 사용해서 죄송합니다.)로 갔습니다. 어둠 속에 숨어서 병사 한 명이 밀회를 끝내고 나올 때가지 기다렸습니다. 숙녀분들께서 이 사실을 알고 있는지는 잘 모르겠지만, 남자들은 그런 일을 마친 다음이면 신체 컨디션이 떨어지는 법입니다. 독일 병사는 걸어서 부대로 돌아가면서 종종 휘파람을 불곤 했습니다. 저도 천천히 따라 걸으면서 똑같은 휘파람을 불곤 했죠. (물론 제가 훨씬 잘 불었습니다만.) 병사가 휘파람을 멈춰도 저는 멈추지 않았습니다. 그러면 병사는 잠시 서서 생각합니다. '내가 휘파람의 메아리라고 생각했던 소리가 사실은 나를 뒤따라오는 사람의 휘파람이었단 말인가. 그러면 누구?' 병사는 뒤를 돌아보지만 나는 옆으로 숨어버립니다. 병사는 아무도 보지 못하죠. 그는 다시 걷기 시작하지만 이번에는 휘파람을 불지 않습니다. 저도 다시 뒤따라 걸으면서 휘파람을 붑니다. 그가 멈추면 저도 멈춥니다. 병사는 황급히 걸어가지만 저는 계속 휘파람을 불면서 발소리를 크게 내며 따라갑니다. 그러면 병사는 부대로 뛰어 들어가고, 저는 다시 매음굴 있는 곳으로 돌아가 다른 독일 병사가 나올 때까지 기다리곤 했습니다. 이런 식으로 저는 많은 독일군이 다음날 임무를 제대로 수행하기 어렵도록 만들었다고 생각합니다. 무슨 말인지 아시겠어요?

이제, 괜찮으시다면, 그 매음굴에 대해서 좀더 얘기해 보겠습니다. 저는 그곳의 젊은 여자들이 자기들이 원해서 거기에 있었던 건 아니라고 생각합니다. 그 여자들은 유럽대륙의 군 점령지역으로부터 이곳으로 파견되었습니다. 토트 노예군단처럼 말이죠. 그곳에서 일하는 것이 좋은 일은 아니었을 겁니다. 독일 군인들은 놀랍게도 독일 당국에 이 여자들에게 식량을 더 많이 줄 것을 요구했습니다. 섬에서 중노동을 하는 노동자들과 같은 양을 주라는 것이었죠. 뿐만 아니라, 저는 이 여자들 중 몇 명이 가끔씩 밤에 식량을 구하러 수용소 밖으로 나온 토트 노동자들과 식량을 나누어 먹는 것을 보았습니다.

저의 이모는 저지 섬에 삽니다. 이제 전쟁이 끝났으니 우리 섬으로 올 수 있지요— 그게 더 유감입니다. 그런 종류의 여자들이 그렇듯이, 이모는 불쾌한 이야기를 전해주었습니다.

D-데이가 지나자 독일군은 매음굴의 여자들을 프랑스로 되돌려 보내기로 결정하고는 모두 배에 태워 세인트말로로 향했습니다. 그런데 그쪽의 바다는 매우 제멋대로이고 소란스럽고 흉측합니다. 배가 바위에 충돌해 타고 있던 사람들은 모두 익사했답니다. 그 불쌍한 여자들도 죽었대요. 그녀들의 금발은

(이모는 그들을 표백한 음탕녀라고 불렀습니다.) 바닷물에 퍼져서 파도에 실려 바위에 부딪치곤 했답니다. "당해도 싸, 그 창녀들은."라며 이모가 말했습니다— 그리고 어머니와 이모는 한바탕 웃었지요.

참을 수가 없었습니다. 저는 의자에서 벌떡 일어나서 티 테이블을 그들 쪽으로 넘어뜨렸습니다. 그러고는 그들에게 더럽고 늙은 박쥐라고 말했습니다.

이모는 다시는 우리 집에 발을 들여놓지 않겠다고 말하고, 어머니는 그 날 이후로 저에게 말을 하지 않고 있습니다. 오히려 이러는 편이 훨씬 평화롭습니다.

헨리 A. 투상 드림

1946년 6월 6일

미스터 시드니 스타크 귀하
스티븐스 & 스타크 출판사
세인트제임스 플레이스 21번지
런던, S.W.1

시드니 오빠,

어젯밤 런던에서 전화를 건 사람이 오빠라니 믿을 수가 없었어요! 비행기를 타고 런던으로 돌아온다는 얘기를 나한테 하지 않은 것은 정말 잘한 일이에요. 내가 얼마나 비행기를 무서워하는지 알잖아요— 더 이상 폭탄을 투하하지 않음에도 말이죠. 이제는 오대양을 건너 멀리 있는 것이 아니라 그저 해협만 건너면 오빠가 있다니 근사한 일이에요. 가능하면 빨리 이곳으로 와서 만나요.

이솔라는 기대 이상이에요. 일곱 명의 사람을 데리고 와서 독일군 점령에 대해 이야기를 들려줬어요— 이제 인터뷰 메모 뭉치는 늘어가고 있어요. 현재로서는 그냥 기록일 뿐이에요. 아직까지는 이걸로 책을 쓰는 게 가능할지, 가능하다면 어떤 형태의 책으로 써야 할지 모르겠어요.

키트는 여기에서 오전 시간을 보내는 데 익숙해졌어요. 돌멩이와 조개껍질을 가지고 와서는, 내가 일하는 동안 바닥에 앉아 조용히— 비교적 조용히— 그걸 가지고 놀아요. 내 일이 끝나면 같이 해변에 가서 피크닉 점심을 먹어요. 안개가 많이 낀 날에는 집 안에서 놀아요. '미용실 놀이'를 하거나— 머리에서 딱딱 소리가 날 때까지 서로의 머리를 빗겨주는 거죠— '죽은 신부' 놀이를 해요. '죽은 신부'는 '뱀과 사다리'처럼 복잡한 놀이가 아니에요. 정말 단순해요. 신부는 레이스 커튼으로 베일을 쓴 채 세탁물 바구니 안에 들어가 죽은 척하고 있는 동안, 고뇌에 찬 신랑이 신부를 찾아 다녀요. 마침내 신랑은 빨래바구니 안에 죽은 듯 있는 신부를 찾아내고는 큰 소리로 통곡하죠. 그러면 신부가 벌떡 일어나 "놀랐지?"라고 소리치며 신랑을 끌어안는 거예요. 그러면 한바탕 환희와 웃음과 키스로 난리법석을 떨죠. 개인적으로는 그런 결혼은 가능성이 없다고 생각하지만 말이죠.

나는 아이들은 모두 섬뜩한 부분이 있다는 걸 알고 있지만 내가 그걸 장려해야 하는지 아닌지 잘 모르겠어요. 소피에게 '죽은 신부'가 네 살짜리 아이에게는 너무 무서운 놀이가 아닌지 물어보기가 겁나요. 만일 소피가 그렇다고 한다면 놀이를 그만두어야 할 테지만, 나는 '죽은 신부'가 아주 마음에 들거든요.

이렇게 아이와 함께 지내다 보니 질문이 너무 많이 생겨요. 예를 들어, 아이가 사팔뜨기 연습을 많이 하면 영원히 사팔뜨기로 굳어지는 걸까요— 아니면 그저 떠도는 말뿐일까요? 우리 엄마는 그렇다고 했고, 나도 엄마 말을 믿었지만, 나보다 좀더 단호한 성격을 가진 키트는 그 말을 믿지 않아요.

우리 부모님이 어떤 방법으로 아이를 키웠는지 기억하려고 열심히 노력해 보지만, 내가 바로 양육을 받는 대상이었기 때문에 제대로 판단하지 못하겠어요. 식탁 맞은편에 있던 모리스 부인에게 콩을 뱉었기 때문에 맞았던 적이 있는데, 그게 내가 기억하는 전부예요. 아마도 모리스 부인은 그런 대접을 받을 만한 일을 했겠죠. 문학회 회원들의 손으로 번갈아가며 키웠음에도 불구하고 키트는 악영향을 받지 않은 것 같아요. 그렇게 자랐어도 겁이 있다거나 내성적인 성격은 보이지 않거든요. 어제 아멜리아에게 이 점에 대해서 물어봤어요. 그랬더니 아멜리아는 미소를 지으면서 엘리자베스의 자식이라면 겁이 있거나 내성적일 리가 없다고 말하는 거였어요. 아멜리아는 자기 아들이언과 엘리자베스가 아이였을 때의 일화를 들려줬어요. 이언은 잉글랜드에 있는 학교에 가기로 돼 있었지만 전혀 가고 싶은 마음이 들지 않아 집에서 도망가기로 했대요. 그는 제인과 엘리자베스에게 의견을 물어봤는데, 엘리자베스가 이언에게 자기 보트를 사서 그걸 타고 탈출하라고 했답니다. 문제는, 엘리자베스에게는 보트가 없었다는 점이죠— 하지만 이언에게는 그렇게 말하지 않았대요. 대신에 엘리자베스는 사흘 만에 스스로 보트를 만들었어요. 약속했던 날 오후, 아이들이 해변으로 보트를 끌고 와서, 이언은 출항했고, 엘리자베스와 제인은 해안에 서서 손수건을 흔들었어요. 반 마일쯤 가자 보트가 가라앉기 시작했어요. 제인은 빨리 가서 아버지를 데려와야 한다고 주장했지만, 엘리자베스는 그만한 시간도 없고, 모든 것이 자신의 잘못이기 때문에, 자기가 이언을 구하겠다고 했대요. 그녀는 곧장 신발을 벗더니 바다로 뛰어 들어가 이언에게 헤엄쳐 갔어요. 그들은 함께 난파선을 끌고 해변으로 나왔어요. 엘리자베스는 이언을 데리고 앰브로스 경의 집으로 가서 몸을 말려주었어요. 엘리자베스는 받았던 돈을 이언에게 돌려주었는데, 불 앞에 앉아 몸을 말리다가 이언을 바라보면서 침울한 목소리로 말했어요. "이제는 보트를 훔칠 수밖에 없어. 그것밖에 없어." 이언은 그의 엄마에게 그냥 학교에 가는 것이 더 간단하겠다고 말했답니다.

시드니 오빠, 그동안 밀렸던 일을 따라잡기 위해서 요즘 엄청나게 바쁘다는 건 알고 있어요. 하지만 잠깐만 나에게 시간 좀 내 줘요. 종이인형 책을 한 권 구해줄 수 있어요? 화려한 파티드레스로 가득한 그런 것으로요. 키트는 점점 나를 좋아하는 것 같아요— 무심코 내 무릎을 토닥인다니까요.

사랑을 담아, 줄리엣

113 줄리엣이 시드니에게 보낸 편지

1946년 6월 10일

미스터 시드니 스타크 귀하
스티븐스 & 스타크 출판사
세인트제임스 플레이스 21번지
런던, S.W.1

시드니 오빠,

조금 전에 오빠 비서가 보낸 근사한 소포를 하나 받았어요. 비서 이름이 빌리 비 존스예요? 신경 쓰지 말아요, 어쨌든 그녀는 천재예요. 키트에게 종이인형 책을 두 권 보냈는데, 그냥 일반적인 종이인형이 아니에요. 그레타 가르보와 「바람과 함께 사라지다」 종이인형을 찾아서 보낸 거예요. 책장을 넘길 때마다 아름다운 드레스와 모피와 모자와 깃털 목도리로 가득해요. 오, 정말 훌륭해요. 뿐만 아니라 끝이 뭉툭한 가위도 하나 보냈는데, 정말 생각이 깊어요. 나도 그런 생각은 못했는데. 지금 키트가 그 가위를 사용하고 있어요.

이건 편지가 아니라 고마움을 전하는 메모예요. 빌리 비에게도 고맙다고 써서 보내겠어요. 하지만 어디서 그렇게 유능한 사람을 구했어요? 내 생각으로는 그녀가 통통하고 인자한 것 같은데, 그랬으면 좋겠네요. 빌리 비는 메모도 첨부했는데, 사팔뜨기 연습을 한다고 해서 영원히 사팔눈이 되는 것은 아니고, 그저 노파들이 하는 실없는 이야기래요. 그 말을 듣고 키트는 고무된 모양이에요. 저녁 먹을 때까지 내내 사팔뜨기 연습을 했어요.

사랑을 보내며, 줄리엣

추신. 지난번 편지에서 오빠가 의심스러운 지적을 한 것과는 정반대로, 이번 편지에서는 도시 애덤스 씨 이야기가 등장하지 않았다는 점을 확실히 하고 싶군요. 지난 금요일 오후에 키트를 데리러 왔던 이후로 도시 애덤스 씨를 본 적이 없어요. 그 때 우리는 우리가 가진 최고의 보석으로 치장한 채 축음기에서 나오는 장엄한 '위풍당당 행진곡'에 맞춰 집 안에서 행진하고 있었어요. 키트가 도시에게 접시 닦는 행주로 외투를 만들어 줘서 우리 셋이 함께 행진했어요. 그런데 그의 혈통에 귀족의 피가 흐르는 것이 아닌가 생각이 들었어요. 자비로운 눈빛으로 중간쯤 되는 곳을 바라볼 수 있더라고요, 마치 어느 공작(公爵)이 하듯 말이죠.

수신: 영국 채널제도 건지 섬에 있는 어느 문학회의
'에벤' 또는 '이솔라' 또는 어느 회원이라도.
(편지는 1946년 6월 14일에 에벤에게 전달되었음)

건지 문학회 회원들께

저의 친구 엘리자베스 맥케나의 소중한 친구였던 당신들에게 인사드립니다. 제가 지금 이 편지를 쓰는 것은 엘리자베스가 라벤스부르크* 집단수용소에서 죽었다는 것을 알려드리려는 것입니다. 그녀는 1945년 3월에 처형되었습니다.

러시아 군대가 와서 수용소를 해방시키기 전, SS**는 몇 트럭분의 서류를 소각장에 싣고 가서 모두 태워버렸습니다. 그래서 저는 당신들이 엘리자베스가 수감되었으며 죽었다는 것을

---

* 아우슈비츠와 더불어 나치 치하 최고의 악명을 날렸던 여성수용소로 5만여 명의 수감자가 이곳에서 사망했다.
** 히틀러의 친위대.

절대로 알 수 없게 될까 봐 걱정했습니다.

엘리자베스는 종종 아멜리아, 이솔라, 도시, 에벤, 부커에 대한 이야기를 들려주었습니다. 성(姓)은 기억나지 않지만 에벤이나 이솔라는 흔치 않은 이름이니 건지 섬에서 수월하게 찾아낼 수 있기를 바랍니다.

저는 엘리자베스가 당신들을 가족처럼 아꼈으며, 그녀의 딸인 키트가 당신들의 보호를 받고 있다는 것에 대해서 감사와 평화를 느꼈다는 것을 잘 알고 있습니다. 그렇기 때문에, 저는 당신들과 엘리자베스의 아이에게 그녀가 수용소에서 보여주었던 용기에 대해 말하려고 합니다. 용기뿐만이 아니었습니다. 그녀에게는 잠시 동안이라도 현실을 잊도록 만드는 재주가 있었습니다. 엘리자베스는 저의 친구였으며, 그런 곳에서 우정만이 인간성을 지켜 주었습니다.

저는 지금 노르망디 루비에르에 있는 라 포레 요양원에 있습니다. 저의 영어실력은 아직 서투르기 때문에, 투비에르 수녀님이 편지를 받아쓰면서 문장을 다듬어주고 있습니다.

저는 스물네 살입니다. 1944년에 저는 브리타니에 있는 플루아에서 위조된 배급카드 한 묶음을 지니고 있다가 게슈타포에게 잡혔습니다. 심문과 고문 끝에 라벤스부르크 집단수용소로 보내졌습니다. 저는 제11동에 배치되었는데, 이곳에서 엘리자베스를 만났습니다.

우리가 어떻게 친해졌는지 말씀드리겠습니다. 어느 저녁

그녀가 저에게 오더니 제 이름, 레미를 불렀습니다. 이름을 불러주다니, 기뻤습니다. 그녀는 "나를 따라와. 너에게 줄 근사한 깜짝 선물이 있어."라고 했습니다. 저는 그게 무슨 뜻인지 몰랐지만, 그녀를 따라 막사 뒤쪽으로 달려갔습니다. 유리창이 깨어져서 종이로 막아놓은 창문이 있었는데, 그녀는 종이를 끄집어냈습니다. 우리는 창문을 통해 라거스트라세 쪽을 바라보았습니다.

그제야 나는 근사한 깜짝 선물이 뭘 뜻하는지 알 수 있었습니다. 담장 위로 보이는 하늘은 불이 붙고 있는 것 같았습니다. 붉은색, 자주색 구름이 낮게 떠 있었는데 그 아래쪽은 어두운 황금색이었습니다. 불꽃구름은 형태와 색깔을 바꾸면서 하늘을 가로질러 갔습니다. 우리는 손을 잡은 채 어둠이 내릴 때까지 그곳에 서 있었습니다.

수용소 같은 곳에 있어본 적이 없는 사람은 그처럼 조용한 순간을 함께 보낸다는 것이 얼마나 큰 의미인지 알지 못할 것입니다. 우리의 숙소인 제11동은 4백 명에 달하는 여자들을 수용하고 있었습니다. 각 막사 앞에는 석탄재를 깔아놓은 보도가 있었는데 이곳에서, 새벽 5시 30분과 일을 마친 다음 저녁, 이렇게 하루에 두 번 점호를 받았습니다. 각 막사에서 나온 수형자들은 한 줄에 열 명씩 백 명 단위로 정사각형 대열을 이루며 섰습니다. 그런 정사각 대열이 얼마나 많은지, 안개가 낀 날이면 끝이 보이지 않을 정도였습니다.

우리의 침상은 3단으로 지어진 나무선반 위에 있었습니다. 짚을 넣은 요가 깔려 있었는데 시큼한 냄새와 더불어 이와 벼룩으로 넘쳐났습니다. 밤이면 큼직한 황색 쥐들이 우리 발 위를 뛰어다니곤 했습니다. 차라리 다행이었습니다. 감시원들은 쥐와 냄새를 싫어했기 때문에, 우리는 밤이면 그들의 눈에서 벗어나 자유를 누릴 수 있었거든요.

그러면 엘리자베스는 건지 섬과 당신들의 문학회에 대해서 얘기해주곤 했습니다. 이런 이야기들은 저에게는 천국 같은 것이었습니다. 좁은 침상에서, 불결하고 병적인 냄새로 눅눅한 공기를 마시고 있었지만, 엘리자베스가 이야기를 할 때면 저는 신선한 바다 공기를 상상하고 뜨거운 태양 아래 익어가는 과일의 냄새를 상상할 수 있었습니다. 그럴 리는 없겠지만, 제 기억으로는 라벤스부르크에서는 햇빛이 비쳤던 날은 단 하루도 없습니다. 당신들의 문학회가 어떻게 해서 생겨나게 되었는가 하는 얘기를 듣는 것도 재미있었습니다. 엘리자베스가 돼지구이 이야기를 했을 때에는 거의 웃음을 터뜨릴 뻔했어요. 하지만 웃지는 않았습니다. 막사에서 웃으면 문제가 되니까요.

찬물이 나오는 수도가 몇 개 있어서 그곳에서 씻었습니다. 일주일에 한 번 샤워가 허용되었고 작은 비누 덩어리를 받았습니다. 비누는 우리에겐 필수품이었습니다. 우리가 가장 두려워했던 것이 더러워져서 생기는 궤양이었기 때문입니다. 우리는 감히 병에 걸릴 수가 없었습니다. 병에 걸리면 일을 못하게 되고, 우리가 더 이상 쓸모없어지면 독일군은 우리를 죽일 것이기 때문입니다.

매일 아침 여섯 시에 우리 그룹은 지멘스 공장으로 걸어가서 일을 했습니다. 수용소 담장 밖에 있는 그곳에 도착하면, 손수레를 밀고 철로 측선으로 걸어가서 무거운 금속판을 짐수레에 옮겨 싣는 일을 했습니다. 정오가 되면 밀죽과 완두콩을 배급받았습니다. 수용소로 돌아와서 저녁 6시 점호를 받고 나면 순무 수프로 저녁을 먹었습니다.

우리의 일은 필요에 따라 바뀌었는데, 하루는 겨울 동안 감자 저장고로 사용할 도랑을 파라는 명령을 받았습니다. 우리 친구인 에일리나가 감자를 하나 훔쳤지만 땅바닥에 떨어뜨리고 말았습니다. 감시원이 도둑을 찾아낼 때까지 모든 작업이 중단되었죠. 에일리나는 각막에 궤양이 있었는데, 감시원이 이것을 발견하지 않도록 해야만 했습니다. 안 그러면 에일리나가 실명하고 있다고 생각할 것이기 때문입니다. 엘리자베스는 재빨리 자기가 감자를 훔쳤다고 말해서, 1주일 동안 벙커감옥에 갇히는 형벌을 받았습니다.

벙커에 있는 독방은 매우 작았습니다. 엘리자베스가 거기에 있는 동안, 하루는 간수 한 명이 각 방의 문을 열더니 고압력의 물 호스를 수감자에게 들이댔습니다. 물살의 힘이 얼마나 강했는지 엘리자베스는 바닥에 쓰러졌는데, 그래도 다행히 옆에 접어놓은 담요는 젖지 않았습니다. 그녀는 마침내 일어나서 담요를 덮고 누워 오한을 멈출 수 있었습니다. 그러나 옆방에 있던 젊은 임신부는 운이 좋지도 않았고 다시 일어날 정도로 강하지도 않았습니다. 그날 밤에 그녀는 바닥에서 얼어 죽었습니다.

어쩌면 저는 너무 많은 것을, 당신들이 듣고 싶지 않은 것들을 얘기하고 있는지도 모릅니다. 하지만 저는 엘리자베스가 어떻게 살았는지— 그녀가 어떻게 친절과 용기를 고수했는지, 당신들에게 알려주기 위해서 이 글을 써야만 합니다.

이제는 엘리자베스를 죽게 한 원인에 대해서 이야기하려 합니다. 수용소에 있다 보면 몇 달 안에 대부분의 여자들은 생리가 멎었습니다. 하지만 일부는 그렇지 않았습니다. 수용소 의사들은 이 기간 동안의 수감자 위생에 대해서는 아무런 조치도 취하지 않았습니다— 헝겊조각도 없고, 생리대도 없고, 비누조차 없었습니다. 생리중인 여자들은 피가 다리를 타고 흘러내리도록 방치할 수밖에 없었습니다.

감시원들은 이것을, 이 볼품없는 피가 흘러내리는 광경을 즐겼으며, 야유하거나 때리는 핑계로 사용했습니다. 우리 막사 저녁 점호를 하던 감시원은 빈타라는 이름의 여자였는데, 피를 흘리는 여자를 보고 욕하면서 호되게 야단치기 시작했습니다. 화를 내면서, 몽둥이를 높이 치켜들고 위협했습니다. 그러더니 여자를 패기 시작했습니다.

엘리자베스는 자기가 서 있던 열에서 빠르게, 아주 재빠르게 앞으로 튀어나갔습니다. 그녀는 빈타의 손에서 몽둥이를 빼앗아서 빈타를 때리기 시작했습니다. 때리고 또 때렸습니다. 간수들이 달려오고, 그 중 두 명이 총대로 엘리자베스를 쳐서 바닥에 쓰러뜨렸습니다. 그들은 엘리자베스를 트럭에 던져 싣고는 다시 벙커에 집어넣었습니다.

간수 한 명이 저에게 말해 주었습니다. 다음날 아침 군인들이 엘리자베스를 둘러싸고 감옥에서 꺼냈다고 합니다. 수용소 담장 밖에는 포플러나무가 우거진 작은 숲이 있었습니다. 나뭇가지 아래로 산책로가 있었는데 엘리자베스는 누구의 도움도 받지 않고 혼자서 그 길로 걸어갔습니다. 그녀는 땅바닥에 무릎을 꿇고 앉았고, 군인들은 그녀의 뒷머리에 총을 쏘았습니다.

이쯤에서 멈추겠습니다. 수용소에서 나온 이후 아파서 누워있을 때 저는 종종 엘리자베스가 옆에 있다는 것을 느꼈습니다. 열병에 걸려 있었는데, 저는 엘리자베스와 함께 작은 배를 타고 건지 섬으로 가는 것을 상상했습니다. 라벤스부르크에 있을 때 그런 계획을 세웠거든요— 그곳에서 그녀의 아기 키트와 함께 어떻게 살아갈 것인지. 그런 생각을 하면서 잠이 들곤 했습니다. 당신들도 저처럼 곁에 엘리자베스가 있다고 느끼게 되길 바랍니다. 그녀는 용기를 잃은 적도 없고, 의지를 잃은 적도 결코 없었습니다— 다만 불필요한 잔혹성을 봤을 뿐입니다.

당신들의 행운을 비는 제 마음을 받아주십시오,

레미 지로

세실 투비에르 수녀가 덧붙인 메모

(레미의 편지와 함께 봉투에 들어 있었음)

레미의 간호인 세실 투비에르 수녀가 당신들에게 이 편지를 씁니다. 나는 레미에게 가서 쉬라고 했습니다. 나는 이처럼 긴 편지를 쓰도록 허락하지 않았습니다만, 레미는 꼭 써야 한다고 주장했습니다.

레미는 자신이 얼마나 아팠는지 말하지 않을 것이기 때문에 내가 말씀드리겠습니다. 러시아군대가 라벤스부르크에 도착하기 며칠 전, 그 추악한 나치는 걸을 수 있는 사람들에게 모두 떠나라고 명령했습니다. 수용소 문을 열고는 황폐한 시골에 그들을 풀어놓은 것입니다. "가라." 그들이 명령했습니다. "가라— 어느 연합군이든지 찾아 가라."

그들은 탈진하고 굶주린 여자들에게 음식도 물도 주지 않은 채 몇 마일이나 되는 거리를 걸어가도록 버려둔 것입니다. 그들이 걸어간 들판에는 이삭 한 톨조차 남겨진 것이 없었습니다. 이것이 죽음의 행군이 된 것은 전혀 놀라운 일이 아닙니다. 수백 명의 여자들이 길 위에서 죽었습니다.

며칠이 지나자 레미의 다리와 몸은 기아 때문에 부어올라 더 이상 걸을 수 없었습니다. 그녀는 길 위에 누워서 죽음을 기다렸습니다. 다행스럽게도 미국 군대가 그녀를 발견했습니다. 그들은 레미에게 먹을 것을 주었지만 레미의 몸은 음식을 받아들이지 못했습니다. 그들은 레미를 야전병원으로 데려 갔고, 그 곳에서 침대에 누인 채 물을 공급해 주었습니다. 병원에서 몇 달을 보낸 후, 레미는 루비에르 요양원에 갈 수 있을 만큼 회복되었습니다. 레미가 여기에 도착했을 때, 그녀의 몸무게는 60파운드[27Kg]가 채 안 되었습니다. 그렇지 않았다면, 레미는 좀더 일찍 당신들에게 편지를 쓸 수 있었을 것입니다.

일단 이 편지를 써야만 그녀가 회복될 수 있으며, 그녀의 친구를 편안히 잠들게 할 수 있다는 것이 저의 믿음입니다. 답장을 보내주셔도 됩니다. 하지만 라벤스부르크에 대한 질문은 하지 말아 주십시오. 그 일은 잊어버리는 것이 레미에게 최선의 길입니다.

당신의 진실한 벗, 세실 투비에르 수녀

1946년 6월 16일

마드모아젤 레미 지로 귀하
라 포레 요양원
루비에르
프랑스

친애하는 마드모아젤 지로,

우리에게 편지를 보내주다니 얼마나 훌륭한 일인지요—얼마나 고맙고 얼마나 친절한 일인지요. 엘리자베스의 죽음을 알려주기 위해서 당신 자신의 끔찍한 기억을 되살리는 일이 쉽지 않았을 것입니다. 우리는 엘리자베스가 돌아오기를 기도하고 있기는 했지만, 그래도 불확실한 채로 살아가는 것보다는 진실을 알게 된 것이 오히려 낫습니다. 당신과 엘리자베스가 나누었던 우정과 서로에게 주었던 위안에 대해서 감사드립니다.

도시 애덤스와 내가 루비에르로 가서 당신을 만나도 될까요? 우리는 그렇게 하고 싶은 마음이 상당하지만, 만일 우리의 방문이 당신에게 방해가 될 것 같다면 그렇게 하지 않겠습니다.

우리는 당신을 알고 싶고, 당신에게 제안하고 싶은 계획이 있을 뿐입니다. 하지만 다시 한 번 말하건대, 당신이 우리의 방문을 원치 않는다면 가지 않겠습니다.

　　당신의 친절과 용기에 대해 우리가 고마워하는 마음은 변치 않을 것입니다.

　　　　　　　　　　　　당신의 진실한 벗, 아멜리아 모저리

116 줄리엣이 시드니에게 보낸 편지

미스터 시드니 스타크 귀하
스티븐스 & 스타크 출판사
세인트제임스 플레이스 21번지
런던, S.W.1

1946년 6월 16일

시드니 오빠,

전화 통화에서 오빠가 "오, 이런! 이런 뭣 같은 일이 있
나."라고 말하는 목소리를 들으니 얼마나 위안이 되던지. 그게
유일하게 솔직한 표현이잖아요. 그렇죠? 엘리자베스의 죽음은
도저히 받아들일 수 없는 일이고, 그 점은 앞으로도 변치 않을
거예요.

만나본 적도 없는 누군가의 죽음에 대해서 이토록 애도한
다는 것은 이상한 일이겠죠. 하지만 나는 지금 그러고 있어요.
지금까지 계속해서 엘리자베스의 존재를 느껴왔어요. 내가 들
어가는 방마다 그녀의 자취가 머물고 있어요. 그건 이 집뿐만이
아니라, 그녀가 책을 사들여서 쌓아두었다는 아멜리아의 서재

325

도 그렇고, 그녀가 물약을 저었다는 이솔라의 부엌도 그래요. 엘리자베스에 대해서 얘기할 때, 사람들은 모두 언제나, 그리고 지금도 역시, 현재형으로 말하고 있기 때문에, 나는 그녀가 돌아올 거라고 확신해 왔던 거예요. 얼마나 그녀를 알고 싶어 했는지!

내가 이 정도니 다른 사람들에게는 더 나쁜 일이겠죠. 어제 에벤을 봤는데 갑자기 늙어버린 것 같았어요. 그래도 일라이가 곁에 있어서 다행이에요. 이솔라는 사라져버렸어요. 아멜리아는 걱정하지 말라고 말하는데, 그건 비탄에 잠겼을 때 그녀가 하는 말이에요.

도시와 아멜리아는 루비에르로 가서 마드모아젤 지로에게 건지 섬으로 오라고 설득해보기로 결심했어요. 그녀의 편지에는 가슴이 찢어질 정도로 슬픈 이야기가 있었죠— 수용소에서 엘리자베스는 건지에서 함께 살자는 미래를 이야기하면서 그녀가 잠드는 것을 도와줬다고 했어요. 그것이 마치 천국처럼 느껴졌다고 편지에 쓰여 있었어요. 이 불쌍한 여자는 천국을 누릴 권리가 있어요. 이미 지옥을 지나왔으니까요.

아멜리아와 도시가 프랑스로 가 있는 동안 키트는 내가 맡기로 했어요. 키트 때문에 정말 마음이 아파요. 아이는 결코 엄마를 직접 알 수 없잖아요— 사람들이 얘기하는 것을 통해서만 알 수 있겠죠. 키트의 미래가 어떻게 될지도 걱정이 돼요. 이제 아이는— 공식적으로는— 고아가 되었으니 말이에요. 딜루윈

씨는 아직 결정할 시간이 충분하다고 나에게 말했어요. "지금
은 그대로 둡시다." 다행스럽게도, 딜루윈 씨는 지금까지 사람
들이 얘기해줬던 은행가나 재산수탁자와는 다른 것 같아요.

모든 사랑을 담아, 줄리엣

미스터 마컴 레이놀즈 귀하
홉킨 가 63번지
런던, S.W.1

1946년 6월 17일

사랑하는 마크,

　어젯밤 전화통화가 엉망으로 끝나서 유감이에요. 전화기에 대고 고함을 치는 와중에 의미를 전달한다는 것은 매우 어려운 일이죠. 하지만 내가 말한 건 사실이에요— 이번 주말에 이곳으로 오지 마세요. 당신 때문이 아니에요. 이곳에 있는 내 친구들이 얼마 전에 끔찍한 충격을 받았거든요. 이곳 모임의 중심은 엘리자베스였는데, 그녀의 사망 소식이 우리를 흔들어 놓았어요. 당신은 이 부분을 읽으면서, 이상한 일이군, 하고 생각할 것 같네요. 그 여자의 죽음이 당신이나 나나, 혹은 우리가 함께 보내려고 했던 주말 계획과 무슨 상관이 있단 말인가, 라고 생각하겠죠. 그런데 상관이 있어요. 나는 마치 무척 가까웠던 친구를 잃은 것 같은 기분이에요. 그래서 애도하는 중이에요.

이제는 이해가 되었으면 좋겠군요.

당신의 벗, 줄리엣

1946년 6월 21일

미스 줄리엣 애쉬튼 귀하
그랜드 마누아, 커티지
라 부배,
세인트마틴 교구, 건지

친애하는 줄리엣,

우리는 지금 루비에르에 와 있습니다. 아직 레미는 만나지 못했어요. 아멜리아가 여기까지 오는 길에 너무 지쳤기 때문에 하루 쉬고 요양원에 가기로 했습니다.

노르망디를 지나오는 것은 비참한 여정이었습니다. 도심에서는 폭파된 석벽 더미와 비틀린 금속 케이블로 길을 만들고 있습니다. 건물과 건물 사이에는 빈 공간이 있으며, 남아있는 건물도 검게 상해버린 이빨처럼 보이는군요. 집들은 전면이 떨어져 나갔고, 그 안으로 꽃무늬가 있는 벽지며, 기울어진 채 어떻게든 바닥에 매달려 있는 침대가 보입니다. 이제 보니 전쟁 중에 건지 섬은 얼마나 운이 좋았는지 알 것 같군요.

아직도 많은 사람들이 거리에서 일륜차와 수레에 벽돌과 돌을 담아 나르고 있습니다. 파편더미 위에 무거운 금속 케이블 엮은 것을 덮어서 도로를 만들어 놓고 그 위로 트랙터가 움직입니다. 도심 외곽으로는 거대한 폭탄 자국으로 파괴된 들판과 찢겨나간 울타리가 보입니다.

나무를 보는 것은 마음 아픈 일입니다. 포플러든, 느릅나무든, 밤나무든, 큰 나무는 하나도 없고, 남아있는 것이라고는 가지를 모두 쳐내고 검은색으로 칠한 안쓰러운 나무막대기뿐입니다. 물론 그늘도 없습니다.

이곳 여관 주인 피아제 씨의 설명에 의하면, 독일군 공병대가 수백 명의 병사들에게 나무를 베어내라고 명령했다고 합니다— 수풀 전체와 작은 관목숲까지도 말이죠. 그 다음에 가지를 모두 쳐 내고, 크레오소트*를 칠한 다음, 이미 들판에 파 놓은 구멍 안에 똑바로 세웠답니다. 이 나무들은 '롬멜의 아스파라거스'라고 불렸는데, 연합군 글라이더가 착륙하는 것을 막고 연합군이 낙하산으로 내려오는 것을 막는 역할을 했답니다.

아멜리아는 저녁을 먹자마자 잠자리에 들었기 때문에, 나는 루비에르 거리를 산책했습니다. 도심에는 가끔씩 예쁜 곳이 눈에 띕니다. 하지만 많은 부분이 폭파되었을 뿐 아니라, 독일군이 퇴각할 때 불을 질렀답니다. 이곳이 어떻게 다시 생기 있는 도시가 될 수 있는지 모르겠습니다.

---

* 크레오소트creosote : 목제용 방부처리제.

돌아와서는 어두워질 때까지 테라스에 앉아서 내일에 대해서 생각했습니다.

나를 대신해 키트를 안아 주세요.

영원한 벗 도시가

1946년 6월 23일

미스 줄리엣 애쉬튼 귀하
그랜드 마누아, 커리지
라 부베,
세인트마틴 교구, 건지

사랑하는 줄리엣,

어제 레미를 만났단다. 나는 어쩐지 그녀를 보는 걸 감당하지 못할 것 같았어. 하지만 고맙게도 도시는 감당해 냈어. 그는 침착하게 야외용 의자를 펼쳐서 우리를 나무 그늘에 앉게 하고, 간호사에게 차를 마실 수 있냐고 부탁했지. 나는 레미가 우리를 마음에 들어했으면, 우리와 함께 있는 것이 안전하다고 느꼈으면 원했어. 엘리자베스에 대해서 더 많이 알고 싶었지만, 레미가 너무 허약해 보이는데다가 투비에르 수녀의 경고가 생각나서 겁먹고 있었지. 곱슬거리는 짙은 머리카락은 아주 짧았고 거대한 눈동자는 불안해 보였어. 만일 더 좋은 세상이었다면 그녀는 미인이었을 거야. 하지만 지금은 유리로 만들어진 것 같아. 손이 꽤 많이 떨리고 있었는데, 그걸 옷으로 덮어 감추려고

333

하더라고. 그녀는 자기가 할 수 있는 한 최선을 다해 우리를 환영했지만, 좀체 말을 하지 않고 있다가 키트에 대해서 물어봤어— 런던에 있는 앰브로스 경에게 가 있느냐고.

도시가 앰브로스 경의 죽음에 대해서, 그리고 우리가 어떻게 키트를 키우고 있는지 설명했어. 그는 너와 키트가 함께 찍은 사진을 꺼내서 보여줬어. 레미는 미소 지으며 "이게 엘리자베스의 아이군요. 이 아이도 강인한가요?"라고 물었어. 나는 엘리자베스가 생각나서 말을 할 수 없었지만, 도시는 그럼요, 아주 강인하답니다, 라고 말하고는 키트가 족제비에 반해 있다는 얘기를 해 줬어. 그러자 레미가 미소 지었지.

레미는 이제 세상에 홀로 남았어. 아버지는 전쟁이 일어나기 훨씬 전에 죽었고, 어머니는 적을 숨겨준 죄로 1943년에 드랑시 수용소로 끌려갔고 후에 아우슈비츠에서 죽었대. 레미의 남자형제는 둘 다 행방불명인데, 그 중 하나는 독일의 어떤 기차역에서 본 것 같다는구나. 레미는 라벤스부르크로 수송되는 중이었는데, 오빠의 이름을 소리쳐 불렀지만 그는 돌아보지 않았대. 다른 남자형제는 1941년 이후로 사라졌다는군. 레미는 그들 역시 죽었을 거라고 생각하고 있어. 고맙게도 도시는 레미에게 질문을 할 수 있는 용기를 가지고 있었고, 레미는 가족 이야기를 하면서 위안을 찾는 것 같았어.

마침내 내가 건지 섬으로 와서 얼마 동안만이라도 우리와 함께 있으면 어떻겠느냐는 말을 꺼냈어. 레미는 다시 말이 없어지더니 자기는 곧 요양원을 떠날 거라고 했어. 프랑스 정부가 집단수용소 생존자들에게 숙소를 제공한다는 거야. 그들이 수용소에서 잃어버린 시간과 영구적인 상처, 그리고 고통을 겪은 것에 대한 보상으로 말이야. 다시 공부하고 싶은 사람들에게는 장학금도 준다고 했어. 정부 장학금 외에도, '레지스탕스와 수용소 생존자 지원회'에서는 레미가 방을 얻거나 다른 생존자와 아파트를 나눠 쓸 수 있도록 집세를 보조해 준대. 그래서 레미는 파리로 가서 제과견습생이 될 생각이란다.

레미가 자기 계획에 대해서 매우 확고했기 때문에 나는 더 권유하지 않았지만, 도시는 그렇게 하지 않을 것 같아. 그는 레미에게 안식처를 제공하는 것이 엘리자베스에게 진 도덕적 빚을 갚는 길이라고 생각하고 있어. 어쩌면 그의 말이 옳을지도 모르지. 아무 일도 할 수 없는 우리 마음이 위안을 얻는 방법일는지도. 어쨌든 도시는 내일 다시 요양원에 가서 레미를 데리고 운하를 따라 산책하고, 이미 봐 두었다는 파티세리[제과점]에 데려가기로 했어. 가끔 보면 우리의 수줍었던 도시는 어디로 갔나 싶다니까.

몸은 괜찮아. 유달리 피곤한 것만 빼고는— 그건 아마 내가 사랑했던 노르망디가 그토록 황폐진 것을 봤기 때문일 거야. 그러니 집으로 가면 기쁠 것 같구나.

너와 키트에게 키스를 보내며, 아멜리아

미스터 시드니 스타크 귀하
스티븐스 & 스타크 출판사
세인트제임스 플레이스 21번지
런던, S.W.1

1946년 6월 28일

시드니 오빠,

키트에게 그런 선물을 보내다니, 어떻게 그런 영감이 떠올랐어요? 빨간색 새틴에 스팽글 장식으로 덮인 탭 슈즈— 그런 걸 대체 어디서 구했어요? 그런데 내 것은 어디 있어요?

프랑스에서 돌아온 이후 아멜리아는 지쳐 버렸고, 레미는가 요양소에서 나오면 아멜리아네 집으로 오기로 결정했기 때문에, 키트는 아무래도 우리 집에 있는 게 제일 좋을 것 같아요. 키트도 좋아하는 것 같은데, 얼마나 고마운 일인지. 이제 키트는 엄마가 죽었다는 걸 알고 있어요. 도시가 얘기해 줬대요. 키트가 어떤 기분인지 나는 잘 모르겠어요. 물론 키트는 한 마디도 안 했고, 나 역시 물어볼 꿈도 꾸지 않아요. 그렇다고 아이를 과도하게 감싸거나 특별대접을 해 주지도 않을 거예요. 우리 엄마아빠가 돌아가셨을 때, 심플리스 목사네 요리사가 큼직한 케이크 한 조각을 가져와서는 내가 그것을 먹는 내내 애도하는 표정으로 지켜보며 서 있었죠. 그 여자는 케이크가 어떻게든 내가 부모를 상실한 것을 보상해 준다고 생각했던 모양인데, 나는 그게 혐오스러웠어요. 물론 나는 당시 열두 살의 비참한 소녀였고, 키트는 이제 겨우 네 살이니까 케이크를 좋아할지도 모르죠. 하지만 내가 무슨 말을 하는지 오빠는 알 거예요.

그런데 시드니 오빠, 나는 지금 책 때문에 고민에 빠졌어요. 정부 기록으로부터 충분한 자료를 구했고, 개인 인터뷰 자료도 엄청나게 확보해 놨으니 이제 독일군 점령에 대해 쓰기만 하면 되겠죠. 하지만 이 자료들을 종합해서 마음에 드는 구성을 할 수가 없어요. 직설적인 연대기는 너무 지루하잖아요. 지금까지 쓴 원고를 모아서 오빠에게 보낼까요? 원고에 대해서 좀 더 세련되고 객관적인 시각이 필요하거든요. 원고 보내면 당장 읽어줄 수 있어요? 아니면 혹시 오스트레일리아 여행의 후유증이 아직도 남아있나요?

만일 그렇다 해도 괜찮아요— 어쨌든 나는 일을 할 거고, 그러다 보면 반짝하는 아이디어가 떠오르겠죠, 뭐.

사랑을 보내며, 줄리엣

추신. 마크가 어슬라 펜트와 춤추고 있는 신문기사를 오려서 보내줘서 고마워요. 그런데 내가 질투의 분노로 활활 타오르도록 하려는 속셈이었다면 실패한 셈이에요. 특히 이미 마크 자신이 전화를 해서 어슬라가 상사병에 걸린 블러드하운드[영국산 경찰견]처럼 따라다니고 있다는 얘기를 해 준 다음이기 때문에 그리 새로운 소식도 아니죠. 오빠하고 마크, 두 사람에게는 공통점이 있어요. 둘 다 내가 불행해지기를 원하고 있죠. 둘이서 클럽이라도 만들지 그래요?

121 시드니가 줄리엣에게 보낸 편지

1946년 7월 1일

미스 줄리엣 애쉬튼 귀하
그랜드 마누아, 커리지
라 부베,
세인트마틴 교구, 건지

사랑스런 줄리엣,

원고 부치지 마. 내가 직접 건지 섬으로 갈게. 이번 주말 괜찮지? 너하고, 키트, 건지 섬을 보고 싶어— 바로 이 순서대로야. 그리고 네가 내 앞에서 왔다 갔다 하는 동안 원고를 읽고 싶지는 않아. 원고는 런던으로 들고 올 거야.

금요일 오후 다섯 시 비행기로 도착해 월요일 저녁까지 머물 수 있어. 호텔 방 하나 예약해 주겠어? 작은 저녁 파티도 준비해 주면 좋고. 에벤, 이솔라, 도시, 아멜리아를 초대해 줘. 와인은 내가 가지고 갈게.

사랑을 담아, 시드니

미스터 시드니 스타크 귀하
스티븐스 & 스타크 출판사
세인트제임스 플레이스 21번지
런던, S.W.1

수요일

시드니 오빠,

여기에 온다고요? 좋아요! 그런데 오빠가 호텔에 묵는다니까 이솔라가 절대 안 된대요. (빈대가 있을지도 모른다는군요.) 이솔라는 자기네 집에서 묵으라고 하면서, 혹시 오빠가 새벽 소음을 싫어하는지 물어보라고 했어요. 새벽에 염소 에어리얼이 깨어나거든요. 앵무새 제노비아는 늦잠을 자는 편이지만.

나하고 도시가 비행장으로 마중 나갈게요. 빨리 금요일이 오기를.

애정을 보내며, 줄리엣

123 이솔라가 줄리엣에게 보낸 메모

(현관문 아래에 놓여있었음.)

금요일 새벽

줄리엣, 지금은 들를 시간이 없어. 서둘러서 가게로 가야 하거든. 줄리엣 친구가 우리 집에 머물게 되어서 정말 기뻐. 그의 침대 안에 라벤더 가지를 넣어 두었어. 혹시 내가 만든 묘약 중에서 그 남자의 커피 잔 안에 넣었으면 하는 게 있어? 말로 하지 않아도 돼. 우리 가게에 와서 고갯짓만 하면 어떤 건지 알아차릴게.

이솔라

1946년 7월 6일

알렉산더 스트라칸 부인 귀하
피오칸 팜
바이 오반
아가일

사랑하는 소피,

마침내 건지 섬에 와서 줄리엣과 함께 있다. 이제 네가 나에게 알아내라고 부탁했던 사항 중에서 서너 가지는 대답할 수 있단다.

우선 제일 중요한 것부터. 키트는 줄리엣을 좋아하는 것 같다. 그것도 너와 내가 줄리엣을 좋아하는 방식으로 말이야. 키트는 생기발랄한 어린아이인데 애정을 표현할 때에는 꽤 절제되어 있고 (이 두 개의 단어는 모순처럼 들리지만 사실은 그렇지 않다.) 부모 역할을 맡아주는 문학회 회원과 함께 있을 때에는 곧잘 미소 짓곤 한단다.

또 귀엽지. 볼도 통통하고, 머리카락도 곱슬곱슬 말려 있고, 눈도 동그랗단다. 쓰다듬어주고 싶은 마음이 굴뚝같았지만 그렇게 하면 그녀의 권위에 대한 무례가 될 것이기에 겨우 참았어. 나는 그만큼 용감하지 못하잖아. 아이는 마음에 들지 않는 사람을 볼 때면 빤히 쳐다보는데, 그 시선은 메데아*조차 움츠러들게 할 정도야. 이솔라의 설명에 의하면, 키트가 그런 시선을 보낸 것은 잔인한 스미스 씨가 개를 팼을 때하고, 사악한 길베르 부인이 줄리엣에게 꼬치꼬치 참견만 하지 말고 런던으로 돌아가라고 말했을 때란다.

키트와 줄리엣이 어떤 사이인지 예를 하나 소개해 줄게. 도시(이 남자에 대해서는 뒤에서 자세히 설명할게)가 와서 키트를 데리고 에벤의 낚싯배가 들어오는 것을 보러 갔단다. 키트는 안녕, 하며 날듯이 뛰어나갔다가 다시 날듯이 뛰어들어왔어. 그러더니 줄리엣에게 달려가 치마를 살짝 올리더니 무릎에 입을 맞추고 다시 날듯이 뛰어나갔지. 줄리엣은 어쩔 줄 모르는 것 같았어. 우리가 예전에 봤던 것처럼 무척 행복해하더군.

소피, 네가 지난겨울에 봤던 줄리엣은 쇠잔하고 창백한 모습이었다는 걸 알고 있어. 하지만 그런 차 모임이나 인터뷰가 얼마나 피곤한 일인지 너는 잘 모를 거야. 지금 줄리엣은 예전의 활력을 되찾은 듯해. 너무나 활기차기 때문에, 줄리엣이 다시는 런던에 살고 싶어하지 않을 거라는 생각이 들어. 아직 스스로 깨닫지는 못했겠지만 말이야. 해안의 공기, 햇살, 푸른 초

---

* 메데아Medea : 그리스 신화에 나오는 마녀.

원, 들꽃, 변화무쌍한 하늘과 바다, 그리고 무엇보다도 이곳 사람들이 줄리엣을 도시생활에서 끌어내고 있는 것 같다.

그들이 어떻게 그런 일을 하는지 나는 쉽게 알 수 있어. 여기는 정말 고향 같은, 사람을 따뜻하게 맞아주는 곳이야. 이솔라는 우리가 시골 여행 중에 여관에 묵을 때 만날 수 있는 가장 이상적인 여주인이란다. 첫날 아침에 나를 강제로 침대에서 끌어내더니 장미꽃잎 말리고, 버터를 만들고, 큰 냄비에 담겨 있는 것(그게 뭔지는 아무도 몰라.)을 휘젓고, 에어리얼에게 먹이를 주고, 어시장에 가서 뱀장어를 사오는 일까지 시키는 거야. 그것은 앵무새 제노비아를 어깨에 얹은 채 해치워야만 했단다.

자, 이제, 도시 애덤스에 대해서 얘기할게. 나는 네가 준 지침에 따라 그를 관찰했다. 그래서 발견한 것들이 마음에 든다. 그는 조용하고, 유능하고, 믿을 만하고— 맙소사, 이렇게 말하고 나니 마치 개에 대한 품평처럼 들리는군— 게다가 유머 감각도 있다. 간단히 말하자면, 이 남자는 지금까지 줄리엣이 만났던 남자들과는 완벽하게 다른 타입이야. 정말 다행이지. 처음 만났을 때, 그는 말을 많이 하지 않았어— 그런데 생각해 보니 그 후에 만났을 때에도 그랬던 것 같군. 하지만 그 남자가 방에 들어오면, 모두들 조금은 안도하는 한숨을 쉬는 것 같아. 나는 평생 다른 사람에게 그런 느낌을 준 적도 없고, 왜 그렇게 하지 못하는지 이유도 알 수 없지만 말이야. 도시가 주위에 있으면 줄리엣은 약간 긴장하는 것 같다— 그의 침묵은 실제로 약간 위압적이기도 해. 어제 도시가 키트를 데리러 왔을 때 줄리엣은 찻잔을 엎고 말았다. 하지만 줄리엣은 언제나 찻잔을 깨뜨리곤 했잖니. 줄리엣이 우리 엄마의 스포드 도자기를 어떻게 했었는지 기억하지?그러니 찻잔을 깬 것이 그리 중요한 증거는 아닐 것 같구나. 도시 쪽은 어떤가 하면, 진지하고 확고한 시선으로 줄리엣을 바라보다가 줄리엣이 고개를 돌리면 시선을 돌려 다른 곳을 본단다. 이쯤이면 나의 관찰력에 대해서 감탄해주기를 바란다.

명확하게 말할 수 있는 게 한 가지 있어. 도시는 마크 레이놀즈 같은 남자 수십 명만큼의 가치가 있다. 물론 너는 내가 레이놀즈에게 너무 한다고 생각하겠지. 레이놀즈를 만나본 적이 없어서 그래.. 그는 매력이 철철 넘치고 윤기가 줄줄 흐르며, 자신이 원하는 것은 손에 넣는 사람이야. 그것이 그 남자가 가진 몇 안 되는 원칙 중 하나지. 그가 줄리엣을 원하는 건 줄리엣이 예쁘면서 '지성적이기' 때문에, 그녀를 얻으면 다른 사람들의 부러움을 사는 커플이 될 거라고 생각하기 때문이야. 그 남자와 결혼한다면, 줄리엣의 인생은 극장이나 클럽이나 주말여행에서 다른 사람들에게 보이는 것으로 점철될 테고, 다시는 책을 쓸 수 없을 거야. 편집자로서 말한다면 나는 이런 상황이 싫다. 친구로서 말한다면 이런 예상을 하는 것만으로도 끔찍한 일이야. 그렇게 된다면 우리가 알고 있는 줄리엣은 끝장나는 거야.

줄리엣이 레이놀즈에 대해서 어떤 감정인지, 과연 감정이 있기는 한 건지, 판단하기는 어렵다. 줄리엣에게 그 남자가 보고 싶은지 물어봤더니, "마크 말이에요? 보고 싶죠."라며 대답하는데, 특별히 좋아하는 사람이 아니라 멀리 있는 아저씨라도 된다는 듯한 태도였어. 줄리엣이 레이놀즈에 관해서 모두 잊어버린다면 기쁘겠지만, 레이놀즈가 그걸 허락하지는 않을 것 같다.

독일군 점령이라든가 줄리엣의 책 이야기나 하자꾸나. 오늘 오후 줄리엣이 섬 주민 몇 명을 만나러 가는 데 동행했단다. 오늘 인터뷰는 작년 5월 9일 건지가 해방되던 날에 대한 것이었다.

그 날은 정말 대단한 아침이었던 모양이다. 세인트피터포트 부두를 따라서 군중이 모여 있었단다. 아무 말 없이, 완벽한 침묵 속에서, 사람들은 부두 바로 외곽에 정박해 있는 로열네이비[영국해군] 군함들을 바라보고 있었지. 그러다가 병사들이 내려서 해안으로 행진해 오자, 침묵은 순식간에 깨졌어. 포옹하고, 키스하고, 울고, 소리치고.

그날 상륙한 군인 중 다수는 건지 출신이었단다. 지난 5년 동안이나 가족들로부터 소식 한 자 듣지 못했던 남자들이었지. 상상해 봐. 행군을 하면서도 눈으로는 자기 가족을 찾고 있는 병사의 모습을—그리고 다시 만났을 때의 그 기쁨을.

은퇴한 우편배달부 르브륀 씨가 특별한 일화를 얘기해 줬어. 세인트피터포트 항구로 들어온 영국 군함 중 몇 척은 대열을 떠나 몇 마일 북쪽에 있는 세인트샘슨항구로 갔단다. 그곳에서도 군중이 모여서 상륙함이 독일군이 설치해 놓은 대전차 방벽을 뚫고 해안에 상륙하는 것을 지켜봤지. 그런데 상륙함의 문이 열리자 그 안에서 나온 것은 군복을 입은 1개 소대의 병사가 아니라 단 한 사람이었다는 거야. 그 남자는 영국신사 캐리커처 같은 옷차림을 하고 있었어— 줄무늬 바지에 모닝코트를 입고, 중산모를 쓰고, 우산을 들고, 손에는 어제 일자의 '타임스'를 움켜쥐고 있었단다. 사람들이 그 유머를 이해할 때까지 몇 초 동안은 침묵이 흘렀고, 그런 다음에는 함성이 터졌지. 사람들은 그에게 몰려가서 등을 두드리고 키스해 댔으며, 남자 네 명이 이 병사를 어깨에 태우고 거리를 따라 행진했어. 누군가 병사의 손에 있던 타임스지를 잡아채면서 "뉴스요, 뉴스! 런던으로부터 직접 온 뉴스!"라고 소리쳤단다. 그 병사가 누구이든 간에 그 기발한 착상은 훈장감이야.

곧 나머지 병사들도 모습을 드러냈어. 그들은 초콜릿, 오렌지, 담배, 티백 등을 들고 나와서 사람들에게 나누어주었단다. 스노우 준장(准將)이 나오더니 채널제도와 영국 본토를 잇는 전신선을 보수하는 중이며, 곧 잉글랜드로 대피해 있는 아이들을 비롯한 가족과 통화할 수 있게 될 거라고 발표했대. 군함은 다른 물건도 싣고 왔단다— 엄청난 양의 식량은 물론이고, 약, 파라핀, 가축사료, 의복, 천, 씨앗, 그리고 신발까지!

지금까지 수집한 이야기만으로도 책 세 권은 쓸 수 있을 거야. 이제 문제는 어떻게 추려내는가 하는 것이지. 줄리엣아 초조해하는 것 같더라도 걱정은 하지 마라. 초조해하는 건 당연한 일이야. 꽤 어려운 작업이 될 테니까.

이제 편지를 끝내고 옷을 갈아입고 줄리엣 집에서 열리는 저녁 파티에 가야겠다. 이솔라는 오늘 세 겹의 숄을 두르고 레이스 스카프까지 했단다— 가서 칭찬을 해 줄 생각이다.

너희 가족 모두에게 사랑을 보낸다. 시드니

125 줄리엣이 소피에게 보낸 편지

알렉산더 스트라칸 부인 귀하
피오칸 팜
바이 오반
아가일

사랑하는 소피,

이 편지는 시드니의 다리에 대해서 걱정할 필요가 없다는 걸 알려주기 위한 거야. 시드니는 잘 있어. 햇볕에 탔고, 건강해 보이고, 다리를 절뚝거리지도 않아. 사실, 우리는 그가 가져 온 지팡이를 바다에 버렸단다— 지금이면 프랑스로 흘러갔을 거야.

내가 시드니를 위해서 조촐한 저녁 파티를 열었단다. 요리도 내가 다 했는데 먹을 만했어. 윌 티스비가 「여성을 위한 요리 초보 가이드」를 줬거든. 바로 내가 필요로 하던 책이야. 저자는 요리에 대해서 아무것도 모르는 독자를 염두에 두고 책을 썼기 때문에 유용한 지식도 있어. '달걀을 넣을 때에는, 우선 껍질을 깨야 한다'처럼 말이지.

시드니는 이솔라의 게스트로서 즐거운 시간을 보내고 있어. 그들은 밤늦게까지 얘기하는 모양이야. 이솔라는 서먹서먹한 관계를 깨기 위해서는 조금씩 대화를 늘려나가는 것이 아니라 처음부터 세게 나가는 것이 옳은 방법이라고 믿고 있거든.

이솔라가 시드니에게 우리가 약혼한 사이인지 물어봤단다. 아니라고 하자, 왜 안 했느냐고 물었나봐. 누가 봐도 시드니와 나는 서로 홀딱 반한 것처럼 보이잖아.

시드니는 이렇게 대답했대. 자기가 줄리엣에게 반한 것도 사실이고, 지금까지도 그래왔고, 앞으로도 그럴 거지만, 우리는 둘 다 결혼할 수 없다는 걸 알고 있다고— 왜냐하면 자기가 동성애자이기 때문이라고.

시드니의 말이, 이솔라는 이 말을 듣고 놀라지도 않았고 기절하지도 않았으며 못 들은 척하지도 않았대. 그저 물고기 같은 눈으로 시드니를 응시하면서 "줄리엣도 그 사실을 알고 있어요?"라고 물었다는군.

시드니가 줄리엣은 처음부터 알고 있었다고 대답하자, 이솔라는 갑자기 시드니의 이마에 뽀뽀하며 이렇게 말했다는 거야. "줄리엣을 정말 사랑하고 배려하는군요. 사랑스러운 사기꾼 같으니라고. 아무에게도 얘기하지 않을 테니 나를 믿어도 돼요."

그런 다음에 뒤로 물러나 앉아서 오스카 와일드의 희곡에 대해서 얘기하기 시작했대. 재미있는 사람들이잖아? 내가 파리였다면 그 방 벽에 붙어서 이 모든 광경을 볼 수 있었을 텐데 말이야.

이제 우리는 이솔라에게 줄 선물을 사러 나갈 거야. 나는 이솔라가 따뜻하고 화려한 숄을 좋아할 거라고 말했지만, 시드니는 뻐꾸기 시계를 사려는 모양이야. 왜 그럴까?

사랑을 담아, 줄리엣

추신. 마크는 편지를 쓰지 않아. 전화를 하지. 바로 지난주에 전화가 왔어. 전화선 연결이 얼마나 안 좋던지 서로 끊임없이 "뭐라고?"를 되풀이해야 할 정도였어. 하지만 대화의 요점은 파악했어— 내가 런던으로 돌아가서 그 남자와 결혼해야 한다는 주장이었어. 나는 공손한 태도로 거절했지. 한 달 전보다는 훨씬 덜 힘들던걸.

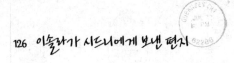

1946년 7월 8일

미스터 시드니 스타크 귀하
스티븐스 & 스타크 출판사
세인트제임스 플레이스 21번지
런던, S.W.1

친애하는 시드니,

당신은 정말 괜찮은 게스트였어요. 당신이 마음에 들어요. 제노비아도 당신이 마음에 들었던 모양이에요. 그렇지 않고서는 당신 어깨 위로 날아 올라가서 그렇게 오랫동안 붙어있었을 리가 없어요.

당신이 밤늦도록 얘기하는 걸 좋아해서 다행이에요. 나는 밤에 종종 그렇게 하는 걸 좋아하죠. 지금부터 장원저택에 가서 당신이 얘기해 준 그 책을 빌려오려고 해요. 어떻게 줄리엣이든 아멜리아든 제인 오스틴에 대해서 한 번도 나에게 말해주지 않았는지 모르겠어요.

당신이 다시 건지 섬을 방문해 줬으면 해요. 줄리엣이 만든 수프는 마음에 들었어요? 꽤 맛있었죠? 이제 곧 줄리엣은 파이껍질 만들기와 그레이비 수프 끓이는 법을 익히게 될 거예요— 요리는 천천히 익혀야 해요. 그렇지 않으면 꿀꿀이죽밖에 안 되거든요.

당신이 떠나고 나자 허전해져서 어제는 도시와 아멜리아를 집으로 불러서 차를 마셨어요. 아멜리아는 당신하고 줄리엣이 결혼할 것 같다고 말하더군요. 그때 내가 얼마나 시치미를 뗐는지 당신이 봤어야 하는데. 주제를 다른 곳으로 돌리기 위해서, 마치 그들은 모르는 것을 내가 알고 있다는 듯 고개를 끄덕이고 눈을 가늘게 뜨기조차 했다니까요.

뻐꾸기 시계는 정말 마음에 들어요. 정말 기분 좋은 물건이에요. 나는 시계를 보기 위해서 부엌으로 뛰어 들어간답니다. 그런데 불행하게도 제노비아가 뻐꾸기의 머리를 물어 뜯어버렸어요. 앵무새는 천성적으로 질투심이 많거든요. 하지만 일라이가 뻐꾸기를 새로 만들어주기로 했어요. 머리는 없지만 뻐꾸기가 앉은 횃대는 아직도 시간을 알려주려고 튀어나오고 있어요.

호의를 가진 당신의 집주인, 이솔라 프리비

127 줄리엣이 시드니에게 보낸 편지

미스터 시드니 스타크 귀하
스티븐스 & 스타크 출판사
세인트제임스 플레이스 21번지
런던, S.W.1

1946년 7월 9일

시드니 오빠,

나는 알고 있었어요! 오빠가 건지를 사랑하게 될 줄 알고 있었다고! 내가 이곳에 온 다음으로 잘한 일은 오빠를 이곳으로 오게 한 거죠— 아주 짧은 기간이긴 했지만 말이죠. 오빠가 여기 있는 내 친구들을 모두 알게 되고, 친구들도 모두 오빠를 알게 되어서 좋아요. 특히 오빠가 키트와 사이좋게 지내서 정말 행복했어요. 이런 말을 하게 돼 정말 유감이지만, 키트가 오빠에게 호감을 보인 데에는 가져온 선물 「혀 짧은 토끼 엘스페스」가 한 몫 했다고요. 키트는 엘스페스에 흘딱 빠져서 혀 짧은 소리를 연습했는데, 유감스럽게도 키트는 혀 짧은 소리를 꽤 잘하고 있어요.

조금 전에 도시가 키트를 데려다 줬어요— 키트는 새로 태어난 새끼돼지를 보러 갔었거든요. 키트는 나에게 '띠드니'에게 편지 쓰고 있는 거냐고 물었어요. 내가 그렇다고 대답하자 이렇게 말했어요. "빨리 다시 돌아오기를 '바란다고 던해' 주세요." 자, 이제 내가 엘스페스에 관해서 뭘 말하는지 알겠떠요?

키트가 그렇게 말하자 도시가 미소 지었는데, 그걸 보자 나는 기분이 좋아졌어요. 지난 주말 오빠가 여기 있는 동안 도시의 가장 좋은 모습은 보지 못한 것 같아서 섭섭해요. 하긴, 우리 집에서 있었던 저녁 파티에서 도시는 평소보다도 더 말이 없었죠. 그것은 아마도 내가 끓인 수프 때문이었을까? 그보다는 레미에 관한 생각 때문이었을 거예요. 도시는 레미가 건지 섬으로 돌아와야만 진정으로 회복될 수 있다고 생각하는 것 같아요.

내 원고를 집으로 가지고 가서 읽어준다니 기쁘군요. 도대체 정확하게 무엇이 잘못된 것인지 도무지 알 수가 없어요— 다만 뭔가 잘못되었다는 것을 알 뿐이죠.

그런데 이솔라에게는 대체 무슨 얘기를 한 거예요? 이솔라는 「오만과 편견」을 빌리러 가는 길에 여기 잠깐 들르더니 내가 그녀에게 엘리자베스 베넷과 미스터 다시*에 대해서 얘기하지 않은 것에 대해서 꾸짖더라고요. 왜 자기는 지금까지 더 좋은 러브스토리가 있다는 것을 몰랐어야만 했느냐고요. 왜 이상하게 비틀린 사람들과, 고통과, 죽음과, 무덤 같은 것들이 수수

---

* 제인 오스틴의 소설 「오만과 편견」 의 남녀주인공.

께끼처럼 뒤얽히지 않은, 그런 행복한 러브스토리가 있다는 것을 몰랐어야 했느냐고, 또 어떤 것에 대해서 말해주지 않았느냐고 따지더라고요.

나는 그 실수에 대해서 사과하고, 시드니의 말이 옳다, 「오만과 편견」이야말로 지금까지 쓰인 러브스토리 중에서 가장 훌륭한 것 중 하나라고 말했죠. 그리고 흥미와 긴장감 때문에 다 읽기도 전에 실제로 죽을 수도 있다고 덧붙였죠.

이솔라가 말하길, 오빠가 떠난 것 때문에 제노비아가 슬픔에 잠겼다는군요— 모이를 먹지 않는대요. 나도 오빠가 떠나서 섭섭해요. 하지만 여하튼 와 줬던 것만으로도 기뻐요.

애정을 담아, 줄리엣

1946년 7월 12일

미스 줄리엣 애쉬튼 귀하
그랜드 마누아, 커티지
라 부베,
세인트마틴 교구, 건지

사랑하는 줄리엣,

너의 원고를 몇 번 읽어봤는데, 네 말이 맞다— 이 원고는
안 될 거야. 일화를 엮어놓는 것만으로는 책을 만들 수 없어.

줄리엣, 네가 쓸 책에는 중심이 필요한 것 같다. 좀더 심층
적인 인터뷰가 필요하다는 말은 아니야. 내 말은, 중심인물이
있어서, 그의 입을 통해서 무슨 일이 일어났었는지 말하도록 해
야 한다는 거야. 지금처럼 쓴 것은 '사실'들이며, 그렇기 때문에
하나하나 재미있기는 해도 임의적이며 산만하게 보이지.

이런 편지를 쓰게 되어서 정말 마음 아프구나. 하지만 한
가지 중요한 사실이 있다. 너는 이미 그 중심인물을 가지고 있
어— 다만 네가 아직 그걸 모를 뿐이야.

나는 엘리자베스 맥케나에 대해서 말하고 있는 거란다. 지금까지 인터뷰했던 사람들은 모두 늦던 빠르던 엘리자베스에 대해서 언급했다는 것을 알아차리지 못했단 말이야? 세상에, 줄리엣, 부커의 초상화를 그려서 그의 목숨을 구해주고 그와 함께 거리에서 춤을 춘 것이 누구였지? 문학회에 대한 거짓말을 생각해 내고, 결국 문학회가 만들어지도록 한 것이 누구였지? 건지가 고향은 아니었지만, 엘리자베스는 자유도 포기하고 자신의 운명을 건지에 맞췄잖아. 어떻게 해서? 그녀는 분명 런던에 있는 앰브로스 경이 그리웠겠지만, 한 번도, 내 생각에, 한 번도 그것에 대해서 탄식한 적이 없었어. 그러고는 강제 노동자를 숨겨 주다가 라벤스부르크로 끌려갔지. 엘리자베스가 왜, 그리고 어떻게 죽었는지 생각해 보렴.

줄리엣, 어떻게 젊은 여자가, 직업이라고는 가져본 적도 없는 미술학도가, 간호사가 되어 병원에서 일주일에 6일씩 일할 수 있었을까? 그녀에게 절친한 친구들은 있었지만, 현실적으로 '나만의 사람'이라고 부를 수 있는 사람은 없었지. 적군 장교와 사랑에 빠지고, 그 사랑을 잃었지. 전쟁 중에 혼자서 아기를 낳았지. 훌륭한 친구들이 도와주긴 했지만, 그것은 두려운 일이었을 거야. 친구들은 어느 선까지만 의무를 분담하면 되거든.

네가 보냈던 편지와 원고를 모두 돌려보낼게. 다시 한 번 읽어보고 엘리자베스 이야기가 얼마나 자주 등장하는지 찾아보렴. 왜 그런지 스스로에게 물어봐. 도시와 에벤에게 물어봐. 이솔라와 아멜리아와 의논해 봐. 딜루윈 씨나 그 외에 엘리자베스를 잘 알았던 사람들과 이야기해 봐.

너는 엘리자베스의 집에 살고 있잖아. 주위를 둘러보고 그녀가 가졌던 책과 소지품을 살펴 봐.

나는 엘리자베스를 중심으로 해서 책을 써야 한다고 생각해. 키트도 자기 엄마에 대한 책을 소중히 여기겠지. 그 책은 후에 키트가 엄마를 추억할 때 기댈 수 있는 대상이 되겠지. 그러니까 이제 선택해야 돼. 전부 집어치우든지, 아니면 엘리자베스에 관해서 잘 알아보는 거야.

오랫동안 열심히 생각해 보고, 만일 엘리자베스가 책의 중심이 될 수 있다고 생각한다면 나에게 알려 줘.

너와 키트에게 사랑을 보내며, 시드니

미스터 시드니 스타크 귀하
스리브스 & 스타크 출판사
세인트제임스 플레이스 21번지
런던, S.W.1

1946년 7월 15일

시드니 오빠,

길게 생각할 필요도 없어요— 오빠의 편지를 읽는 순간, 그 말이 옳다는 걸 알았으니까요. 나는 왜 그렇게 우둔한 걸까! 여기에 있으면서, 엘리자베스가 살아있을 때 알았더라면 얼마나 좋을까 생각하면서, 마치 내가 그녀를 실제로 알았던 것처럼 그녀를 그리워하면서, 왜 그녀에 대해서 책을 쓴다는 생각은 한 번도 안 들었던 걸까?

내일 당장 시작하겠어요. 우선 도시, 아멜리아, 에벤, 이솔라에게 말하겠어요. 엘리자베스가 이들 네 사람과 누구보다 친했다는 느낌 때문에, 이들의 축복이 꼭 필요해요.

레미가 건지 섬으로 오고 싶어한대요. 도시가 레미와 편지를 주고받아왔는데, 도시라면 그녀를 설득할 수 있었을 거예요. 그는 마음만 먹으면 천사를 설득해서 하늘나라에서 나오도록 할 수도 있을 거예요. 물론 그것이 언제나 나에게 들어맞는 것은 아니지만. 레미는 아멜리아네에 머물기로 했으니, 이제 키트는 내가 데리고 있을 거예요.

영원한 사랑과 고마움을 전하며, 줄리엣

추신. 엘리자베스가 일기를 썼을 것 같지는 않죠?

미스터 시드니 스타크 귀하
스티븐스 & 스타크 출판사
세인트제임스 플레이스 21번지
런던, S.W.1

1946년 7월 17일

시드니 오빠,

일기는 없었지만 좋은 소식이 있어요. 엘리자베스는 종이
와 연필이 남아있을 때까지는 실제로 그림을 그렸던 거예요. 거
실 책장 아래쪽 선반에 큼직한 아트파일 안에서 엘리자베스가
그린 스케치를 찾아냈어요. 재빨리 선으로 그린 데생 작품들인
데 내 눈에는 훌륭한 초상화로 보이는 걸요. 자기가 그림이 된
다는 걸 모르는 채 나무주걱으로 뭔가 두드리고 있는 이솔라,
텃밭에서 삽질하고 있는 도시, 머리를 맞댄 채 얘기하고 있는
에벤과 아멜리아.

바닥에 앉아서 그림을 보고 있는 중에 아멜리아가 찾아왔
어요. 우리는 함께 큰 그림을 몇 장 끌어냈는데, 종이에는 키트

의 모습을 그린 스케치로 가득 덮여있었어요. 잠든 키트, 움직이는 키트, 누군가의 무릎에 앉아있는 키트, 아멜리아가 흔들어주는 그네에 놓인 키트, 자기 발가락을 보면서 매혹된 키트, 침방울을 만들면서 기뻐하는 키트. 아마 어머니는 누구나 다 자기 아기를 그런 식으로 바라보겠죠— 강렬한 초점을 가지고 말이죠— 하지만 엘리자베스는 그것을 종이 위에 옮겨놓았어요. 쭈글쭈글하고 조그마한 키트의 모습을 떨리는 손으로 그린 그림이 하나 있었는데, 아멜리아에 의하면 키트가 태어난 바로 다음날 그린 것이라고 해요.

그 다음엔 잘 생기고, 강인해 보이고, 약간 넓은 편의 얼굴을 가진 남자 그림을 찾아냈어요. 편안해 보이는 표정으로 고개를 돌려 그림 그리는 사람을 보면서 미소 짓는 모습이었어요. 나는 단숨에 그것이 크리스티안이라는 걸 알았어요— 그 남자와 키트는 정확하게 똑같은 곳에 가마가 있거든요. 아멜리아는 그 그림을 손에 잡았어요. 이제까지 아멜리아가 크리스티안에 대해서 말하는 걸 들은 적이 없기 때문에 그 남자가 마음에 들었었느냐고 물어봤어요.

"불쌍한 젊은이." 아멜리아가 말했어요. "나는 강경하게 반대했어. 엘리자베스가 그런 남자를 선택하다니— 적군에, 독일인에— 미친 짓이라는 생각이 들어서 겁이 났어. 나 말고 다른 친구들도 그랬어. 나는 엘리자베스가 그를 지나치게 믿고 있을 뿐이며, 그 남자는 엘리자베스와 우리를 배반할 거라고 생각했어. 그래서 엘리자베스에게 그 남자와 헤어지라고 말했지. 나는 아주 단호했어.

엘리자베스는 못마땅한 표정이었지만 아무 말도 하지 않았지. 그런데 다음날 그 남자가 나를 찾아왔어. 문을 열자, 거기에는 군복을 입은 건장한 독일군이 서 있는 거야. 오, 나는 질겁했지. 나는 우리 집도 징발 대상이 되었나보다 생각하고 저항하려는 참이었는데 그 남자는 나에게 꽃 한 다발을 내밀었어— 얼마나 꽉 움켜쥐고 있었는지 꽃이 모두 흐느적거리고 있었어. 그러고 보니 군인은 안절부절 못하는 모습이었고, 그래서 나는 하던 말을 멈추고 이름을 알려달라고 했어. '크리스티안 헬만 대위입니다'라고 대답하고는 마치 소년처럼 얼굴을 붉히는 것이었어. 나는 여전히 이유를 몰라서— 이 남자가 무슨 이유로 찾아 온 것일까?— 방문의 목적이 뭐냐고 물어봤지. 그랬더니 그는 한층 더 얼굴을 붉히면서 상냥한 목소리로 이렇게 말했어. '저의 계획을 얘기하려고 왔습니다.'

'우리 집에 대한 계획?' 나는 여전히 딱딱한 태도로 말했어.

'아닙니다. 엘리자베스에 대한 계획입니다'라고 그가 말했어. 그리고 정말 그렇게 했어. 마치 내가 빅토리아 시대의 신부 아버지이고, 그는 딸을 달라고 온 구혼자라도 되는 것처럼 말이야. 그는 응접실 의자 구석에 앉아서 그의 계획을 설명했어. 전쟁이 끝나는 순간 건지 섬으로 돌아와서 엘리자베스와 결혼을 하고, 프리지아를 재배하고 책을 읽으면서 전쟁에 대해서 잊어버리겠노라고. 그가 말을 마칠 때쯤에는 나 자신조차 약간은 그 남자와 사랑에 빠진 기분이었어.

아멜리아는 반쯤은 울고 있었어요. 그래서 그림을 치우고 내가 차를 끓였죠. 그러자 키트가 부서진 갈매기 알을 가지고 들어오더니 풀로 붙이고 싶다고 말하는 바람에 다행히 다른 곳으로 관심을 돌릴 수 있었어요.

어제는 윌 티스비가 프룬휩*을 씌운 케이크 쟁반을 들고 문 앞에 나타났기에 들어오라고 해서 차를 마셨어요. 그는 두 명의 여자에 대해서 나와 상의하고 싶은 거였어요. 만일 내가 남자라면, 물론 나는 남자가 아니지만, 어느 쪽 여자와 결혼하겠느냐고 말이죠.

미스 X는 늘 안절부절 걱정만 하는 사람이죠— 생후 10개월 된 아기였던 이후로 실질적으로는 하나도 발전한 것이 없답니다. 독일군이 몰려온다는 소식을 듣자 그녀는 어머니가 물려준 은제 찻주전자를 느릅나무 아래 묻어놓았는데, 이제는 그게 어느 나무인지 기억하지 못하고 있대요. 그녀는 섬 전체를 파헤치고 있는데, 찻주전자를 찾을 때까지는 그만두지 않겠다고 맹세했답니다. "대단한 결심이에요." 윌이 말했어요. "평소 그녀답지 않아요."(윌은 조심하며 말했지만 미스 X는 대프니 포스트예요. 둥글고 텅 빈 황소 눈을 가진 여자로, 교회성가대에서 떨리는 소프라노로 유명하죠.)

---

* 휩whip : 달걀, 크림 등을 섞어 만든 거품크림.

그 다음 미스 Y는 재봉사예요. 독일군이 섬에 도착했을 때, 그들에겐 나치스기(旗)가 하나밖에 없었대요. 그것을 사령본부에 달고 나면 깃대에 게양할 것이 없는 셈인데, 섬주민들에게 그들이 점령당했다는 것을 일깨워주려면 깃대에 달아 올릴 것이 필요했겠죠.

독일군은 미스 Y를 찾아가서 나치스기를 만들라고 명령했어요. 그녀는 명령을 따랐죠— 검붉은 원 위에 검은색 나치스 십자 표장을 수놓은 거예요. 문양을 둘러싼 천은 진홍빛 실크가 아니라 매끈매끈한 핑크색 플란넬을 사용했대요. "상당히 창의적으로 복수한 셈이죠."라고 윌이 말했어요. "정말 효과적이었죠." (미스 Y는 르로이 양인데 바늘처럼 깡말랐고 각진 턱에 입술을 꽉 다물고 있어요.)

과연 나는 한 남자의 남은 인생을 함께 보내는 데 어느 쪽이 최고의 동반자가 될 거라고 생각했을까요? 미스 X일까, 미스 Y일까? 나는 윌에게 '어느 쪽이 낫겠느냐고 물어본다면 일반적으로 둘 다 아니라는 뜻'이라고 말해줬어요.

그랬더니 윌은 이렇게 말했어요. "어쩌면 도시하고 똑같이 말하는군요— 도시가 바로 그렇게 말했거든요. 이솔라는 미스 X하고 살면 따분해서 눈물이 날 거고, 미스 Y하고 결혼하면 잔소리 때문에 미칠 거라고 하더군요."

"고마워요, 고맙습니다. 계속 찾아봐야겠어요. 나의 반쪽은 어딘가에 있겠죠."

월은 모자를 집어 들고 인사하고 나갔어요. 시드니 오빠, 이 남자는 아마 섬 전체에 여론조사를 하고 있나 봐요. 하지만 그 대상에 나도 포함되었다니 기분 좋군요— 내가 외부인이 아니라 섬주민이 된 것 같은 기분이네요.

사랑을 담아, 줄리엣

추신. 도시가 결혼에 대한 의견을 가지고 있다니 흥미롭네요.
거기에 대해서 좀더 알았으면 좋으련만.

미스터 시드니 스타크 귀하
스티븐스 & 스타크 출판사
세인트제임스 플레이스 21번지
런던, S.W.1

1946년 7월 19일

시드니 오빠,

엘리자베스에 관한 이야기는 문학회 회원들 사이에만 있는 것이 아니라 도처에 있어요. 들어봐요. 오늘 오후에 키트와 함께 걸어서 교회 묘지로 갔어요. 키트는 묘비 사이에서 놀고, 나는 에드윈 멀리스 씨의 묘비 위에서 기지개를 켜고 있었죠. 그 묘석은 테이블처럼 생겨서 튼튼한 다리 네 개로 받치고 있어요. 바로 그때 그곳의 오래된 묘지관리인 샘 위더스가 옆으로 왔어요. 그는 지금 내가 하고 있는 행동이 어린 시절의 엘리자베스 맥케나를 떠올리게 한다고 하더군요. 엘리자베스는 바로 이 묘석에 와서 햇볕을 쬐곤 했다는 거예요— 그래서 호두처럼 갈색이 되었대요.

그 말을 듣자 나는 벌떡 일어나 앉아서 샘에게 엘리자베스를 잘 아느냐고 물었어요.

샘은 이렇게 말했어요. "글쎄— 아주 잘 안다고 말할 수는 없지만, 나는 엘리자베스를 좋아했어. 그녀하고 에벤의 딸 제인하고 둘이서 바로 이 묘석으로 오곤 했지. 여기에 식탁보를 펴놓고 피크닉을 하곤 했어— 멀리스 씨의 죽은 뼈 바로 위에서 말이야."

샘은 계속해서 그녀들이 얼마나 장난꾸러기였는지 얘기했어요. 한번은 유령을 불러내려고 하는 바람에 목사부인이 놀라서 쓰러질 뻔했다는군요. 그때쯤 키트는 교회 정문에 가 있었는데, 샘이 키트를 바라보면서 "저 아이가 엘리자베스와 헬만 대위 사이에서 태어난 아이겠군."라고 했어요.

나는 그 말에 황급히 덤벼들었어요. 헬만 대위를 아세요? 마음에 들었어요? 라고 물었죠.

샘은 나를 바라보더니 이렇게 말했죠.

"알고 있었지. 좋은 친구였어. 아무리 독일인이지만 말이야. 아버지가 독일인이었다는 것 때문에 멕케나 양의 어린 딸에게 욕을 하지는 않을 거지?"

"그럴 생각은 추호도 없어요!" 내가 말했죠.

샘은 손가락을 흔들면서 말했어요. "그래, 그러면 안 되지. 당신이 독일군 점령에 대해서 어떤 책을 쓰더라도, 그 전에 진실을 알아야 해, 아가씨. 나도 독일군을 미워했어. 지금도 그 생각을 하면 미치겠어. 그 악당들 중 일부는 정말 상스러웠어. 노크도 없이 집에 들어와 사람들을 밀어냈지. 그들은 자기들이 우세한 위치에 있는 걸 좋아했던 거야. 이전에는 한 번도 그러지 못했던 놈들이. 하지만 전부 다 그런 건 아니었어— 확실히 아니었어."

샘의 말에 의하면, 크리스티안은 그렇지 않아서 마음에 들었대요. 한번은 추운 겨울에 샘이 얼어붙은 땅에 무덤을 파고 있었는데 크리스티안과 엘리자베스가 그걸 보고 다가왔답니다. 크리스티안은 삽을 잡더니 땅을 파기 시작했대요. "아주 힘센 친구였어. 시작하자마자 금세 끝내더라구."라고 샘이 말했죠. "그래서 내가 언제든지 오면 여기서 직업을 얻을 수 있다고 말했더니 그 친구 웃었어."

다음날 엘리자베스가 보온병에 뜨거운 커피를 가득 담아서 가지고 왔대요. 크리스티안이 가져다 준 진짜 원두로 만든 진짜 커피를. 엘리자베스는 샘에게 따뜻한 스웨터도 가져다주었는데, 그것도 크리스티안 것이었대요.

샘은 말을 이어갔어요. "사실 말하자면, 점령이 계속되는 동안, 나는 좋은 독일병사를 한 명만 만난 게 아니야. 5년 동안 매일매일 그들을 만난다고 생각해 봐. 그러다 보면 인사라도 하게 되는 거야.

그들 중에는 고향에 있는 가족이 산산조각으로 폭격을 당하고 있다는 걸 알면서도 어쩔 수 없이 여기에 처박혀 있어야 하는 군인들도 있었는데, 그들을 보면 안타까운 마음이 들지 않을 수 없어. 그럴 때면 누가 먼저 전쟁을 시작했나 하는 것은 문제가 안 돼. 어쨌든 나한테는 문제가 안 됐어.

감자를 싣고 군대 식당으로 들어가는 트럭 뒤에서 말을 타고 호위하던 군인들이 있었어. 아이들은 감자가 굴러 떨어지길 바라면서 차 뒤를 쫓아가곤 했지. 군인들은 무시무시한 모습으로 똑바로 앞을 바라보면서 가면서도, 손가락으로 감자더미를 건드려서 감자가 떨어지곤 했지— 물론 일부러 그런 거야.

오렌지를 싣고 갈 때도 그렇게 했어. 석탄 덩어리를 싣고 갈 때도 그랬고— 맞아, 연료가 다 떨어졌을 때, 그 석탄 덩어리가 얼마나 소중했던지. 그런 일들은 많이 있었어. 고드프리 부인에게 아들 얘기를 물어보라고. 아들이 폐렴에 걸렸는데, 따뜻하게 해줄 수도 없고, 좋은 음식을 먹일 수도 없어서 엄마는 걱정으로 죽을 지경이었지. 어느 날 누가 문을 두드리기에 열어보니 독일군 병원에서 온 간호병사가 서 있더래. 그 병사는 들여다보지도 않은 채 유리병에 든 술폰아미드[항균제]를 건네주고는 경례하더니 가더라는 거야. 고드프리 부인을 위해서 군대 의무실에서 훔친 거였어. 그는 다음번에도 약을 훔치려다 잡혔는데 독일에 있는 수용소로 보내졌든지, 아니면 교수형에 처해졌을 거야. 어떻게 됐는지 몰라."

샘은 갑자기 나를 다시 쳐다봤어요. "그래서 내가 말하건대, 만일 어느 콧대 높은 영국인이 인간적인 행동을 이적행위라고 부르고 싶다면 말이야, 제일 먼저 나하고 고드프리 부인에게 물어보라고 해!"

나는 뭔가 말을 하려고 했지만, 샘은 돌아서서 가 버렸어요. 나는 키트를 데리고 집으로 왔죠. 아멜리아에게 주었다는 시들은 꽃과 샘 위더스에게 주었다는 커피 원두를 생각하면서, 나는 키트의 아버지가 어떤 사람인지, 그리고 왜 엘리자베스가 그 남자를 사랑하게 되었는지, 어렴풋이 알게 되었다는 느낌이에요.

다음 주에는 레미가 이곳으로 와요. 도시가 목요일에 프랑스로 가서 레미를 데리고 올 거예요.

사랑을 담아, 줄리엣

알렉산더 스트라칸 부인 귀하
피오칸 팜
바이 오반
아가일

1946년 7월 22일

사랑하는 소피,

이 편지는 태워버려. 너의 논문집 안에서 이 편지가 발견되는 것은 정말 싫어.

도시에 대해서는 너에게 얘기했지, 물론 그랬지. 그래서 그 남자가 나에게 처음 편지를 쓴 사람이고, 찰스 램을 좋아하며, 키트를 키우는 데 도움을 주며, 키트가 잘 따른다는 것 등은 너도 잘 알고 있겠지. 하지만 내가 지금까지 너에게 말하지 않은 게 있어. 내가 처음 이 섬에 온 날, 선착장에서 도시가 나에게 두 손을 뻗은 바로 그 순간, 나는 설명할 수 없는 기묘한 충격을 느꼈어. 도시는 지극히 말이 없고 침착한 사람이라서, 그런 느낌을 가진 것은 나뿐이었는지 아닌지 알 수가 없기 때문에, 지난 두 달 동안 나는 적절하고 일상적이며 일반적으로 행동하려고 노력해 왔어. 그리고 꽤 잘 해 왔어— 오늘 밤까지는 말이야.

저녁에 도시가 루비에르로 가는 여행에 사용할 수트케이스를 빌리러 왔었어. 가서 레미를 데리고 올 예정이거든. 대체 어떤 사람이기에 수트케이스도 없는 걸까? 키트는 쿨쿨 자고 있었기 때문에 우리는 도시의 수레에 가방을 싣고 함께 갑(岬)이 있는 곳까지 걸어갔어. 달이 뜨고 있었기 때문에 하늘은 진주조개껍질 색으로 물들어 있었어. 이번에는 바다조차 고요하게 은빛 잔물결만 일렁일 뿐 거의 움직임이 없었어. 바람도 없었고. 그렇게 세상이 조용한 적은 없었던 것 같아. 그런데 가만히 보니 옆에서 나란히 걷고 있는 도시 역시 그만큼 고요한 거야. 나는 지금까지보다 훨씬 그의 곁에 가까이 있었기 때문에 그의 손목이며 손을 자세히 볼 수 있었어. 그의 손을 만지고 싶다는 욕구 때문에 현기증이 날 정도였어. 가슴 속에서는 칼날 같은 느낌이— 어떤 느낌인지 너도 알겠지— 있었지.

갑자기 도시가 돌아섰어. 그의 얼굴은 그림자 때문에 어두웠지만 그의 눈이— 매우 깊은 눈빛이— 나를 보면서 기다리고 있다는 것은 볼 수 있었어. 그 다음에 무슨 일이 일어났을 것 같아? 키스했다? 머리를 쓰다듬었다? 아무 일도 없었다? 답은 세 번째야. 왜냐하면 바로 다음 순간 윌리 볼이 운전하는 마차가 (그게 이곳의 택시야.) 우리 집 앞에 멈추더니, 그 안에 탄 승객이 이렇게 외치는 거야. "안녕, 내 사랑, 놀랐지!"

마크였어— 세련된 맞춤양복으로 화려하게 차려입은 마컴 V. 레이놀즈 2세가 붉은 장미 한 다발을 어깨에 메고 서 있었어.

나 진정으로 그가 죽었으면 하는 기분이었어, 소피.

하지만 내가 뭘 할 수 있겠어? 그에게 가서 인사했지. 그리고 마크가 나에게 키스할 때 내가 할 수 있는 생각이란 '안 돼! 도시 앞에서는 키스하지 마!' 그것뿐이었어. 마크는 장미를 내 품에 안기고는 냉혹한 미소를 띤 채 도시 쪽으로 돌아섰어. 그래서 나는 그들 두 사람을 소개시켰는데, 그 시간 내내 쥐구멍에 숨고 싶은 기분이었어— 왜 그랬는지 정확히는 잘 모르지만. 도시는 마크와 악수하고는 몸을 돌려 나하고 악수하며 말했어. "수트케이스 고마워요, 줄리엣. 잘 자요." 나는 그가 수레에 올라타서 사라지는 것을 묵묵히 지켜봤어. 도시는 아무 말 없이, 뒤도 돌아보지 않고 가 버렸어.

나는 울고 싶었어. 하지만 그 대신에 마크를 집 안으로 들어오게 했고, 지금 막 깜짝 선물을 받은 여자처럼 보이려고 노력했어. 마차가 오고 소개하고 하는 사이에 키트가 깨어나서는 의심스러운 눈초리로 마크를 쳐다보면서, 도시는 어디로 가 버렸느냐고 물었지— 도시가 굿나이트 키스를 해 주지 않았다는 거야. 나에게도 안 해 줬어, 라고 나도 마음속으로 생각했어.

나는 키트를 다시 침대에 눕힌 다음에 마크를 설득했어. 지금 당장 로열호텔로 가지 않는다면 내 명성이 산산조각날 거

라고. 마크는 정말 내키지 않는 표정으로, 내일 아침 여섯 시에
오겠다는 협박을 여러 번 한 다음에 결국 내 말대로 했어.

마크가 간 다음에 나는 세 시간 동안이나 손톱을 물어뜯으
며 앉아 있었어. 지금부터 도시의 집으로 가서 아까 멈춘 그 순
간부터 다시 시작해야 할까? 하지만 우리가 어느 시점에서 멈춘
걸까? 그걸 잘 모르겠어. 나는 바보짓을 하고 싶지는 않아. 만일
도시가 예의바르지만 이해할 수 없다는 표정으로 나를 쳐다본다
면? 아니면 더 나쁜 경우로, 동정하는 표정으로 쳐다본다면?

게다가— 나는 지금 무슨 생각을 하고 있는 거야? 마크가
이곳에 와 있는데. 돈 많고, 유쾌하고, 나하고 결혼하고 싶어
하는 마크. 곁에 없어도 내가 잘 살아가는 데 아무 불편이 없는
마크. 그런데 왜 나는, 어쩌면 나에게 신경조차 쓰지 않을지도
모르는 도시에 대한 생각을 멈출 수 없는 걸까? 아니야, 나에
대해서 신경은 쓸 거야. 아마 그의 침묵 이면에 무엇이 있는지
이제 알아내게 될 거야.

이런 젠장, 젠장, 젠장. 새벽 두 시가 되었네. 이제 내 것이
라고 말할 수 있는 손톱은 하나도 안 남았으며 나는 최소한 백
살은 돼 보여. 아마 나의 이 초췌한 몰골을 보면 마크가 물러설
지도 몰라. 아마 마크가 나를 퇴짜 놓겠지. 만일 그렇게 된다면
과연 내가 실망할까? 아닐까?

사랑을 담아, 줄리엣

133 아멜리아가 줄리엣에게 보낸 메모

(현관문 아래 놓여있었음)

다정한 줄리엣,

우리 집 라즈베리가 엄청나게 많이 열렸어. 오늘 아침
에 열매를 따서 오후에 파이를 만들려고 해. 키트하고
함께 차 한 잔 하러 와. (물론 파이도 있어.)

사랑을 담아, 아멜리아

....

134 줄리엣이 아멜리아에게 보낸 메모

친절한 아멜리아—

정말 미안하지만 나는 갈 수 없어요. 손님이 와 있어요.

사랑을 담아, 줄리엣

추신. 파이 한 조각 먹을 수 있을까 하는 기대를 가지고
　　　키트가 이 편지를 배달할 거예요. 오늘 오후에 키
　　　트 좀 맡아주세요.

알렉산더 스트라칸 부인 귀하
피오칸 팜
바이 오반
아가일

1946년 7월 24일

사랑하는 소피,

지난번 편지와 마찬가지로 이번 편지도 태워버렸으면 좋겠어. 마침내, 그리고 다시 돌이킬 수 없도록, 나는 마크를 거절했어. 그러고 나서 스스로 의기양양한 꼴이란, 내가 봐도 정말 못 봐 주겠어. 내가 만일 정상적으로 양육된 젊은 숙녀라면 이런 경우에 창문에 커튼을 내리고 혼자서 상념에 잠겨야 하겠지만, 나는 그럴 수 없어. 나는 자유롭거든! 오늘 아침에는 새끼 양처럼 활기차게 침대에서 벌떡 일어나서, 키트와 함께 목초지까지 아침 경주를 했어. 키트가 이겼는데, 그건 키트가 속임수를 썼기 때문이야.

어제는 공포였어. 마크가 나타났을 때 내가 어떤 기분이었는지 얘기했잖아. 그런데 그 다음날 아침은 그것보다도 더 끔찍했어. 그는 아침 일곱 시에 현관에 모습을 드러냈어. 정오 때쯤에는 우리 결혼 날짜를 정할 수 있을 거라는 자신감과 확신을 빛내면서 말이야. 그는 건지 섬이라든가 독일군의 점령, 혹은 엘리자베스, 혹은 내가 여기에 온 이후로 무슨 일을 하고 있는지 등에는 털끝만큼도 관심이 없었어— 이것들 중 어느 하나에 대해서도 질문 하나 없었어. 그때 키트가 아침을 먹으러 내려왔어. 그게 마크를 놀라게 했나 봐. 전날 밤에는 키트를 제대로 기억하지 않았던 모양이야. 마크는 키트에게 잘 대해줬어— 그들은 개에 대해서 이야기했지. 하지만 몇 분이 지나자 마크의 얼굴에는 아이가 사라지기를 기다리는 표정이 역력했어. 그의 경험으로는 아이들이 부모에게 귀찮게 굴기 전에 유모가 와서 데려가는 걸로 되어 있는 모양이야. 물론 나는 그의 짜증을 무시한 채 평소와 다름없이 키트에게 아침을 차려줬어. 하지만 그의 불쾌감이 거실 맞은편으로부터 밀려오고 있었지.

　마침내 키트는 놀러 나갔고, 현관문이 닫히기가 무섭게 마크는 이렇게 말했어. "당신의 새로운 친구들은 끔찍하게 머리가 좋은 모양이군— 두 달도 되기 전에 이미 자신들의 의무를 당신에게 짊어지웠으니 말이야." 내가 어수룩한 것이 불쌍하다는 듯 고개를 저었어.

　나는 그냥 그를 쳐다보고 있었어.

　"아까 그 아이가 귀엽긴 하지만, 줄리엣, 그 아이는 당신의 책임이 아니야. 그 점에 대해서는 단호한 태도를 보여야 해. 좋은 인형이나 뭐 그런 걸 사 주면서 '굿바이'라고 해야 한다고. 아이가 당신이 평생 자기를 돌봐 줄 거라고 생각하기 전에 말이야."

나는 너무나 화가 나서 말을 할 수가 없었어. 나는 그곳에 서서, 키트가 먹은 포리지 그릇을 손마디가 하얗게 되도록 꽉 움켜잡고 있었어. 그릇을 던지지는 않았지만 거의 그럴 뻔했어. 마침내, 내가 말할 수 있게 되자, 나는 조용히 속삭였어.

"나가요."

"뭐라구?"

"다시는 만나고 싶지 않군요."

"줄리엣?" 이 남자는 내가 무슨 말을 하는지 전혀 알아듣지 못하고 있었어.

그래서 내가 설명해줬어. 시간이 지날수록 기분이 회복되면서, 나는 키트와 건지 섬과 찰스 램을 사랑하지 않는다면 그뿐만 아니라 어느 누구와도 절대로 결혼하지 않을 거라고 말했어.

"여기에 찰스 램이 도대체 무슨 상관이야?" 마크가 소리쳤어. (그럴 만도 하지.)

나는 해명하지 않겠다고 했어. 마크는 나와 언쟁하려고 노력했고, 그 다음엔 달래려고 했고, 그 다음엔 키스하려고 했고, 그 다음엔 또다시 언쟁을 하려고 했지만— 이미 끝난 거였어. 마크도 그걸 알아차렸지. 정말 오랜만에, 내가 그를 처음 만났던 2월 이후 최초로 나는 내가 옳은 일을 했다는 것에 대해서 완벽하게 확신하게 된 거야. 어떻게 내가 마크와 결혼하는 것에 대해서 고려할 수 있었을까? 그와 결혼해서 1년만 지나면, 나는 누가 뭘 물어보기만 하면 남편의 눈치를 살피는, 겁먹고 비참한 여자들 중 하나가 되겠지. 나는 언제나 그런 여자들을 경멸해 왔는데, 그런 일이 어떻게 시작되는지 이제는 알 것 같아.

그로부터 두 시간 후, 마크는 비행장을 향해서 (바라건대) 다시는 돌아오지 않을 길을 가고 있었어. 그리고 나는, 뻔뻔하게도 하나도 슬프지 않은 채, 아멜리아네 집에서 라즈베리 파이를 먹고 있었지. 어젯 밤에 열 시간이나 편안하게 잠을 잤더니 오늘 아침에는 백 살이 아니라 다시 서른둘로 돌아간 느낌이야.

오후에는 키트와 함께 해변으로 나가서 마노(瑪瑙)를 찾아보려고 해. 아, 얼마나 아름다운 날인지.

사랑을 보내며, 줄리엣

추신. 이 모든 일들이 도시와는 아무 상관이 없어. 찰스 램의 이름은 그저 우연히 입에서 튀어나왔을 뿐이야. 도시는 프랑스로 떠나기 전에 인사하러 오지도 않았어. 생각하면 생각할수록, 그날 해안절벽에서 도시가 돌아본 것은 나에게 우산을 빌릴 수 있느냐고 물어보려 했던 것 같아.

미스터 시드니 스타크 귀하
스크리브너 & 스타크 출판사
세인트제임스 플레이스 21번지
런던, S.W.1

1946년 7월 27일

시드니 오빠,

엘리자베스가 토트 노동자를 숨겨주었다는 죄목으로 체포된 것은 알고 있던 사실이었지만, 공범자가 있었다는 사실은 며칠 전에야 알게 되었어요. 에벤이 말하던 중에 피터 소여라는 이름을 언급하면서 "엘리자베스와 같이 체포되었던 그 사람 말이야."라고 했거든요. "뭐라고요?" 나는 비명을 질러댔고, 에벤은 피터를 만나게 해 주겠다고 했지요.

현재 피터는 베일에 있는 르 그랑드아브르 근교 요양원에 살고 있어요. 전화를 걸었더니 기꺼이 만나겠다는 거였어요—특히 나에게 브랜디가 있다면 더 좋겠다고 덧붙이면서 말이죠.

"물론이에요." 내가 말했어요.

"훌륭하군. 그럼 내일 와요." 그는 이렇게 대답하고는 전화를 끊었어요.

피터는 휠체어에 앉아 있었는데, 얼마나 익숙하게 운전하던지! 휠체어에 탄 채 미친 듯이 질주해 오더니 날렵하게 모퉁이를 돌아 원하는 위치에 정확하게 멈추는 거예요. 우리는 밖으로 나가 나무 아래 자리를 잡았고, 피터는 브랜디를 홀짝홀짝 들이키면서 얘기를 했어요. 이번만큼은 메모를 하면서 들었어요. 한 마디도 놓치고 싶지 않았거든요.

피터는 당시에도 휠체어를 타고 있었지만 세인트샘슨에 있는 그의 집에서 살고 있었대요. 그러다가 바로 그 집에서 토트 노동자, 열여섯의 폴란드 소년 루트 야루즈키를 발견했던 거예요.

독일군은 밤에 토트 노동자들을 풀어주곤 했는데, 그것은 식량을 훔쳐 먹으라는 것이었어요— 물론 돌아온다는 전제 하에서 말이죠. 다음날 아침까지는 작업장으로 돌아오도록 되어 있었대요. 만일 아침이 되어도 돌아오지 않으면 수색대가 출동했대요. 이 '가석방'은 군대의 식량을 축내지 않으면서도 노동자들을 굶어죽지 않게 하기 위해서 독일군들이 찾아낸 방법이었던 거예요.

섬 주민들은 거의 모두 채소밭을 가꾸고 있었으며 몇몇은 닭이나 토끼를 키우기도 했는데, 약탈자들에게는 풍요로운 목표물인 셈이었죠. 토트 노동자들은 약탈자가 되어버린 거죠.

그래서 섬 주민들은 밤에도 밭을 감시했대요. 막대기나 꼬챙이를 가지고 경고를 해서 채소밭을 보호한 거예요.

피터도 밤에 밖에 나가서 계사(鷄舍) 옆 어둠 속에 앉아 있곤 했대요. 막대기는 없었지만 쇠로 만든 큼직한 스튜냄비를 숟가락으로 두드려서 침입자에게 경고를 하곤 했다는군요.

어느 날 밤 피터는 어떤 사람이 관목 울타리 틈으로 들어오는 것을 봤대요. 피터는 기다렸죠. 그런데 그 사람은 일어서려고 하다가 쓰러지고 또 다시 일어나려고 했지만 일어나지 못했대요— 그러더니 그냥 그곳에 쓰러진 거예요. 피터는 휠체어를 몰고 가서 쓰러진 남자를 들여다봤답니다.

"그는 어린애였어, 줄리엣. 아직 소년이었다고— 얼굴을 위로 향한 채 쓰레기 더미에 쓰러져 있었어. 말랐고, 오, 맙소사 끔찍하게 말라 있었고, 쇠약하고 더러웠어. 온몸이 벌레로 덮여 있었지. 머리카락 사이로 벌레가 드나들었고, 얼굴 위에도 지나가고, 눈꺼풀 위로도 지나갔지만 가여운 소년은 그것조차 느끼지도 못하고 있었어— 미미한 움직임 하나 없었지. 소년이 원했던 것이라고는 그 빌어먹을 감자 한 알뿐이었는데, 불쌍하게도 땅을 팔 힘조차 없었던 거야. 어떻게 아이에게 이런 짓을 할 수 있단 말인가!

내가 말하겠는데, 나는 진심으로 그 독일 놈들을 혐오했어. 몸을 굽힐 수 없기 때문에 소년이 아직 숨을 쉬고 있는지 알아볼 수는 없었지만, 휠체어 발판에서 발을 떼어서 소년을 찔러

봤어. 한참 건드리자 마침내 소년의 어깨가 내 쪽으로 움직였지. 나는 팔 힘이 세기 때문에 소년을 끌어당겨 내 무릎 위에 반쯤 걸쳤어. 어떻게 해서든 나는 소년을 싣고 진입로를 올라가서 부엌으로 들어갔지. 나는 소년을 바닥에 눕혀 놓고는 불을 지피고 담요를 가져오고 물을 데웠어. 소년의 불쌍한 얼굴과 손을 닦아주고 몸에서 이와 구더기를 뜯어냈어."

피터는 이웃에게 도움을 요청할 수 없었대요— 그러면 독일군의 귀에 들어갈 테니까요. 독일군 사령관은 누구든 토트 노동자를 숨겨주는 사람은 포로수용소로 보내거나 현장에서 사살한다고 했대요.

다음 날 엘리자베스가 피터네 집으로 오기로 되어 있었지요. 엘리자베스는 피터의 간호보조원이었기 때문에 일주일에 한두 번씩 방문했던 모양이에요. 피터는 엘리자베스를 잘 알고 있었기 때문에 그녀가 소년을 살려내려고 할 것이며 비밀을 지킬 것이라고 확신했대요.

"엘리자베스는 다음날 오전에 왔어. 나는 현관문을 열고 그녀에게 집안에 문제가 생겼으니, 문제에 휘말리고 싶지 않으면 들어오지 말라고 했어. 엘리자베스는 내가 무슨 말을 하는지 알아듣더니 고개를 끄덕이고 집안으로 들어섰지. 바닥에 쓰러져 있는 소년을 살펴보더니 이를 악물더라고. 소년에게서는 심한 냄새가 나고 있었지만 엘리자베스는 곧 일을 시작했지. 소년의 옷을 잘라내어 태워버리고, 타르 비누로 소년의 몸을 씻기고 머리를 감겼어. 비누가 정말 형편없다고 말하면서, 믿기 어렵겠지만, 우리는 웃었어. 그 형편없는 비누 때문인지 찬물 때문인지 소년이 깨어났어. 그는 처음에 질겁하더니 우리가 누구인지 보고는 조금 안심하더라고. 엘리자베스는 다정하게 말했어. 물론 소년은 한 마디도 알아듣지 못했겠지만, 여하튼 안정을 찾았어. 우리는 소년을 끌어서 내 침실로 옮겼어. 부엌에 놔둘 수는 없었지. 그랬다간 이웃의 눈에 뜨일 테니까. 엘리자베스는 소년을 간호하기 시작했지. 물론 의약품이라고는 하나도 없었어. 하지만 엘리자베스는 암시장에서 국거리용 뼈와 진짜 빵을 구해 왔어. 나한테는 달걀이 있었지. 날이 가면서 소년은 조금씩 회복되었어. 소년은 잠을 많이 잤어. 때때로 엘리자베스는 우리 집에 너무 자주 오는 것이 눈에 띨까봐 어두워진 다음에, 물론 통행금지 이전에, 오곤 했어. 알겠지만, 사람들은 이웃에 대해서 독일군에게 밀고하곤 했거든— 호의나, 식량이나 그런 걸 얻기 위해서 말이지.

그렇게 조심했지만 누군가 알아차렸고 누군가 밀고했지— 누가 그랬는지는 모르겠어. 그들은 경찰대에 보고했고, 화요일 밤에 그들이 들이닥쳤어. 엘리자베스는 닭고기를 사 와서 끓이면서 소년의 상태를 살펴보고 있었고 나는 소년이 누운 침대 가에 앉아 있었어.

독일군은 조용히 집을 포위하고 있다가 불시에 침입해 들어왔어. 우리는 꼼짝 없이 현장에서 체포되었지. 우리 모두 그

날 밤에 끌려갔는데, 그들이 소년에게 어떤 짓을 했는지는 아무도 몰라. 재판도 없이, 우리는 다음날 배에 태워져 세인트말로로 보내졌어. 간수 한 명이 엘리자베스를 데려와 배에 태웠는데, 그게 내가 엘리자베스를 마지막으로 본 모습이었어. 그녀는 매우 추운 것처럼 보였어. 프랑스에 도착해서는 엘리자베스를 본 적도 없고, 그녀가 어디로 보내졌는지도 몰랐어. 나는 쿠탕스에 있는 연방수용소에 보내졌는데, 그들은 휠체어를 탄 죄수를 어떻게 해야 하는지 알지 못했기 때문에 일주일 만에 나를 다시 돌려보냈어. 그들은 자기들이 베푼 관용에 내가 감사해야 한다고 말하더군."

피터의 말에 의하면 엘리자베스가 그의 집으로 올 때면 키트를 아멜리아에게 맡겼다고 해요. 엘리자베스가 토트 노동자를 돕고 있다는 것은 아무도 알지 못했대요. 사람들은 엘리자베스가 피터를 간호하기 위해서 그 집으로 온다고 생각했던 것 같아요.

시드니 오빠, 오늘 들은 이야기는 뼈대에 지나지 않지만, 피터는 나보고 다시 올 수 있냐고 물었어요. 물론 그러겠다고 대답했죠. 그랬더니 이번에는 브랜디 가져오지 않아도 되니 그냥 오라는 거예요. 그러면서 혹시 잡지 가진 게 있으면 가져다 달라고 하더라고요. 리타 헤이워드가 누군지 알고 싶대요.

사랑을 담아, 줄리엣

1946년 7월 27일

미스 줄리엣 애쉬튼 귀하
그랜드 마누아, 커티지
라 부베,
세인트마틴 교구, 건지

친애하는 줄리엣,

이제 곧 요양소에서 레미를 데리고 나올 시간인데, 몇 분이 남아 있어서 그 틈을 이용해서 편지를 쓰고 있습니다.

레미는 지난달에 봤을 때보다는 건강해진 것 같지만, 여전히 무척 허약합니다. 투비에르 수녀가 나를 따로 부르더니 주의를 줬습니다— 레미가 충분한 식사를 하도록, 따뜻하게 지내도록, 기분 상하지 않도록 돌봐줘야 하며, 또한 가능하다면 기분을 북돋아주는 사람들 틈에서 지내도록 해 줘야 한다고 말씀하시는군요.

레미가 영양이 풍부한 음식을 먹을 거라는 데에는 의심이 없고, 아멜리아는 레미가 따뜻하게 지내도록 돌봐주겠지만, 내가 어떻게 레미의 기분을 북돋아줄 수 있을까요? 나는 농담이라든가 그런 것에 익숙하지 않아요. 수녀님에게 뭐라고 대답해야 할지 몰라서 그저 고개만 끄덕이면서 쾌활하게 보이려고 노력했지만 수녀님이 날카로운 시선으로 나를 쳐다보는 걸로 봐서는 성공하지 못한 것 같습니다.

좋아요, 나도 최선을 다하겠습니다. 하지만 당신의 도움이 필요합니다. 당신은 천성적으로 쾌활하고 근심 없는 마음을 갖고 있으니, 레미에게는 나보다 당신이 더 좋은 친구가 될 것 같습니다. 지난 몇 달 사이에 우리 모두 당신을 좋아하게 된 것처럼, 레미도 틀림없이 당신을 좋아하게 될 테고, 당신은 레미에게 좋은 영향을 줄 것입니다.

나를 대신해서 키트에게 뽀뽀해 주고 안아주세요. 그럼 화요일에 봅시다.

도시

1946년 7월 29일

알렉산더 스트라칸 부인 귀하
피오칸 팜
바이 오반
아가일

사랑하는 소피,

내가 지금까지 도시 애덤스에 대해서 했던 말들은 모두 무시해 줘.

나는 바보천치야.

조금 전에 도시로부터 나의 '쾌활한 천성과 근심 없는 마음'의 약효특성을 찬양하는 편지를 한 통 받았어.

쾌활한 천성이라고? 근심 없는 마음이라고? 이렇게 심한 모욕을 받아 보긴 생전 처음이야. 내가 아는 바에 의하면 근심 없는 마음이란 어리석고 무분별한 것과 별 차이가 없는 표현이야. 헛소리나 낄낄대는 어릿광대라는 말이지— 도시가 나를 바로 그렇게 생각하고 있는 거야.

게다가 창피도 당했어— 달빛 아래 산책하면서 내가 칼날 같은 매혹의 감정을 느끼는 동안, 도시는 레미에 대해서 고민하면서 내가 경박하게 재잘거리는 것이 레미의 기분을 전환시킬 수 있지 않을까 하는 것을 생각하고 있었던 거야.

아니었어. 나는 그저 착각했을 뿐이고, 도시는 나에게 조금도 관심이 없는 거였어.

너무 신경질이 나서 더 이상 쓸 수가 없어.

언제나처럼 사랑을 담아, 줄리엣

139 줄리엣이 시드니에게 보낸 편지

미스터 시드니 스타크 귀하
스트리븐스 & 스타크 출판사
세인트제임스 플레이스 21번지
런던, S.W.1

1946년 8월 1일

시드니 오빠,

마침내 레미가 왔어요. 조그마한 몸집에 끔찍할 정도로 말랐는데, 짧게 자른 머리는 검은색이고 눈동자도 거의 검은색이에요. 나는 레미가 부상을 입은 것처럼 보일 거라고 생각했었는데, 그렇지는 않아요. 약간 절뚝거리기는 하는데, 그것도 걸을 때 조금 망설이는 것처럼 보일 뿐이고, 목을 움직이는 게 좀 부자연스러워 보일 뿐이에요.

이렇게 묘사하면 레미가 초라하게 보이는 것처럼 들릴 테지만, 사실은 전혀 그렇지 않아요. 멀리서 본다면 그렇게 생각할 수도 있겠지만, 가까이에서 보면 결코 그렇지 않아요. 그녀에게는 뭔가 근엄하고 강인한 분위기가 있는데, 거의 다른 사람을 압도할 정도예요. 냉담하지도 않고 절대 불친절한 것도 아니며, 단지 경계심 때문에 자연스럽게 행동하지 못하는 것 같아요. 만약에 내가 그런 일들을 겪었다면 나도 그렇게 되었을 거예요— 일상에서 약간 유리(遊離)된 것처럼 말이죠.

하지만 레미가 키트와 함께 있을 때에는 위에 얘기한 내용을 완전히 반대로 보면 돼요. 처음에는 말을 붙이지 않고 그저 눈으로 키트의 움직임을 따라가기만 했는데, 키트가 혀 짧은 소리를 가르쳐 주겠다고 하면서 상황이 반전되었죠. 레미는 깜짝 놀란 것 같았지만 곧 교습을 받겠다고 동의했고, 키트와 둘이서 아멜리아네 온실로 갔어요. 레미는 억양이 다르기 때문에 혀 짧은 소리를 내는 것이 쉽지 않았지만, 키트는 그걸 탓하지 않고 너그럽게도 되풀이해서 가르쳐주었죠.

레미가 도착한 날 저녁에 아멜리아가 작은 디너파티를 열었어요. 사람들은 모두 얌전히 굴었어요. 이솔라는 큰 병에 담긴 강장제를 들고 왔지만, 레미를 보자마자 마음을 바꿨어요. "이걸 먹으면 레미가 죽을지도 모르겠어." 라고 나에게 중얼거리더니, 강장제 병을 코트 주머니에 쑤셔 넣었죠. 일라이는 조심스럽게 레미와 악수하고는 뒤로 물러섰어요— 아마 잘못하다가 레미를 다치게 할까봐 걱정스러웠던 모양이에요. 다행스럽게도 레미는 아멜리아가 편안한 것 같았어요— 앞으로 사이 좋은 친구가 되겠죠. 하지만 레미가 제일 좋아하는 것은 도시예요. 그날 도시는 조금 늦었는데, 그가 거실로 들어서자 레미가 안도하는 것이 눈에 보였어요. 도시를 향해 미소를 짓기까지 했어요.

어제는 쌀쌀하고 안개도 짙은 날이었지만, 레미와 키트와 나는 엘리자베스네 집앞 작은 해변에서 모래성을 만들었어요. 오랫동안 공들여 만들었기 때문에 훌륭하게 완성되었죠, 건축물 모형처럼 말이에요. 내가 보온병에 코코아를 가지고 왔기 때문에 우리는 앉아서 그걸 마시며 파도가 와서 모래성을 덮쳐서 쓸어가 버리기를 초조하게 기다리고 있었어요.

키트는 해안을 여기저기 뛰어다니면서 바닷물에게 더 빨리 더 가까이 오라고 손짓하고 있었죠. 레미가 내 어깨에 손을 대더니 미소 지었어요. "엘리자베스도 한때는 저 아이 같았겠죠." 그녀가 말했어요. "바다의 여왕처럼 말이에요." 나는 마치 레미가 나에게 선물을 준 것 같은 기분이었어요— 손을 대는 것처럼 작은 몸짓을 하는 데에도 믿음이 필요하거든요. 레미가 나와 함께 있을 때 안전하다고 느끼는 것 같아서 기뻤어요.

키트가 파도에 맞춰 춤추고 있는 동안, 레미는 엘리자베스에 대해서 얘기해 주었어요. 엘리자베스는 조용히 지내면서 남은 힘을 아꼈다가 전쟁이 끝나자마자 집으로 돌아갈 작정이었대요. "우리는 그렇게 될 수 있을 거라고 생각했어요. 우리는 연합군이 반격한 것도 알고 있었고, 연합군 폭격기가 수용소 위로 날아가는 것도 봤어요. 베를린에서 어떤 일이 일어나고 있는지도 알고 있었어요. 수용소 감시병들조차 두려움을 숨길 수 없었어요. 매일밤 우리는 뜬눈으로 누워서 수용소 정문에 연합군 탱크 소리가 들리기를 기다렸어요. 우리는 내일이면 해방될 거라고 속삭이곤 했어요. 우리는 죽지 않을 거라고 믿었어요."

그 다음에는 할 수 있는 말이 없었어요— 마음속으로는 엘리자베스가 몇 주만 더 참았더라면, 집으로 돌아와 키트를 볼 수 있었을 텐데, 라고 생각하고 있었지만 말이에요. 왜, 왜, 전쟁의 종말은 그렇게 가까이에 있었는데, 엘리자베스는 감시원에게 덤볐던 것일까?

레미는 바다를 바라보면서 숨을 들이쉬고 내쉬었어요. 그런 다음에 이렇게 말했죠. "그런 용기가 없는 편이 엘리자베스에게는 더 나았겠죠."

물론 그랬을 테죠. 하지만 우리에게는 더 나쁜 일이었을 거예요, 시드니 오빠.

그리고 파도가 밀려 왔어요. 환호, 비명, 그리고 모래성은 사라졌어요.

사랑을 보내며, 줄리엣

1946년 8월 1일

미스터 시드니 스타크 귀하
스티븐스 & 스타크 출판사
세인트제임스 플레이스 21번지
런던, S.W.1

친애하는 시드니,

나는 '건지 아일랜드 감자껍질파이 클럽'의 신임 서기가 되었어요. 당신은 줄리엣이 관심을 가진 거라면 뭐든지 관심이 있으니까, 이것도 읽어보세요. 내가 처음으로 작성한 의사록 샘플이에요.

1946년 7월 30일, 7:30 P.M.
날씨는 춥고 바다는 요란함. 윌 티스비 집에서 모임. 청소는 했지만 커튼은 빨아야 할 것 같음.
윈슬로 도브스 부인이 자기가 쓴 자서전 「딜라일라 도브스의 인생과 사랑」의 한 장(章)을 낭독했음. 관객은 주의 깊게 경청했지만 반응은 조용함. 윈슬로만 예외. 이혼하겠다고 함.

모두 당황했음. 줄리엣과 아멜리아가 미리 만들어 놓은 디저트를 가져 왔음― 예쁜 리본케이크로 진짜 도자기 쟁반에 담겨 있었음― 보통 접하기 어려운 물건임.

미스 마이너가 일어서더니, 우리가 스스로의 저작을 주제로 해도 된다면, 자기도 스스로 쓴 글을 읽어도 되느냐고 질문함. 그녀의 저작은 「메리 마가렛 마이너의 비망록」

모든 사람이 메리 마가렛이 어떤 생각을 가지고 있는지 이미 알고 있지만, 그래도 "찬성"이라고 말했는데, 우리가 모두 메리 마가렛을 좋아하기 때문임. 윌 티스비가 과감하게 의견을 제시함. 메리 마가렛은 말할 때는 물론 글도 정리가 안 되어 있는데, 편집을 하면 좀더 나아질 것이라고 함.

나는 제인 오스틴에 대한 발표를 빨리 하고 싶어서 다음 주에 임시모임을 갖자고 제안함. 도시가 동의했음. 모든 사람이 "찬성"이라고 말함. 정회(停會).

　　　　미스 이솔라 프리비
　　　　'건지 아일랜드 감자껍질파이 클럽'의 공식 서기

자, 이제 내가 공식 서기가 되었으니, 당신이 원한다면 문
학회 회원이 될 수 있어요. 당신은 섬주민이 아니기 때문에 우
리 규정에는 위배되지만, 내가 비밀로 처리해줄 수 있어요.

당신의 친구, 이솔라

미스터 시드니 스타크 귀하
스티븐스 & 스타크 출판사
세인트제임스 플레이스 21번지
런던, S.W.1

1946년 8월 3일

시드니 오빠,

스티븐 & 스타크 출판사에서 누군가가— 전혀 상상도 할
수 없는 그 누군가가— 이솔라에게 선물을 보냈군요. 1800년
대 중반에 출판된 책으로 제목은 「골상학과 정신의학에 관한
도해를 곁들인 새로운 자가 학습서: 크기와 형태에 관한 도표와
백 장 이상의 도해 포함」이라고 되어 있네요. 그렇게 장황한 제
목도 부족한 경우에 대비해서, '골상학: 머리의 형태를 해석하
는 과학'이라는 부제도 달려있군요.

어제 에벤이 키트와 나, 도시, 이솔라, 윌, 아멜리아, 그리
고 레미를 저녁식사에 초대했어요. 이솔라는 도표, 그림, 모눈
종이, 줄자, 캘리퍼스[측경양각기(測徑兩脚器)], 그리고 선물 받은 새

책을 들고 나타났어요. 이솔라는 헛기침을 하더니 첫 장에 있는 광고 문구를 읽기 시작했어요. "이제 당신도 골상의 비밀을 해석할 수 있습니다! 친구들을 놀라게 하십시오. 적들을 당황하게 하십시오. 그들이 가진 인간 능력과 가지지 못한 능력에 대한 반박할 수 없는 지식이 있다면 할 수 있습니다."

이솔라는 테이블 위에 책을 내려놨어요. "나는 숙련된 전문가가 될 거예요."라고 선언했어요. "이제 곧 추수감사절 축제 기간이니까."

이솔라는 이미 엘스턴 목사에게 더 이상은 숄을 입지 않을 것이며 손금을 보는 척하겠다고 말했대요. 이제부터 그녀는 두상의 비밀을 해석함으로써 과학적인 방법으로 미래를 예견할 것이며, 그렇게 되면 교회는 미스 시빌 비도스가 '시빌 비도스에게 키스를 해 보세요'라는 간판을 걸고 있는 매점에서 벌어들이는 것보다 골상학으로부터 더 많은 돈을 벌 수 있을 거라고 말했다는군요.

윌이 끼어들더니 이솔라의 말이 맞대요. 자선행사 때 윌은 한 번 미스 비도스에게 키스하려고 덤벼본 적이 있는데 그다지 키스를 잘 하는 편이 아니었다는 거예요.

오빠가 대체 건지 섬에 어떤 일을 벌여 놓았는지 이제 알겠어요? 이솔라는 이미 싱글턴 씨의 골상을 보고는 (시장에서 가게가 나란히 있거든요) 그에게 '동료 피조물에 대한 애정궁' 가운데가 약간 꺼져 있다고 말했대요— 그것 때문에 싱글턴 씨가 개

먹이를 충분히 주지 않는 것이라고요.

이제 이야기가 어디로 흘러갈지 보이죠? 어느 날엔가 이솔라가 '잠재적인 살인 혹'을 가진 사람을 발견한다면, 그 사람은 이솔라에게 총을 쏘겠죠— 미스 비도스가 먼저 이솔라를 겨누지 않는다면 말이죠.

하지만 오빠가 보낸 선물 때문에 예상치 못했던 근사한 일도 일어났어요. 디저트를 먹은 다음에 이솔라가 에벤의 골상을 측정하기 시작했어요— 나에게는 그 수치를 받아 적으라고 했죠. 나는 에벤이 머리카락을 쭈뼛 세우고, 이솔라가 그의 두상을 샅샅이 조사하는 걸 레미가 어떻게 받아들일까 생각하면서 레미를 힐끗 쳐다봤어요. 레미는 미소를 참느라 애쓰고 있었는데, 결국 못 참겠다는 듯 웃음을 터뜨렸어요. 순간 도시와 나는 깜짝 놀라서 레미를 바라봤어요.

평소 레미는 거의 말이 없기 때문에, 아무도 그녀에게서 그런 웃음이 터져 나오리라고는 상상하지 못했던 거예요. 물이 흐르는 것 같은 웃음소리였어요. 다시 들을 수 있었으면 좋겠어요.

최근 도시와 나는 예전처럼 편한 사이가 아니에요. 여전히 키트를 보러 종종 놀러오고, 레미를 데리고 찾아오기는 하지만 말이죠. 레미의 웃음소리를 들었을 때 우리는 눈을 마주쳤는데, 그것은 거의 2주일 만에 처음이었어요. 하지만 그가 나를 바라본 것은 나의 '쾌활한 본성'이 레미에게 긍정적인 효과를 준 것에 대한 감탄이었을 거예요. 정말이라니까요. 어떤 사람들에 의하면, 나는 '쾌활한 본성'을 타고 났대요. 시드니 오빠, 그거 알고 있었어요?

빌리 비가 피터 앞으로 '스크린 젬' 잡지를 한 권 보내줬네요. 그 안에 리타 헤이워드 사진이 한 장 실려 있었어요. 피터는 기뻐했죠. 물론 미스 헤이워드가 잠옷을 입은 채 포즈를 취한 것 때문에 놀라긴 했지만 말이에요. 그것도 침대에 무릎을 꿇고! 세상이 어떻게 되려고!

시드니 오빠, 빌리 비가 이런 개인적인 심부름을 계속 해도 괜찮은 거예요?

사랑을 담아, 줄리엣

1946년 8월 5일

미스 줄리엣 애쉬튼 귀하
그랜드 마누아, 커리지
라 부베,
세인트마틴 교구, 건지

사랑하는 줄리엣,

알고 있겠지만 시드니는 당신으로부터 온 편지를 소중하게 품 안에 간직하지 않고, 그냥 누구든지 읽을 수 있도록 책상 위에 펼쳐 놓잖아요. 그래서 나도 읽었어요.

내가 이 편지를 쓰는 것은 빌리 비가 당신의 개인적인 심부름을 하는 것에 대해서 미안해 할 필요가 없다는 것을 알려주려는 거예요. 시드니가 시키는 게 아니에요. 빌리 비가 뭐든지 좋으니 시드니나, 당신, 아니면 "그 예쁜 어린애"를 위해서 작은 일이라도 하겠다고 애원하는 거예요. 그 여자는 시드니에게 살랑살랑 꼬리치고, 나는 도저히 그 꼴을 못 봐 주겠어요. 유치하게도 앙고라 털실 모자를 쓰고 그 끈을 턱에 묶고 다녀요— 소냐 헤니*가 스케이트 탈 때 쓰는 그런 모자 말이에요. 더 이상 무슨 말이 필요하겠어요.

그리고 또, 시드니가 생각하는 것처럼 그 여자는 하늘에서 내려온 천사가 아니라 인재파견회사에서 보내 왔어요. 처음에는 임시직원으로 들어왔는데 얼마나 열심히 일했는지 이제는 중요한 일을 맡은 정규직원이 되었죠. 혹시 키트에게 갈라파고스 제도에 사는 동물 중에서 가지고 싶은 게 있나요? 알려주기만 하면 빌리 비가 다음번 조류(潮流)를 타고 갈라파고스로 갈 거예요— 가서 몇 달이고 동물을 찾겠죠. 어쩌면, 그곳에 있는 어떤 동물이 그 여자를 먹어버린다면 영원히 돌아오지 않을 수도 있겠군요.

최고의 행운을 빌며, 수잔

---

* 소냐 헤니Sonja Henie : 미국의 아이스쇼 스타, 영화배우.

143 이솔라가 시드니에게 보낸 편지

1946년 8월 5일

미스터 시드니 스타크 귀하
스티븐스 & 스타크 출판사
세인트제임스 플레이스 21번지
런던, S.W.1

친애하는 시드니,

「골상학과 정신의학에 관한 도해를 곁들인 새로운 자가
학습서: 크기와 형태에 관한 도표와 백 장 이상의 도해 포함」을
보내준 것이 당신이라는 걸 알고 있어요. 매우 유용한 책을 보
내줘서 고마워요. 열심히 공부했기 때문에 이제는 책을 서너 번
이상 들여다보지 않아도 한 사람의 골상 정도는 볼 수 있게 되
었어요. 나는 이번 추수감사절 축제에서 교회에 한 몫을 벌어
줄 생각이에요. 왜냐하면, 자신의 가장 깊은 내부에서 일어나
고 있는 작용이— 좋은 것이든 아니든— 골상학이라는 과학의
힘을 통해서 밝혀지기를 원하지 않는 사람이 누가 있겠어요?
그런 사람은 아무도 없을 걸요.

405

이 골상학이라는 과학은 정말 대단해요. 지난 사흘 동안 나는 평생 발견한 것보다 더 많은 사실을 알아냈죠. 길버트 부인은 성질이 고약한데, 알고 보니 그녀로서도 어쩔 수 없는 것이었어요— '자비심궁'에 움푹 파인 곳이 있더군요. 어렸을 때 채석장으로 떨어진 적이 있었다는데, 내 추측으로는 아마 그 때 '자비심궁'에 손상이 생겨서 성격이 바뀐 게 아닐까요.

가까운 친구들에 대해서도 새로운 비밀을 발견하게 되었어요. 에벤은 '수다스러운' 성격이라는군요! 한 번도 그렇게 생각해 본 적이 없었는데 말이에요. 하긴, 눈을 보면 지쳐있는 것 같으니 두말할 것 없겠죠. 그래서 조용히 에벤에게 이 사실을 알려줬어요. 줄리엣은 내가 골상을 봐 주는 것이 싫다고 했지만, 내가 과학의 발전을 방해하지 말라고 하자 결국 수긍했어요. 결과는 '애정이 흘러넘치는' 것으로 나왔어요. 게다가 부부애가 두텁다고 하는군요. 그런 특성을 가졌는데 어떻게 아직도 결혼하지 않았는지 이상한 일이라고 줄리엣에게 말해줬어요.

그러자 윌이 끼어들어서 이렇게 말했어요. "줄리엣, 당신의 시드니 스타크는 운이 좋은 남자군요!" 줄리엣은 얼굴이 토마토처럼 빨개졌어요. 나는 윌에게 잘 알지도 못하면서 그렇게 말하지 말라고, 시드니 스타크는 동성애자라는 말을 하고 싶은 충동을 꾹 참고 당신과 약속했던 대로 비밀을 지켰지요.

도시가 일어서서 나가버렸기 때문에 그의 머리는 조사하지 못했지만, 가까운 시일 안에 그를 붙잡아서 골상의 볼 거예요.

가끔씩 도시를 이해할 수 없을 때가 있어요. 한동안은 그렇게 얘기를 잘 하더니, 요즘은 두 마디 이상 말하는 적이 없다니까요.

좋은 책 보내준 것에 대해서 다시 한 번 고마워요.

당신의 친구, 이솔라

744 시드니가 줄리엣에게 보낸 전보

1946년 8월 6일

어제 도미닉에게 선물하려고 작은 백파이프를 샀음.

키트도 그런 거 좋아할까? 남은 게 하나밖에 없기 때문에 답장은 빨리 보내줘야 돼. 집필은 어떻게 되어 가는지?

너와 키트에게 사랑을 보낸다, 시드니

미스터 시드니 스타크 귀하
스티븐스 & 스타크 출판사
세인트제임스 플레이스 21번지
런던, S.W.1

1946년 8월 7일

시드니 오빠,

키트는 백파이프 아주 좋아하겠죠. 나는 백파이프 별로
예요.

집필은 눈부시게 진행되고 있다고 생각하지만, 그래도 첫
두 장(章)의 원고를 오빠에게 보내려고 해요. 오빠가 읽어보기
전에는 안정된 기분이 들지 않을 거예요. 읽어줄 시간 있죠?

모든 종류의 전기는 대상 인물이 살았던 바로 그 시대, 아
직 그 사람에 대한 기억이 생생할 때 써야 하는 법이죠. 내가 만
일 앤 브론테의 이웃과 이야기를 할 수 있었다면 글이 얼마나
달라졌을는지 생각해 봐요. 어쩌면 앤 브론테는 그렇게 온순하
고 우울한 성격이 아니었을는지도 몰라요. 어쩌면 화끈한 성격

의 소유자로 일주일에 한 번씩은 그릇을 바닥에 던졌는지도 모르죠.

나는 매일 엘리자베스에 대한 새로운 사실을 알아가고 있어요. 직접 그녀를 알았었다면 얼마나 좋았을까요. 글을 쓰다 보면 나는 마치 엘리자베스가 내 친구인 것처럼, 마치 내가 현장에 있었던 것처럼 그녀가 한 일들을 떠올리곤 해요— 그녀는 너무나 생생하게 남아 있기 때문에 나는 그녀가 죽었다는 것을 스스로에게 상기시켜야 하고, 그러고 나면 다시금 그녀를 잃은 슬픔을 느끼게 되지요.

오늘도 엘리자베스에 관한 이야기를 하나 들었는데, 듣고는 누워서 울고 싶어졌어요. 오늘 저녁에 에벤과 함께 저녁을 먹은 다음, 일라이와 키트는 지렁이를 파헤치러 나갔어요. (그런 작업은 달빛 아래에서 가장 잘 돼요.) 나와 에벤은 커피를 들고 밖으로 나갔는데, 처음으로 에벤이 스스로 엘리자베스에 대한 이야기를 들려주었어요.

일라이를 포함한 아이들이 대피선박을 기다리면서 학교에 모여 있을 때의 이야기예요. 가족들의 입장은 허락되지 않았기 때문에 에벤은 그곳에 없었지만, 이솔라가 있었기 때문에 그날 저녁에 에벤에게 얘기해 주었다고 하더군요.

방 안에는 아이들이 가득했고, 엘리자베스는 일라이의 코트 단추를 채워주고 있었는데, 일라이가 배 타는 것이— 엄마와 가족으로부터 멀리 떠난다는 것이— 두렵다는 말을 했대요. 아이는, 만약 배에 폭격을 맞기라도 한다면, 누구에게 마지막 인사를 해야 하느냐고 물었답니다. 엘리자베스는 일라이의 질문에 곰곰이 생각하듯 약간 시간을 끌더니 자기 스웨터 안쪽 블라우스에 달려있던 브로치를 떼어냈대요. 그건 엘리자베스의 아버지가 1차 세계대전 때 받은 훈장으로 엘리자베스는 늘 그것을 달고 다녔대요.

엘리자베스는 그 브로치를 손에 잡고 일라이에게 이것은 마법의 배지라서 그걸 달고 있으면 어떤 일도 일어날 수 없다고 설명했대요. 그런 다음, 일라이에게 그 배지에 두 번 침을 뱉으라고 했대요— 그래야 마법이 살아나니까요. 엘리자베스 어깨 너머로 본 일라이의 얼굴은 아직 철이 들기 전 어린이에게서 볼 수 있는 순진하고 아름다운 바로 그 얼굴이었다고, 이솔라가 에벤에게 말해줬답니다.

전쟁 중에 일어났던 그 모든 일 중에서도 이것은— 아이를 안전하게 지키기 위해서 아이를 멀리 떠나보낸 것은— 가장 잔인한 일이었을 거예요. 부모들이 어떻게 그걸 견뎠는지 모르겠어요. 그것은 자식을 보호하려는 동물적 본능에 대한 도전이에요. 나조차도 키트와 함께 있으면 점점 곰처럼 되어가는 것 같거든요. 실제로 키트를 지켜보고 있는 것이 아닐 때에도 나는 키트를 지켜보는 거예요. 만일 키트에게 어떤 위험상황이라도 닥친다면 (키트는 오르는 것을 좋아하기 때문에 종종 위험이 닥치죠.) 내 목덜미에서는 털이 곤두서고— 전에는 나에게 목덜미

털이 있는지도 몰랐어요— 나는 아이를 구하러 뛰어가죠. 키트의 적, 즉, 교구목사의 조카가 키트를 향해서 플럼이라도 던지면 나는 그 아이에게 고함을 질러요. 그리고 뭔가 신비한 직감을 통해서, 나는 언제나 키트가 어디에 있는지 알고 있어요. 마치 내 손이 지금 어디 있는지 알고 있듯이 말이죠. 만일 그걸 알지 못하면, 나는 걱정 때문에 병이 날 거예요. 이런 식으로 종족이 번식해 왔겠죠. 그런데 전쟁은 이 모든 것을 파괴한 거예요. 자기 아이들이 어디에 있는지도 모르면서, 건지 섬의 어머니들은 어떻게 살았을까요? 나로서는 상상도 할 수 없어요.

사랑을 보내며, 줄리엣

추신. *백파이프 말고 플루트는 어때요?*

1946년 8월 9일

알렉산더 스트라칸 부인 귀하
피오칸 팜
바이 오반
아가일

내 사랑 소피,

멋진 소식이구나— 아이를 가졌다니! 훌륭해! 이번에는 퍽퍽한 비스킷을 먹고 레몬을 빨아먹을 필요가 없기를 진심으로 바란다. 너희 부부는 누구든지 무엇이든지 상관하지 않는다는 걸 알고 있지만, 그래도 나는 딸이었으면 좋겠어. 딸일 거라는 생각으로, 핑크색 털실로 마티네코트[유아용 상의]와 모자를 뜨개질하고 있어. 남편은 물론 기뻐하겠지만 도미닉은 어떠니?

이솔라에게 이 소식을 얘기했는데, 혹시 이솔라가 너에게 '산전 강장제'를 보낼는지도 모르겠어. 소피— 제발 그거 마시지 말고, 개가 먹을 만한 곳에 버리지도 말아. 이솔라가 만든 물약에 실제로 독성물질이 들어있는 것은 아니겠지만, 그래도 조금이라도 위험성이 있다면 하지 않는 게 좋다고 생각한단다.

도시에 대해서 물어보고 싶었다면 수신인을 잘못 택한 거야. 편지를 키트에게 보내거나, 아니면 레미에게 보내. 요즘은 도시를 제대로 만난 적도 없을 뿐 아니라, 가끔 볼 때에도 그 남자는 아무 말이 없어. 그것도 로체스터*처럼 로맨틱하고 우울한 침묵이 아니라, 불만을 암시하는 근엄하고 진지한 침묵이야. 도대체 뭐가 문제인지 모르겠어. 정말 모르겠어. 처음 건지 섬에 왔을 때 도시는 나의 친구였어. 우리는 찰스 램에 대해서 이야기하고 둘이 함께 섬의 이곳저곳을 돌아다니곤 했지. 그리고 내가 지금까지 알아왔던 그 어느 누구보다 그와 함께 있는 것이 즐거웠어. 그런데, 그 해안가에서의 끔찍했던 밤 이후, 그는 말을 멈춰버렸어— 어쨌든 나하고는 말하지 않아. 무지하게 실망스러운 일이야. 우리가 서로 이해하고 있던 그 때의 느낌이 그립지만 처음부터 나의 착각이었을 거라고 생각하기 시작했어.

하지만 나는 원래 말이 없는 사람이 아니라서, 사람들에 대해서 무턱대고 호기심이 있잖아. 도시가 자기 얘기는 하지 않기 때문에— 나에게는 전혀 하지 않았어— 나는 도시의 과거에 대한 정보를 얻고자 이솔라에게 도시의 골상에 대해서 물어봤단다. 그런데 이솔라는 결과적으로는 골상이 틀릴 수도 있다고 걱정하면서, 그 증거로 도시의 '폭력지향성 결절'이 그렇게 크지 않았다는 거야. 그가 에디 미어스를 죽도록 팬 것에 비해서

---

* 소설 '제인에어'의 남자주인공.

는 작았다는 거지!!!

여기에서 느낌표는 내가 덧붙인 거란다. 이솔라는 당연하다는 식으로 얘기했거든.

에디 미어스는 덩치 크고, 비열하고, 독일군 당국에 정보를 주고 교환하고 팔아먹는 사람이었던 모양이야. 사람들은 모두 그가 그런 짓을 한다는 걸 알고 있었지만 정작 에디 미어스는 개의치 않았던 것 같아. 왜냐하면 술집에 가서 자기가 새로 얻은 것들을 떠벌이곤 했으니 말이야. 흰 빵 한 덩어리, 담배, 실크스타킹 등등— 그는 그 실크스타킹 정도면 섬에 있는 어떤 여자라도 고마워할 거라고 말했다고 해.

엘리자베스와 피터가 체포되고 1주일 후, 에디는 피터 소여의 집에서 자신이 본 것을 밀고하고 받은 보상이라고 귀뜸하면서 은제 담배케이스를 자랑했대.

이 말을 들은 도시는 다음날 밤에 '크레이지 이다'로 갔어. 당당하게 걸어 들어가서 바에 앉아 있던 에디 미어스에게 가서는 그의 셔츠 목덜미를 잡고 들어 올려서 이 더러운 잡새끼, 라고 말하면서 에디의 머리를 바에 내리쳤대. 그리고는 에디를 의자에서 끌어 내려서 바닥에서 뒹굴면서 싸웠지.

이솔라의 말에 의하면 도시는 엉망진창이었대— 코와 입에서는 피가 흐르고, 눈꺼풀이 부어올랐고, 갈비뼈 하나가 금이 갔단다. 하지만 에디 미어스는 훨씬 더 험악한 몰골이었대. 양쪽 눈에 멍이 들고, 갈비뼈 두 대가 부러졌고, 상처를 꿰매야 했다나. 재판 결과 도시는 건지 감옥에서 3개월 금고형을 받았지만 1개월 만에 풀려나왔대. 독일군은 좀더 중대한 범죄자들을 위해서 감옥 공간이 필요했거든— 말하자면 암거래상인이라든가 군용트럭에서 휘발유를 빼가는 도둑이라든가.

"그래서 지금까지도 에디 미어스는 '크레이지 이다'에 앉아 있다가 도시가 걸어 들어오는 걸 보면, 눈을 흘금거리고, 맥주를 쏟고, 그러다가 5분도 되기 전에 뒷문으로 도망친다고."라고 이솔라가 결론 내렸어.

당연히 나는 얘기를 더 해 달라고 졸라댔지. 골상학에 자신이 없어진 이솔라는 사실만을 얘기해 주었어.

도시의 어린 시절은 그리 행복하지 못했던 것 같아. 아버지는 도시가 열한 살 때 돌아가셨고, 늘 건강이 좋지 못했던 어머니는 점점 이상해졌대. 공포증을 가지게 되었나봐. 처음에는 시내에 가는 것을 두려워하더니, 그 다음에는 뜰에 나가는 것도 두려워하고, 마지막에는 집 밖으로 한 발짝도 나가지 않았대. 어머니는 부엌에 앉아서 의자를 흔들거리면서 도시의 눈에는 보이지 않는 것들을 바라보곤 했나 봐. 그러다가 전쟁이 터지기 직전에 돌아가셨대.

이솔라는 그 모든 것들— 어머니, 농장, 그리고 한때 지독하게 말을 더듬었던 것— 때문에 도시가 늘 소극적이었으며, 에벤을 제외하고는 친구가 없었다고 말했어. 하지만 엘리자베스가 이 섬에 오면서 모든 게 달라졌지. 엘리자베스는 도시에게 문학회에 참석하라고 강요했단다. 그리고 이제 도시는 돼지콜레라 대신에 책에 대해서 얘기하고, 그러면서 친구를 사귀게 되었지. 그리고 말을 하면 할수록 덜 더듬게 되었단다.

신비한 인물이야. 그렇지 않니? 어쩌면 이 남자는 정말로 로체스터처럼 비밀스러운 불행을 감추고 있는지도 몰라. 지하실에 미친 아내가 살고 있는 건 아닐까. 뭐든지 추측이야 가능하겠지만, 내 생각에 전쟁 중에 배급통장 하나 가지고 미친 아내를 먹여 살리기는 어려웠을 거야. 오, 정말 나는 우리가 다시 친구가 되었으면 좋겠어. (여기서 우리는 나와 도시야, 그 미친 아내가 아니라.)

도시에 대해서 간결하게 한두 문장으로 끝내려는 작정이었는데, 쓰다 보니 몇 장이나 넘어갔네. 이제 서둘러서 외출 채비를 하고 오늘밤 문학회 모임에 가 봐야 해. 내 옷 중에서 입을만한 스커트라고는 딱 한벌 뿐이라서, 요즘은 누추한 것 같은 기분이 든단다. 레미는 말이야, 그렇게 허약하고 말랐는데도, 볼 때마다 맵시가 있거든, 대체 프랑스 여자들은 어떻게 그럴 수 있는 걸까?

곧 다시 편지할게.

사랑을 담아, 줄리엣

미스터 시드니 스타크 귀하
스티븐스 & 스타크 출판사
세인트제임스 플레이스 21번지
런던, S.W.1

1946년 8월 11일

시드니 오빠,

엘리자베스 전기의 진행이 꽤 만족스럽다니 나도 기뻐요.
하지만 그것에 대해서는 나중에 얘기하죠— 왜냐하면 지금 당
장 할 말이 있거든요. 말을 안 할 수가 없어요. 나 자신조차 감
히 믿을 수 없지만, 그건 사실이에요. 내 두 눈으로 똑똑히 봤
다고요!

만일 내 판단이 옳다면, 스티븐스 & 스타크 출판사는 세기
의 히트를 치게 될 거예요. 논문이 써 지고, 학위가 수여되고,
그리고 서방세계의 학자, 대학, 도서관, 그리고 돈이 넘쳐나는
개인 수집가들이 모두 이솔라를 찾게 될 거라고요.

무슨 얘기냐 하면— 어제 저녁 문학회 모임에서는 이솔라가 「오만과 편견」에 대해서 발표하기로 되어 있었어요. 그런데 저녁 직전에 에어리얼이 발표할 원고를 먹어버렸대요. 다급해진 이솔라는 제인 오스틴 대신에 그녀의 할머니였던 핀(본명 조세핀의 애칭이죠) 앞으로 왔던 편지 뭉치를 집어 들고 모임에 왔어요. 그 편지에는 동화 같은 이야기가 연재되어 있다는 것이었어요.

이솔라가 주머니에서 핑크색 실크로 둘둘 말아 비단 리본으로 묶은 편지 다발을 꺼내자, 그걸 본 윌 티스비는 이렇게 소리쳤어요. "러브레터다. 그 안에 비밀이 있나요? 부정한 관계에 관한 내용인가요? 신사분들은 잠시 나가줘야 하나요?"

이솔라는 윌에게 조용히 하고 앉으라고 했어요. 이 편지는 핀 할머니가 소녀였을 때 매우 친절한 남자—처음 본 낯선 사람—로부터 받은 것이라고 말했어요. 핀 할머니는 그 편지를 비스킷 넣는 깡통 안에 보관해 놓고 이솔라가 어릴 때 잠들기 전에 종종 읽어주곤 했대요.

오빠, 편지는 모두 여덟 통이었는데, 그 내용을 여기서 설명하지는 않겠어요— 분명히 실패할 테니 말이죠.

이솔라는 사연을 설명했어요. 핀 할머니가 아홉 살이었을 때, 그녀가 기르던 고양이를 아버지가 익사시켰대요. 고양이 머핀이 식탁 위로 뛰어올라 버터접시를 핥아먹었는데, 잔인했던 아버지에게는 그게 충분한 이유였죠. 아버지는 머핀을 마대에 쑤셔 넣고, 돌도 몇 개 더 넣은 다음에 입구를 묶어서 바다에 던졌어요. 그런 다음에 학교에서 돌아오던 핀을 만나서 고양이를 어떻게 처리했는지 말해 줬죠.

아버지는 비척거리며 술집으로 가 버렸고, 어린 핀 할머니는 그대로 길 한복판에 주저앉아 가슴이 터지도록 흐느끼기 시작했대요.

멀리에서 세차게 달려오던 마차가 소녀를 발견하고는 아슬아슬하게 멈췄답니다. 마부는 자리에서 일어서서 소녀를 보고 욕을 했지만, 타고 있던 손님은— 모피 칼라가 달린 검은색 코트를 입은 거대한 남자는— 마차에서 뛰어내렸어요. 그는 마부에게 조용히 하라고 말하고는 핀 쪽으로 몸을 기울여 뭘 도와줄까, 하고 물어봤어요.

핀 할머니는 아니라고, 아무도 도와줄 수 없는 일이라고 말했어요. 고양이가 죽었다고, 아버지가 머핀을 수장했기 때문에, 이제 머핀은 죽었다고— 죽어서 영원히 가버렸다고 말했어요. 그러자 그 남자가 말하길, "머핀은 물론 죽지 않았단다. 고양이에게는 아홉 개의 목숨이 있다는 말 알고 있지?" 소녀는 그런 말을 들은 적이 있는 것도 같아서 그렇다고 대답하자, 남자는 이렇게 말했어요. "나는 우연히 알게 되었는데, 너의 머핀은 세 번째 목숨이었단다. 그러니 여섯 번이 더 남았겠지."

핀은 어떻게 아느냐고 물어봤어요. 남자는 그냥 안다고 말했어요. 나는 언제나 알고 있었다고— 그런 능력을 가지고 태어났다고 대답했어요. 왜 그런지, 어떻게 그런지는 모르겠지만 종종 고양이들이 그의 마음속에 떠올라 그하고 얘기를 나눈다는 거였어요. 물론 말로 대화하는 것이 아니라 마음속으로 얘기하는 거라고.

그러더니 남자는 그곳 길 위에서 소녀 옆에 앉아서 움직이지 말고 가만히 있어야 한다고 말했어요. 꼼짝 않고 기다리면 머핀이 찾아오려는지 알 수 있다는 말이었죠. 그들은 몇 분 동안 말도 없이 앉아 있었는데, 갑자기 남자가 소녀의 손을 움켜쥐었어요!

"아—그래! 거기에 있구나! 너의 고양이는 이제 막 새로 태어났어! 대저택이야— 아니, 성이구나. 프랑스인 것 같다— 그래, 고양이는 프랑스에 있다. 소년이 고양이를 어루만지고 있어— 털을 쓰다듬고 있군. 소년은 고양이를 이미 좋아하고 있고, 이제 이름을 지어주려고 한다— 이상하게도, 고양이에게 솔랑쥬라는 이름을 붙이네. 고양이에게는 좀 특이한 이름이지. 이제 고양이는 길고, 아름답고, 모험으로 충만한 삶을 살게 될 거야. 이 솔랑쥬는 훌륭한 기백과 뛰어난 열정을 가지고 있어. 나는 벌써 예견한단다."

핀 할머니가 이솔라에게 말하길, 머핀의 새로운 운명에 넋을 잃은 나머지 울음을 멈췄대요. 하지만 그래도 여전히 머핀이 보고 싶을 거라고 남자에게 말했지요. 남자는 소녀를 일으켜 세우고는 물론 보고 싶을 거라고, 그렇게 뛰어났던 고양이 머핀에 대해서 애도했어야만 하고, 앞으로도 조금은 더 슬퍼할 거라고 말했어요.

하지만 가끔씩 솔랑쥬를 불러내 어떻게 살고 있는지, 무슨 일을 하고 있는지 알아보겠다고, 남자가 말했어요. 그는 핀 할머니에게 이름과 살고 있는 농장의 이름을 물어봤어요. 남자는 작은 수첩에 은색 연필로 주소를 받아 적고는, 곧 소식을 듣게 될 거라고 하면서 소녀의 손에 뽀뽀를 하고 다시 마차에 올라타고 떠났어요.

그런데 오빠, 정말 놀랍게도 핀 할머니는 그 남자로부터 편지를 받았어요. 1년 동안 여덟 통의 편지를 받았는데, 모두 프랑스 고양이 솔랑쥬로 태어난 머핀의 삶에 대한 이야기였어요. 솔랑쥬는 고양이족의 머스켓 총사 같은 것이었어요. 한가하게 쿠션 위에 웅크리고 앉아 크림을 핥아먹는 고양이가 아니라 하나하나 대단한 모험을 헤쳐 나갔고, 마침내 고양이로서는 최초로 레종 도뇌르 훈장[프랑스의 국가적인 명예훈장]을 받게 되었죠.

이 남자가 핀을 위해서 지어낸 이야기는 정말 대단했어요— 생생하고 위트 있고, 극적인 사건과 서스펜스로 가득했어요. 나는 그 이야기가 나와 문학회 회원들에게 준 충격에 대해 말하는 거예요. 우리는 홀린 것처럼 앉아 있었어요— 윌조차도 말을 잃었다니까요.

하지만, 내가 왜 사리분별 있는 두뇌와 냉정한 조언을 필요로 하는지 그 이유는 지금부터예요. 문학회 순서가 끝나고

(우레와 같은 박수를 받고) 나서, 나는 이솔라에게 편지를 볼 수 있냐고 물었고, 이솔라는 편지를 나에게 넘겨주었지요.

시드니 오빠, 편지를 쓴 남자는 장중한 장식체로 이렇게 서명했어요.

매우 진실한 당신의 벗,
O. F. O' F. W. W.

무슨 얘긴지 알겠어요? 이솔라가 오스카 와일드의 편지 여덟 통을 유산으로 물려받았다는 것이 가능한 얘기일까요? 오, 하느님, 나는 거의 미칠 것 같아요.

나는 그것을 믿고 싶기 때문에 믿고 있어요. 하지만 오스카 와일드가 건지 섬에 발을 들여놓았다는 기록이 어딘가에 있나요? 오, 스페란자*에게 축복 있을 지어다! 그녀가 아들에게 '오스카 핑걸 오플레어티 윌스 와일드(Oscar Fingal O' Flahertie Wills Wilde)'라는 비정상적인 이름을 붙여주지 않았더라면 서명을 어떻게 알아봤겠어요?

제발 당장 답장을 보내줘요— 숨 쉬기조차 어려울 정도라고요.

줄리엣

---

* 스페란자Speranza : 오스카 와일드의 어머니인 제인 프란세스카의 필명.

1946년 8월 13일

미스 줄리엣 애쉬튼 귀하
그랜드 마누아, 커리지
라 부베,
세인트마틴 교구, 건지

믿어보자! 빌리 비가 조사한 바에 의하면 1893년에 오스카 와일드가 1주일 동안 저지 섬에 간 적이 있다니까, 그 동안 건지 섬에 들렀다는 것은 가능한 일이야. 저명한 필적학자 윌리엄 오티스 경이 자신의 대학 소장품에서 빌린 오스카 와일드의 편지를 가지고 금요일에 그곳에 도착할 거야. 내가 로열호텔에 방을 예약해 놓았어. 윌리엄 경은 기품 있는 타입이라서 제노비아가 어깨에 앉아있는 것을 참을 수 있을지 의문이라서 말이야.

만일 윌 티스비네 집 창고에서 성배(聖杯)가 발견된다 해도, 이제는 나에게 말하지 마. 내 심장도 더 이상은 못 견딜 거야.

너와 키트와 이솔라에게 사랑을 보내며, 시드니

249 이솔라가 시드니에게 보낸 편지

1946년 8월 14일

미스터 시드니 스타크 귀하
스티븐스 & 스타크 출판사
세인트제임스 플레이스 21번지
런던, S.W.1

친애하는 시드니,

　줄리엣이 말하길, 당신이 필적을 감정하는 사람을 보내서
핀 할머니의 편지를 보고 오스카 와일드가 썼는지 아닌지 결정
하도록 했다면서요. 나는 오스카 와일드가 썼을 거라고 장담하
지만, 만일 아니라고 해도 솔랑쥬 이야기는 여전히 감탄할 만할
거예요. 나도 감탄했고, 키트도 그랬고, 핀 할머니도 그랬다는
걸 알고 있다고요. 그 친절한 신사와 그의 재미있는 생각에 대
해서 이렇게 많은 사람들이 알게 되었다는 것을 알면, 우리 핀
할머니는 무덤 속에서 행복해서 빙빙 돌 걸요.
　줄리엣의 말에 의하면, 만일 오스카 와일드 씨가 그 편지
를 쓴 게 맞다면, 학교와 도서관에 있는 많은 선생님들이 그 편

지를 얻고자 나에게 상당한 돈을 제안할 거라고 하네요. 그들은 틀림없이 안전하고, 습기 없고, 적절하게 냉방이 된 장소에 편지를 보관하려고 하겠죠.

하지만 나는 거절할 거예요! 편지는 지금도 안전하고 습기 없고 싸늘한 곳에 있어요. 핀 할머니는 편지를 비스킷 통에 담아서 보관했기 때문에, 편지는 비스킷 통에 그대로 담아둘 거예요. 물론 그걸 보고 싶은 사람은 누구든지 이곳으로 와서 나를 찾아오면 볼 수 있도록 할 거예요. 줄리엣의 말로는 아마도 학자들이 많이 찾아 올 거라는데, 그건 나에게나 제노비아에게나 좋은 일이에요— 우리는 어울리는 걸 좋아하니까요.

만일 당신이 그 편지를 가지고 책을 내고 싶다면, 당신은 그래도 돼요. 물론 줄리엣이 말한 '서문'이라는 것을 내가 쓰도록 허락해 줬으면 좋겠지만 말이죠. 나는 핀 할머니에 대해서 말하고 싶고, 게다가 할머니와 고양이 머핀이 펌프 옆에서 함께 찍은 사진을 한 장 가지고 있거든요. 줄리엣이 인세에 대해서 얘기해 줬는데, 그렇다면 사이드카가 달린 모터사이클을 살 수 있겠군요— 르눅스 자동차 상회에서 빨간색 중고품 하나 봐놓은 게 있거든요.

당신의 친구, 이솔라 프리비

1946년 8월 18일

미스터 시드니 스타크 귀하
스티븐스 & 스타크 출판사
세인트제임스 플레이스 21번지
런던, S.W.1

시드니 오빠,

윌리엄 경이 왔다 갔어요. 이솔라가 나에게 검사하는 자리
에 참석해달라고 초청했기에 나는 물론 그 기회를 놓치지 않았
죠. 정확하게 아홉 시가 되자 부엌문 입구에 윌리엄 경이 모습
을 나타냈어요. 그가 근엄한 검은색 정장을 입고 있는 걸 보자
나는 공황상태가 되었어요. 만일 핀 할머니의 편지가 그저 상상
력 풍부한 어느 농부의 작품이라면 어쩌나. 소중한 시간만 허비
한 것에 대해서 윌리엄 경이 우리에게—그리고 오빠에게— 뭐
라고 할 것인가 겁이 났어요.

그는 근엄한 태도로 이솔라의 헴록과 히숍 다발 사이를 뚫
고 들어와, 눈처럼 흰 손수건으로 손가락을 털어내고, 한쪽 눈

에 작은 안경을 낀 다음에, 천천히 비스킷 통에서 첫 번째 편지를 꺼냈죠.

긴 침묵이 흘렀어요. 이솔라와 나는 서로 쳐다봤어요, 윌리엄 경은 비스킷 통에서 다른 편지를 한 통 꺼냈어요. 이솔라와 나는 숨을 멈췄어요. 윌리엄 경은 한숨을 쉬었죠. 우리는 표정으로만 말했어요. "흠…"하고 그가 중얼거렸어요. 우리는 그를 보면서 격려하듯이 고개를 끄덕였어요. 하지만 아무 소용없었어요— 또다시 침묵이 이어졌거든요. 이번에는 몇 주일 동안이나 계속된 것 같았어요.

그러더니 윌리엄 경이 우리를 보고 고개를 끄덕였어요.

"어때요?"라고 내가 말했어요. 긴장 때문에 숨 쉬기 어려웠어요.

"부인, 당신이 오스카 와일드가 쓴 편지 여덟 통을 소유하고 있다는 것을 확인하게 되어서 기쁩니다." 그는 이솔라에게 이렇게 말하면서 살짝 고개 숙여 인사했어요.

"영광이 있을지어다!" 이솔라는 천둥 같은 목소리로 이렇게 외치고, 테이블을 돌아서 윌리엄 경을 꽉 잡고는 포옹했어요. 그는 처음에는 약간 놀란 것 같더니 곧 미소 지으면서 조심스럽게 이솔라의 등을 두드렸어요.

윌리엄 경은 또 다른 와일드 학자로부터 확증을 얻기 위해 가져간다며 편지 한 장을 집어넣었어요. 하지만 그것은 순전히 '보여주기' 위한 것일 뿐이라고 했어요. 그는 자신이 옳다는 것

427

을 확신한다고 했죠.

그는 아마도 이솔라가 르눅스 씨로부터 산 모터사이클에 자신을 태우고 시험운전을 했다는 말을 오빠에게 하지는 않겠죠. 이솔라가 운전하고 윌리엄 경은 사이드카에 탔고 어깨에는 제노비아가 앉았어요. 그들은 난폭운전으로 소환장을 받았는데, 윌리엄 경은 이솔라에게 그 점에 대해서 '벌금을 내는 것을 자랑스럽게 생각해야 한다'고 납득시켰어요. 이솔라의 말에 의하면, 윌리엄 경은 저명한 필적학자 치고는 꽤 뛰어난 운동애호가예요.

하지만 오빠와는 비교가 안 되죠. 그런데 오빠는 언제 직접 편지를— 그리고 부수적으로 나를— 보러 올 거예요? 키트는 오빠를 위해서 탭댄스를 출 것이고, 나는 물구나무를 서겠어요. 오빠도 알다시피 나는 아직도 그거 할 수 있어요.

오빠를 못살게 굴기 위해서, 앞으로는 어떤 뉴스도 알려주지 않을 거예요. 그러니까 직접 와서 알아봐야 할 거예요.

사랑을 보내며, 줄리엣

151 빌리 비가 줄리엣에게 보낸 전보

1946년 8월 20일

친애하는 스타크 씨는 갑자기 로마로 출장 갔음.

나에게 섬에 가서 편지를 가져 오라고 했음.

목요일에 가려고 하는데 괜찮은지 전보로 답장 바람.

사랑스러운 섬에서의 짧은 휴가를 기대하고 있음.

빌리 비 존스

152 줄리엣이 빌리 비에게 보낸 전보

기꺼이 환영함. 마중 나갈 테니 도착 시간 알려주기 바람.

줄리엣

153 줄리엣이 소피에게 보낸 편지

알렉산더 스트라칸 부인 귀하
피오칸 팜
바이 오반
아가일

1946년 8월 22일

사랑하는 소피,

너의 오빠는 요즘 전반적으로 내 취향에는 너무나 귀하신 분이 되어가는 모양이야— 오스카 와일드의 편지를 가져오라고 밀사를 파견하다니 말이야! 빌리 비는 아침 우편연락선으로 도착했어. 뱃길이 험했던 탓에 그녀의 다리는 후들거리고 얼굴은 녹색으로 질려 있었지만, 그게 다 직업이지 뭐. 빌리 비는 점심은 먹지 못하더니 저녁에는 기력을 회복해서 오늘밤 문학회 모임에 게스트로 참석했단다.

그런데 난처한 순간이 있었어. 키트는 그녀가 마음에 들지 않는 모양이야. 빌리 비가 키트에게 뽀뽀하려고 했는데, 키트는 "나 뽀뽀 안 해."라고 하면서 뒤로 물러섰지 뭐야. 도미닉이 버릇없이 굴면 너는 어떻게 하니? 그 자리에서 혼내주니, 아니면 기다렸다가 개인적으로 얘기하니? 물론 빌리 비는 상황을 잘 처리했지만, 그건 키트 때문이 아니라 빌리 비의 매너가 훌륭하기 때문이었어. 나는 현장에서는 말 안 하고 일단 참았지만, 너의 의견을 들었으면 좋겠어.

엘리자베스가 죽었기 때문에 키트가 고아가 되었다는 것을 알게 된 이후로, 나는 아이의 미래에 대해서 걱정하고 있어— 또한 키트가 없는 나의 미래에 대해서도. 그건 견딜 수 없을 것 같아. 딜루원 씨 부부가 휴가에서 돌아오면 만나볼 생각이야. 현재는 딜루원 씨가 키트의 법적 후견인이기 때문에, 내가 키트의 후견인이 되거나, 입양을 하거나, 양어머니가 될 수 있는지 의논하고 싶단다. 물론 내가 원하는 것은 완전히 입양하는 것이지만, 딜루원 씨가 수입도 부정기적이고 주소지도 가변적인 미혼여성을 바람직한 부모로 고려할 것인지는 자신이 없어.

이런 이야기는 여기에 있는 어느 누구에게도, 그리고 시드니에게도 한 적이 없어. 고민해야 할 것들이 너무도 많단다— 아멜리아는 뭐라고 할 것인가? 키트는 마음에 들어 할까? 키트가 스스로 선택할 정도의 나이가 되었을까? 우리는 어디에서 살 것인가? 키트가 사랑하는 이곳을 떠나 런던에 데리고 갈 수 있을까? 배를 타고 나가거나 묘지에서 술래잡기놀이 하는 것 대신에 답답한 도시 생활이 괜찮을까? 잉글랜드로 간다면 키트에게는 나, 너, 그리고 시드니가 있겠지만, 그곳에는 도시도 없고 아멜리아도 없고, 키트가 이곳에서 만난 가족도 없을 텐데? 이곳의 가족을 대신하거나 복제하는 것은 불가능해. 런던의 어느 보육원에 이솔라 같은 교사가 있다는 것을 상상할 수 있어? 물론 말도 안 되지.

나는 하루에도 몇 번씩 이런 질문을 처음부터 끝까지 되풀이하고 있단다. 하지만 한 가지 고민 없이 확실한 것은, 내가 키트를 책임지고 싶다는 거야. 영원히.

사랑을 담아, 줄리엣

추신. 만일 딜루윈 씨가 '안 돼요, 가능하지 않습니다' 라고 한 다면— 나는 그냥 키트를 움켜쥐고 도망쳐서 너희 집 헛간으로 숨어들어갈 거야.

154 줄리엣이 시드니에게 보낸 편지

미스터 시드니 스타크 귀하
스티븐스 & 스타크 출판사
세인트제임스 플레이스 21번지
런던, S.W.1

1946년 8월 23일

시드니 오빠,

갑자기 로마 출장이라고요? 교황으로 선출되기라도 했나
요? 최소한 그 정도 긴급한 일은 되어야 오빠 대신 빌리 비를 보
내서 편지를 가져오게 한 것에 대한 변명이 될 거예요. 그리고
나는 왜 복사본이 아니라 원본이 필요한지도 이해하지 못하겠
어요. 빌리의 말에 의하면 오빠가 원본을 봐야겠다고 주장했다
면서요. 이솔라는 이 세상 어느 누가 그런 요청을 하더라도 들
어주지 않을 테지만, 오빠이기 때문에 요청을 받아들일 거예
요. 하지만 제발 편지는 소중하게 다뤄주세요— 그것은 이솔라
의 진정한 프라이드예요. 그리고 돌려줄 때는 오빠가 '직접' 와
서 전해 주세요.

왜냐하면 우리는 빌리 비를 별로 좋아하지 않거든요. 그녀는 지나치게 열정적인 손님이에요. 지금은 밖에서 들꽃을 스케치하고 있어요. 저기 들판 가운데에서 그녀의 작은 모자가 보이는군요. 어젯밤에는 문학회 모임에 게스트로 참석해서는 완벽하게 재미를 누렸어요. 회합이 끝나자 간단하게 연설도 했을 뿐 아니라 윌 티스비에게 '그 훌륭한 애플퍼프의 요리법을 알려 달라'고 말하기까지 했어요. 그런데 이건 좀 오버였어요— 왜냐하면 우리 앞에 놓인 부풀지 않은 밀가루반죽 덩어리 속에는 노란빛이 도는 물질이 들어 있었는데 씨도 빼지 않은 채 온통 후추범벅이었거든요.

어제 모임에 오빠가 참석하지 못해서 정말 유감이에요. 왜냐하면 어제의 발표자 오거스터스 사르는 오빠가 좋아하는 책, 바로 「캔터베리 이야기」에 대해서 얘기했거든요. 그는 '교구목사 이야기'를 처음 읽기로 했는데, 그것은 교구목사가 어떤 직업인지 알고 있기 때문이었어요— 책에 등장하는 다른 사람들, 예를 들어 향사(鄕士), 지방행정관, 법정소환인 같은 직업은 잘 모르겠다고 했어요. 하지만 그에게는 '교구목사 이야기'가 너무나 역겨웠기 때문에 더 이상은 읽을 수 없었답니다.

오빠에게는 다행스럽게도 기억력이 뛰어난 내가 있기 때문에, 그가 발표한 내용을 내가 요점만 정리해 보겠어요. 오거스터스는 자기 아이들은 절대로 초서를 읽지 못하도록 하겠답니다. 초서를 읽으면 일반적으로는 삶에 등을 돌리게 되고, 특히 신에 대해서 등을 돌리게 될 것이기 때문이죠. 교구목사가 하는 말에 의하면 속세는 오물구덩이 같은 곳으로, 인간은 자기에게 주어진 힘을 다해서 오물을 뚫고 나아가야 합니다. 악(惡)은 언제나 인간을 노리고 있고, 악은 언제나 인간을 찾아냅니다. (오거스터스에게 시인의 기질이 있다고 생각하지 않아요?)

불쌍한 늙은이는 언제나 참회를 하거나 속죄하거나 단식을 하거나 매듭이 달린 끈으로 자기 자신을 채찍질해야 합니다. 이 모든 것은 그가 원죄를 가지고 태어났기 때문인데— 그래서 세상에서의 마지막 순간에 와서야 비로소 신의 자비를 얻게 됩니다.

"여러분, 생각해 봅시다." 오거스터스가 말했어요. "평생 비참한 삶을 사는데 하느님은 인간에게 한 순간도 편하게 숨 쉴 수도 없게 합니다. 그랬다가 최후의 몇 분을 남겨두고— 갑자기 획!— 자비를 얻는다는 말입니다. 정말 달갑지 않은 얘기죠. 그게 전부가 아닙니다, 여러분. 인간은 절대로 자기 자신을 자랑스럽게 생각해서는 안 된답니다. 그러면 '교만의 죄'를 짓게 되니까요. 여러분, 자기 자신을 미워하는 사람을 데려와 보세요. 그러면 나는 그가 이웃을 훨씬 더 많이 미워한다는 것을 보여 줄 테니. 그렇게 될 수밖에 없어요— 사람은 자기 자신이 가지지 못한 것은 남에게 줄 수도 없는 법입니다. 사랑도 없고, 친절도 없으며, 존경도 없죠. 그러므로 내가 말하건대, 교구목사여, 부끄러운 줄 알아라! 초서여, 부끄러운 줄 알아라!" 오거스터스는 상을 한번 쾅 치고 자리에 앉았어요.

우리는 두 시간 동안이나 원죄와 운명예정설에 대해서 열정적으로 토론했어요. 마지막으로 레미가 일어서서 말했어요. 전에는 한 번도 발표한 적이 없기 때문에 그녀가 일어서자 모두 조용해졌어요. 레미는 낮은 목소리로 이렇게 말했죠. "만일 운명예정설이라는 것이 있다면, 그렇다면 신은 악마입니다." 그에 대해서는 아무도 아무 말도 할 수 없었어요— 대체 어떤 신이 일부러 라벤스부르크 수용소를 만들겠어요?

오늘 저녁에는 이솔라가 우리 몇 명을 불러서 저녁을 함께 먹자고 했어요. 빌리 비를 게스트로 초대할 거예요. 이솔라는 낯선 사람의 머리카락을 샅샅이 뒤지는 게 마음에 들지 않지만, 그래도 빌리 비의 골상을 보겠대요. 소중한 친구 시드니에 대한 호의라는군요.

사랑을 보내며, 줄리엣

155 수잔 스코트가 줄리엣에게 보낸 전보

1946년 8월 24일

친애하는 줄리엣: 빌리 비가 편지를 가지러 건지 섬에 가 있다는 것을 알고 기절할 뻔했어요.

멈춰요! 안 돼. 다시 말하지만, 그 여자 믿으면 안 돼요.

아무것도 주지 말아요.

신임 편집부원 아이버의 목격에 의하면 빌리 비와 길리 길버트 ('런던 휴 & 크라이'에서 나왔던, 그리고 당신이 던진 찻주전자의 희생 자였던 그 남자)가 공원에서 길고 진하게 키스하고 있었대요.

그 두 사람이 함께 있었다는 건 흉조예요.

짐 싸서 내보내요. 와일드 편지는 주면 안 돼요.

사랑을 담아, 수잔

1946년 8월 25일, 새벽 2시

수잔 스코트 귀하
스크리브너 & 스라크 출판사
세인트제임스 플레이스 21번지
런던, S.W.1

친애하는 수잔,

당신은 영웅이에요! 이에 이솔라는 당신에게 '건지 아일랜
드 감자껍질파이 클럽'의 명예 회원증을 수여하고, 키트는 모래
와 접착제로 만든 특별한 선물을 보냅니다. (선물상자는 실외에서
열어봐야 할 거예요.)

전보는 아슬아슬한 시간에 도착했어요. 이솔라와 키트는
일찌감치 약초를 캔다며 나갔고, 우리 집에는 빌리 비하고 내
가 있었는데— 나는 그렇게 생각했어요— 바로 그 때 전보를 받
은 거예요. 나는 쏜살같이 위층으로 올라가 그녀의 방으로 갔는
데, 이미 그녀는 사라졌어요. 수트케이스도 사라졌고, 핸드백
도 사라졌고, 물론 오스카 와일드의 편지도 사라졌고.

나는 겁에 질렸죠. 아래층으로 뛰어 내려와 도시에게 전화를 걸어 빨리 와서 빌리 비를 찾는 걸 도와달라고 했어요. 도시는 먼저 부커에게 전화해서 항구를 지키라고 말했죠. 빌리 비가 건지 섬을 떠나지 못하도록 하라고― 어떤 수를 써서라도.

도시는 곧 도착했고 우리는 서둘러 시내 방향으로 길을 따라 갔어요.

나는 도시의 뒤를 따라가면서 덤불 뒤나 울타리 안을 들여다봤죠. 그런데 이솔라네 농장에 다다랐을 때, 갑자기 도시가 멈춰 서더니 웃기 시작하는 거예요.

저기, 이솔라의 훈제실 앞에 키트와 이솔라가 앉아 있었겠죠. 키트는 빌리 비로부터 선물받은 킬트 족제비인형과 큼직한 갈색 봉투를 안고 있었어요. 이솔라는 빌리 비의 수트케이스 위에 앉아 있었는데― 이 두 사람은 정말 순진무구 그 자체였죠. 그러는 동안 훈제실 안쪽에서는 끔찍한 꺽꺽 소리가 들리고 있었어요.

나는 달려가 키트와 봉투를 끌어안았고, 그 동안 도시는 훈제실의 나무빗장을 벗겼어요. 그러자 그 안에는 빌리 비가 한 가운데 쭈그리고 앉아서 욕을 내뱉으며 팔을 휘젓고 있었고, 그 주위에는 이솔라의 앵무새인 제노비아가 날개를 퍼덕이며 날아다니고 있었죠. 제노비아가 이미 빌리 비의 모자를 잡아챘기 때문에 앙고라 털실쪼가리가 여기저기 떠다니고 있었어요.

도시가 그녀를 일으켜 세워 밖으로 끌어냈는데, 그러는 내

내 빌리 비는 비명을 질러댔죠. 자기는 어느 미친 마녀에게 당했다는 거였죠. 친한 친구인 아이에게 습격당했으며, 그 아이는 분명 악마의 자식일 거라고 소리쳤어요. 자기에게 한 짓에 대해서 우리가 분명 후회하게 될 거라고, 자기가 고소하면 우리는 체포돼 감옥에 가게 될 거라고, 그래서 다시는 햇빛을 보지 못하게 될 거라고 퍼부어댔죠.

"다시 햇빛을 보지 못할 건 바로 너야, 이 좀도둑! 강도! 배은망덕한 것!" 이솔라가 소리쳤어요.

"당신이 편지를 훔쳤잖아." 내가 소리쳤죠. "당신이 이솔라의 비스킷 통에서 편지를 훔쳐서 달아나려고 했잖아! 당신하고 길리 길버트는 그걸 어떻게 할 생각이었어?"

빌리 비는 비명을 지르며 말했어요. "당신하고 상관없는 일이야! 당신들이 나에게 어떤 짓을 했는지 내가 다 폭로할 테니 기다려 봐."

"그래 그렇게 해 봐."라고 내가 받아쳤어요. "당신과 길리에 대해서 온 세상에 알리라고. 기사 제목은 이렇게 되겠지— '길리 길버트가 여자를 유혹해 범죄의 길로 이끌다' 아니면 '사랑의 보금자리에서 교도소까지! 3면을 보라!'"

이 말에 빌리 비가 잠시 조용해졌어요. 그러자 곧 절묘한 타이밍에 우리의 위대한 배우 부커가 도착했어요. 오래된 군복 코트를 입었는데 막연히 공무원처럼 보였어요. 그 옆에는 레미가 있었는데, 손에 괭이를 들고 있었죠! 부커는 현장을 파악하고는 빌리 비를 노려봤는데, 그 눈빛이 너무 무서워서 내가 미안할 정도였다니까.

　부커는 빌리 비의 팔을 잡더니 이렇게 말했어요. "이제 당신의 정당한 소지품만 챙겨서 떠나시오. 이번 한번만 봐 주겠어. 내가 당신을 항구까지 동행해서 다음번 잉글랜드 행 선박에 직접 승선시키겠어."

　빌리 비는 비척비척 걸어 나오더니 자신의 수트케이스와 핸드백을 챙겼어요. 그러더니 키트에게 돌진해 팔에 안고 있는 족제비 인형을 뺏으면서 이렇게 말했어요. "이걸 너한테 주었다니 내가 미쳤지, 이 하찮은 애새끼야."

　그 말을 듣자 얼마나 때려주고 싶던지! 그래서 뺨을 한 대 때렸어요— 아마 어금니가 흔들거렸을 거예요. 잘 모르겠지만 섬 생활이 나에게 영향을 준 것 같아요.

　눈은 감겨 오지만, 그래도 키트하고 이솔라가 왜 그렇게 일찍 약초를 캐러 나갔는지, 그 이유는 말해야겠어요. 어젯밤에 이솔라는 빌리 비의 머리를 조사했는데 결과가 마음에 들지 않았대요. B.B.의 '불성실 궁'은 거위 알만큼이나 컸다는군요. 그러자 이번에는 키트가 이솔라에게 말하길, 빌리 비가 이솔라 부엌에 들어와서 선반을 뒤지는 걸 봤다고 하더래요. 그러자 이솔라는 심증을 굳히고 감시 프로그램을 실행에 옮겼어요. 빌리 비에게는 연막을 치고 숨어서 지켜보기로 한 거죠.

　이솔라와 키트는 일찍 일어나서 덤불 뒤에 숨어 빌리 비가 발끝으로 살금살금 우리 집 뒷문으로 걸어 나오는 것을 봤죠. 그래서 빌리 비의 뒤를 따라갔답니다. 이솔라네 농장에 이르자 이솔라가 갑자기 덮쳐서 빌리 비를 끌어다 훈제실 안에 가두었지요. 키트는 땅에 떨어진 빌리 비의 물건들을 챙기고, 이솔라는 밀실공포증이 있는 앵무새 제노비아를 가져다 훈제실 안에 넣었답니다.

하지만 수잔, 대체 그녀와 길리 길버트는 오스카 와일드의 편지를 가져다 어쩌려는 생각이었을까? 절도죄로 체포당하는 것에 대해서는 걱정이 없었던 걸까요?

당신하고 아이버에게 정말 고마워요. 날카로운 관찰력, 의혹을 찾아내는 지성, 그리고 훌륭한 판단력에 대해 아이버에게 고맙다고 전해줘요. 정말 멋진 사람이야! 시드니가 그를 편집장으로 승진시켜야 되지 않을까?

사랑을 보내며, 줄리엣

1946년 8월 26일

미스 줄리엣 애쉬튼 귀하
그랜드 마누아, 커티지
라 부베,
세인트마틴 교구, 건지

사랑하는 줄리엣,

그래요, 아이버는 멋진 사람이라고, 내가 그렇게 말해 줬어요. 당신을 대신해 키스해 주고, 그런 다음에는 내 몫으로 키스를 했어요! 시드니는 그를 승진시켰죠— 편집장은 아니지만 잘 나갈 것 같아요.

빌리 비와 길리가 어쩔 작정이었냐고요? 기억해요? 그 '찻주전자 사건'이 신문 헤드라인을 장식할 때 우리는 런던에 있지 않았잖아요. 그래서 그 사건이 불러온 야단법석을 보지 못한 거예요. 길리 길버트와 '런던 휴 앤 크라이'를 혐오하던 언론인과 발행인들은 모두— 사실 꽤 많아요— 고소하다고 생각했죠.

그들은 사건이 꽤 재미있다고 생각했는데, 여기에 시드니

443

가 한 기자회견으로 사건이 잠잠해진 것이 아니라 오히려 사람들에게 더 새로운 웃음거리를 발견하도록 자극한 셈이었어요. 그런데 길리나 '런던 H&C'나 둘 다 용서의 미덕을 믿지 않아요. 그들의 모토는 보복이죠— 조용히, 참을성 있게 기다리다 보면 언젠가 복수의 날이 올 것이다!

자기는 사랑이라고 믿지만 사실은 길리의 정부에 지나지 않는 가엾고 멍청한 빌리 비에게는 그 수치심이 훨씬 더 강렬하게 느껴졌던 거예요. 이제는 빌리 비와 길리가 서로 꼭 붙어 앉은 채 복수의 음모를 꾸미는 장면이 그려지지 않아요? 스티븐스 & 스타크 출판사에 잠입해서 환심을 사고, 그 다음엔 무엇이든 당신과 시드니에게 타격을 입힐 만한 일을 찾아내는 것이 그녀의 역할이었죠. 물론 그들이 더 원했던 것은 당신을 웃음거리로 만드는 것이었겠죠.

출판계에서는 소문이 들불처럼 빨리 번진다는 건 알고 있죠? 이제 줄리엣이 건지 섬에서 독일군 점령기에 대해 쓰고 있다는 걸 모르는 사람이 없어요. 그리고 2주 전부터 사람들은 당신이 그곳에서 오스카 와일드의 새로운 작품을 발견했다고 수군대기 시작했어요. (윌리엄 경은 품위는 있지만 입이 무겁지는 않죠.)

그 소식은 길리에게 참을 수 없는 유혹이었겠죠. 빌리 비가 원고를 훔쳐 오고, '런던 휴 앤 크라이'에서 그걸 출판하고, 당신과 시드니는 선수를 뺏기게 되는 거죠. 얼마나 재미있겠어요! 소송 따위는 나중에 걱정하면 되죠. 그리고 물론 이솔라가 받을 충격 따위는 안중에도 없죠.

그들이 거의 성공할 뻔했었다는 것을 생각하면 속이 메슥거려요. 아이버와 이솔라— 그리고 빌리 비에게 '불성실 궁'을 주신 것에 대해 하느님께 감사드립시다.

이번 화요일에 아이버가 섬으로 날아가 편지를 '복사'해 올 거예요. 그리고 키트에게 줄 선물도 구해 놨어요. 노란색 벨벳으로 만든 족제비 인형인데, 흉포한 눈은 에메랄드그린이고, 송곳니는 아이보리색이에요. 키트가 그걸 받으면 아이버에게 키스하고 싶어질 걸요. 당신도 키스해도 돼요— 하지만 간단하게 하세요. 나는 공갈협박은 안 해요— 하지만 아이버는 '내 꺼'예요, 줄리엣.

사랑을 담아, 수잔

158 시드니가 줄리엣에게 보낸 전보

1946년 8월 26일

다시는 런던을 떠나지 않겠음. 이솔라와 키트는
상 받을만함. 너도 그렇고.

사랑을 보내며, 시드니

159 줄리엣이 소피에게 보낸 편지

알렉산더 스트라칸 부인 귀하
피오칸 팜
바이 오반
아가일

1946년 8월 29일

사랑하는 소피,

아이버가 왔다 갔고, 오스카 와일드의 편지는 다시 이솔라의 비스킷 통 안에 안전하게 있어. 나는 시드니가 편지를 다 읽을 때까지는 최대한 차분하게 기다리는 중이야. 그 편지에 대한 시드니의 의견을 알고 싶어 죽겠어.

낮에는 매우 평온했어. 그러다가 키트가 잠들고 나서야 나는 마음이 들뜨고 초조해져서 왔다 갔다 하기 시작했어.

바로 그 때 문에서 노크 소리가 났어. 나는 몹시 놀랐어― 그리고 당황스럽기도 했지― 왜냐하면 현관문 확인창으로 도시의 모습이 보였거든. 반가운 마음에 문을 활짝 열었더니 거기에는 도시와 그 옆에 레미가 나란히 서 있었어. 그냥 문안차 왔다는 거야. 얼마나 친절한 일인지. 얼마나 시시한 일인지.

지금쯤은 레미가 프랑스에 대한 향수병을 느낄 때도 되지 않았을까 싶어. 최근 나는 정치범으로 라벤스부르크에서 5년 동안 수형생활을 했던 지젤 펠티에르라는 여자가 쓴 글을 읽고 있어. 수용소 생존자로서 살아가는 것이 얼마나 어려운 일인가에 대해썼어. 프랑스에서는 아무도— 친구도, 가족도— 그녀가 수용소에서 겪은 일에 대해서 알고 싶어 하지 않으며, 그녀가 그 기억을 빨리 지울수록— 즉, 남들에게 그런 이야기를 하지 않을수록— 더 빨리 행복해질 거라고 생각한다는 거야.

하지만 마드모아젤 펠티에르에 의하면, 수용소 생활을 언급하는 것은 다른 사람들에게 세세하고 장황하게 말하고 싶어서 그러는 게 아니라, 그냥 머리에 떠오를 뿐이며, 그렇지 않은 척할 수가 없다는 거야. '이제 모든 일은 과거로 묻어버리자'는 것이 프랑스의 슬로건인 것 같아. '모든 것을— 전쟁도, 비시정권도, 민병대도, 드랑시수용소도, 그리고 유대인 학살도 모두— 지워버리자. 이제는 끝난 일이다. 당신만 고통받은 것이 아니라, 우리 모두 고통받았다.' 이처럼 제도적인 기억상실증에 직면할 때 유일한 도움은 같은 입장의 생존자들과 대화하는 것뿐이라는 거야. 생존자들은 수용소에서의 삶이 어땠는지 서로 알잖아. 서로 말할 수 있잖아. 그래서 그들은 함께 이야기하고, 함께 울고, 각자의 이야기를 나눌 수 있지— 어떤 이야기는 비극적이고 어떤 것은 부조리하고. 때로 그들은 함께 웃을 수도 있지. 그럼으로써 엄청난 위안을 얻게 된다고, 필자는 말하고 있어.

어쩌면 레미에게도 이런 목가적인 섬 생활보다는 다른 생존자들과 의사소통하는 것이 고통을 덜어주는 데 더 좋은 방법이 아닐까. 이제 레미도 몸은 많이 튼튼해진 것 같아. 처음 봤을 때처럼 충격적으로 마른 것은 아니야. 하지만 여전히 고뇌에 사로잡힌 것 같은 표정이야.

딜루윈 씨가 휴가에서 돌아왔기 때문에 나는 곧 약속을 하고 키트에 대한 의논을 해야겠지. 나는 계속해서 미루고 있는 중이야— 혹시 그가 나의 말을 전혀 고려하지 않겠다고 하면 어쩌나 하는 생각으로 겁에 질려 있거든. 내 외모가 좀더 어머니답게 보였으면 좋겠어. 숄을 하나 사서 두르면 그렇게 보일까? 혹시 딜루윈 씨가 내 성격에 대한 증인의 추천서를 요구한다면, 네가 하나 써 주겠니? 도미닉은 글을 깨쳤니? 만일 그렇다면, 다음의 편지를 베낄 수 있겠지.

딜루윈 씨 귀하,

줄리엣 드라이허스트 애쉬튼은 매우 훌륭한 숙녀입니다— 침착하고 순수하며 책임감이 있습니다. 키트 맥케나로 하여금 엄마를 삼도록 해야 합니다.

당신의 진실한 벗, 제임스 도미닉 스트라칸

　키트가 물려받은 유산에 대해서 딜루윈 씨가 어떤 계획을 가지고 있는지 내가 얘기 안 했지? 그는 도시와, 도시가 선발한 사람들로 팀을 꾸려서 빅하우스를 보수하도록 했단다. 계단 난간을 교체하고, 벽과 그림에 있던 낙서를 제거하고, 낡은 배관은 새 것으로 교체하고, 창문을 수리하고, 굴뚝과 난방관을 청소하고, 전선을 점검하고 테라스에 깔려있는 포석(鋪石)은 메지를 새로 칠하거나 아니면 다른 방법으로 오래된 돌을 수리하기로 했어. 서재의 나무 벽체는 어떻게 해야 할지 아직 결정하지 못했단다— 과일과 리본이 조각된 아름다운 띠 장식으로 둘러진 나무였는데, 독일군들이 사격연습 과녁으로 썼대.

　앞으로 몇 년 동안은 아무도 유럽으로 휴가여행 가려고 하지 않을 것이기 때문에, 딜루윈 씨는 채널제도가 관광객의 천국이 될지도 모른다고 기대하고 있어. 그렇게 된다면 키트의 집은 훌륭한 휴양저택으로 가족단위 관광객에게 렌트할 수 있겠지.

　이상한 사건 하나 얘기해줄게. 오늘 오후에 베누아 자매가 나와 키트에게 차를 마시러 오겠느냐는 거야. 아직 한 번도 그들을 만난 적이 없을 뿐 아니라, 초대하는 문구도 아주 이상했어. 그들은 키트가 "눈은 정확하며 목표물은 정확히 맞춥니까? 제례행사는 좋아하나요?"라고 물어 온 거야.

도대체 무슨 말인지 몰라서 베누아 자매를 알고 있다는 에벤에게 물어봤어. 그 자매 제 정신이겠죠? 키트를 데리고 거기에 가도 안전할까요? 내가 이렇게 묻자 에벤은 웃음을 터뜨리면서, 물론, 그 자매는 안전하고 정상이라고 말했어. 제인과 엘리자베스도 5년 동안 매년 여름 그 집을 방문하곤 했다는 거야. 자매는 언제나 빳빳하게 풀을 먹인 에이프런드레스에 반짝반짝하게 광을 낸 구두를 신고 레이스 장갑을 끼고 있었다는군. 우리는 꽤 잘 지냈지, 라고 에벤이 말했어. 그는 전쟁 중에 중단되었던 오래된 전통이 부활한 것 같아서 기쁘다고 덧붙였어. 우리가 가면 푸짐한 차를 대접받을 거고, 그 다음엔 여흥이 기다리고 있을 테니 꼭 가보라는 거였어.

하지만 정작 중요한 건 직접 눈으로 봐서 알게 되는 법이지. 베누아 자매는 80대에 접어든 일란성쌍생아였어. 귀부인답고 깔끔한 옷차림이었어. 발목까지 오는 드레스는 검은색 조젯[엷은 명주 크레이프]으로 만들어졌는데 가슴 부분과 테두리에 검은색 구슬이 장식되어 있었고, 흰 머리는 돌돌 말아서 머리 위에 얹은 것이 마치 휘핑크림 같더라. 정말 매력 있었어, 소피. 우리는 정말 벌 받을 만큼 푸짐한 차를 즐겼는데, 내가 찻잔을 내려놓으려는데 이본(10분 먼저 태어난 언니)이 이렇게 말했지. "자매여, 엘리자베스의 아이는 아직 너무 어린 것 같군요." 그러자 이베트는 이렇게 말했어. "그 말이 맞는 것 같군요, 자매여. 그럼 미스 애쉬튼에게 부탁해볼까요?"

그들이 뭘 부탁하려는 건지 감도 잡을 수 없었으면서, 나는 용감무쌍하게도 "기꺼이 도와드리지요."라고 대답했어.

"그렇게 해 주신다니 정말 친절하군요, 애쉬튼 양. 전쟁 동안 우리는 스스로를 부정했답니다— 여하튼 왕실에 대해서는 충성하지 않았던 셈이죠. 우리는 관절염이 아주 심해졌답니다. 그래서 당신이 하는 의식에 참여할 수도 없어요. 그냥 바라보는 것만으로도 즐거울 것입니다."

이베트는 벽장 서랍을 열었고, 그 사이에 이본은 응접실과 식당을 구분하는 미닫이문 한쪽을 열었어. 그랬더니 지금까지는 가려져 있던 벽판에 전면에 걸쳐 전신상을 실은 신문사진이 테이프로 붙어 있었어. 갈색 잉크로 윤전그라비어 인쇄가 된 그 사진은 원저공작부인이 '월리스 심슨 부인'일 때의 모습이었어. 내 추측으로는 1930년대 후반 '볼티모어 선' 신문의 사회면에서 잘라낸 것일 거야.

이베트는 끝부분은 은으로 되어 있고, 정교하게 균형이 잡힌, 사악하게 보이는 다트 네 개를 건네주었어.

"눈을 맞춰 주세요." 그녀가 말했어. 나는 그렇게 했어.

"훌륭해! 네 번 중에 세 번 맞추다니. 이 정도면 제인만큼 잘 하는군요. 엘리자베스는 언제나 마지막 순간에 우물거리곤 했죠. 내년에도 다시 와서 해 주겠어요?"

단순하지만 슬픈 이야기야. 이베트와 이본 자매는 황태자를 흠모했었대.

"골프용 반바지를 입은 모습은 정말 사랑스러웠지."

"왈츠 출 때는 또 어떻고!"

"야회복을 입었을 땐 정말 정중해 보였지!"

그처럼 세련되고 왕족 같았던 황태자가, 저 바람둥이 계집을 만나서 모든 게 달라졌던 거지.

"그를 왕좌에서 끌어내렸어! 그의 왕관이 사라졌어!"

그 사건으로 자매는 마음 깊이 상처를 입었던 거야. 키트는 이 모든 것에 홀딱 반했어— 당연히 그랬겠지. 이제부터 과녁을 맞히는 연습이나 해 볼까— '백전무패'가 내 인생의 새로운 목표가 될 거야.

우리가 아이였을 때 베누아 자매를 알았더라면 좋았을 거라고 생각지 않니?

줄리엣

미스터 시드니 스타크 귀하
스크리브너스 & 스타크 출판사
세인트제임스 플레이스 21번지
런던, S.W.1

시드니 오빠,

오늘 오후에 일이 있었어요. 해결은 잘 되었지만, 내 마음
은 상당히 불편해서 잠을 이룰 수가 없네요. 원래 소피에게 편
지를 쓰고 싶었지만, 소피는 임신 중이라서 대신 오빠에게 쓰는
거예요. 오빠는 끔찍한 상황에 민감하지 않겠지만, 소피는 그
럴 테니까요— 나는 지금 문법조차 틀리고 있네요.

키트는 이솔라 집에서 진저브레드 맨*을 만들고 있었어요.
레미와 나는 잉크가 필요했고, 도시는 빅하우스 보수작업에 쓸
퍼티[접합제]가 필요했기 때문에, 우리는 함께 세인트피터포트로
걸어갔죠.

---

* 유럽 전래동화에 나오는 생강쿠키 모습의 사람.

453

퍼메인 만의 해안절벽 옆을 지나는 중이었어요. 갑(岬)을 둘러싼 길이 조금 험하긴 했지만, 그럭저럭 기분 좋은 산책길이었어요. 길이 좁았기 때문에 내가 조금 앞서 걸어가고 레미와 도시는 뒤에서 걸어오고 있었죠.

길이 꺾어지는 곳에 큰 바위가 있었는데 키가 크고 머리가 붉은 여자가 바위를 돌아 우리 쪽으로 다가왔어요. 여자는 개 한 마리를 데리고 있었는데, 독일종 셰퍼드로 꽤 큰 개였어요. 개는 줄에 묶여 있지 않았는데, 나를 보더니 무척 좋아서 날뛰는 거였어요. 나는 그 모습을 보며 웃고 있었고, 여자는 "걱정 말아요. 그 개는 절대 안 물어요."라고 소리쳤죠. 달려온 개는 내 어깨에 앞발을 올리고 얼굴을 핥으려고 했어요.

바로 그 때, 뒤쪽에서, 이상한 소리가 들렸어요— 헐떡거리며 참는 소리, 깊이 메스꺼워 숨을 쉬지 못하는 소리가 계속되었어요. 어떻게 표현을 못 하겠어요. 뒤돌아보니 레미였어요. 그녀는 몸이 거의 반으로 꺾인 채 토하고 있었던 거예요. 도시가 그녀를 안았지만 레미는 계속해서 경련성 구토를 자기 자신과 도시에게 토해내고 있었어요. 보기에도, 듣기에도, 끔찍한 광경이었어요.

도시가 소리쳤어요. "줄리엣, 그 개 치워요! 당장!"

나는 화들짝 놀라서 개를 밀었어요. 개를 데리고 온 여자는 어쩔줄 모르며 큰소리로 사과했어요. 이성을 잃은 것 같았죠. 나는 개목걸이를 잡은 채 계속 이렇게 말했어요. "괜찮아

요! 괜찮아요! 당신 잘못이 아니에요. 제발 가세요! 제발!" 마침
내 여자는 영문도 모르는 애완견의 목걸이를 끌고 사라졌어요.

그 때쯤 레미는 토를 멈추고 헐떡이며 숨을 쉬고 있었어
요. 도시는 레미의 머리 너머로 나를 보면서 "당신 집으로 갑시
다, 줄리엣. 거기가 제일 가까우니까."라고 말했어요. 도시는
레미를 안고 나는 속수무책으로 겁을 먹은 채 뒤따라갔어요.

레미의 몸은 차갑고 떨리고 있었기 때문에 나는 목욕통을
끌어 왔고, 레미의 몸이 다시 따뜻해진 다음 침대에 눕혔죠. 그
녀는 이미 반쯤 곯아떨어져 있었기 때문에 나는 그녀의 옷을 둘
둘 말아서 안고 아래층으로 내려왔어요. 도시는 창가에 서서 바
깥을 보고 있었어요.

뒤돌아보지도 않은 채 그는 말을 했어요. "수용소 감시원
들이 큰 개를 사용했다는 말을 해준 적이 있어요. 개를 화나게
만든 다음 점호를 받기 위해 줄지어 있는 여자들 앞에 고의적으
로 풀어놓았다는 거예요— 순전히 재미있는 광경을 보기 위해
서 말이죠. 빌어먹을! 내가 무지했어요, 줄리엣. 나는 레미를
이곳으로 데려오면 과거를 잊어버리는 데 도움이 될 거라고 생
각했거든요.

선의(善意)만으로는 충분하지 않은 거였어요, 줄리엣. 결코
안 되는 거였어요.

"그래요." 내가 말했어요. "선의만으로는 안 돼요."

도시는 더 이상 말을 하지 않았어요. 나를 향해서 머리를

끄덕여 인사하고는 그냥 나가버렸어요. 나는 아멜리아에게 전화를 걸어 레미가 여기에 있다는 걸 설명하고는 빨래를 시작했어요. 이솔라가 키트를 데리고 왔고, 우리는 저녁을 먹은 다음에 진저브레드를 가지고 놀다가 키트는 잠들었죠.

하지만 나는 잠들 수가 없어요.

내 자신이 너무나 수치스러워요. 내가 과연 레미가 고향으로 돌아가야 한다고 결론내릴 정도로 충분히 생각을 한 것일까, 아니면 그저 그녀가 떠나기를 원했던 것일까? 이제 그녀가 프랑스로 돌아갈 때가 되었다— 돌아가서 '그것'을 지닌 채 살아야 한다, '그것'이 무엇이든 간에— 라고 생각했던 걸까요? 그래요, 바로 그렇게 생각했어요. 그래서 스스로에 대해서 구역질이 나요.

사랑을 담아, 줄리엣

추신. 고백을 하는 김에, 한 가지 더 말하는 게 좋겠어요. 냄새나는 레미의 옷가지를 팔에 안은 채, 엉망이 된 도시의 옷에서 나는 냄새를 맡으며 서 있는 동안에도, 내가 생각했던 것은 오직 '그가, 선의로는…. 선의만으로는 안 된다고 말했다'는 것뿐이었어요. 그렇다면 도시가 레미에 대해 품어왔던 감정은 그게 전부라는 뜻인가? 저녁 내내 이런 쓸 데 없는 생각을 되씹고 되씹었어요.

161 시드니가 줄리엣에게 밤에 쓴 편지

1946년 9월 4일

미스 줄리엣 애쉬튼 귀하
그랜드 마누아, 커티지
라 부베,
세인트마틴 교구, 건지

사랑스런 줄리엣,

그 모든 쓸 데 없는 생각은 너 자신이 도시 애덤스를 사랑하고 있다는 뜻이다. 놀랐어? 나는 놀라지 않았어. 다만 네가 그걸 인정하는 데 왜 그렇게 오래 걸렸는지 모르겠다— 바닷바람이 머리를 맑게 해 주지 않았니? 섬으로 가서 너도 보고 오스카의 편지도 직접 보고 싶은데, 13일까지는 시간이 나지 않을 것 같다. 13일 괜찮겠지?

시드니가

162 줄리엣이 시드니에게 보낸 전보

1946년 9월 5일

시드니 오빠—

오빠는 정말 역겨운 사람이에요, 특히 옳은 말을 할 때는 말이죠. 여하튼 13일에 온다니 좋아요.

사랑을 담아, 줄리엣

1946년 9월 6일

미스터 시드니 스타크 귀하
스티븐스 & 스타크 출판사
세인트제임스 플레이스 21번지
런던, S.W.1

친애하는 시드니,

줄리엣이 말해줬어요, 당신이 핀 할머니의 편지를 당신의
눈으로 보기 위해서 온다고요. 그래요, 이젠 그럴 때가 됐죠.
아이버가 못 미더워서 그러는 건 아니에요. 아이버는 괜찮은
친구였어요. 물론 그 머리띠처럼 생긴 넥타이만 하지 않는다
면 말이죠. 그런 넥타이는 어울리지 않는다고 말해 줬어요. 하
지만 그는 내가 빌리 비 존스에 대해 어떻게 의심을 품게 되었
으며, 어떻게 그녀를 방심하게 해서 훈제실에 가두었는지, 그
이야기에 더 관심을 보였어요. 아이버가 말하길, 그것은 훌륭
한 탐정소설감이며 미스 마플*이라도 그보다 더 잘할 수는 없었

---

* 미스 마플Miss Marple : 애거사 크리스티 추리소설에 등장하는 아마추어 탐정 할머니.

을 거래요!

물론 미스 마플은 아이버의 친구가 아니라 탐정소설에 등장하는 숙녀로, 그녀는 인간 본성에 관한 지식을 이용해 미스터리를 밝혀냄으로써 경찰이 풀지 못한 범죄 사건을 해결하죠.

아이버 덕택에 나는 내가 미스터리를 해결한다면 얼마나 근사할까 하는 생각을 하게 되었어요. 물론 미스터리가 있다면 말이죠.

사기사건 같은 것은 어디에나 있고 나에게는 뛰어난 통찰력이 있으니, 연습만 한다면 또 하나의 미스 마플이 될 수 있을 거라고, 아이버가 말해줬어요. "당신은 이미 훌륭한 관찰력을 가지고 있어요. 이제 당신에게 필요한 것은 연습입니다. 모든 것을 관찰하고 기록하세요."

나는 아멜리아네 집에 가서 미스 마플 책을 몇 권 빌려왔어요. 미스 마플은 신기한 사람이에요. 그렇죠? 그저 조용히 앉아서 뜨개질을 하는 동안 다른 사람이 간과하는 것을 발견하는 거예요. 나도 제대로 들리지 않는 것에 귀를 기울이고, 곁눈질로 사물을 살필 수 있을 거예요. 그런데 우리 건지 섬에는 풀리지 않은 미스터리가 없어요. 하지만 영원히 없다는 말은 아니죠. 그러니까 언젠가 미스터리가 생기면, 그 때 나는 준비가 되어 있을 거예요.

나는 여전히 당신이 보내준 골상학 책을 감상하고 있으니, 내가 다른 곳으로 관심을 돌린다고 해도 마음의 상처를 받지 말아요. 나는 여전히 골상의 진실을 믿고 있어요. 그저 내가 좋아하는 사람들의 두상은, 당신만 빼고, 모두 살펴봤는데, 좀 지루하다는 말이에요.

줄리엣이 그러는데 당신은 금요일에 온다면서요. 내가 비행장으로 마중 나가서 당신을 줄리엣의 집으로 실어다 줄게요. 다음날 저녁에 에벤이 해변에서 파티를 여는데 당신보고 꼭 오라고 했어요. 에벤은 파티를 잘 열지 않는데, 이번에는 우리에게 행복한 발표를 하는 자리라고 하더군요. 축하 파티라는 거예요! 하지만 무슨 얘기일까? 결혼 발표를 하려는 걸까요? 에벤 자신이 결혼한다는 얘기는 아니었으면 해요. 왜냐하면 아내들은 일반적으로 남편이 혼자 저녁에 외출하지 못하도록 하는데, 그렇게 된다면 나는 에벤과 함께하지 못하는 것을 아쉬워할 테니까 말이에요.

당신의 친구, 이솔라

알렉산더 스트라칸 부인 귀하
피오칸 팜
바이 오반
아가일

1946년 9월 7일

사랑하는 소피,

마침내 용기를 내 아멜리아에게 말했어, 키트를 입양하고
싶다고. 나한테는 아멜리아의 의견이 상당히 중요하거든. 아멜
리아는 엘리자베스를 무척 좋아하고, 키트에 대해서도 잘 알고
있을 뿐만 아니라 나에 대해서도 꽤 많이 알고 있잖아. 그래서
나는 아멜리아의 찬성이 필요했고, 혹시 아멜리아가 찬성하지
않으면 어쩌나 하고 겁을 먹고 있었어. 얘기를 꺼내기가 너무
어려워서 마시던 차가 목에 걸릴 지경이었지만, 어쨌든 그 말을
했어. 그랬더니 아멜리아가 얼마나 안심하는지 오히려 내가 놀
랄 정도였어. 아멜리아가 키트의 미래에 대해서 그만큼 걱정하
고 있을 줄은 몰랐거든.

아멜리아는 "내가 만일 할 수 있다면—"이라고 말하다가 멈추더니 다시 이렇게 말했어. "그렇게만 된다면 두 사람에게 모두 훌륭한 일이 될 거야. 불가능한 일 빼고는 최선의 선택이겠지." 그녀는 말을 멈추더니 손수건을 꺼냈어. 물론 나도 손수건을 꺼냈지.

한바탕 울고 난 다음 우리는 방법을 논의했어. 아멜리아가 나와 함께 딜루윈 씨를 만나러 가기로 했어. "나는 그 남자가 어린애일 때부터 알고 있거든. 그러니 함부로 내 말에 반대하지는 않을 거야."라고 아멜리아가 말했어. 그래, 아멜리아가 동행해준다면 제3군*을 얻은 것만큼이나 든든하겠지.

하지만 정말 멋진 일이— 아멜리아의 후원보다 더 근사한 일이— 일어난 거야. 내가 품어왔던 마지막 의심이 사라져버릴 만한 일이었어.

키트가 종종 가지고 다닌다던, 끈으로 단단하게 묶여 있다는 상자 얘기 기억해? 혹시 그 안에 족제비 시체가 들어있을지도 모른다고 내가 생각했던 그 작은 상자 말이야. 오늘 아침 일찍 키트가 내 얼굴을 쓰다듬는 바람에 잠이 깼어. 눈을 떠 보니 키트가 그 상자를 들고 내 방으로 들어온 거야.

키트는 아무 말 없이 끈을 끄르고 상자 뚜껑을 열고는 덮어 놓은 포장지를 헤치더니 상자를 나에게 내밀었어. 소피— 그러더니 아이는 뒤로 물러서서 내가 상자 안을 뒤적이며 그 안에

---

* 제3군 : 1차 세계대전에서 서부전선을 방어한 영국군대.

있던 것들을 침대 위에 늘어놓는 것을 가만히 지켜보고 있었어. 상자 안에는 이런 것들이 있었어. 아주 조그마한, 아일렛 장식으로 뒤덮인 아기용 베개, 밭일을 하다가 도시를 바라보며 웃고 있는 엘리자베스의 사진 한 장, 아직도 희미하게 재스민 향기가 나는 여성용 리넨 손수건 한 장, 도장을 새긴 남자용 반지 하나, 그리고 작은 릴케*시집이 한 권이 있었는데, 가죽 표지에는 이렇게 쓰여 있었어. "암흑을 빛으로 바꾸어 놓는 엘리자베스에게— 크리스티안."

책갈피에는 여러 번 접힌 종이쪽지가 하나 있었어. 키트가 고개를 끄덕이기에 나는 조심스럽게 쪽지를 열어 읽어봤지. 이렇게 쓰여 있었어. "아멜리아— 아기가 깨어나면 나를 대신해 뽀뽀해 주세요. 여섯 시까지 돌아올게요. 엘리자베스가. 추신. 아기 발 좀 보세요. 세상에서 제일 예쁘죠?"

그 아래에는 키트 외할아버지가 1차 세계대전에 참전해 받은 훈장이 있었는데, 일라이가 영국 본토로 피난할 때 엘리자베스가 옷에 달아주었다는 바로 그 훈장이었어. 고맙게도 일라이는 잊지 않고 키트에게 돌려준 거지.

키트는 자기의 보물을 나에게 보여준 거야, 소피. 내가 그것들을 보는 동안 아이는 내 표정을 놓치지 않았지. 우리는 둘 다 엄숙했고, 나도 이번만큼은 울음을 터뜨리지 않았어. 대신에 팔을 내밀었지. 그러자 키트는 곧장 내 품 안으로 들어오더

---

* 릴케Rainer Maria Rilke(1875-1926) : 독일의 시인.

니 같은 이불 아래서 쌕쌕 잠들었어. 나는 안 잤어! 잠들 수 없었어. 우리가 함께 할 인생에 대해서 생각하는 것이 너무 행복해서 잠이 오지 않았어.

런던에 사는 것쯤은 포기해도 돼— 나는 건지 섬이 마음에 들어서 엘리자베스에 대한 책을 끝낸 다음에도 이곳에서 살고 싶으니까. 키트가 런던에서 산다는 것은 상상도 할 수 없어. 하루 종일 신발을 신어야 하고, 달리는 것 대신에 천천히 걸어 다녀야 하고, 찾아가서 만나 볼 돼지가족도 없잖아. 에벤과 일라이가 고기잡이하러 가는 데 따라갈 수도 없고, 아멜리아를 따라서 여기저기 방문할 수도 없고, 이솔라와 함께 물약을 만들 수도 없으며, 무엇보다도 도시와 함께 산책도 못하고, 함께 시간을 보낼 수도 없잖아.

내가 키트의 보호자가 된다면, 우리는 이곳 엘리자베스의 농가에서 계속 살 수 있을 거라고 생각해. 빅하우스는 한가하고 돈 있는 관광객들의 휴가용 별장으로 할 수 있겠지. 「이지 비커스태프」로 벌어들인 수익으로 런던에 아파트 하나 살 수도 있겠지. 그러면 키트와 내가 런던에 갈 때 머물 수 있을 테니까.

키트의 고향은 이곳이고, 어쩌면 나도 이곳을 근거지로 삼을지도 몰라. 건지 섬에 있다고 해도 글은 쓸 수 있을 테니 말이야— 빅토르 위고가 좋은 예를 보여줬잖아. 런던을 떠나는 것에 대해서 정말 아쉬운 것은 시드니와 수잔을 볼 수 없다는 것, 스코틀랜드로부터 더 멀어진다는 것, 연극을 볼 수 없다는 것, 그리고 해로즈백화점*식품부에 가지 못한다는 거야.

딜루원 씨가 제발 양식 있는 사람이길 빌어 줘. 물론 나는 그가 분별 있는 사람이라는 것을 알고 있고, 나를 마음에 들어 한다는 것도 알고 있어. 또한 키트가 나와 함께 있는 것을 좋아 한다는 것과 내가 두 사람의 생활을 책임질 만한 능력이 있다는 것도— 최소한 한동안은 말이야. 하지만 요즘 같은 시대에 '한동안'보다 나은 말이 뭐가 있겠어?— 알고 있으리라 생각해. 아멜리아가 말하길, 만일 내가 남편이 없다는 이유로 딜루원 씨가 입양을 허락하지 않는다고 해도, 후견인 자격은 기꺼이 허락할 거래.

다음 주에 시드니 오빠가 건지 섬에 또 올 거야. 너도 같이 온다면 얼마나 좋을까. 네가 그리워, 소피.

따뜻한 애정을 담아, 줄리엣

---

* 런던 최고의 백화점으로 홍차를 비롯한 식품이 특히 유명하다.

미스터 시드니 스타크 귀하
스티븐스 & 스타크 출판사
세인트제임스 플레이스 21번지
런던, S.W.1

1946년 9월 8일

시드니 오빠,

  도시가 엘리자베스 집의 무너진 돌담을 다시 쌓는 것을 보려고 키트와 함께 들판으로 나갔어요. 도시가 어떤 식으로 일을 하는지 염탐하기에는 좋은 핑계였죠. 그는 돌을 하나하나 검사하고, 무게를 가늠해 보고, 곰곰이 생각한 다음에 하나씩 올려서 담을 쌓아나갔어요. 그렇게 돌 하나 올려놓은 것이 머릿속으로 생각했던 것과 일치하면 미소를 짓고, 그렇지 않으면 그 돌은 치워버리고 다른 돌을 찾곤 했어요.

  도시는 우리가 감탄하면서 바라보는 것이 마음에 들었는지, 불쑥 저녁을 함께 먹자고 초대했어요. 사실 키트는 아멜리아와 선약이 되어 있었지만 나는 앞뒤 재지 않은 채 황급히 초대를 받아들여 놓고, 그와 단둘이서 있을 거라는 생각에 어리석은 전율을 느끼고 있었죠. 그의 집에 도착하자 우리는 둘 다 조금 어색했어요. 다행히 도시는 하던 요리를 마저 해야 한다며, 내가 도와주겠다는 것을 만류한 채 부엌으로 돌아갔고, 나는 그 틈을 이용해서 도시의 책장을 살펴볼 수 있었죠. 그는 책이 많은 것은 아니었지만 뛰어난 문학적 취향을 가지고 있어요— 디킨즈, 마크 트웨인, 발자크, 보스웰, 그리고 친근하고 소중한 리 헌트까지. 그리고 「코벌리 로저 경 칼럼 모음집」*, 앤 브론테의 소설과 (도시가 왜 이런 책을 가지고 있는지 모르겠어요.) 내가 썼던 앤 브론테 전기(傳記)도 있었어요. 도시가 내 책을 가지고 있다는 건 알지 못했어요. 한 번도 그런 얘기는 하지 않았거든요— 아마 그 책이 마음에 들지 않았나 봐요.

저녁을 먹으면서 우리는 조나단 스위프트와 돼지와 뉘른베르크 전범재판에 대해서 이야기했어요. 제목만 봐도 우리의 관심사가 얼마나 광범위한지 알 수 있죠? 우리는 둘 다 참 편하게 얘기했어요. 하지만 둘 다 많이 먹지는 않았어요— 그가 요리한 참소리쟁이 수프가 맛있었지만 말이죠. 정말, 내가 끓인 것보다 훨씬 나았어요. 커피를 마신 다음에는 헛간에 가서 돼지를 봤어요. 다 자란 돼지들은 친분관계에 별 관심이 없지만 새끼들은 그렇지 않아요— 도시가 키우는 돼지들은 반점이 있

---

* 코벌리 로저 경 칼럼 모음집The Sir Roger de Coverley Papers : 1711-1712년 '스펙테이터'에 연재되었던 풍자칼럼. 코벌리 로저 경은 필자가 아니라 등장인물이다.

고, 활발하게 뛰어다니고, 그리고 음흉한 장난을 치기도 해요. 돼지들은 매일 울타리 아래에 새로운 구멍을 파는데, 표면상으로는 울타리를 벗어나려는 것 같지만, 사실은 자기들이 파 놓은 구멍을 매일 도시가 와서 메우는 것을 지켜보는 재미 때문에 그러는 거예요. 도시가 울타리 쪽으로 다가갈 때면 돼지들이 싱긋 웃는 게 보인다니까요.

도시의 돼지헛간은 대단히 깨끗하고, 쌓아올린 건초더미조차 아름다워요. 아무래도 나는 점점 감상적이 되어가나 봐요. 하지만 지금보다도 좀더 감상적이 될 것 같아요. 나는 내가 꽃을 키우고 목공예를 하는 채석공 겸 목수 겸 양돈농부를 사랑하고 있다고 믿고 있어요. 사실대로 말하자면, 사랑한다고 믿는 게 아니라 실제로 사랑해요. 내일이면 이 남자가 내 사랑에 화답하지 않는다는 생각에— 혹은 더 나쁜 경우로는 이 남자가 레미를 사랑한다는 생각에— 완전히 비참한 기분이 될지도 모르지만, 바로 지금 이 순간에는 행복한 도취감에 압도당하고 있어요. 머리도 이상하고 가슴도 울렁거리고.

오빠, 그럼 금요일에 봐요. 내가 도시를 사랑한다는 것을 알아냈다는 이유로 잘난 척해도 괜찮아요. 내 앞에서 의기양양하게 굴어도 참아주겠어요— 물론 이번 한 번 뿐이죠. 앞으로는 절대 안 돼요.

따뜻한 마음을 담아, 줄리엣

1946년 9월 11일

완전히 비참한 기분이 되었음.

오늘 오후에 세인트피터포트에서 수트케이스를 사는 도시를

봤음. 팔에는 레미가 기대어 있었는데 두 사람 모두 활짝 미

소 짓고 있었음.

혹시 신혼여행 준비? 그럼 나만 바보였던 말인가?

이게 다 오빠 때문이야.

비참한 줄리엣

167. 미스 이솔라 프리비의 탐정기록

비밀문서: 사후에도 절대 공개불가

일요일

내지에 줄이 그인 이 책은 내 친구 시드니 스타크로부터 선물 받은 것이다. 이 책은 어제 우편으로 도착했다. 원래 표지에는 금박으로 '팡세'라고 찍혀 있었지만, 나는 그 글자를 긁어냈다. 왜냐하면 팡세는 프랑스어로 '사상'이라는 뜻이지만, 나는 여기에 생각이 아닌 '사실'만을 적을 것이기 때문이다. 처음에는 스스로에게 너무 많은 것을 기대하지 않는다— 앞으로 좀더 관찰력을 키워야 할 것이다.

오늘 내가 관찰한 사실은 다음과 같다. 키트는 줄리엣과 함께 있는 것을 좋아한다. 줄리엣이 방에 들어오면 키트의 표정이 평화로워지며, 더 이상은 사람들 뒤에서 인상 쓰거나 하지 않는다. 또한 이제는 귀를 움직일 수도 있는데, 그런 것은 줄리엣이 오기 전에는 할 수 없었던 일이다.

내 친구 시드니는 오스카 와일드의 편지를 읽기 위해서 이곳에 온다. 이번에 시드니는 줄리엣과 함께 있을 것이다. 줄리엣은 엘리자베스가 저장고로 쓰던 곳을 깨끗이 치우고 침대를 하나 마련해 놓았다.

대프니 포스트가 페르 씨의 느릅나무 아래를 파헤치는 것을 보았다. 대프니는 언제나 밤에 달빛을 받으며 땅을 파곤 한다. 우리 모두 함께 가서 그녀에게 은으로 만든 찻주전자를 사 줘야 할 것 같다. 그러면 밤에 집에 있을 수 있겠지.

월요일

테일러 부인의 팔에 발진이 생겼다. 무엇 혹은 누구 때문일까? 토마토 때문일까, 아니면 남편 때문일까? 좀 더 살펴봐야겠다.

화요일

오늘은 특별히 기록할 만한 사건 없음.

수요일

오늘도 역시 없음.

목요일

오늘은 레미가 나를 찾아 와서 프랑스로부터 온 편지에 붙어있던 우표를 나에게 주었다. 프랑스 우표는 영국 것보다 좀더 화려하기 때문에 나는 그것들을 풀로 붙여놓았다. 레미는 작은 창이 있는 갈색 봉투에 담긴 편지를 한 통 가지고 있었는데, 그것은 프랑스 정부로부터 온 것이었다. 레미가 프랑스로부터 받은 편지는 이번이 벌써 네 번째다— 프랑스 정부는 레미에게 뭘 원하는 걸까? 알아내야겠다.

오늘은 미스터 샐 상점의 진열대 뒤에 숨어서 뭔가 관찰하기 시작했다. 하지만 지나가던 사람들이 나를 보더니 멈춰서는 것이었다. 신경 쓰지 말자. 이번 토요일에는 에벤이 해변에서 피크닉을 한다고 했으니 거기에서 관찰 연습을 하면 되겠지.

지금 내가 보고 있는 책은 미술가들이 자신이 그리고자 하는 광경을 포착하기 위해서 어떻게 했는가에 대한 것이다. 예컨대, 미술가가 오렌지에 집중하려고 한다고 하자. 그럴 때 오렌지의 형태를 직접 관찰할까? 아니다. 미술가들은 그렇게 하지 않는다. 그들은 스스로의 눈을 속이고 오렌지 옆에 있는 바나나를 응시하거나, 혹은 허리를 숙여 다리 사이로 거꾸로 관찰한다. 그들은 오렌지를 전혀 새로운 방법으로 보는 것이다. 그것이 관점을 구축하는 법이다. 그러니 나도 새로운 방법으로 사물을 보도록 노력해 볼 생각이다. 물론 다리 사이로 거꾸로 볼 생각은 없지만, 모든 것을 직접적으로 똑바로 응시하지는 않으려

한다. 눈을 약간만 내리깔면 시선을 이리저리 움직일 수 있다. 이 방법을 연습하자!!!

금요일

눈을 내리깔고 보는 것은 효과가 있다. 오늘은 시드니를 마중하러 갔다. 나, 도시, 줄리엣, 레미와 키트, 이렇게 모두 도시의 짐수레에 타고 비행장으로 갔다.

그곳에서 내가 관찰한 것은 이렇다. 줄리엣은 시드니에게 안겼으며, 시드니는 오빠가 여동생에게 하듯 줄리엣을 안아서 빙빙 돌렸다. 시드니는 레미를 보고 반가워했는데, 그 역시 내가 하는 것처럼 레미를 곁눈으로 관찰하고 있었다. 도시는 시드니와 악수를 했지만, 우리 모두 줄리엣의 집에서 애플케이크를 먹을 때에는 오지 않았다. 애플케이크는 가운데가 약간 꺼졌지만, 맛은 좋았다.

잠들기 전에 눈에 안약을 넣어야겠다. 하루 종일 곁눈질을 하다 보니 눈동자가 긴장한 모양이다. 뿐만 아니라 눈을 내리깔고 있다 보니 눈꺼풀도 아프다.

레미와 키트, 줄리엣과 함께 해변에 가서 오늘 저녁 피크닉에 사용할 장작을 모았다. 아멜리아도 밖으로 나왔다. 아멜리아는 좀더 편안해 보이는데, 그러한 그녀의 모습은 보기 좋다. 도시와 시드니, 일라이가 함께 에벤의 큼직한 무쇠 솥을 끌고 왔다. 도시는 언제나 시드니에게 친절하고 공손하며, 시드니도 할 수 있는 한 최대한으로 도시에게 유쾌하게 대한다. 하지만 시드니가 도시를 보는 눈길에는 뭔가 의아한 점이 있다. 그게 뭘까?

레미가 장작더미를 떠나 에벤에게 걸어가더니 뭔가 얘기했으며, 에벤은 레미의 어깨를 토닥였다. 무슨 일일까? 에벤은 좀처럼 다른 사람을 토닥이는 스타일이 아닌데. 그런 다음 에벤과 레미는 한동안 얘기를 계속했지만, 슬프게도 너무 멀리 있어서 무슨 얘긴지 들리지 않았다.

준비가 끝나고 점심을 먹으러 집에 돌아갈 때가 되자, 일라이는 해변으로 나갔다. 줄리엣과 시드니는 키트의 양팔을 하나씩 잡고, "한 걸음, 두 걸음, 세 걸음— 이제 점프!"라고 놀이를 하면서 가파른 오솔길을 올라갔다.

도시는 그들이 통로를 올라가는 것을 보았지만 따라가지는 않았다. 그는 해안 쪽으로 걷더니 그곳에 서서 바다를 바라보는 것이다. 갑자기 도시가 고독한 사람이라는 생각이 들었다. 그것은 아마도 평생 외롭게 살아왔기 때문일 것이다. 하지만 예전에 도시는 별로 개의치 않았는데, 지금은 외로움을 느끼는 것이다.

갑자기 지금은 왜일까?

토요일 밤

저녁에 피크닉에서 드디어 나는 발견했다, 중요한 사실을. 그리고 존경하는 미스 마플이 했던 것처럼, 나 역시 행동을 취해야만 한다. 오늘 저녁 날씨는 쌀쌀했고 하늘은 우중충하게 보였다. 하지만 그런 건 문제 없었다— 우리는 모두 스웨터와 재킷을 껴입은 채 바다가재를 먹으면서 부커를 보며 웃고 있었다. 부커는 바위 위에 올라가서 스스로 자기가 열광하는 그 로마 시인이라도 되는 양 연설을 했다. 나는 부커가 걱정된다. 그는 다른 책을 읽어야 한다. 아무래도 제인 오스틴의 소설을 빌려줘야겠다.

나는 경계를 늦추지 않은 채 모닥불 주위에 앉아 있었다. 내 옆에는 시드니, 키트, 줄리엣, 그리고 아멜리아가 있었다. 우리는 막대기로 불을 찔러보고 있었는데, 바로 그 때 도시와 레미가 함께 에벤과 바다가재 냄비가 있는 쪽으로 걸어갔다. 레미가 에벤에게 뭔가 속삭이더니, 에벤이 미소를 짓고 나서 큰 숟가락을 들어서 냄비를 탕탕 두드렸다.

"모두 주목하세요." 에벤이 소리쳤다. "여러분 모두에게 할 말이 있습니다."

모두 조용해졌다, 줄리엣만 빼고는. 줄리엣은 숨을 크게 들이쉬었는데, 그 소리가 얼마나 큰지 나에게 들릴 정도였다. 줄리엣은 숨을 다시 내쉬지 않고 온몸이 경직되기 시작했다. 턱까지 뻣뻣해지고 있었다. 나는 줄리엣이 걱정되는 바람에 거기에 신경 쓰느라 에벤이 하는 말 첫 부분을 놓치고 말았다.

"… 그래서 오늘 밤은 레미를 위한 환송파티가 되는 셈입니다. 레미는 다음 화요일에 이곳을 떠나 파리에 있는 새로운 보금자리로 갑니다. 그곳에서 친구와 함께 살면서 파리의 유명 제과사인 라울 길레모에게 지도를 받기로 되었습니다. 레미는 건지 섬으로 돌아오겠다고 약속했으며, 돌아오면 나와 일라이와 함께 제2의 가족이 되기로 했습니다. 그러니 우리 모두 레미의 행운을 기뻐해야겠지요."

그러자 우리들 틈에서 환호가 터져 나왔다. 사람들은 모두 레미 주위로 몰려가서 축하해 주었다. 줄리엣만 빼고 모두— 그녀는 휴우, 한숨을 내뱉더니 그대로 모래 위에 누워버렸다. 꼭 낚시에 걸린 물고기 같았다.

나는 도시를 관찰해야 한다는 생각에 주위를 살펴보았다. 도시는 레미 주위에서 멀리 떨어져 있었다. 하지만 얼마나 슬퍼 보이던지. 그러자 갑자기 나는 깨달았다! 도시는 레미가 떠나지 않기를 바라고 있다. 레미가 다시 돌아오지 않을까봐 두려운 것이다. 그는 레미를 사랑하지만, 천성이 수줍은 탓에 말하지 못하고 있는 것이다.

하지만 나는 수줍어서 말 못하는 타입은 아니다. 나는 레미에게 이 사실을 얘기할 수 있고, 그러면 레미는 프랑스인이기 때문에 어떻게 해야 하는지 알 것이다. 레미는 도시에게 자기도 호감을 가지고 있다고 알릴 것이다. 그러면 그들은 결혼할 수 있을 것이고, 그러면 레미는 파리에 가서 살지 않아도 될 것이다. 나에게 상상력이 없다는 것이, 그렇기 때문에 사물을 명확하게 볼 수 있다는 것이 얼마나 다행스러운 일인지.

시드니가 줄리엣에게 다가와 발로 쿡쿡 찔렀다. "기분 나아졌어?" 시드니가 묻자, 줄리엣이 그렇다고 대답했기 때문에 나는 줄리엣에 대해서 걱정하지 않게 되었다. 그런 다음 시드니는 줄리엣을 데리고 레미에게 가서 축하하도록 하였다. 키트는 내 무릎에서 잠들었기 때문에 나는 그냥 모닥불 가에 앉아서 신중하게 생각했다.

프랑스 여자들이 대개 그렇듯이 레미도 현실적일 것이다. 그러니 무턱대고 자신의 계획을 변경하기 전에 도시가 자기를 사랑한다는 증거를 필요로 할 것이다. 그렇다면 레미가 원하는 증거를 내가 찾아내야 하겠지.

잠시 후, 와인 병을 따서 잔을 들고 건배할 때, 나는 도시에게 다가가 이렇게 말했다. "도시, 당신네 부엌 바닥이 더럽던데, 내가 가서 청소해줄게. 월요일 괜찮아?"

도시는 약간 놀란 것처럼 보였지만 괜찮다고 대답했다. "좀 이르지만 크리스마스 선물이야. 그러니 나에게 돈을 주겠다는 생각은 하지 마. 그냥 문만 열어놓으면 돼." 내가 말했다.

이제 작전은 세워졌다. 나는 모든 이에게 잘 자라고 말하고 집으로 돌아왔다.

일요일

내일 작전의 계획을 세웠다. 초조하다.

나는 도시의 집을 쓸고 닦으면서 그가 레미에게 애정을 품고 있다는 증거를 찾으려고 살펴볼 것이다. 혹시 '레미에게 바치는 시'를 쓰던 종이가 구겨진 채 휴지통에 들어있을는지도 모른다. 혹시 그의 식료품 명세서 가득 레미의 이름이 낙서되어 있을지도 모른다. 도시가 레미를 좋아한다는 증거는 평범한 곳에 (혹은 평범한 곳 근처에) 있을 것이다. 미스 마플은 꼬치꼬치 조사한 적이 없다. 나도 그러지 않을 것이다— 자물쇠를 부수고 들어가지는 않을 것이다.

하지만, 도시가 가진 애정의 증거를 레미에게 보여주기만 한다면 레미는 화요일 아침에 파리행 비행기에 오르지 않을 것이다. 그 다음 일은 레미가 더 잘 알 것이며, 도시는 행복해지 겠지.

월요일 하루 종일

아침에 너무 일찍 일어난 바람에 도시가 빅하우스에 일하러 갔겠다 싶을 때까지 닭을 돌보면서 시간을 보냈다. 그 다음, 나는 도시의 농장을 가로질러 가며 나무를 하나하나 검사하면서 혹시 하트무늬라도 새겨져 있는지 살펴보았다. 하나도 없었다.

도시는 집에 없었다. 나는 걸레와 양동이를 들고 뒷문으로 들어갔다. 두 시간 동안이나 쓸고 닦고 먼지 털고 왁스칠 하면서 살펴봤지만 아무것도 발견하지 못했다. 나는 실망하기 시작했다. 바로 그때 책장에 꽂혀있는 책이 생각났다. 나는 책 한 권 한 권 먼지를 털어냈지만 책갈피에서 떨어지는 종이 한 장 없었다. 그러다가 갑자기 붉은 표지의 작은 책, 찰스 램 전기가 눈에 들어왔다. 대체 이 책이 왜 여기에 있담? 일라이로부터 생일 선물로 받은, 나무로 만들어진 보물 상자 안에 이 책을 집어넣는 것을 본 적이 있는데. 그런데, 이 붉은 책이 여기에 있다면, 그 상자 안에는 무엇이 있단 말인가? 그리고 보물 상자는 어디에 있단 말인가? 나는 벽을 두드려보았다. 어디에서도 벽 안쪽이 빈 것 같은 소리는 나지 않았다. 나는 밀가루 통 안으로 팔을 넣어보았다. 그냥 밀가루뿐이었다. 혹시 헛간에 두었을까? 쥐가 갉아먹도록? 그럴 리는 없다. 그렇다면 남은 장소는 침대뿐이다. 그렇다, 침대 밑에!

나는 그의 침실로 달려가서 침대 밑을 뒤져서 보물 상자를 끌어냈다. 뚜껑을 열고 들여다보았다. 하지만 딱히 눈에 띄는 게 없어서 내용물을 전부 끄집어내 침대 위에 놓았다. 여전히 아무것도 없었다. 레미로부터 온 메모도 없고, 레미의 사진 한 장 없으며, 둘이 같이 가서 봤다는 「바람과 함께 사라지다」 영화표도 없었다. 대체 도시는 그런 것들을 어떻게 한 걸까? 구석에 'R'이라는 이니셜이 박힌 손수건도 없었다. 물론 다른 손수건이 한 장 있었다. 하지만 이니셜 'J'가 수놓아진, 향수 냄새 나는 줄리엣의 손수건이었다. 아마 도시가 되돌려주는 것을 잊은 모양이었다. 그 외에도 다른 물건들이 있었지만, 레미에 관한 것은 하나도 없었다.

나는 물건을 모두 상자 안에 다시 넣고 침대보를 다시 정리했다. 나의 임무는 실패한 것이다! 레미는 내일 비행기에 오를 것이며, 도시는 외롭게 살아갈 것이다. 나는 가슴이 쓰라려 왔다. 나는 걸레와 양동이를 챙겨 밖으로 나왔다.

터벅터벅 집으로 가는 길에 아멜리아와 키트를 만났다—그들은 새를 관찰하러 가는 중이었다. 나한테 함께 가자고 했지만, 이런 기분으로는 새가 지저귀는 것을 들어도 위로가 되지 않으리라는 것을 알고 있었다.

하지만 줄리엣이라면 내 기분을 북돋아 줄 수 있다는 생각이 들었다. 줄리엣은 언제나 그러니까. 오래 머물러서 줄리엣이 글 쓰는 것을 방해할 생각은 없지만, 커피 한 잔 쯤은 마실 수 있지 않을까. 시드니도 오늘 아침에 런던으로 돌아갔으니, 아마 줄리엣도 지금쯤은 허전할 것이다. 이런 생각을 하면서 나는 부지런히 줄리엣의 집으로 갔다.

줄리엣은 집에 있었고, 책상에는 온통 종이가 어질러져 있었지만, 그녀는 아무 일도 하지 않은 채 창 밖을 바라보며 그냥 앉아 있었다.

"이솔라!" 줄리엣이 말했다. "그렇지 않아도 지금 친구가 필요했어." 그녀는 내가 가지고 온 걸레와 양동이를 보더니 일어섰다. "청소해주려고 온 거야? 청소는 잊어버리고 이리 와서 나하고 커피 한 잔 해."

줄리엣은 내 얼굴을 살폈다. "무슨 일이야? 어디 아파? 이리 와서 앉아."

그녀의 친절이 너무 따뜻했기 때문에, 의기소침해 있던 나는— 인정하기는 부끄럽지만— 엉엉 울기 시작했다. 그러면서 이렇게 말했다. "아니, 아니, 아픈 게 아니야. 나는 실패했어. 임무수행에서 실패했다고. 이제 도시는 불행하게 살아갈 거야."

줄리엣은 나를 이끌고 소파에 가서 나란히 앉아서 내 손을 쓰다듬었다. 나는 울기만 하면 딸꾹질을 시작하기 때문에, 줄리엣이 뛰어가서 물 한 잔을 가져 왔다. 이 방법은 절대 실패하는 일이 없다. 양손 엄지손가락으로 코를 막고, 나머지 손가락으로 양쪽 귀를 막은 다음에, 친구가 먹여주는 물을 쉬지 않고 삼키는 것이다. 이러다 익사하겠다 싶으면 발을 굴러 표시하면 친구가 물잔을 치울 것이다. 이 방법은 언제나 효과가 있다— 이건 기적이다— 딸꾹질이 멎는다.

"이제 얘기해 봐. 임무라니, 그게 뭔데? 그리고 왜 실패했다고 생각하는 거야?"

나는 줄리엣에게 모두 얘기했다— 도시가 레미를 사랑한다고 생각했던 것부터, 그의 집을 청소하면서 증거를 찾으려 했던 것까지. 내가 만일 어떤 증거라도 찾아내면 레미에게 도시가 너를 사랑한다고 말하려 했고, 그러면 레미는 떠나지 않을 것이다. 어쩌면, 문제를 좀더 쉽게 풀어가기 위해서 레미가 먼저 도시에게 사랑을 고백할 수도 있지 않겠는가.

"도시는 정말 수줍어서 말을 못하는 거야, 줄리엣. 언제나 그래왔어. 지금까지 도시를 사랑했던 여자도 없고, 도시 역시 어느 누구도 사랑한 적이 없었기 때문에, 이런 감정에 대해서 어떻게 해야 하는지 알지 못한다고. 그냥 추억거리를 감춰둔 채 한 마디 말도 못하는 거지. 나는 그게 마음이 아파. 정말이야."

줄리엣이 말했다. "이솔라, 남자들은 대개 추억을 간직하거나 하지 않아. 기념품을 원하지 않는 거지. 그러니 추억을 간직하지 않는다는 것 자체로 꼭 무슨 의미가 있는 건 아닐 거야. 그런데, 대체 뭘 찾으려고 했던 거야?"

"증거. 미스 마플이 했듯이 증거를 찾아봤어. 하지만 없었어. 레미 사진은 한 장도 없더라고. 줄리엣하고 키트가 찍은 사진은 무지하게 많았는데 말이야. 줄리엣 혼자 찍은 사진도 있고. 그 중에는 '죽은 신부' 놀이를 하면서 줄리엣이 저 레이스 커튼을 뒤집어쓰고 있는 사진도 있었어. 그리고 도시는 줄리엣이 썼던 편지는 모두 가지고 있었지— 푸른색 머리띠로 묶어 놨더군— 자기가 잃어버렸다고 생각했던 그 리본 장식 말이야. 레미가 요양원에 있을 때 도시가 편지를 보냈던 걸 알고 있거든. 그러면 분명히 레미도 답장을 보냈을 텐데, 레미가 보낸 편지는 한 통도 없었어. 하다못해 레미의 손수건 한 장 없었어— 참, 그런데 자기가 잃어버렸던 손수건을 도시가 찾아놓은 것 같던데. 아마 돌려받을 수 있을 거야. 꽤 예쁜 손수건이던데."

줄리엣은 일어서서 책상 앞으로 갔다. 그곳에 잠시 서 있더니, 꼭대기에 라틴어로 '카르페 디엠'이라고 새겨져 있는 그 크리스털 물건을 집어 들었다. 그녀는 그 글자를 들여다보았다.

"오늘을 잡아라." 줄리엣이 말했다. "멋진 생각이지? 안 그래, 이솔라?"

"그렇겠지." 내가 대답했다. "결심을 할 만한 자극이 필요하다면 말이지."

그러자 줄리엣은 나를 놀라게 했다. 그녀는 몸을 돌려 나를 보면서 씨익 웃었는데, 첫눈에 그녀를 그토록 좋아하게 만들었던 바로 그 미소였다. "도시는 지금 어디에 있어? 빅하우스?"

내가 고개를 끄덕이자 줄리엣은 문을 나가더니 곧장 빅하우스로 향하는 길로 부지런히 가기 시작했다.

오, 훌륭한 줄리엣! 그녀는 도시에게 용기를 내 레미에게 감정을 표현하라고 북돋아 줄 생각인 것이다.

미스 마플은 절대 뛰지 않는다. 대신에 노부인이 그렇듯이 천천히 뒤따르는 법이다. 나도 그렇게 했다. 빅하우스에 도착해보니, 줄리엣은 이미 집 안에 들어가 있었다.

나는 테라스에서 발끝을 세우고 서재에 면한 담장에 몸을 바싹 붙였다. 프랑스식 창문은 열려 있었다.

줄리엣이 서재 문을 열고 들어가는 소리가 들렸다. "안녕하세요, 여러분." 그녀가 말했다. 나는 미장이 테디 헤키스와 목수 체스터가 "안녕하세요, 미스 애쉬튼."라고 대답하는 소리를 들었다.

도시가 "안녕, 줄리엣."하고 말했다. 그는 커다란 사다리 꼭대기에 올라가 있었다. 나중에 사다리에서 내려올 때 요란한 소리가 났다.

줄리엣은 도시에게 할 말이 있으니 여러분은 잠깐만 자리를 비켜달라고 말했다.

사람들은 물론이죠, 라고 말하고는 방에서 나갔다. 도시가 물었다. "줄리엣, 무슨 문제가 생겼나요? 키트에게 문제가 있어요?"

"키트는 아무 문제없어요. 문제는 나한테 있어요— 당신에게 물어볼 말이 있어요."

그렇지, 하고 나는 생각했다. 줄리엣은 그에게 겁쟁이처럼 굴지 말라고 말하려는 거야. 용기를 내 당장 레미에게 가서 청혼하라고 말하려는 거야.

하지만 줄리엣은 그런 말을 하지 않았다. 대신 이렇게 말했다. "나하고 결혼할래요?"

나는 그 자리에서 그대로 죽어버리고 싶었다.

침묵이 흘렀다―완벽한 침묵이었다. 아무 소리도 없었다. 그렇게 한 마디 말도 없이, 아무 소리조차 없이 시간이 흘렀다.

하지만 줄리엣은 거칠 것 없이 계속했다. 목소리도 떨리지 않았다― 하지만 나는, 나는 그렇게 숨을 많이 들이쉰 적이 없다.

"나는 당신을 사랑해요. 그래서 물어봐야겠다고 생각했어요."

그러자 도시가, 존경스러운 도시가, 신의 이름을 들먹였다. 아무 소용도 없이 신의 이름을 인용하면서 말했다. "오, 하느님! 그래요, 그러고 싶어요." 도시가 큰 소리로 대답하더니 삐걱삐걱 소음을 내면서 사다리에서 내려오다가 뒤꿈치로 가로대를 밟았다. 도시가 발목을 삔 것은 그 때문이다.

나는 방 안을 들여다보고 싶었지만, 양심상 그렇게 하지 않았다. 나는 그저 기다렸다. 방 안에서는 아무 소리도 들리지 않았기 때문에 나는 집으로 돌아가서 생각했다.

사물을 올바로 볼 수 없는데 곁눈질을 훈련하는 게 무슨 소용이란 말인가? 나는 모든 것을 오해했던 것이다. 모든 것을. 다행히도 결말은 해피엔딩이 되었지만, 그건 내 덕택이 아니다. 나에게는 사람의 마음을 꿰뚫어보는 미스 마플의 통찰력이 없는 것이다. 슬픈 일이지만 이제는 그 점을 인정하는 것이 좋겠다.

영국 본토에는 모터사이클 경주가 열린다는 말을 윌리엄 경으로부터 들었다. 빨리 달리거나, 험하게 타거나, 떨어지지 않는 부문에 대해서 은배(銀杯)를 수상한단다. 아무래도 그쪽으로 방향을 바꿔서 연습하는 게 낫지 않을까— 자전거는 이미 가지고 있으니 말이다. 이제 헬멧만 구하면 된다— 아니, 고글도 필요하겠지.

지금 내가 할 일은 키트를 불러서 저녁을 함께 먹고 오늘밤은 여기서 함께 지내는 것이다. 그래야 줄리엣과 도시가 '숲 속의 자유'를 누릴 수 있겠지— 미스터 다시와 엘리자베스 베넷처럼 말이다.

미스터 시드니 스타크 귀하
스티븐스 & 스타크 출판사
세인트제임스 플레이스 21번지
런던, S.W.1
잉글랜드

1946년 9월 17일

시드니 오빠,

가자마자 다시 해협을 건너서 돌아오라고 해서 정말 미안해요. 하지만 오빠가 꼭 와 줘야 돼요— 내 결혼식이거든요. 결혼식 할 낮 시간도 잡아 놨고, 축하파티를 할 밤 시간도 잡아 놨어요. 이번 토요일 아멜리아네 집 뒤뜰에서 내 손을 잡아 신랑에게 넘겨주는 역할을 맡아 줘요. 신랑 측 들러리는 에벤이 맡을 거고, 신부 측 들러리는 이솔라가 맡고 (그녀는 이 행사를 위해서 새 드레스를 만들고 있어.), 장미꽃잎을 뿌리는 것은 키트가 하기로 했어요.

도시는 신랑 역을 맡을 거예요.

놀랐어요? 아마 아니겠죠— 하지만 나는 놀랐어요. 요즘은 끊임없는 경이로움 안에 살고 있어요. 사실, 계산을 해 보니 약혼한 지 이제 겨우 만 하루가 지났을 뿐인데, 그 스물 네 시간 사이에 내 삶 전체가 다시 태어난 것 같아요. 생각해 봐요! 우리 서로를 원하면서도 서로 눈치 채지 못한 척하면서 영원히 그렇게 흘러갔을는지도 모르잖아요. 품위를 지켜야 한다는 강박증을 그대로 방치한다면 그것 때문에 인생 전체가 파괴될 수도 있는 거였어요.

결혼을 이렇게 서두르는 게 꼴사나운가요? 하지만 나는 더 이상 기다리고 싶지 않거든요— 당장 시작하고 싶은 거예요. 지금까지 살아오면서 나는 남자 주인공과 여자 주인공이 무사하게 약혼을 하면 이야기가 끝난다고 생각해 왔어요— 결국 제인 오스틴에게 만족스러운 일이라면 다른 사람에게도 만족스러운 일일 테니까 말이죠. 하지만 그렇지 않아요. 이야기는 이제 막 시작되는 셈이고, 앞으로 하루하루가 새로운 줄거리가 되겠죠. 어쩌면 다음 책은 매력적인 신혼부부가 시간이 흐르면서 서로에 대해 알게 되는 것에 관한 내용이 될지도 몰라요. 약혼이 집필에 미치는 긍정적 효과가 놀랍지 않아요?

지금 막 도시가 빅하우스에서 일을 마치고 돌아와서 나를 찾고 있어요. 빨리 가서 봐 줘야 해요. 그 전설적으로 유명했던 도시의 수줍음은 완전히 사라졌어요— 그럼 그 수줍음은 나의 연민을 자극하기 위한 책략이었나?

사랑을 보내며, 줄리엣

추신. 오늘 세인트피터포트에서 아델레이드 애디슨과 마주쳤
　　어요. 나에게 축하한다며 이렇게 말하는거였어요. "당신
　　하고 그 양돈농부가 관계를 공식화하기로 했다면서요? 신
　　을 찬양할지어다!"

역자 후기

～ 건지 섬은 영국의 남단과 프랑스 노르망디 사이 채널제도에 있는 섬으로, 지리적으로는 프랑스에 가깝지만 행정적으로는 영국왕실 소유의 자치령이다. 평화롭고 아름답던 이 섬에 2차 세계대전의 소용돌이가 불어 닥친다. 영국 점령을 꿈꾸던 나치독일이 교두보로 삼기 위해 일찌감치 이곳을 점령한 것이다. 독일군 강점은 전쟁이 끝날 때까지 5년이나 지속되었으며, 그동안 건지 섬은 외부와 차단된 채 혹독한 시련을 치르게 된다.

1976년, 런던을 여행 중이던 메리 앤 셰퍼는 건지 섬에 잠시 들르게 된다. 아름다운 풍광과 독일군 강점이라는 쓰라린 역사가 공존하는 건지 섬에 매료되었던 그녀는 결국 오랜 시간이 흐른 후 「건지 아일랜드 감자껍질파이 클럽 (원제: Guernsey Literary and Potato Peel Pie Society)」이라는 소설을 탄생시키기에 이른다. 이 소설은 메리 앤 셰퍼의 첫 작품이자 마지막 작품이다. 건강이 악화되어 조카인 애니 배로우즈의 도움으로 집필을 끝내야 했던 저자는, 책이 출판되는 것을 지켜보지 못한 채 2008년 2월에 타계했다.

소설은 크게 두 가지 주제로 전개된다. 하나는 건지 섬의 문학회를 중심으로 펼쳐지는 문학에 대한 논의이고, 또 하나는 독일군 강점기가 남겨놓은 상처에 대한 이야기이다. '건지 아일랜드 감자껍질파이 클럽'이라는 특이한 명칭의 문학회는 돼지구이 파티라는 엉뚱한 사건으로 말미암아 급조되었고, 회원들은 대개 문학과 전혀 관련이 없던 사람들이다. 이들은 자신만의 시각으로 문학작품을 논하는데, 세네카에서부터, 셰익스피어, 찰스 램, 브론테 자매, 제인 오스틴에 이르기까지 광범위하고 다양하다. 여기에 대문호 예이츠에 대한 혹평, 미스 마플을 흉내 내는 탐정일지와 새로 발굴되는 오스카 와일드의 편지 등 문학에 대한 대양한 접근들은 평생 책과 함께 살았던 저자 셰퍼의 문학에 대한 사랑을 입증하고 있다.

특히 찰스 램은 주인공 줄리엣과 건지 섬을 연결하는 역할을 한다. 전쟁 중 '이지 비커스태프 전장에 가다'라는 풍자칼럼을 연재하여 인기를 얻은 30대 작가 줄리엣 애쉬튼은 이제는 좀

더 진지한 작품을 쓰고자 소재를 찾고 있었다. 바로 이 때 두 가지 계기가 찾아온다. 하나는 '타임스'로부터 진지한 칼럼을 써 달라는 청탁을 받은 것이고, 또 하나는 건지 섬에 사는 낯선 사람으로부터 편지가 날아온 사건이다. 그 낯선 사람, 도시 애덤스는 자기가 입수한 찰스 램 수필집 표지 안쪽에서 줄리엣의 주소를 찾아냈던 것이다. 줄리엣은 특집칼럼에 건지 섬 문학회에 대한 이야기를 쓰고자 문학회 회원들과 편지를 주고받기 시작한다. 그리고 마침내 칙칙한 대도시 런던을 떠나 태양과 바다가 있는 건지 섬에 안착하게 된다.

전쟁이 남긴 상처는 슬프고 고통스럽지만, 사람들은 후유증을 치유하며 희망을 찾아간다. 해변을 접근금지구역으로 만들었던 지뢰는 모두 제거되고, 벌목으로 황폐해졌던 땅에는 나무가 심어지며, 독일군 숙소로 사용되었던 저택은 수리해서 다시 아름다운 모습을 되찾는다. 사실상 주인공이라 할 수 있는 엘리자베스는 포로수용소에서 처형당하지만 고아로 남겨진 어린 딸은 문학회 회원들의 도움으로 해맑게 자라, 마침내 줄리엣과 함께 새 가정을 이룬다.

무엇보다도, 건지 섬과 런던을 오가는 편지로 이루어진 이 소설은 향수를 불러일으키는 작품이다. 인터넷도 없고 휴대전화도 없던 시절, 우편배달부가 전해주던 편지는 단지 소식을 전하는 것 이상의 의미를 가지고 있었다. 전쟁의 상흔이 채 가시지 않은 1946년 영국에서 사람들은 서로 정성스럽게 편지를 주고받으며 믿음과 애정을 키워간다. 그 따뜻하고 사랑스러운 마음과 편지에서 드러나는 진솔한 삶, 그리고 그 시대의 모습을 그려볼 수 있는 생생한 이야기 때문에 이 작품이 독자들의 사랑을 받고 있는 듯싶다.

초고속 통신으로 정보를 나누는 요즘 시대에 이처럼 '슬로우'한 소설이 장시간 아마존 베스트셀러가 되고 있다는 것만으로도 「건지 아일랜드 감자껍질파이 클럽」은 읽어볼 이유가 있다. 읽으면서 스스로 행복해지는 소설이다. 크리스마스 선물 같은 책이다.

2008년 12월
김안나

건지 섬(Guernsey) 지도

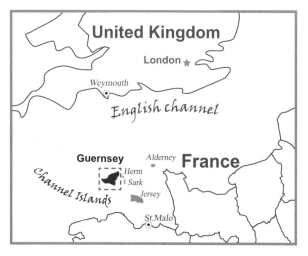

Lihou Island

ST. PETER IN THE WOOD

ST

ROCQUAINE BAY

TORTEVAL

TORTEVAL

-------- Parish boundries